Bonne fête Valerie
28 Avril 2012
-
tes parents

MISÉRICORDE

Jussi Adler-Olsen

MISÉRICORDE

ROMAN

Traduit du danois
par Monique Christiansen

Albin Michel

PROLOGUE

Avec le bout de ses doigts, elle gratta jusqu'au sang les murs lisses, elle frappa de ses poings fermés le verre épais des vitres jusqu'à ce qu'elle ne sente plus ses mains. Dix fois au moins, elle avait retrouvé à tâtons la porte d'acier, inséré ses ongles dans la fente pour l'arracher, mais la porte avait un bord tranchant et restait inébranlable.

À la fin, les ongles usés jusqu'à la chair, elle retomba sur le sol glacé en respirant péniblement. Un instant, elle fixa l'obscurité profonde, les yeux écarquillés et le cœur battant à se rompre, alors, elle cria. Elle hurla jusqu'à que ses oreilles sonnent et que sa voix se casse.

Puis elle renversa la tête en arrière et sentit de nouveau l'air frais qui venait du plafond. Si elle pouvait prendre son élan, sauter jusque là-haut et se cramponner à n'importe quoi ? Peut-être qu'alors, il se passerait quelque chose.

Oui, peut-être qu'alors, ces démons, dehors, seraient obligés d'entrer ?

Si elle visait leurs yeux, de ses doigts tendus, elle pourrait les aveugler. Si elle était assez rapide et déterminée, peut-être qu'elle y parviendrait et qu'elle pourrait s'échapper.

Pendant un moment, elle suça ses doigts qui saignaient, puis elle prit appui sur le sol pour se soulever.

Elle fixa le plafond à l'aveuglette. Peut-être était-ce trop haut pour sauter. Il n'y avait peut-être rien à attraper. Mais elle devait essayer. Que pouvait-elle faire d'autre ?

Elle ôta sa veste en tirant dessus et la rangea soigneusement dans un coin pour ne pas l'abîmer en tombant. Puis elle s'élança et sauta, les bras aussi tendus que possible, sans réussir à toucher quoi que ce soit. Elle sauta encore deux fois, puis revint vers le mur du fond où elle s'adossa pour souffler un instant. Elle reprit son élan et, de toutes ses forces, elle bondit dans l'obscurité, en agitant les bras pour atteindre l'espoir. Quand elle retomba, son pied glissa sur le sol lisse et elle chuta sur le côté. Elle gémit quand son épaule toucha le béton et cria quand sa tête heurta le mur et qu'elle vit trente-six chandelles.

Longtemps, elle resta par terre, totalement immobile, elle n'avait qu'une envie : pleurer. Mais elle ne pleura pas. Si les gardiens de sa prison l'entendaient, il y aurait malentendu. Ils la croiraient prête à renoncer, or elle n'abandonnait pas. Au contraire.

Elle décida de se soigner. Pour eux, elle était la femme dans la cage, mais l'espace que cernaient les barreaux lui appartenait. Elle résolut de cultiver des pensées qui s'ouvriraient sur le monde afin de garder la folie à distance. Jamais ils ne réussiraient à lui faire lâcher prise. Ce fut là, alors qu'elle gisait sur le sol, l'épaule taraudée par la douleur, un œil tuméfié et fermé, qu'elle prit cette décision.

Un jour ou l'autre, elle sortirait de là.

1

2007

Carl fit un pas vers le miroir et toucha du doigt sa tempe que la balle avait effleurée. La blessure s'était refermée, mais pour quelqu'un qui l'aurait cherchée, la cicatrice se dessinait nettement sous ses cheveux.

« Qui irait chercher là ? » ricana-t-il, désabusé, en examinant attentivement le reste de son visage.

À présent il voyait le changement. Autour de sa bouche, les rides s'étaient creusées, sous ses yeux, les cernes étaient plus foncés, et il avait le regard de quelqu'un qui est revenu de tout. Carl Mørck n'était plus le super-flic qui ne vit que pour son métier. Disparu, le grand Jütlandais élégant qui faisait hausser les sourcils et chuchoter sur son passage. Quel intérêt de toute façon ?

Il boutonna sa chemise, enfila sa veste, avala sa dernière goutte de café et claqua la porte d'entrée derrière lui, pour que les autres habitants de la maison comprennent qu'il était l'heure de se lever. Ses yeux tombèrent sur la plaque de la porte. Il était temps de la remplacer, il y avait longtemps que Vigga avait déménagé. Même si le divorce n'était pas encore prononcé, il connaissait le résultat des courses.

Il se retourna et prit la direction de Hestestien. S'il arrivait à attraper le train dans vingt minutes, il pourrait rester une bonne demi-heure au chevet de Hardy, à l'hôpital, avant d'aller à la préfecture de police.

Il contempla l'église de briques rouges qui s'élevait au-dessus des arbres dénudés et se dit une fois encore qu'il avait eu de la chance. Deux centimètres plus à droite, et Anker serait toujours en vie. Un seul centimètre à gauche, et c'était lui qui serait mort. Ces centimètres à eux seuls lui permettaient aujourd'hui de marcher au bord de ces prairies au lieu de se geler les fesses dans une des tombes du cimetière qui jouxtait l'église, quelques centaines de mètres plus loin.

Il avait bien essayé de trouver un sens à tout ça, mais sans succès. Il ne savait pas grand-chose de la mort, sinon qu'elle survenait quand on s'y attendait le moins, rapide comme l'éclair, puis infiniment tranquille une fois qu'elle avait frappé sa victime.

En revanche, il connaissait sa violence et le sentiment d'absurdité qu'elle laissait derrière elle. Celui-là, il le ressentait tous les jours.

Deux semaines seulement après sa sortie de l'école de police, il avait vu son premier cadavre. Longtemps, il avait été hanté par l'expression de cette petite femme maigre aux yeux ternes, étranglée par son mari. Cette image était à ce jour encore imprimée sur sa rétine. Depuis, il y avait eu d'autres enquêtes. Chaque matin, il s'était préparé à voir des vêtements ensanglantés, des visages cireux, des photos à vous glacer le sang. Il avait écouté des mensonges et des excuses. À chaque jour son crime, comme une variation sur le même thème, et il avait fini par prendre des distances et se sentir de moins en moins concerné. Après vingt-cinq ans dans la police et dix ans de brigade criminelle, il se croyait endurci.

Jusqu'au jour où une affaire était venue percer son armure.

On les avait envoyés, Anker, Hardy et lui, inspecter une baraque pourrie. On y accédait par un chemin défoncé. Le mort qui les attendait avait une histoire tout à fait insolite à raconter.

Comme souvent, c'était la puanteur qui avait attiré l'attention d'un voisin. Encore un laissé-pour-compte qui s'était couché paisiblement dans sa propre merde et avait rendu l'âme dans un ultime rot éthylique. Ou du moins c'était ce qu'on aurait pu croire jusqu'à ce qu'on découvre la pointe qui transperçait son crâne, tirée sans doute par un pistolet à clous. C'était à cause de ce clou que l'affaire avait été confiée à la brigade criminelle de la police de Copenhague.

Ce jour-là, c'était au tour de l'équipe de Carl d'aller au charbon, ce à quoi personne ne trouva à redire, sauf Carl qui, comme d'habitude, se plaignit d'un surcroît de travail et de la lenteur des autres équipes. Aucun d'entre eux n'aurait pu deviner à quel point cette affaire allait mal tourner ! Ni savoir qu'il ne se passerait pas plus de cinq minutes entre l'instant où ils pénétreraient dans la pièce nauséabonde où gisait le corps, et celui où il verrait Anker à terre, allongé dans une mare de sang pendant que Hardy marchait sur ses deux jambes pour la dernière fois de sa vie et que lui-même perdait irrémédiablement le feu sacré qui faisait de lui l'inspecteur qu'il était au sein de la brigade criminelle de la police de Copenhague.

2

2002

Les tabloïds adoraient Merete Lynggaard, la vice-présidente du parti des démocrates, pour tout ce qu'elle représentait. Pour ses répliques acerbes sur le podium du Folketing et pour son insolence face au Premier ministre et à sa cour. Pour ses attributs féminins, ses yeux taquins et ses fossettes séduisantes. Ils l'adoraient pour sa jeunesse et son succès, mais surtout parce qu'elle suscitait une foule de questions : comment se faisait-il qu'une femme aussi belle et aussi douée ne se soit encore jamais montrée en public avec un homme ?

Elle faisait vendre une quantité phénoménale de journaux. Lesbienne ou pas, Merete Lynggaard était vraiment un sujet en or.

Et elle ne le savait que trop bien.

« Je ne comprends pas pourquoi vous ne voulez pas sortir avec Tage Baggesen ? » insista sa secrétaire tandis qu'elles quittaient le palais de Christiansborg, pour rejoindre la petite Audi bleue de Merete, en traversant les flaques qui s'écoulaient vers les créneaux du parking du Parlement. « Je sais bien qu'il n'est pas le seul à vous faire la cour, mais lui est réellement fou de vous. Je me demande combien de fois il a essayé de vous inviter à dîner. Et vous avez déjà essayé de compter le nombre de billets doux qu'il a posés sur votre bureau ? Il en a encore laissé un pas plus tard qu'aujourd'hui. Donnez-lui une chance, Merete !

– Pourquoi ne le prenez-vous pas vous-même ? » Merete était en train de déposer une pile de dossiers sur le siège arrière de sa voiture. « Que voulez-vous que je fasse d'un délégué du parti radical-libéral chargé de l'équipement et des transports, Marianne ? Vous me voyez faire la circulation sur un rond-point dans une ville de province ? »

Merete leva les yeux sur le musée de Tøjhus, où un homme vêtu d'un imperméable blanc photographiait le bâtiment. Est-ce qu'il ne venait pas de prendre aussi une photo d'elle ? Elle secoua la tête. Cette impression d'être sans cesse observée l'irritait de plus en plus. Elle devenait parano, il fallait qu'elle se calme.

« Tage Baggesen a trente-cinq ans, il est vachement bien foutu. Bon, d'accord, il aurait peut-être besoin de perdre quelques kilos, mais il a une maison de campagne à Vejby, et peut-être aussi une ou deux autres au Jütland, si je suis bien informée. Que voulez-vous de plus ? »

Merete la regarda et secoua la tête d'un air sceptique :

« En réalité, il a trente-cinq ans et il vit encore avec sa mère. Écoutez, Marianne, puisque vous êtes folle de lui, je vous le laisse ! »

Elle prit les chemises cartonnées qui encombraient les mains de sa secrétaire et les jeta sur le siège avec les autres. Le tableau de bord affichait dix-sept heures trente. Elle était déjà en retard.

« Merete, votre voix va nous manquer ce soir, au Folketing[1].

---

1. Parlement danois. (*Les notes sont de la traductrice.*)

– Ça m'étonnerait ! » répliqua Merete en haussant les épaules.

Depuis son entrée en politique, elle et le président du parti démocrate étaient convenus qu'après dix-huit heures, elle disposait de son temps, sauf en cas d'assemblée extraordinaire ou s'il fallait légiférer.

« Pas de souci », avait-il affirmé à l'époque, sachant pertinemment qu'elle lui apporterait quantité de voix. Il n'y avait aucune raison pour qu'il en soit autrement aujourd'hui.

« Allons, Merete. Dites-moi pourquoi vous êtes si pressée ? » Sa secrétaire la regardait d'un air familièrement inquisiteur : « Comment s'appelle-t-il ? »

Merete lui fit un petit sourire et claqua la portière. Il était temps de remplacer Marianne Koch.

3

2007

Marcus Jacobsen, le chef de la brigade criminelle, était un homme désordonné et cela ne l'incommodait pas. Le désordre n'était qu'apparent. Intérieurement, Marcus Jacobsen était très organisé. Dans sa pensée bien structurée, les choses étaient à leur place. Il n'oubliait jamais le moindre détail, et même à dix années d'intervalle, il était capable de se le remémorer avec une précision parfaite.

Il n'y avait que lorsque son bureau se trouvait soudain envahi par ses collaborateurs, doués d'un sens aigu de l'observation, et qui avaient dû se faufiler entre des tables à roulettes branlantes et des montagnes de documents, qu'il prenait conscience du capharnaüm avec une certaine contrariété.

Il souleva son vieux mug fêlé sur lequel figurait l'effigie de Sherlock Holmes et but une gorgée de son café froid, en pensant pour la dixième fois ce matin-là au demi-paquet de clopes qu'il avait laissé dans la poche de sa veste. Le moment n'était pas propice à une pause-cigarette dans la cour carrée de la préfecture de police. Saloperies de nouvelles directives.

« Écoute ! » Marcus Jacobsen leva les yeux vers son adjoint, Lars Bjørn, à qui il avait demandé de rester après avoir briefé toute l'équipe dans son bureau. « Cette affaire du meurtre du cycliste, dans le parc de Valby, va nous priver de toutes nos troupes si ça continue. »

Lars Bjørn hocha la tête :

« Il faut dire que ce n'est pas de veine que Carl Mørck revienne justement maintenant et qu'il mobilise quatre de nos meilleurs enquêteurs. Les gars ne l'aiment pas, et à qui viennent-ils se plaindre à ton avis ? » Comme s'il était seul à devoir entendre les doléances de tout le monde, pensa Jacobsen. « Il est arrivé beaucoup trop tard sur cette enquête », poursuivit Bjørn. « Il harcèle ses hommes, il fout la merde partout, il ne répond jamais quand on l'appelle, son bureau est un bordel sans nom et, pour couronner le tout, il s'est mis les types du médico-légal à dos ; ils m'ont appelé pour pleurnicher à propos d'une conversation téléphonique qu'ils ont eue avec lui. La police scientifique, tu imagines ? Ça ne peut pas continuer comme ça. Je veux bien croire qu'il a subi un choc, mais il faut faire quelque chose, Marcus, sinon il va nous bousiller le service ! »

Marcus leva les sourcils. Il pensait à Carl. En réalité, il l'aimait bien, mais il savait aussi que son regard éternellement ironique et ses remarques acides en exaspéraient plus d'un.

« C'est vrai, tu as raison. Hardy et Anker étaient probablement les seuls qui supportaient encore de travailler avec lui. Il faut dire qu'ils étaient un peu spéciaux, eux aussi.

– Marcus, personne n'ose le dire franchement, mais ce type est une vraie peste, et il l'a toujours été. Il n'est pas fait pour travailler dans la police, on dépend trop les uns des autres. Carl a été impossible, comme collègue, dès le premier jour. Marcus, qu'est-ce qui t'a pris de le faire venir de Bellahøj ? »

Le chef de la brigade criminelle regarda Bjørn droit dans les yeux :

« Carl a toujours été et il est encore un enquêteur hors pair, Lars. Voilà pourquoi.

– Bon, bon, je sais bien qu'on ne peut pas le foutre dehors comme ça, et surtout pas dans la situation actuelle, mais il va falloir trouver une solution, Marcus.

– Il y a à peine une semaine qu'il est revenu de son arrêt maladie, il faut lui donner une chance. Si on lui fichait un peu la paix ?

– Tu es sûr ? Ces dernières semaines, on nous a chargés de beaucoup plus d'affaires que nous ne pouvons en gérer. Comme tu le sais, certaines sont des grosses enquêtes. L'incendie d'Amerikavej qui est peut-être d'origine criminelle. Le braquage de Tomsgårdsvej au cours duquel un client de la banque a été tué. La fille violée de Tårnby, qui ne s'en est pas sortie, le gars de la bande de jeunes de Sydhavnen massacré à coups de couteau, le meurtre du cycliste dans le parc de Valby. Ça ne te suffit pas ? Sans compter toutes les vieilles enquêtes qui piétinent. Il y en a qu'on n'a même pas commencé. Et voilà qu'on se paie Mørck comme chef d'équipe. Un type qui n'a envie de rien, grognon, caractériel, qui cherche des histoires, agressif avec ses coéquipiers, résultat : l'équipe est en train de se désagréger. Il nous fait du tort à tous, Marcus. Débarrasse-toi de ce type et donne-nous du sang neuf. Je sais que ce n'est pas une décision facile à prendre, mais maintenant tu sais ce que j'en pense. »

Marcus hocha longuement la tête. Il avait observé ses hommes pendant le briefing. Silencieux, fermés et hargneux. De toute évidence, ils n'allaient pas se laisser emmerder.

Son adjoint se dirigea vers la fenêtre et contempla les bâtiments d'en face. « Je crois que j'ai une idée qui résoudra le problème. Elle nous vaudra peut-être quelques critiques de la part du syndicat, mais ce n'est même pas certain.

– Nom de Dieu, Lars. Je ne veux pas me mettre le syndicat à dos. Si tu as l'intention de me demander de le rétrograder, tu vas nous attirer des ennuis.

– Au contraire, on va lui faire prendre du galon !

– Ah ah. »

C'était maintenant que Marcus devait se méfier. Son adjoint était un excellent inspecteur, il avait des tonnes d'expérience et une quantité d'affaires élucidées à son actif, mais pour diriger les hommes, il lui restait encore beaucoup à apprendre. À la préfecture de police, on ne déplaçait pas les gens, ni vers le haut ni vers le bas, sans suivre une procédure stricte.

« Tu veux que je lui donne de l'avancement ? Mais comment ? Et d'après toi, qui va lui céder sa place ?

– Je sais que tu n'as pas dormi de la nuit et que tu as travaillé toute la matinée sur cette maudite affaire de Valby, et je suppose que tu n'as pas écouté les informations. Tu n'es peut-être pas au courant de ce qui s'est passé à Christiansborg ce matin ? »

Le chef de la brigade criminelle secoua la tête. C'était vrai, il avait eu du travail par-dessus la tête depuis que le meurtre du cycliste dans le parc de Valby avait pris un nouveau tournant. Jusqu'à la veille, ils avaient un témoin fiable, une femme, et ils avaient tous l'impression qu'elle en savait plus qu'elle n'en disait. Ils touchaient au but. Et tout à coup, elle s'était refermée comme une huître. Elle avait dû subir des menaces, la visant, elle, ou quelqu'un de son entourage. Ils l'avaient interrogée jusqu'à ce qu'elle tombe de fatigue, ils avaient parlé avec ses filles et avec sa mère, mais personne n'avait rien dit. Elles semblaient toutes terrifiées. Effectivement, Marcus n'avait pas beaucoup dormi. Et à part les gros titres des journaux du matin, il n'était au courant de rien.

« Encore le parti populaire danois qui fait des siennes ?

– Exact. À propos de la réforme du règlement de la police, leur délégué chargé des questions judiciaires a déposé une nouvelle motion de loi, et cette fois-ci, la majorité va suivre. Ils vont la voter, Marcus. Pia Vestergård va avoir ce qu'elle voulait.

– Tu plaisantes !

– Elle a péroré pendant vingt minutes au Folketing et le parti libéral l'a soutenue, même si les conservateurs ont fait un peu la gueule.

– Et alors ?

– Qu'est-ce que tu crois ? Elle a donné quatre exemples de sales affaires classées sans suite, en soulignant "*qu'en ne se donnant pas les moyens pour les élucider, on trahissait les citoyens de ce pays*". Et elle en avait beaucoup d'autres comme celle-là dans sa manche, tu peux me croire.

– Bon Dieu de bon Dieu ! Elle croit que ça amuse la Crime d'abandonner parfois une enquête ?

– Elle a laissé entendre que certaines affaires avaient été bâclées.

– Foutaises. Lesquelles par exemple ?

– Elle a cité des affaires d'assassinats de membres du parti populaire et du parti libéral danois. Des affaires qui se seraient produites à plusieurs endroits différents au Danemark.

– Cette bonne femme est cinglée ! »

L'adjoint au chef de la brigade criminelle secoua la tête :

« Ah tu crois ça ? Et encore je ne te cite qu'une petite partie de son discours. Elle a aussi mentionné les disparitions d'enfants, bien entendu, les actions terroristes contre des organisations politiques, en mettant bien en avant les crimes les plus révoltants.

– Elle est à la pêche aux voix.

– Sans aucun doute. Elle aurait aussi bien pu se faire une place au soleil sans entrer au Folketing. Mais ils cherchent tous à gagner des voix. En ce moment tous les partis négocient avec le ministère de la Justice. Quoi qu'il en soit, le dossier va être porté devant la commission des Finances dans les plus brefs délais et la décision sera prise avant quinze jours, si tu veux mon avis.

– Et qu'est-ce qu'elle veut exactement ?

– La création d'un nouveau département de la brigade criminelle. Elle a personnellement proposé que ce département spécial soit baptisé département V, comme la lettre qui représente le parti libéral danois[1]. Je ne sais pas si c'était une plaisanterie, mais c'est ce qui nous attend. »

Il ricana amèrement.

« Et dans quel but ? Toujours le même ?

– Oui, la seule mission de cette section sera de traiter ce qu'ils appellent "les affaires très spéciales".

– Typiquement une formule à la Pia Vestergård ! Ça sonne bien. On sait qui va décider quelles affaires entreront dans cette catégorie ? Elle doit avoir une idée là-dessus également, je suppose ? »

Lars Bjørn haussa les épaules.

« De toute façon on continuera à faire ce qu'on a toujours fait. Alors en quoi cela nous concerne-t-il ?

– Ce nouveau service fera partie de la police nationale, mais si je comprends bien, du point de vue administratif, il dépendra de la brigade criminelle de la police de Copenhague. »

Le chef de ladite police resta bouche bée :

« Mais c'est délirant ! Et ça signifie quoi : "du point de vue administratif" ?

---

1. Le parti libéral danois s'appelle aussi *Venstre.*

– On établira les budgets et on rendra des comptes. Notre secrétariat sera mis à leur disposition – ainsi que nos locaux.

– Je ne comprends pas. Il va falloir tout à coup qu'un service de la police de Copenhague se mêle d'affaires antédiluviennes qui relèvent, par exemple, de la police de Hjørring ? Jamais ils ne voudront en entendre parler ! Ils exigeront d'avoir chez nous des gens de chez eux.

– Ça n'a pas l'air d'être prévu. Ils vont présenter ça comme un allégement du travail des autres circonscriptions. Pas comme une charge supplémentaire.

– C'est-à-dire qu'on va être obligés de se coltiner dans nos locaux une équipe de province affectée à des cas désespérés ? Avec mes collaborateurs pour leur donner un coup de main ? C'est hors de question !

– Écoute un peu, Marcus. Il ne s'agit que de quelques heures par-ci par-là et seulement pour quelques-uns de nos collaborateurs. Ce n'est pas grand-chose, après tout !

– Pour moi, c'est énorme.

– OK. Alors, je vais t'expliquer la situation comme je la vois, d'accord ? »

Le chef de la brigade criminelle se passa la main sur le front. Est-ce qu'il avait le choix ?

« Marcus, ça va nous rapporter du fric. » Lars marqua un temps en regardant son supérieur. « Pas des masses, mais suffisamment pour payer le salaire d'un gars à plein temps tout en récupérant deux millions de couronnes de budget supplémentaire. Ça pourrait être juste un plus qui ne viendrait pas interférer avec le reste.

– Tu as dit deux millions ? » Marcus hocha la tête, soudain plus intéressé. « Je vois, je vois.

– C'est bien, non ? On va créer ce service séance tenante, Marcus. Ils s'attendent à ce qu'on se rebiffe, on ne se rebiffera pas. On leur fait une proposition qui ira dans leur sens et on leur présente un budget dans lequel on évite de spécifier la nature des missions. Et puis on nomme Carl Mørck à la tête du nouveau service. Il n'aura pas grand-chose à diriger, parce qu'il sera seul à bord. Et loin de tout le monde, je te le promets.

– Carl Mørck, chef du département V ! »

Le chef de la brigade criminelle voyait déjà le tableau. Ce genre de section pourrait facilement s'en sortir avec un budget de moins d'un million par an. Déplacements, analyses labo, etc. S'il demandait cinq millions par an pour la création de cette section, il aurait les moyens de s'offrir deux équipes d'enquêteurs supplémentaires. Qui travailleraient en priorité sur des affaires anciennes. Pas forcément sur des affaires spécifiques au département V, mais pouvant y être assimilées. Les limites resteraient vagues et le tour serait joué. Génial, oui, c'était carrément génial.

4

2007

Hardy Henningsen était le plus grand agent qui ait jamais travaillé à la préfecture de police. Deux mètres zéro sept, d'après ses papiers militaires, mais il n'était pas que cela. Quand ils procédaient à une arrestation, c'était toujours Hardy qui énumérait leurs droits aux prévenus, de sorte qu'ils étaient obligés de lever la tête, ce qui ne manquait pas d'impressionner la plupart d'entre eux.

Mais dans sa situation actuelle, la haute taille de Hardy n'était pas un avantage. Carl ne supportait pas de voir qu'on ne pouvait même pas étendre ses longues jambes inertes. Il avait suggéré à l'infirmière qu'elle scie le pied de lit, mais l'opération outrepassait apparemment ses compétences.

Hardy ne parlait pas. Sa télé restait allumée vingt-quatre heures sur vingt-quatre, les gens entraient dans sa chambre et en sortaient, sans provoquer chez lui la moindre réaction. Allongé là, à la Clinique des lésions de la moelle épinière de Hornbæk, Hardy se contentait d'essayer de survivre. De mastiquer ses repas, de bouger un peu l'épaule – le seul mouvement en dessous du niveau du cou qu'il soit capable de contrôler –, en laissant par ailleurs les infirmières manipuler péniblement son corps paralysé. Il regardait le plafond quand elles lui lavaient le sexe, introduisaient les sondes, vidaient sa poche à excréments. Hardy ne disait plus rien.

« Je suis retourné à la préfecture, Hardy », annonça Carl en relevant sous le menton de son ami le drap qui avait glissé. « Ils sont à fond sur l'enquête. Ils piétinent encore, mais je te jure qu'ils trouveront les types qui nous ont tiré dessus. »

Les lourdes paupières de Hardy ne bougèrent pas d'un millimètre. Il ne s'intéressait ni à Carl ni aux infos de la 2 qui défilaient sur l'écran de la télévision. Il s'agissait d'un reportage sur l'évacuation d'un squat. Tout lui était égal. Il n'avait même plus de colère. Carl le comprenait mieux que personne. Il ne le montrait pas à Hardy, mais lui aussi se foutait de tout et de tous. Savoir qui leur avait tiré dessus, quelle importance ? À quoi bon ? Si ça n'avait pas été ceux-là, c'en aurait été d'autres. Ces fumiers-là étaient légion.

Il fit un bref signe de tête à l'infirmière qui apportait un nouveau goutte-à-goutte. La dernière fois que Carl était venu, elle l'avait prié de sortir pendant qu'elle faisait la toilette de Hardy. Il avait refusé et elle ne l'avait pas oublié.

« Ah, vous êtes là ? » commenta-t-elle avec humeur tout en jetant un coup d'œil à la pendule murale.

« Cette heure-ci me convient mieux, avant d'aller au travail. Ça pose un problème ? »

Elle regarda l'heure à nouveau. Visiblement, il prenait son service plus tard que le commun des mortels.

L'infirmière sortit le bras de Hardy et vérifia la canule sur le dos de sa main. Puis la porte s'ouvrit et la physiothérapeute entra. Il y avait du boulot.

Carl tapa sur le drap à l'endroit où l'on devinait le contour du bras droit de Hardy :

« Ces filles aimeraient bien que je les laisse un peu seules avec toi, alors je me sauve, Hardy. Je viendrai un petit peu plus tôt demain matin et on discutera. Garde le moral. »

Carl emporta dans le couloir les effluves des médicaments et s'appuya contre le mur. Sa chemise lui collait au dos et des auréoles s'élargissaient sous ses bras. Depuis la fusillade, il transpirait pour un rien.

Fidèles à leur habitude, Hardy, Carl et Anker étaient arrivés avant tous les autres à Amager, sur le lieu du crime. Conformément à la procédure, ils avaient enfilé les combinaisons blanches jetables, les masques, les gants et les filets pour les cheveux. La préfecture de police était à un jet du pierre du lieu où on avait découvert le vieux avec son clou dans la tête environ une demi-heure auparavant.

Le constat de décès avait dû être légèrement différé. Apparemment, le chef de la brigade criminelle était en réunion avec le chef de la police pour discuter d'une réforme structurelle quelconque, mais il ne faisait aucun doute qu'il se pointerait tôt ou tard, avec le médecin légiste. Aucune bureaucratie tâtillonne ne pouvait empêcher Marcus Jacobsen de se rendre en personne sur le lieu d'un crime.

« Pas grand-chose à voir pour la police scientifique aux abords de cette maison », avait déclaré Anker en pataugeant dans la terre ramollie et glissante après une nuit pluvieuse.

Carl avait jeté un coup d'œil circulaire. À part celles des sabots du voisin, il n'y avait aucune empreinte autour du bâtiment qui faisait partie de ces baraquements de l'armée mis en vente dans les années soixante. Des habitations qui avaient dû être très confortables à l'époque, mais qui aujourd'hui ne payaient plus de mine. La toiture était affaissée, les bardeaux fendus, la façade n'avait plus une seule planche intacte et l'humidité avait fait son œuvre. Même la plaque sur laquelle on lisait le nom de Georg Madsen au crayon-feutre était à moitié pourrie. Et la puanteur que dégageait le cadavre suintait par toutes les ouvertures. Un vrai taudis, en fait.

« Je vais interroger le voisin », avait dit Anker en se tournant vers l'homme qui attendait depuis une demi-heure sans bouger.

Il y avait à peine cinq mètres jusqu'à la véranda qui bordait sa maison de petit-bourgeois. Quand la baraque insalubre du macchabée serait démolie, le voisin aurait une vue plus agréable.

Hardy supportait bien l'odeur de la mort. Peut-être que de sa hauteur, il la sentait moins, ou que son odorat était moins développé que celui de ses congénères. Et pourtant, cette fois-ci, la puanteur était particulièrement atroce.

« Bon Dieu, ce que ça schlingue », grogna Carl quand ils entrèrent dans le corridor et enfilèrent leurs chaussons de plastique bleu.

« J'ouvre une fenêtre », dit Hardy en passant dans la pièce contiguë au vestibule particulièrement propice à la claustrophobie.

Carl s'avança sur le seuil du petit séjour. Les rideaux baissés ne laissaient pas passer beaucoup de lumière, mais suffisamment pour qu'on distingue le corps assis dans un coin, sa peau gris-vert, sa figure presque entièrement couverte de cloques creusées de profondes crevasses. Un liquide clair et rougeâtre gouttait de son nez et les boutons de sa chemise tenaient à peine sous la pression de son torse gonflé. Ses yeux étaient cireux.

« Le clou a été tiré dans sa tête avec un pistolet à air comprimé Paslode », avait commenté Hardy derrière lui en enfilant ses gants de coton. « Il est sur la table. Il y a aussi une visseuse thermique qui a encore un peu de charge. Il faudra vérifier combien de temps ce genre de batterie a d'autonomie. »

Quand Anker revint, ils avaient à peine commencé à examiner les lieux.

« Le voisin habite là depuis le 16 janvier. Autrement dit, depuis dix jours, et il n'a vu personne depuis qu'il a emménagé. » Anker avait montré le cadavre du doigt et jeté un coup d'œil autour de lui. « Il s'était assis sur sa véranda pour profiter tranquillement du réchauffement de la planète, et c'est là qu'il a remarqué la puanteur. Le pauvre gars est plutôt secoué. Peut-être qu'on ferait bien de le faire examiner par le médecin légiste après le constat du décès. »

Ce qui s'était passé ensuite, Carl n'avait pu le raconter que de manière très floue, et l'on avait dû s'en contenter. Tout le monde avait pensé qu'il était en état de choc. Or, ce n'était pas vrai. Au contraire, il se rappelait la scène beaucoup trop bien, il n'avait simplement pas eu envie d'entrer dans les détails.

Il avait entendu quelqu'un entrer par la porte de la cuisine, mais n'avait pas réagi. Peut-être parce qu'il était obnubilé par l'odeur pestilentielle qui régnait dans la pièce, peut-être parce qu'il avait cru qu'il s'agissait de la police scientifique.

Quelques secondes plus tard, il avait enregistré du coin de l'œil une silhouette en chemise à carreaux rouges qui se précipitait dans le séjour. Il avait pensé à sortir son arme mais ses réflexes l'avaient lâché. En revanche, il avait perçu l'onde de choc quand le premier coup de feu avait touché Hardy au dos, et le poids du corps de son coéquipier quand il s'était effondré en l'entraînant dans sa chute. Il avait senti sa colonne vertébrale se tordre et Hardy lui avait écrasé un genou.

Les coups de feu suivants avaient touché Anker à la poitrine et Carl à la tempe. Il se rappelait chacune de ses impressions, le grand corps haletant de Hardy couché sur lui, son sang qui coulait à travers la combinaison, et se mélangeait au sien. Il se souvenait aussi s'être dit qu'il devrait sortir son pistolet quand il avait vu passer à côté de lui les jambes du meurtrier.

Derrière lui, il avait entendu Anker ramper sur le sol, tandis que les assassins discutaient dans un petit débarras qui donnait également dans l'entrée. Il avait entendu Anker leur faire une sommation. Plus tard, on lui avait expliqué qu'Anker avait sorti son arme de service.

Pour seule réponse, Anker avait eu droit à un nouveau coup de feu, et l'impact de la balle avait fait vibrer le plancher en l'atteignant en plein cœur.

Fin de l'histoire. Les assassins s'étaient enfuis par la porte de la cuisine sans que Carl ait eu le temps de faire le moindre geste. Tétanisé, il n'avait même pas bougé à l'arrivée du médecin légiste. Aussi bien ce dernier que le chef de la brigade criminelle avaient affirmé ensuite qu'ils l'avaient cru mort.

Longtemps, il était resté sonné, la tête pleine de pensées lugubres. Ils avaient pris son pouls et les avaient emmenés tous les trois. Ce n'est qu'à l'hôpital qu'il avait ouvert les yeux. Mais ceux qui en furent témoins dirent que son regard était mort.

On le croyait en état de choc, en vérité il était terrassé par la honte.

« Je peux faire quelque chose pour vous ? » lui demanda un type d'environ trente-cinq ans vêtu d'une blouse blanche.

Carl décolla son dos du mur :

« Je viens de rendre visite à Hardy Henningsen.

– À Hardy, ah je vois. Vous êtes de la famille ?

– Non, je suis son collègue. Hardy faisait partie de mon équipe à la brigade de la police criminelle.

– Hum, hum !

– Quel est le pronostic ? Est-ce qu'il remarchera un jour ? »

Le jeune médecin recula un peu. La réponse était évidente. L'état de son patient ne regardait pas Carl :

« Je ne peux malheureusement donner de renseignements qu'aux membres de sa famille. Vous voudrez bien m'excuser. »

Carl attrapa le médecin par le bras :

« J'étais avec lui quand c'est arrivé, vous comprenez ? On a aussi tiré sur moi. Un de nos collègues est mort. Nous avons vécu cela ensemble. C'est pour ça que j'ai besoin de savoir. Est-ce qu'il remarchera un jour ?

– Je regrette. » Le médecin se dégagea de l'emprise de Carl. « Vous pourrez certainement, par l'intermédiaire de vos supérieurs hiérarchiques, avoir des renseignements sur l'état de Hardy Henningsen, mais moi je ne peux rien vous dire. Nous devons, chacun de notre côté, faire notre travail selon les règles de la déontologie, n'est-ce pas ? »

Son petit ton supérieur, son articulation exagérée, ses sourcils légèrement haussés faisaient sans doute partie de son personnage, mais ils agirent comme un jet d'essence sur l'allumage automatique de Carl qui eut terriblement envie de lui casser la figure, mais préféra l'attraper par le col et l'attirer tout près de lui :

« Faire notre travail ! siffla-t-il. Vous allez d'abord remballer votre suffisance de riche, d'accord ? » Le médecin s'était mis à trembler. « Quand votre fille ne rentre pas à vingt-deux heures comme elle aurait dû le faire, c'est nous qui courons la chercher, et quand on viole votre femme ou quand vous ne trouvez plus votre foutue BMW beige à sa place sur le parking, c'est encore nous qu'on appelle. Chaque fois, on est là. Même pour vous consoler. Vous me suivez, pauvre minus ? Alors, je vous repose la question : est-ce que Hardy remarchera ? »

Quand Carl l'eut lâché, le médecin reprit son souffle :

« J'ai une Mercedes et je ne suis pas marié. » Il pensait peut-être avoir trouvé comment prendre le dessus sur son interlocuteur, probablement grâce aux quelques cours de psychologie qu'il avait réussi à glisser entre deux leçons d'anatomie. On lui avait sûrement appris qu'avec un brin d'humour, on désarmait les gens, mais sur Carl, son humour resta sans effet.

« Je vous conseille de prendre exemple sur votre ministre de tutelle si vous voulez apprendre l'arrogance, petit merdeux », dit Carl en bousculant le jeune médecin. « Vous avez encore besoin de leçons. »

Le chef de la brigade criminelle et le petit Lars Bjørn l'attendaient dans son bureau, ce n'était pas bon signe. L'appel au secours du médecin avait dû traverser les murs épais de la clinique. Il observa l'expression de leurs visages. Non, il y avait autre chose… Leur cerveau administratif devait avoir concocté quelque idée saugrenue. Il vit les regards qu'ils échangeaient. Allaient-ils encore vouloir l'aider à surmonter sa crise existentielle ? Allaient-ils lui proposer, une fois de plus, de parler avec un psychologue de la façon dont il devait comprendre et combattre les traumatismes consécutifs à un grave choc émotionnel ? Allait-il devoir laisser une fois de plus un type au regard pénétrant s'immiscer dans les ténèbres les plus reculées de son inconscient pour y dévoiler le dit et le non-dit ? Si seulement ils pouvaient lui foutre la paix, Carl n'avait pas besoin d'eux. Son problème ne datait pas d'aujourd'hui et il ne le résoudrait pas avec des bavardages. L'épisode d'Amager avait juste fait déborder le vase.

Il les emmerdait tous.

« Écoute, Carl », commença le chef de la brigade criminelle en lui indiquant le siège vide d'un signe de tête. « Nous avons examiné ta situation, Lars et moi, et nous pensons qu'à de nombreux égards, nous sommes arrivés avec toi à une croisée des chemins. »

Cela sonnait comme un licenciement. Carl se mit à tambouriner des ongles sur le bord de la table et laissa son regard se perdre au-dessus de la tête de son supérieur. Est-ce qu'il avait vraiment l'intention de le virer ? Si c'était le cas, il ne se laisserait pas faire.

Carl tourna la tête vers la fenêtre et regarda le ciel au-dessus des jardins de Tivoli, les nuages s'amoncelaient, menaçants. S'ils le renvoyaient, il fallait qu'il sorte avant l'orage. Pas question de se mettre à chercher le délégué du personnel. Il descendrait directement au siège de la Fédération, boulevard Andersen. Renvoyer un bon collaborateur une semaine seulement après un arrêt maladie et deux mois seulement après qu'on lui a tiré dessus et qu'il a perdu deux bons coéquipiers et amis, l'histoire ferait du bruit. La plus ancienne fédération d'agents de police du monde aurait une bonne opportunité de se montrer digne de son âge.

« Je sais que cela arrive un peu soudainement, Carl, mais nous avons décidé de t'accorder un petit changement d'air, et ce, d'une manière qui nous permettra de profiter davantage de tes extraordinaires capacités d'investigateur. Nous allons tout simplement te promouvoir à la tête d'un nouveau département, le département V, qui a pour mission d'enquêter sur des affaires d'un intérêt particulier pour le bien public. Des affaires dignes d'une attention spéciale, pourrait-on dire. »

Ça par exemple ! pensa Carl en se calant sur sa chaise.

« Tu seras seul à la tête de ce département, mais qui mieux que toi serait à même de le diriger ?

– N'importe qui ! répliqua Carl en regardant le mur.

– Écoute un peu, Carl. Tu viens de vivre une dure période et ce job est comme fait sur mesure pour toi », insista le sous-chef.

Qu'en sais-tu, pauvre con ? pensa Carl.

« Tu feras ton boulot dans une indépendance totale. Après nous être concertés avec les chefs de la police des différentes circonscriptions, nous sélectionnerons une série d'affaires, et c'est toi qui décideras de celles qui seront prioritaires, ainsi que de la façon de les traiter. Tu auras un budget pour tes voyages, tu devras juste nous faire un rapport tous les mois. »

Carl fronça les sourcils :

« Les chefs des circonscriptions ?

– Oui, c'est un poste national. Tu vas devoir quitter tes anciens collègues. Nous avons créé un nouveau département, ici, dans les locaux de la préfecture, mais il s'agit d'une unité distincte. À l'heure qu'il est, on est en train d'aménager ton bureau. »

Bien trouvé, tu n'auras plus à me supporter, pensa Carl :

« Vraiment, et où est-il ce bureau, si je peux me permettre ? Tu vas me donner le tien ? » demanda-t-il provocateur.

Marcus eut un sourire gêné :

« Ton bureau ? Eh bien, pour l'instant, il se trouve au sous-sol, mais c'est provisoire. Il faut d'abord voir comment ça marche. Il suffira que le pourcentage des affaires élucidées atteigne un certain niveau et alors, qui sait jusqu'où cette nouvelle fonction te mènera ? »

Carl retourna à ses nuages. Au sous-sol… Ils avaient décidé de le mettre au placard. De l'exiler, de le geler, de l'isoler, ils voulaient qu'il attrape le syndrome de l'insulaire, et qu'il déprime à mort. Comme si ça faisait une différence, que cela se passe ici ou en bas. De toute façon, il ferait ce qu'il aurait envie de faire et, si possible, rien du tout.

« Comment va Hardy, au fait ? » demanda le chef de la brigade criminelle après avoir marqué un temps qui lui parut d'une durée acceptable.

Carl regarda son chef droit dans les yeux. C'était la première fois qu'il lui posait la question depuis la fusillade.

5

2002

Merete Lynggaard avait sa soirée. Chaque kilomètre qu'elle parcourait la débarrassait du même coup des traits de sa personnalité dont elle n'avait que faire derrière les ifs de Magleby. Dès l'instant où elle bifurquait pour prendre la direction de la campagne somnolente de Stevns et qu'elle traversait la rivière de Tryggevælde, elle se sentait transformée.

Oluf attendait, comme d'habitude, devant sa tasse de thé froid posée sur le bord de la table basse, éclairé par l'écran de la télé dont il avait poussé le son au maximum. Elle rentra sa voiture au garage et fit le tour de la maison pour arriver par la porte de derrière de façon à pouvoir l'observer, à travers les fenêtres qui donnaient sur la cour. Oluf était égal à lui-même. Silencieux et immobile.

Elle se débarrassa de ses chaussures à talons dans la buanderie, posa sa serviette sur le poêle, accrocha son manteau dans l'entrée et déposa une liasse de dossiers dans son bureau. Puis elle ôta son tailleur-pantalon Filippa K, le rangea sur la chaise, à côté de la machine à laver, enfila son peignoir et mit ses pantoufles. Il ne lui en fallait pas davantage. Elle n'était pas de ceux qui ont besoin de passer sous la douche dès qu'ils rentrent pour effacer leur journée de travail.

Ensuite, elle fouilla dans son sac en plastique pour prendre ses bonbons Hopjes. Elle avait besoin de faire remonter le taux de glucose dans son sang avant de pénétrer dans le séjour.

Alors seulement, jamais plus tôt, elle disait gaiement : « Salut, Oluf, je suis rentrée. » Le rituel était immuable. Elle savait qu'Oluf avait vu la lumière des phares au moment où elle franchissait la colline, mais ni l'un ni l'autre n'avaient besoin d'anticiper cet instant.

Elle s'assit devant lui et essaya de capter son regard : « Alors, frérot, tu regardes les infos et ta présentatrice préférée ? » Le visage d'Oluf se contractait, son sourire remontait jusqu'aux oreilles, mais il ne quittait pas l'écran des yeux.

« Tu es un petit voyou ! » Elle lui prenait la main, une main chaude et douce, comme toujours. « Mais je sais bien qu'en réalité tu préfères Lotte Mejlhede, je me trompe ? » Les lèvres d'Oluf s'écartaient lentement : il riait. Le contact était établi. Oluf était toujours là, quelque part à l'intérieur. Et Oluf savait parfaitement ce qu'il voulait dans la vie qui était la sienne.

Elle se tourna vers l'écran et suivit avec lui les deux derniers sujets du journal. Le premier concernait la proposition du ministère de la Santé publique visant à imposer une réduction draconienne du taux d'acides gras transgéniques dans la production alimentaire, le deuxième une campagne subventionnée par l'État annonçant l'introduction peu probable sur le marché de volailles élevées et tuées au Danemark. Elle connaissait les deux dossiers sur le bout du doigt, puisqu'ils lui avaient valu deux nuits de travail intensif.

Elle se tourna vers Oluf, lui passa la main dans les cheveux, effleurant la longue cicatrice qui courait sur son cuir chevelu. « Allez, viens, paresseux, on va manger un bout. » De sa main libre, elle attrapa un coussin sur le canapé et lui donna des petits coups sur la nuque jusqu'à ce qu'il se mette à hurler de bonheur en agitant bras et jambes. Puis elle le lâcha et sauta par-dessus le canapé pour courir vers le vestibule. Le résultat était toujours le même. En criant et en gloussant de joie de vivre et d'énergie refoulée, il lui emboîtait maladroitement le pas. Attachés l'un à l'autre comme deux wagons de tramway, ils montaient bruyamment jusqu'au premier étage, redescendaient, sortaient dans la cour pour passer devant le garage, retournaient dans le séjour et finissaient leur course dans la cuisine. Dans un moment, devant la télé, ils partageraient le dîner préparé par l'aide-ménagère. Hier, ils avaient vu Mister Bean, avant-hier Chaplin. Aujourd'hui, ils reverraient Mister Bean. La collection des DVD d'Oluf et de Merete se composait uniquement de ce qu'Oluf aimait regarder. Il résistait en général une demi-heure et puis il s'endormait. Alors, elle le recouvrait d'un plaid et le laissait dormir sur le canapé jusqu'à ce que, plus tard dans la nuit, il monte tout seul dans la chambre. Il lui prenait la main et grognait un peu avant de se rendormir à côté d'elle dans le grand lit. Quand elle entendait au sifflement de sa respiration qu'il dormait profondément, elle rallumait la lumière et commençait à préparer sa journée du lendemain.

Ainsi s'écoulaient leurs soirées et leurs nuits. Parce que c'était ce qu'Oluf voulait. Oluf, son merveilleux petit frère innocent, gentil et muet.

6

2007

Les mots « Département V » figuraient effectivement sur une plaque de cuivre fixée à la porte, mais la porte, dégondée, était appuyée au mur, contre le faisceau des canalisations du chauffage central qui couraient le long des interminables couloirs du sous-sol. Dix seaux de peinture à moitié vides, abandonnés là, encombraient la pièce qui était censée devenir son bureau. Les quatre tubes de néon du plafond étaient du modèle qui provoque immanquablement, au bout d'un certain temps, un mal de tête carabiné. Rien à dire sur les murs en revanche, sinon que leur couleur rappelait furieusement celle d'un hôpital d'Europe de l'Est.

« Merci beaucoup Marcus Jacobsen », grogna Carl, tâchant de se faire une idée d'ensemble de sa nouvelle situation.

Sur les dernières centaines de mètres du couloir, il n'avait pas rencontré âme qui vive. Ni êtres humains, ni lumière du jour, ni air frais, ni quoi que ce soit qui puisse lui faire penser à autre chose qu'au roman de Soljenitsyne intitulé *L'Archipel du Goulag*. Voilà donc le bureau qu'on lui avait attribué ! Entre ce trou et le coin réservé aux cancres, la comparaison s'imposait.

Il jeta un coup d'œil aux deux ordinateurs tout neufs et à la salade de câbles auxquels ils étaient reliés. Apparemment les informaticiens avaient connecté le premier appareil au réseau Intranet et le deuxième à l'Internet, il gratifia le deuxième ordinateur d'une tape amicale. Il allait pouvoir surfer sur le Net pendant des heures, sans être dérangé par la moindre alerte concernant la sécurité et la protection des serveurs centraux. C'était déjà ça. Il jeta un coup d'œil dans la pièce à la recherche de quelque chose qui pourrait faire office de cendrier et éjecta une cigarette en tapant sur son paquet de Grøn Cecil sur lequel on lisait : « Fumer est extrêmement nuisible pour toi et ton entourage. » Il regarda autour de lui. La fumée ne gênerait pas les quelques cafards qui avaient élu domicile ici. Il alluma sa cigarette et aspira profondément la fumée. Il y avait des avantages à être son propre patron.

« Nous t'enverrons les dossiers des affaires à traiter », lui avait dit Marcus Jacobsen, mais pour l'instant il ne voyait pas l'ombre d'un feuillet A4 sur le bureau, pas plus que sur les étagères désespérément vides. On s'était sans doute imaginé qu'avant de commencer à travailler, il aménagerait un peu le local selon ses besoins. Mais Carl n'en avait rien à foutre, il mettrait de l'ordre où il voudrait, et quand il voudrait.

Il tourna le siège de côté, se cala au fond et posa les pieds sur le coin du bureau. Pendant les premières semaines de son congé maladie, chez lui, il était resté la plus grande partie du temps dans cette position, le regard perdu dans le vide. À fumer ses clopes en s'efforçant de ne songer ni au poids inerte du corps de Hardy, ni au râle d'Anker pendant les quelques secondes qui avaient précédé sa mort. À part ça, il s'était contenté de surfer sur Internet, sans but précis, sans aucun plan, pour s'anesthésier. Et c'est exactement ce qu'il allait faire ici aussi. Il regarda sa montre. Il lui restait juste cinq heures à tuer avant de rentrer chez lui.

Carl habitait à Allerød, conformément au désir de sa femme. Ils y avaient emménagé deux ans environ avant qu'elle le quitte pour aller vivre dans une maisonnette du jardin ouvrier d'Islev. À l'époque, elle avait eu cette idée en étudiant un plan du Nord-Sjælland. Elle avait soudain déclaré que si l'on voulait vivre confortablement, il fallait soit disposer d'un compte en banque bien garni, soit aller vivre à Allerød. Une jolie petite ville, desservie par un train de banlieue, la campagne tout autour, la forêt tout près, des petits commerces sympathiques, un cinéma, un théâtre, une vie associative et, surtout, il y avait la résidence Rønneholt ! Sa femme était surexcitée. Ils allaient pouvoir acquérir pour une bouchée de pain une maison mitoyenne en préfabriqué, assez grande pour eux deux et pour son fils à elle, avec court de tennis, piscine et salle des fêtes collectifs. Sans compter le voisinage de champs cultivés, d'un marais et d'un nombre astronomique de voisins formidables. Elle avait lu quelque part que, dans le lotissement de Rønneholt, les gens se souciaient vraiment les uns des autres. À l'époque, Carl n'avait pas considéré cela comme un avantage (qui croit à ce genre de conneries de toute façon ?), mais avec le recul, cela s'était effectivement révélé une bonne chose. Sans ses amis de Rønneholt, Carl aurait craqué. Au sens propre comme au sens figuré. Pour commencer, sa femme l'avait quitté. Ensuite, elle avait refusé de divorcer, tout en continuant à vivre séparée de lui dans son abri de jardin. Finalement, elle s'était offert une brochette d'amants beaucoup plus jeunes qu'elle et avait pris la mauvaise habitude de lui téléphoner pour les lui décrire. Ensuite, son fils avait refusé de continuer à vivre avec elle et s'était réinstallé chez Carl, en pleine crise adolescente. Et, pour finir, il y avait eu cette fusillade à Amager, qui avait stoppé net tout ce à quoi Carl s'était raccroché : un but solide dans la vie et deux bons collègues qui se foutaient du pied sur lequel on s'était levé le matin. Non, sans le lotissement de Rønneholt et ses habitants, il aurait vraiment été dans la merde

Arrivé chez lui, Carl appuya sa bicyclette à l'appentis à côté de la cuisine et constata que les deux autres habitants de la maison étaient là. Comme d'habitude, Morten Holland, son locataire du sous-sol, avait mis le son au maximum pour écouter un opéra, tandis que le rock tonitruant du fils de sa femme rugissait par la fenêtre du premier étage. Impossible d'imaginer un patchwork sonore plus désagréable.

Il pénétra dans cet enfer, tapa plusieurs fois du pied et *Rigoletto* baissa d'un ton instantanément. Avec le gamin d'en haut, il fallait utiliser une méthode plus radicale. Il monta les escaliers en trois enjambées et entra sans frapper.

« Jesper, nom de Dieu de nom de Dieu… ! Tu sais qu'avec tes décibels, tu as cassé deux vitres dans la rue d'à côté. C'est toi qui paieras les dégâts », hurla-t-il aussi fort que possible.

Celle-là, le gamin l'avait déjà entendue et son dos penché sur son clavier ne bougea pas d'un millimètre.

« Salut », lui cria Carl directement dans l'oreille. « Baisse le son, autrement je te coupe ton ADSL. »

Le son baissa légèrement.

À la cuisine, Morten Holland avait déjà mis la table. Un voisin l'avait baptisé substitut de la maîtresse de maison du 73, mais loin d'être un substitut, Morten était la fée du logis la plus accomplie que Carl ait jamais rencontrée. Il faisait les courses, les lessives, la cuisine et le ménage, tandis que les airs d'opéra s'envolaient de ses lèvres sensuelles. Et il payait son loyer par-dessus le marché.

« Tu es allé à la fac aujourd'hui, Morten ? » lui demanda Carl, bien qu'il connût déjà la réponse. Morten avait trente-trois ans et au cours de ces treize dernières années, il avait étudié assidûment toutes les matières possibles, à l'exception de celles pour lesquelles il s'était inscrit à l'université. Résultat : une connaissance encyclopédique de tout ce qui n'avait rien à voir avec l'aide à la formation qui était censée lui permettre de gagner sa vie à l'avenir.

Morten lui tourna le dos, un dos lourd et gras, et concentra son regard sur ce qui bouillait dans la marmite :

« J'ai décidé d'étudier l'administration territoriale. »

Il en avait déjà parlé, ce n'était qu'une question de temps.

« Mais bon Dieu, Morten, si tu finissais d'abord tes études de sciences politiques ? »

Morten jeta un peu de sel dans la marmite et remua. « Presque tous ceux qui font sciences po votent pour les grands partis, ce n'est pas mon truc.

– Qu'est-ce que tu en sais puisque tu n'y mets jamais les pieds, Morten !

– J'y suis allé hier. Et j'en ai balancé une bien bonne aux camarades de ma classe concernant Karina Jensen.

– Une bien bonne à propos d'une politicienne qui a commencé à gauche de la gauche et qui finit chez les libéraux ? C'est une proie facile, tu ne t'es pas foulé !

– Je leur ai dit qu'elle était l'incarnation d'un esprit obtus caché derrière un grand front. Et ils n'ont même pas ri. »

Morten était un type spécial. Un éternel étudiant, un puceau androgyne monté en graine, pour qui les relations sociales se bornaient aux remarques qu'il adressait aux clients du supermarché Kvickly à propos de leurs courses. Une causette par-dessus le congélateur sur le bien-fondé de préparer les épinards avec ou sans béchamel.

« D'accord, Morten, ils n'ont pas ri, mais peut-être qu'ils avaient quelques raisons. Moi non plus, je n'ai pas ri, et pourtant je ne vote pas pour la majorité gouvernementale, si tu vas par là. » Il secoua la tête. Après tout, quelle importance. Tant que Morten gagnait suffisamment d'argent dans le vidéoclub où il travaillait, il se fichait complètement de savoir s'il faisait des études ou pas.

« L'administration territoriale. Ça doit être chiant, non ? »

Morten haussa les épaules et découpa deux carottes qu'il ajouta au contenu de la marmite. Il resta muet un instant, chose tout à fait inhabituelle chez lui. Carl devina ce qui allait suivre :

« Vigga a appelé », annonça finalement Morten d'une voix légèrement inquiète en s'éloignant un peu de Carl. Dans ces cas-là, il ajoutait généralement : « *Don't shoot me, I'm only the piano player.* » Cette fois-ci, il s'abstint.

Carl ne fit pas de commentaire. Si Vigga voulait le contacter, elle n'avait qu'à l'appeler quand il était là.

« Je crois qu'elle a froid dans son abri », risqua Morten en touillant énergiquement le contenu de sa marmite.

Carl se tourna vers lui. Ça sentait rudement bon. Il y avait longtemps qu'il ne s'était pas senti aussi affamé.

« Elle a froid ? Alors qu'elle bourre son poêle avec deux de ses gros amants.

– De quoi vous parlez ? »

La voix venait de la porte. Derrière Jesper, la cacophonie rugissante qui avait recommencé dans sa chambre faisait trembler les murs.

C'était un miracle qu'ils réussissent à entendre leurs propres voix.

Après avoir passé trois jours à contempler alternativement divers sites sur Google et les murs du sous-sol et à apprendre par cœur le trajet entre son bureau et ses toilettes provisoires, Carl, plus reposé qu'il ne l'avait jamais été, fit les quatre cent cinquante-deux pas qui menaient aux bureaux de la criminelle au deuxième étage du bâtiment, où se trouvaient ses anciens collègues. Il allait exiger que l'on termine les travaux de menuiserie du sous-sol et que l'on remette sa porte sur ses gonds pour qu'il puisse au moins la claquer si l'envie lui en prenait. Au passage il leur signalerait discrètement qu'on ne lui avait encore transmis aucune affaire à traiter. Il n'était pas particulièrement pressé de se mettre au boulot, mais il n'avait pas envie de perdre son travail avant de l'avoir commencé.

Il s'attendait peut-être à ce que ses anciens collègues le regardent avec curiosité, ne serait-ce que pour vérifier s'il était au bord de la dépression nerveuse. Est-ce qu'il était soudain devenu invisible ? Son séjour dans les bas-fonds lui avait-il donné une mine de papier mâché ? Il s'était attendu à des regards curieux, voire apitoyés, mais pas à les voir tous rentrer précipitamment dans leurs bureaux en fermant leur porte avec un bel ensemble.

« Qu'est-ce qui se passe ici ? » demanda-t-il à un type qu'il n'avait encore jamais vu et qui ouvrait des cartons de déménagement devant le premier bureau.

Le type se présenta : « Peter Vestervig. Je viens du commissariat du centre-ville. Je vais faire partie de l'équipe de Viggo.

– De l'équipe de Viggo ? de Viggo Brink ? Viggo va être chef d'équipe ? Sa nomination doit dater d'hier, alors.

– Oui. Et toi, qui es-tu ? »

Le type tendit spontanément la main à Carl.

Carl la lui serra brièvement et regarda autour de lui sans répondre. Il vit deux autres visages inconnus. « Ceux-là aussi vont faire partie de l'équipe de Viggo ?

– Pas celui qui est devant la fenêtre.

– Mobilier neuf, à ce que je vois.

– Oui, on vient de l'apporter. Tu n'es pas Carl Mørck ?

– Je l'ai été, autrefois », répliqua Carl en franchissant les derniers pas qui le séparaient du bureau de Marcus Jacobsen.

La porte était ouverte, mais une porte fermée ne l'aurait pas empêché d'entrer de toute façon.

« Vous attendez des renforts dans ton service, Marcus ? » demanda-t-il de but en blanc, interrompant la réunion en cours.

Le chef de la brigade lança un regard résigné à son sous-chef et à l'une des filles du secrétariat :

« Bon, voilà Carl Mørck qui refait surface. On fait une pause d'une demi-heure », déclara-t-il en empilant ses papiers.

Carl adressa un sourire acide à l'adjoint lorsqu'il sortit et celui qu'il lui rendit n'était pas plus aimable. Lars Bjørn, sous-inspecteur de la Crime, n'avait jamais pu le sentir.

« Comment ça se passe en bas, Carl ? Tu as décidé dans quel ordre tu vas traiter les dossiers ?

– Ça va, je m'en sors. Surtout avec ce qu'on m'a refilé pour l'instant. Qu'est-ce qui se passe ici ?

– Bonne question ! » dit Marcus en levant les sourcils et en redressant la tour de Pise (surnom que donnaient les gars du service à la pile des nouveaux dossiers arrivés sur le bureau du patron). « Il y a tellement de boulot qu'on a été obligés de créer deux nouveaux groupes d'investigation.

– Pour remplacer mon équipe ? »

Carl souriait jaune.

« On a remplacé la tienne, et on en a créé deux nouvelles. »

Carl fronça les sourcils.

« Trois équipes. Et où avez-vous trouvé le fric pour tout ça ?

– Une subvention spéciale. Une rallonge suite à la réforme, tu sais bien.

– Ah vraiment ? Je suis bluffé !

– Tu voulais quelque chose de particulier, Carl ?

– Oui, mais je viens de me rendre compte que ça pouvait attendre. Il faut que j'aille vérifier un truc. Je reviens. »

Tout le monde savait qu'au sein du parti des conservateurs, pas mal de commerçants et d'industriels prenaient du bon temps ensemble en faisant ce que leur demandaient les syndicats. Or, allez savoir pourquoi, ce même parti, le plus « propre sur lui » qui soit, avait toujours attiré des gens de la police et de l'armée. Carl connaissait au moins deux membres de ces corporations qui siégeaient au Folketing, à Christiansborg. Le premier était un minable qui n'avait traîné ses guêtres dans la police que pour en ressortir au plus vite, mais le second était un bon vieux commissaire divisionnaire de la criminelle que Carl avait rencontré à l'époque où il travaillait à Randers. L'homme qui venait de la même circonscription que lui n'était pas un conservateur dans l'âme, mais comme le job n'était pas mal payé, Kurt Hansen, de Randers, était entré en politique avec l'étiquette *Droite* et avait intégré la Commission judiciaire. Pour Carl, il était une excellente source de renseignements quand il était question de politique. Kurt savait se montrer discret, mais lorsqu'une affaire l'intéressait, il était facile de lui tirer les vers du nez. Carl ignorait si ce serait le cas pour celle-ci.

« Monsieur le commissaire divisionnaire Kurt Hansen, je suppose ? » dit-il lorsque la voix résonna à l'autre bout du fil.

Un rire profond et amical lui répondit :

« Tiens, tiens, il y avait longtemps, Carl. Je suis content d'entendre ta voix. Il paraît qu'on t'a tiré dessus ?

– Rien de grave. Je vais bien, Kurt.

– Deux de tes collègues s'en sont moins bien tirés que toi, je crois. L'enquête avance ?

– Ça va.

– Tant mieux. Nous travaillons sur un projet de loi, en ce moment, qui vise à augmenter de cinquante pour cent les peines des auteurs d'attentats contre des agents dans l'exercice de leurs fonctions. C'est une bonne motion. Nous devons aider ceux qui sont sur les barricades.

– C'est bien, Kurt. J'apprends que vous avez aussi soutenu la brigade criminelle de Copenhague en lui accordant une subvention spéciale.

– Non, je ne crois pas.

– Si ce n'est pas la brigade criminelle directement, ça a à voir avec la préfecture de police en tout cas. Ce n'est pas un secret que je sache ?

– Est-ce qu'on a quoi que ce soit à cacher ici quand il s'agit de subventions ? » Kurt rit de bon cœur, comme un homme qui sait qu'il a une bonne retraite assurée.

« Alors, peux-tu me dire s'il te plaît pourquoi vous avez accordé une subvention à la police ? Serait-ce à un service qui dépendrait de la police nationale ?

– Oui, il s'agit d'un service qui dépend à proprement parler du bureau d'investigation de la police nationale. Il a été décidé de créer un département indépendant, administré par la brigade criminelle, afin que les mêmes personnes n'enquêtent pas une seconde fois sur les mêmes affaires. Ce département devra reprendre des enquêtes qui requièrent une attention spéciale. Tu es au courant, j'imagine.

– Tu veux dire le département V ?

– C'est comme ça que vous l'appelez ? Un nom tout à fait adéquat, à mon avis.

– De combien est-elle, cette subvention ?

– Je n'ai pas le chiffre exact en tête, tu m'excuseras, mais c'est quelque part entre six et huit millions par an pendant les dix années qui viennent. »

Carl jeta un regard circulaire dans sa pièce du sous-sol peinte en vert pâle. OK. Voilà qui expliquait pourquoi Marcus Jacobsen et Bjørn tenaient absolument à le déporter dans ce no man's land. Entre six et huit millions, grogna-t-il. Que la brigade criminelle mettait directement dans sa poche.

Les salopards, ils n'allaient pas s'en tirer comme ça.

Le chef de la brigade criminelle regarda Carl avec attention avant d'ôter ses demi-lunes. Il avait exactement la même expression que celle qu'il arborait sur une scène de crime quand les empreintes n'étaient pas très nettes.

« Tu veux ta propre voiture de fonction ? Puis-je te rappeler que la police de Copenhague ne dispose pas de parc automobile propre ? Il va falloir que tu fasses comme tout le monde et que tu t'adresses au service concerné chaque fois que tu auras besoin d'une voiture.

– Je ne travaille pas pour la police de Copenhague. Je dépends juste de votre administration.

– Carl, tu comprends bien que les autres vont se mettre dans tous leurs états s'ils apprennent que tu bénéficies de ce genre de traitement spécial ? Et, en plus, tu veux six hommes avec toi ! Tu es devenu fou ?

– J'essaie tout simplement de mettre sur pied le département V de façon qu'il puisse fonctionner selon son objectif. Ce n'est pas ce qu'on attend de moi ? C'est une grosse responsabilité d'avoir le Danemark tout entier sous son aile. Tu ne veux vraiment pas me donner six hommes ?

– C'est hors de question.

– Quatre ? Trois ? »

Le chef de la criminelle secouait la tête.

« Alors je vais devoir me taper tout le boulot tout seul ? »

Marcus hocha la tête.

« Dans ce cas, tu comprendras que je ne puisse pas me passer d'une voiture de service qui sera constamment à ma disposition. Sinon comment je vais faire si je dois aller à Aalborg ou à Næstved ? N'oublie pas qu'on m'attend au tournant. Je ne sais même pas combien d'affaires vont atterrir sur mon bureau. »

Il s'assit en face du grand patron et versa du café dans la tasse laissée par son adjoint.

« N'importe comment, il va me falloir un homme à tout faire à la cave. Un type qui a un permis de conduire et qui pourra me rendre des services, envoyer des fax, ce genre de trucs. Faire le ménage. J'ai trop de travail, Marcus. Il faudra qu'on présente des résultats. Le Folketing aime en avoir pour son argent ? Huit millions, si je ne m'abuse ? Ça fait un paquet. »

7

2002

Aucun agenda n'était assez épais pour la vice-présidente des démocrates au Folketing. Entre sept heures et dix-sept heures, Merete Lynggaard avait quatorze réunions avec divers groupes d'intérêt. Au moins quarante nouveaux visages allaient lui être présentés en sa qualité de porte-parole du ministère de la Santé, et la plupart s'attendraient à ce qu'elle connaisse leur CV et leur activité, leurs projets et les scientifiques qu'ils représentaient. Si encore elle avait pu se reposer sur Marianne, elle aurait eu une chance de s'en sortir, mais sa nouvelle secrétaire, Søs Norup, n'avait pas la même vivacité. En revanche, elle était discrète. Elle n'avait pas une seule fois, au cours du mois passé, évoqué le moindre sujet privé quand elle se trouvait dans le bureau de Merete. C'était un robot-né, bien que sa mémoire ne soit pas à la hauteur.

La délégation qui se trouvait actuellement dans le bureau de Merete venait d'achever sa tournée de visites. Ils avaient vu d'abord les partis du gouvernement, puis le plus grand parti de l'opposition, et maintenant c'était au tour de Merete de les recevoir. Ils avaient l'air assez déçus, et à juste titre, car la plupart des membres du gouvernement ne s'intéressaient qu'au scandale de Farum et à la harangue dirigée par le maire de cette commune à leur encontre.

Ils déployèrent tous leurs efforts pour expliquer à Merete

les possibles effets négatifs des nanoparticules sur la santé : le pilotage magnétique du transport des particules dans l'organisme, les défenses immunitaires, les molécules de reconnaissance et les examens effectués sur le placenta. Ce dernier sujet leur tenait spécialement à cœur.

« Nous sommes tout à fait conscients des questions éthiques qui peuvent être soulevées, déclara leur porte-parole. Nous savons que les partis au gouvernement représentent justement ceux qui s'élèveront contre une collecte générale des placentas, mais nous nous battrons pour défendre nos convictions. »

Le porte-parole était un homme élégant, d'une quarantaine d'années, qui avait gagné des millions dans sa spécialité. Fondateur du laboratoire pharmaceutique BasicGen, il fournissait avant tout de la recherche de base à d'autres labos plus importants. Chaque fois qu'il avait une nouvelle idée, on le voyait débarquer dans les bureaux du ministère de la Santé. Elle ne connaissait pas le reste du groupe qui se tenait derrière lui, mais elle remarqua un homme plus jeune qui la regardait fixement. Il vint seulement apporter quelques éléments supplémentaires à ce que dit le porte-parole de la délégation, peut-être n'était-il là qu'en qualité d'observateur.

« Voici Daniel Hale, notre meilleur collaborateur sur le front des laboratoires. En dépit de son nom anglais, Daniel est un Danois pur jus », avait précisé le porte-parole par la suite, quand elle avait serré la main de chaque membre de la délégation.

Au contact de sa main elle remarqua la chaleur intense qui s'en dégageait.

« Daniel Hale, c'est bien ça ? »

Il sourit et elle eut du mal à soutenir son regard. Très embarrassée, elle jeta un coup d'œil à sa secrétaire, un des piliers neutres de son bureau. Si ç'avait été Marianne, elle l'aurait vue dissimuler un sourire en coin derrière la liasse de papiers qu'elle avait toujours entre les mains. Le visage de la nouvelle secrétaire resta imperturbable.

« Vous travaillez dans un laboratoire, n'est-ce pas ? »

Le porte-parole intervint. Il devait profiter des précieuses secondes dont il disposait, on ne pouvait pas savoir quand l'occasion se présenterait à nouveau. Le groupe suivant attendait déjà à la porte de Merete Lynggaard. Dans sa position tout était une question de temps, et des investissements astronomiques étaient en jeu.

« Daniel possède le petit laboratoire le plus pointu de Scandinavie. Enfin, il n'est plus si petit que ça maintenant que vous avez vos nouveaux bâtiments », dit-il en se tournant vers le type qui hocha la tête avec un sourire. Un sourire merveilleux. « Permettez-moi de vous remettre ce rapport », poursuivit le porte-parole. « Nous espérons que vous prendrez le temps de le lire attentivement. Pour les générations futures, il est d'une importance capitale que ce problème soit considéré dès aujourd'hui avec le plus grand sérieux. »

Elle ne pensait pas revoir Daniel Hale au restaurant du Folketing ni, comme elle l'apprit plus tard, qu'il était là pour l'attendre. Tous les autres jours de la semaine, elle déjeunait dans son bureau, mais le vendredi, depuis un an, elle se joignait à ses homologues du parti socialiste et aux radicaux du centre. Elles étaient toutes les trois des filles loyales qui ne craignaient pas de dire leur façon de penser aux membres de la majorité. Le seul fait qu'elles se retrouvent ouvertement pour boire leur café dérangeait pas mal de gens.

Il était là, seul, à moitié dissimulé derrière une colonne, assis à une table, tout au bout d'une banquette dessinée par Kasper Salto. Leurs regards se croisèrent à l'instant où elle poussait la porte de verre, et elle ne pensa plus à rien d'autre pendant tout le temps qu'elle resta là.

Quand les femmes se levèrent, leur discussion achevée, il vint la rejoindre.

Elle vit que des gens se mettaient à chuchoter, mais elle était prisonnière de ses yeux.

8

2007

Carl était content. Les ouvriers avaient travaillé dur toute la matinée dans son sous-sol pendant qu'il attendait dans le couloir, se préparant du café sur une table roulante en fumant cigarette sur cigarette. Ils avaient posé une moquette dans le prétendu bureau du département V, fait disparaître les seaux de peinture et autres objets encombrants dans de gigantesques sacs en plastique, posé solidement la porte sur ses gonds, installé un écran plat, accroché au mur un tableau blanc et un panneau d'affichage. Carl avait rangé sur l'étagère ses vieux dossiers juridiques, que ses anciens collègues avaient espéré pouvoir s'approprier tranquillement. Dans la poche de son pantalon, il avait la clé d'une Peugeot 607 bleu marine. Les Renseignements généraux venaient justement de s'en défaire, car il était impensable que leurs gardes du corps suivent les voitures officielles de la reine dans un véhicule dont la laque avait été rayée. Cette voiture, qui n'avait que quarante-cinq mille kilomètres au compteur, appartenait maintenant au département V. Il imaginait déjà l'effet qu'elle ferait sur le parking du lotissement de Rønneholt ! À vingt mètres de la fenêtre de sa chambre à coucher.

Comme on lui avait promis un nouvel assistant dans deux jours, Carl avait demandé aux ouvriers de vider une petite pièce, juste en face de son bureau, de l'autre côté du couloir.

Cette pièce, où l'on avait stocké visières et boucliers usagés après les échauffourées de la maison des jeunes, était à présent meublée d'une table et d'une chaise, d'un placard à balais et de tous les tubes de néon dont Carl avait débarrassé son propre bureau. Marcus Jacobsen avait pris Carl au mot et embauché un homme à tout faire qui serait chargé du ménage, à condition qu'il le fasse dans tout le sous-sol. Carl avait bien l'intention de modifier cette clause du contrat dès que l'occasion s'en présenterait, et il savait que Marcus Jacobsen le savait aussi. Tout cela n'était qu'un jeu. L'important était de décider d'abord ce qu'il voulait obtenir et de déterminer ensuite ce qui était négociable et dans quel délai. Après tout, c'était lui qui avait été relégué dans une cave obscure pendant que les autres, là-haut, pouvaient admirer la vue sur les jardins de Tivoli. Ce serait donnant-donnant, ainsi l'équilibre serait rétabli.

À treize heures ce jour-là, deux secrétaires lui apportèrent enfin les dossiers. Elles lui affirmèrent qu'ils contenaient les pièces les plus importantes et que s'il avait besoin d'informations plus détaillées, il lui suffirait de demander. Cela lui permettrait de rester en contact avec son ancien service. Avec une des deux secrétaires en tout cas, Lis, une blonde chaleureuse, avec des incisives très sexy qui se chevauchaient légèrement, et avec qui il aurait très volontiers échangé beaucoup plus que des informations détaillées.

Il leur demanda d'empiler les dossiers de part et d'autre de sa table de travail.

« Tu es particulièrement en beauté aujourd'hui ou tu es tous les jours comme ça, Lis ? » dit-il à la blonde.

L'autre secrétaire, brune, adressa à sa collègue un coup d'œil éloquent. Il devait y avoir belle lurette qu'on ne lui faisait plus ce genre de compliment.

Comme toujours la blonde Lis répondit : « Carl, mon ami, je ne suis coquette qu'avec mon mari et mes enfants. Quand est-ce que tu vas te mettre ça dans la tête ?

– Le jour où la lumière disparaîtra et où je m'évanouirai, avec le reste de l'humanité, dans le noir de l'éternité. »

En toute simplicité.

Elles n'avaient pas encore attaqué l'escalier que la brune disait déjà son indignation à l'oreille de sa collègue.

Pendant les deux premières heures, il ne s'intéressa pas au contenu des dossiers. En revanche, il s'obligea à les compter, ce qui était aussi une sorte de travail. Il y en avait au moins quarante ; il n'en ouvrit pas un seul : « J'ai le temps, il me reste encore au moins vingt ans avant la retraite », pensa-t-il en faisant une ou deux réussites. Quand il en réussirait une, il verrait s'il avait envie de jeter un petit coup d'œil sur la pile de droite.

Après vingt réussites, au moins, son portable sonna. Il ne reconnut pas le numéro : 3545 quelque chose. Un appel local.

« Allô », répondit-il, s'attendant à entendre la voix de Vigga. Elle trouvait toujours une âme charitable pour lui prêter un téléphone. « Achète-toi donc un portable, maman », lui disait toujours Jesper. « C'est chiant d'être obligé d'appeler ton voisin pour te joindre. »

« Bonjour », dit la voix, qui ne ressemblait pas à celle de Vigga. « Birte Martinsen à l'appareil. Je suis la psychologue de la clinique des lésions de la moelle épinière. Ce matin, quand une infirmière a donné un verre d'eau à Hardy Henningsen, il a failli s'étrangler volontairement. Il va bien, mais nous le trouvons très déprimé, et il a demandé à vous voir. Vous pourriez venir ? Je crois que ça lui ferait du bien. »

On permit à Carl de rester seul avec Hardy, bien que la psychologue ait visiblement très envie d'écouter leur conversation.

« Tu en as eu assez, mon vieux ? » dit-il en prenant la main de son ami. Il nota que cette main réagissait, comme il l'avait déjà remarqué quelquefois. Les deux phalangettes du bout du majeur et de l'index se pliaient comme s'il voulait attirer Carl jusqu'à lui.

« Oui ? dit-il en approchant la tête tout près de Hardy.

– Tue-moi, Carl », chuchota Hardy.

Carl releva la tête et le regarda droit dans les yeux. Ce géant avait les yeux les plus bleus du monde, des yeux qui n'exprimaient à présent que chagrin, doute et supplication.

« Bon sang, Hardy, murmura-t-il. Je ne peux pas faire ça. Tu vas t'en sortir. Tu vas remarcher. Tu as un fils et ton gamin aimerait bien que son père revienne à la maison, tu m'entends, Hardy ?

– Il a vingt ans, il se débrouillera », chuchota Hardy.

Il était pareil à lui-même. Tout à fait lucide. Il avait vraiment décidé de mourir.

« Je ne peux pas, Hardy. Prends ton mal en patience. Tu vas guérir.

– Je suis paralysé et je vais rester paralysé. Ils ont prononcé ma sentence aujourd'hui. Aucune chance de guérison, nom de Dieu. »

« J'imagine que Hardy Henningsen vous a demandé de l'aider à mettre fin à ses jours », dit la psychologue en l'invitant à la confidence.

Son regard professionnel n'attendait pas de réponse. Elle était sûre de son fait. Ce n'était pas la première fois qu'elle posait la question.

« Non, pas du tout.

– Ah bon. Je l'aurais pourtant juré.

– Hardy ? Non, ce n'est pas son genre.

– Je serais heureuse que vous me répétiez ce qu'il vous a dit.

– Je pourrais le faire. »

Il fit la grimace en regardant la rue du port à travers la fenêtre. Il n'y avait pas un chat. Bizarre.

« Mais vous ne voulez pas ?

– Vous rougiriez si vous l'entendiez. Je ne peux pas dire une chose pareille à une dame.

– Vous pourriez toujours essayer.

– Non, je ne crois pas. »

9

2002

Merete avait souvent entendu parler du Bankeråt, le petit café de Nansensgade avec ses étranges animaux empaillés, mais elle n'y était jamais allée.

Traversant le brouhaha de la salle, elle avait été accueillie par deux yeux chaleureux et un verre de vin blanc glacé ; la soirée s'annonçait bien.

Elle avait juste eu le temps de raconter qu'elle devait passer le week-end prochain à Berlin avec son frère. Qu'ils faisaient ce voyage une fois par an, et qu'ils logeraient près du Jardin zoologique, quand son portable avait sonné. C'était son aide-ménagère qui l'informait qu'Oluf ne se sentait pas bien.

Elle avait fermé les yeux un instant pour avaler la pilule amère. Il était si rare qu'elle s'accorde une soirée de loisir. Pourquoi fallait-il qu'Oluf lui gâche celle-ci ?

Malgré les routes glissantes, elle était rentrée en moins d'une heure.

Oluf avait pleuré et tremblé toute la soirée. Cela lui arrivait quelquefois quand Merete ne rentrait pas à l'heure habituelle. Comme Oluf ne communiquait pas verbalement, il pouvait être difficile de le comprendre. On pouvait penser qu'il était totalement absent. Mais on se trompait. Oluf était extrêmement présent au contraire.

L'aide-ménagère s'était fait beaucoup de souci, et Merete se dit qu'elle ne pourrait pas compter sur elle une autre fois.

Oluf n'arrêta de pleurer que lorsqu'elle l'eut emmené dans la chambre à coucher et coiffé de sa chère casquette de base-ball, mais malgré cela, elle sentit qu'il était toujours inquiet, et elle vit que ses yeux étaient pleins de méfiance. Elle avait tenté de le calmer en lui décrivant tous les clients du restaurant et les drôles d'animaux empaillés. Elle lui avait fait partager ses impressions et ses réflexions, et cela l'avait rassuré. C'était une méthode qu'elle utilisait depuis que son frère avait dix ou onze ans. Quand Oluf pleurait, son chagrin venait de son inconscient. Dans ces instants-là, le passé et le présent se télescopaient dans sa tête, comme s'il se souvenait de ce qu'avait été sa vie avant l'accident. Quand il était un garçon normal. Non, normal n'était pas le mot approprié, un garçon exceptionnel, intelligent, plein d'idées fabuleuses et de promesses d'avenir. Oui, Oluf était un garçon fantastique, avant l'accident.

Durant les jours qui suivirent, Merete avait eu un travail fou. Et même si elle n'avait pas pu s'empêcher d'avoir la tête ailleurs la plus grande partie du temps, il n'y avait personne pour faire son travail à sa place. Elle arrivait à son bureau à six heures du matin et reprenait l'autoroute ventre à terre après une dure journée pour être rentrée à dix-huit heures. Elle n'avait pas eu beaucoup de temps pour laisser les choses se décanter.

Et découvrir un jour un gros bouquet de fleurs posé sur son bureau ne l'aida pas beaucoup à retrouver sa concentration.

Sa secrétaire était manifestement irritée. Avant, elle travaillait au DJØF, le secrétariat de la Fédération des juristes et des économistes, où, apparemment, on faisait mieux qu'au Folketing la distinction entre vie privée et travail. S'il s'était agi de Marianne, elle serait tombée en pâmoison et aurait soigné les fleurs comme si elle avait eu à surveiller les bijoux de la Couronne.

Décidément, pour ce qui ne concernait pas le travail, elle n'avait pas grand-chose à attendre de sa nouvelle secrétaire, mais c'était peut-être mieux ainsi.

Trois jours plus tard, pour la première fois de sa vie, elle reçut un télégramme pour la Saint-Valentin, par l'intermédiaire de TelegramsOnline. Elle se sentit plutôt mal à l'aise, quinze jours s'étant déjà écoulés depuis le 14 février. Les deux lèvres imprimées sur la couverture étaient suivies du message « *Love & Kisses for Merete* » et, en le lui apportant, sa secrétaire avait eu l'air exaspérée.

Le télégramme disait : « Il faut que je te parle ! »

Elle resta un moment silencieuse et secoua la tête tout en contemplant les deux lèvres.

Puis ses pensées retournèrent à la soirée au restaurant, et elle éprouva un délicieux sentiment de bien-être, tout en se disant que cette histoire compliquerait tout. Il fallait qu'elle y mette un terme le plus tôt possible.

Elle formula son message une ou deux fois dans sa tête, tapa le numéro et attendit que la messagerie du portable se déclenche.

« Salut. C'est Merete, dit-elle à voix basse. J'ai beaucoup réfléchi, je suis désolée, cette histoire ne nous mènera nulle part. Je suis beaucoup trop occupée par mon travail et par mon frère. Et cela ne changera sans doute jamais. Ça me fait vraiment beaucoup de peine. Pardonne-moi ! »

Puis elle prit son agenda sur son bureau et raya le numéro de téléphone.

Sa secrétaire entra à cet instant et se planta devant son bureau.

Quand Merete leva la tête, elle vit que sa secrétaire lui souriait comme elle ne l'avait encore jamais fait.

Il attendait dans l'escalier de la cour du Folketing et n'était pas suffisamment couvert. Il faisait un froid glacial et il avait mauvaise mine. Malgré l'effet de serre, le mois de février n'invitait pas à séjourner dehors. Il la regardait d'un air suppliant, sans se soucier du photographe de presse qui venait de surgir dans la cour du palais.

Elle essaya de l'attirer vers la porte d'entrée, mais il était trop grand, et trop bouleversé.

« Merete », dit-il tout bas en lui mettant les mains sur les épaules. « Ne fais pas ça. Je suis désespéré.

– Je regrette », répliqua-t-elle en secouant la tête.

Elle nota que son regard changeait. Soudain, elle revit dans ses yeux cette expression étrange qui lui faisait peur.

Derrière lui, le photographe de presse appuya son appareil contre sa joue. La poisse. Il ne fallait surtout pas que la presse à scandale les prenne en photo ensemble et dans cette situation.

« Je regrette, je ne peux rien faire pour toi », cria-t-elle en courant à sa voiture. « Ça ne peut pas marcher, c'est tout. »

Oluf l'avait regardée avec étonnement quand elle s'était mise à pleurer pendant le repas, mais sans en être affecté. Il soulevait lentement sa cuillère, comme toujours, et souriait chaque fois qu'il avalait, il fixait son regard sur les lèvres de sa sœur et restait perdu dans ses pensées.

« Quelle merde », sanglotait-elle en tapant du poing sur la table et en regardant Oluf avec un sentiment d'amertume et de frustration au fond du cœur. Malheureusement ce sentiment remontait de plus en plus fréquemment à la surface.

Elle avait rêvé et, bien qu'éveillée, son rêve restait présent, à la fois merveilleux et effroyable.

Il faisait un temps splendide, ce matin-là. Il gelait un peu et un soupçon de neige recouvrait le paysage, juste assez pour renforcer l'ambiance de fêtes de fin d'année. Ils étaient tous si pleins de vie. Merete avait seize ans, Oluf en avait treize. Encore émus par la nuit qu'ils avaient dû passer, leur père et leur mère se sourirent tendrement pendant tout le temps que dura le chargement de la voiture et jusqu'au départ. C'était le matin du 24 décembre, la veille de Noël, ce jour attendu et chargé de promesses. Oluf avait souhaité qu'on lui offre un lecteur de CD et ce fut la dernière fois de sa vie qu'il exprima un désir.

Ils avaient pris la route. Heureux, Oluf et elle riaient. Là où ils allaient, on les attendait.

Sur le siège arrière, Oluf l'avait poussée pour s'amuser. Il pesait beaucoup moins qu'elle, mais il se débattait comme un jeune chiot dans une portée au moment de la tétée. Et Merete l'avait repoussé. Ôtant son bonnet péruvien, elle s'en était servie pour le frapper sur la tête. C'était là que le jeu avait dégénéré.

En plein virage, au milieu d'un bois, Oluf lui avait rendu ses coups et Merete l'avait forcé à se rasseoir. Il s'était débattu, en hurlant de rire et Merete l'avait immobilisé sur le siège. À l'instant où son père, en riant, avait allongé le bras derrière lui pour les calmer, Merete et Oluf avaient relevé la tête. Ils étaient en train de doubler une voiture. La Ford Sierra qu'ils dépassaient était rouge, avec des portières tachées par le sel. Un couple d'environ quarante ans regardait droit devant lui et sur le siège arrière se trouvaient un garçon et une fille, exactement comme eux, et Oluf et Merete leur avaient souri. Le garçon, qui devait avoir à peu près deux ans de moins qu'elle et les cheveux courts, avait capté son regard farceur au moment où elle tapait sur le bras de son père. Elle s'était remise à rire et ne s'était aperçue qu'il avait perdu le contrôle de leur voiture qu'en voyant l'expression de ce garçon changer, dans l'ombre intermittente des sapins. L'espace d'une seconde, ses yeux bleus s'étaient vissés dans les siens, puis ils avaient disparu.

Le bruit métallique de la collision avait correspondu exactement au moment où s'étaient brisées les vitres latérales de la seconde voiture. Les enfants avaient été projetés d'un côté. Au même instant, Oluf était tombé sur Merete. Derrière elle, du verre cassé, devant elle, le pare-brise bombardé de paquets qui dégringolaient les uns sur les autres. Était-ce leur voiture ou celle des autres qui faisait tomber les arbres au bord de la route comme des quilles ? Elle ne s'en était pas rendu compte, mais à ce moment-là Oluf était tout tordu et presque étranglé par la ceinture de sécurité. Puis un fracas assourdissant était venu d'abord de l'autre voiture, puis de la leur. Le sang qui baignait la garniture intérieure et les pare-brise s'était mêlé à la terre et à la neige du sous-bois et une première branche d'arbre avait traversé la cuisse de Merete. Un tronc fendu avait enfoncé le pont de la voiture en la projetant un instant en l'air. Quand elle était retombée, le nez sur la chaussée, le bruit de leur chute s'était mêlé à celui de la Ford Sierra qui percutait un arbre. Ensuite, leur voiture s'était retournée comme une crêpe et avait glissé sur le côté où se trouvait Oluf, jusque dans le fourré d'en face. Oluf, le bras levé, avait les jambes coincées contre le siège de sa mère que le choc avait éjectée. Elle n'avait vu ni sa mère ni son père, à aucun moment. Elle n'avait vu qu'Oluf.

Quand elle se réveilla, son cœur cognait si fort qu'il lui faisait mal. Elle était glacée et trempée de sueur.

Elle se sermonna : « Arrête, Merete. » Et elle respira aussi profondément qu'elle en était capable. Elle serra ses bras contre sa poitrine pour effacer les images du cauchemar. Ce n'était qu'en dormant qu'elle revoyait les détails de l'accident avec une clarté aussi atroce. Sur le moment, elle n'avait eu conscience que de l'ensemble du drame. La lumière, les cris, le sang, l'obscurité, puis à nouveau la lumière.

Elle respira encore une fois profondément et baissa les yeux vers Oluf qui dormait calmement à côté d'elle, la respiration sifflante. Dehors, la pluie ruisselait tranquillement dans les gouttières.

Elle lui passa doucement la main dans les cheveux et serra les lèvres, sentant les larmes lui monter aux yeux.

Il y avait des années qu'elle n'avait plus fait ce rêve, Dieu merci.

10

2007

« Bonjour, je m'appelle Assad », dit l'homme en tendant à Carl un poing poilu qui devait avoir traîné dans quelques bagarres.

Carl ne réalisa pas tout de suite où il se trouvait et qui lui parlait. La matinée n'avait pas été passionnante. En fait, il s'était assoupi profondément, les jambes sur la table, ses grilles de Sudoku sur le ventre et le menton à moitié enfoncé dans sa chemise. Les plis de son pantalon, si bien repassés d'ordinaire, rappelaient le tracé d'un électrocardiogramme. Il descendit ses jambes ankylosées et regarda, stupéfait, le petit type brun qui se trouvait en face de lui, un homme qui devait avoir plusieurs années de plus que lui mais ne devait pas avoir grandi dans le même village que lui.

« Assad ? OK », répliqua Carl mollement. Qu'est-ce que ça pouvait lui faire ?

« Et toi, c'est Carl Mørck, comme c'est écrit sur la porte. Ils disent que c'est bien si je t'aide. C'est bon ? »

Carl plissa un peu les paupières en décortiquant la syntaxe du bonhomme. Et ce type était supposé l'aider ?

« Eh bien, espérons ! » répondit-il.

Tant pis pour lui. Il l'avait voulu, il l'avait eu. Car il en prenait conscience maintenant, la présence du petit personnage dans le bureau en face du sien l'engageait. D'une part, il serait obligé de faire en sorte que cet homme s'occupe et, de l'autre, il allait devoir lui aussi faire semblant de travailler. Il avait manqué de jugeote sur ce coup-là. Tant que ce type serait dans les parages, Carl ne pourrait pas passer ses journées à buller comme il en avait eu l'intention. Il s'était dit que ce serait pratique d'avoir un assistant. Que ce type-là trouverait à s'occuper, pendant que lui-même compterait les heures derrière ses paupières. Il fallait passer la serpillière, faire le café, mettre les papiers en ordre et les ranger dans des dossiers. Il y aurait bien assez de choses à faire, avait-il pensé quelques heures plus tôt. Mais cela faisait bientôt deux heures que le type le regardait avec de grands yeux. Tout était fini et bouclé. Même l'étagère de Carl était en ordre, tous ses livres étaient rangés par ordre alphabétique, tous ses classeurs numérotés et prêts à servir. En deux heures et demie, ce type avait fini son travail, point à la ligne.

En fait, il aurait aussi bien pu rentrer chez lui tout de suite.

« Tu as ton permis de conduire ? » lui demanda Carl en espérant que Marcus avait oublié de prendre ce détail en considération, ce qui lui permettrait de discuter la totalité des conditions d'embauche de cet homme.

« Je conduis taxis, voitures normales, camions, et je conduisais T-55 et tank T-62, et aussi voitures blindés et motos avec side-car et aussi sans side-car. »

Alors Carl lui proposa de s'asseoir tranquillement dans son bureau pendant deux heures et de lire un ou deux des ouvrages alignés sur l'étagère, derrière son dos. *Le Manuel technique de la criminalité*, de l'inspecteur de police A. Haslund, tiens, pourquoi pas ?

« Et en lisant, fais bien attention à la syntaxe du danois, Assad. Ça peut toujours servir. As-tu lu beaucoup de choses en danois ?

– J'ai lu tous les journaux et aussi la Constitution et tout ça.

– Tout ça ? » dit Carl. Ils n'étaient pas sortis de l'auberge. « Tu aimes peut-être remplir les grilles de Sudoku ? » lui demanda-t-il en lui tendant les siennes.

Cet après-midi-là, il eut mal au dos à force de rester assis sans bouger. Il avait découvert que le café d'Assad était terriblement corsé et son sommeil avait été perturbé par la caféine et par la sensation énervante du sang qui galopait dans ses veines. Il avait donc commencé à feuilleter ses classeurs.

Il connaissait par cœur quelques-unes de ces affaires, mais la plupart provenaient d'autres juridictions et deux d'entre elles étaient antérieures à son entrée dans la police. Toutes avaient en commun d'avoir mobilisé énormément d'effectifs et d'avoir eu un grand retentissement dans les médias. Des citoyens connus du grand public étaient parfois impliqués et toutes avaient atteint le point où la totalité des pistes suivies par les enquêteurs s'étaient révélées être des impasses.

Un tri grossier lui permettait de les classer en trois catégories.

La première et la plus importante comprenait des assassinats en tout genre pour lesquels on avait trouvé des mobiles, mais pas d'assassin.

La deuxième portait également sur des assassinats, mais d'un caractère plus complexe. Les mobiles n'étaient pas toujours très clairs. Il pouvait y avoir plusieurs victimes. Des complices pouvaient avoir été condamnés, mais pas les principaux coupables, ou le crime semblait avoir été commis par un concours de circonstances fortuites, le motif ayant surgi soudainement, sous l'empire de la passion. Les affaires de ce genre étaient parfois résolues avec l'aide du hasard : des témoins qui passaient par là, des véhicules qui avaient servi pour commettre d'autres actes criminels, des dénonciations dues à des circonstances entièrement différentes, etc. Dans ce type d'affaires, les enquêteurs ne pouvaient compter le plus souvent que sur le facteur chance.

Quant à la troisième catégorie, c'était un fatras de meurtres ou de meurtres présumés liés à des enlèvements, des viols, des incendies criminels, des attaques à main armée ayant entraîné la mort, des crimes économiques et bon nombre d'infractions politiques. Dans toutes ces affaires, la police s'était cassé le nez pour une raison ou pour une autre et, dans certains cas, le sentiment d'équité avait été sérieusement bafoué. Un enfant enlevé dans sa poussette, le résident d'une maison de retraite trouvé étranglé dans son lit, le propriétaire d'une usine dont le cadavre avait été découvert dans le cimetière de Karup, ou la femme d'un diplomate qu'on avait retrouvée au zoo. Bien que Carl soit peu disposé à l'admettre, l'insistance de Pia Vestergård pour créer le département V en récoltant des voix par la même occasion n'était pas totalement injustifiée. Car aucun policier digne de ce nom ne pouvait rester indifférent à ces cas non élucidés.

Il alluma encore une cigarette et regarda Assad, de l'autre côté du couloir. « Un homme paisible. » S'il était capable de se tenir tranquille comme ça tout le temps, ils allaient peut-être pouvoir s'entendre, finalement.

Il plaça les trois piles devant lui sur son bureau et regarda sa montre. Il resterait les bras croisés et les yeux fermés encore une demi-heure et, ensuite, ils rentreraient tous les deux chez eux.

« Alors, il y a quoi dans les dossiers que vous avez là ? »

Carl distingua les iris noirs d'Assad à travers deux fentes qui refusaient de s'agrandir. Le petit homme râblé était penché au-dessus de son bureau, *Le Manuel technique de la criminalité* dans une main. Un doigt entre les pages indiquait qu'il avait déjà bien avancé. Peut-être qu'il ne regardait que les photos, comme la plupart des gens.

« Dis donc, Assad, j'étais en pleine réflexion et tu m'as interrompu. » Il réprima un bâillement. « Enfin, maintenant, c'est fait. Eh bien, ce sont les affaires dont on va s'occuper. Des affaires anciennes que d'autres n'ont pas réussi à résoudre. »

Assad leva les sourcils : « Très intéressant. » Il souleva le premier classeur. « Ça veut dire que personne ne sait qui a fait quoi, des trucs comme ça ? »

Carl tendit le cou et regarda la pendule. Il n'était même pas trois heures. Il lui prit le classeur des mains et le feuilleta :

« Cette affaire-là, je ne la connais pas. Elle concerne un cadavre qu'ils ont trouvé en effectuant des fouilles dans l'île de Sprogø, quand ils ont construit le pont du Grand Belt. Ils ont dû arrêter le chantier. C'est la police de Slagelse qui s'est chargée de l'affaire. Des flemmards.

– Des flemmards ? » Assad hocha la tête. « Et pour vous, elle arrive en numéro un ? »

Carl le regarda sans comprendre : « Tu me demandes si c'est la première affaire dont on va s'occuper ?

– Oui. C'est ça ? »

Carl fronça les sourcils. Cela faisait trop de questions à la fois.

« Il faudra d'abord que je les étudie toutes soigneusement, je prendrai ma décision ensuite.

– C'est très secret, alors ? »

Assad reposa soigneusement le classeur sur la pile.

« Ces dossiers-là ? Oui, c'est possible qu'il y ait des choses dedans qu'il soit préférable de ne pas divulguer. »

Le petit homme basané resta muet sans bouger, comme un enfant à qui on vient de refuser une glace, mais qui sait que, s'il patiente assez longtemps, il a encore une chance de l'obtenir. Il tint assez longtemps pour que Carl soit déstabilisé.

« Bon ? Tu veux me demander quelque chose ?

– Eh bien, comme je suis là, si je promets d'être muet comme une porte cadenassée et de ne jamais rien dire sur des choses que j'ai vues, est-ce que je pourrai aussi jeter un coup d'œil à ce qu'il y a dans les classeurs ?

– Mais tu n'es pas là pour ça, Assad.

– Je sais, mais c'est quoi alors mon travail maintenant ? Parce que j'en suis à la page quarante-cinq du livre que vous m'avez donné et ma tête a envie de s'occuper à autre chose.

– Ah bon. »

Carl regarda autour de lui à la recherche de défis à relever, sinon pour la tête d'Assad, du moins pour ses bras bien proportionnés, mais il voyait bien qu'il ne restait pas grand-chose à confier à son nouvel assistant.

« Écoute, si tu jures sur ce que tu as de plus sacré que tu ne parleras à personne d'autre que moi de ce que tu as lu, alors vas-y. »

Il poussa vers lui, de quelques millimètres, la pile la plus éloignée. « Il y a trois piles, et il ne faudra pas les mélanger. J'ai inventé un système très pointu, qui m'a pris beaucoup de temps. Et surtout n'oublie pas, Assad, tu ne parles de ces affaires à personne d'autre qu'à moi. »

Il se tourna vers son ordinateur :

« Et encore une chose, Assad. Ce sont mes affaires, et je suis très occupé. Tu as vu combien il y en a. Ne compte pas sur moi pour en discuter avec toi. On t'a embauché pour faire le ménage, faire du café et être mon chauffeur. Que tu passes ton temps à lire quand tu n'as rien d'autre à faire, je m'en fiche. Mais rappelle-toi que ça n'a rien à voir avec ton boulot, OK ?

– Oui, OK. »

Assad regarda la pile du milieu et, après un temps, il dit :

« Là, ce sont des affaires spéciales, que tu as mises à part, j'ai bien compris. Je prends les trois du dessus. Je ne les mélange pas. Je les garde dans les chemises cartonnées, et je les emporte dans mon bureau. Quand tu en as besoin, tu n'as qu'à appeler et je te les rapporte. »

Carl le suivit des yeux. Trois dossiers sous le bras et *Le Manuel technique de la criminalité* dans la main. C'était vraiment alarmant.

Moins d'une heure plus tard, Assad était à nouveau planté devant lui. Entre-temps, Carl avait pensé à Hardy. Pauvre Hardy qui voulait que Carl l'aide à mettre fin à ses jours. Comment pourrait-il faire une chose pareille ? Ce genre de pensées ne menait à rien de très constructif.

Assad posa l'une des chemises devant lui :

« Ça, c'est la seule affaire que je me rappelle tout seul. Ça s'est passé à l'époque où je prenais des cours de danois, et on a lu des articles dans les journaux qui en parlaient. Une affaire très intéressante, j'ai trouvé, à ce moment-là. Et maintenant aussi. »

Il tendit le dossier à Carl qui le regarda un instant :

« Tu es arrivé au Danemark en 2002, Assad ?

– Non, en 1998. Mais j'ai suivi les cours de danois en 2002. Vous avez travaillé sur cette affaire ?

– Non, c'est la brigade mobile qui s'en est chargée, avant la restructuration.

– C'est la brigade mobile qui l'a eue parce que ça s'est passé sur l'eau ?

– Non, c'est parce que… » Devant le visage attentif d'Assad et ses sourcils levés, il se corrigea : « Oui, c'est exact. »

Pourquoi compliquer les choses pour Assad qui n'avait pas la moindre idée des procédures internes de la police ?

« C'était une belle fille, Merete Lynggaard, je trouve. »

Assad eut un sourire en coin.

« Une belle fille ? » Carl revit en pensée la ravissante et dynamique Merete Lynggaard : « Oui, c'est vrai. »

11

2002

Pendant plusieurs jours, les messages se multiplièrent. La secrétaire de Merete tâchait de dissimuler son irritation et faisait mine d'être aimable. Plusieurs fois, pensant qu'elle ne s'en apercevait pas, elle observa longuement Merete et l'invita même à faire une partie de squash avec elle pendant le week-end, mais Merete refusa. Elle ne souhaitait aucune familiarité entre elle et les employés.

La secrétaire retomba, par conséquent, dans sa réserve maussade habituelle.

Le vendredi, Merete emporta chez elle les derniers messages que la secrétaire avait empilés sur son bureau et, après les avoir lus plusieurs fois, elle les jeta dans la corbeille à papiers. Puis elle ferma le sac et alla le porter dans le container à l'extérieur. Il fallait en finir une bonne fois pour toutes.

Elle se sentit à la fois malheureuse et injuste.

Lorsqu'elle et Oluf eurent achevé leur marathon à travers la maison, le gratin que l'aide-ménagère avait posé sur la table était encore tiède. À côté du plat, elle trouva un petit billet posé sur une enveloppe.

Oh non, je suis sûre qu'elle me donne son congé, pensa Merete en dépliant le billet.

« Un monsieur est venu apporter cette enveloppe. Je crois que ça vient du ministère. »

Merete prit l'enveloppe et la déchira vivement :

« Bon voyage à Berlin. » C'était tout, rien de plus.

Oluf, à côté d'elle, attendait devant son assiette vide et souriait, mis en appétit par l'odeur alléchante. Elle pinça les lèvres et le servit en s'efforçant de ne pas fondre en larmes.

Le vent d'est, qui avait forci, grossissait les vagues et l'écume frappait les flancs du bateau jusqu'à mi-hauteur. Oluf adorait rester sur le pont supérieur, à contempler le sillage du ferry se former le long de la coque et les mouettes qui planaient au-dessus d'eux. Et Merete adorait voir Oluf heureux. Elle se réjouissait à présent. Ils avaient bien fait de partir malgré tout. Car Berlin était une ville merveilleuse.

Plus loin sur le pont, un couple âgé les regardait et, derrière eux, une famille s'était installée à une des tables proches des cheminées, avec des thermos et des sandwiches faits maison. Les enfants avaient déjà fini et Merete leur sourit. Le père regarda sa montre, dit quelque chose à sa femme et ils se mirent à remballer leurs affaires.

Elle se souvenait d'excursions de ce genre avec ses parents. C'étaient des souvenirs très anciens. Elle détourna le regard. Déjà, les passagers commençaient à descendre vers le pont inférieur où se trouvaient leurs voitures. Ils arriveraient à Puttgarden dans moins de dix minutes, mais certains passagers prenaient leur temps. Ainsi, devant les fenêtres panoramiques situées à l'avant, deux hommes contemplaient tranquillement l'horizon, emmitouflés dans des cache-nez qui leur dissimulaient le menton. L'un semblait maigre et affaibli. Comme ils se tenaient à au moins deux mètres l'un de l'autre, Merete en conclut qu'ils ne voyageaient pas ensemble.

Une impulsion soudaine lui fit sortir la lettre de sa poche et relire une fois de plus les quatre mots qui y étaient écrits. Puis elle la remit dans l'enveloppe, la tendit au-dessus de la mer, la laissa brièvement claquer au vent et la lâcha. L'enveloppe bondit vers les hauteurs puis fila en direction d'une ouverture, sur le flanc du bateau, un étage au-dessous d'eux. L'espace d'un instant, elle crut qu'elle serait obligée d'aller la récupérer, mais l'enveloppe reprit son vol, s'élança au-dessus des vagues, décrivit deux cercles et disparut dans l'écume blanche. Oluf rit. Il l'avait suivie des yeux tout le temps. Soudain, il poussa un cri aigu, prit sa casquette de base-ball et l'envoya rejoindre la lettre.

« Arrête. » Elle n'eut pas le temps d'en dire plus, la casquette n'était déjà plus visible.

Elle la lui avait donnée pour Noël et il l'adorait. À l'instant où la casquette disparut, il la regretta. Merete vit qu'il s'apprêtait à sauter pour la rattraper.

« Non, Oluf ! » lui cria-t-elle. « C'est trop tard, elle est perdue ! » Mais Oluf avait déjà posé un pied sur le bastingage et il pleurait. Le centre de gravité de son corps était beaucoup trop haut, il allait basculer dans le vide.

« Arrête, arrête, Oluf, ça ne sert à rien », cria-t-elle à nouveau, mais Oluf était fort, beaucoup plus fort qu'elle, et il ne voulait rien entendre. Il n'avait qu'une chose en tête, récupérer la casquette de base-ball que sa sœur lui avait donnée pour Noël. Une véritable relique dans sa vie simple et austère.

Merete le gifla violemment. Elle n'avait jamais fait ça. Paniquée, elle retira brusquement sa main. Oluf n'avait pas l'air de comprendre ce qui venait de se passer. Il oublia sa casquette et mit la main sur sa joue, il était sous le choc. Il y avait des années qu'il n'avait pas ressenti une douleur pareille. Il regarda sa sœur et la frappa à son tour. Il la frappa comme jamais auparavant.

12

2007

Marcus Jacobsen, le chef de la police criminelle, n'avait pas beaucoup dormi cette nuit-là.

La femme témoin de l'assassinat du cycliste dans le parc de Valby avait essayé de mettre fin à ses jours en prenant des somnifères. Il ne comprenait pas ce qui avait pu la pousser à faire cela. Elle avait pourtant des enfants et une mère qui l'aimaient. Qui pouvait menacer une femme au point de la pousser à de telles extrémités ? Ils lui avaient offert la protection prévue pour les témoins et tout ce que requérait la situation. Elle était sous surveillance jour et nuit. Comment s'était-elle procuré ces cachets ?

« Tu devrais rentrer chez toi et dormir un peu », lui suggéra son adjoint lorsque Marcus revint de la réunion qu'il avait tous les vendredis matin, dans la salle d'audience du préfet de police.

Marcus acquiesça : « Oui, quelques heures de sommeil ne me feraient pas de mal. Dans ce cas, tu devras accompagner Bak à l'hôpital universitaire pour voir si tu peux tirer quelque chose de cette femme. Débrouille-toi pour que sa mère et ses enfants t'accompagnent et qu'elle puisse les voir. Il faut essayer de la ramener à la réalité.

– Ou de l'en éloigner », dit Lars Bjørn.

Malgré le transfert d'appels, le téléphone sonna dans le

bureau du chef de la criminelle. Il avait pourtant bien précisé à sa secrétaire de ne lui passer les appels que s'ils venaient de la reine ou du prince Henrik ! C'était sûrement sa femme.

« Allô », dit son adjoint, et Marcus se sentit encore plus épuisé quand il reconnut la voix à distance. « C'est la responsable de district de la police », chuchota Lars Bjørn, la main sur le micro.

Il tendit le combiné à Marcus et sortit de la pièce à pas de loup.

« Écoute, Marcus », dit la responsable de district de sa voix caractéristique. « Je t'appelle pour te faire savoir que le ministre de la Justice et les commissions sont allés vite en besogne et que la subvention spéciale a été accordée.

– Très bien », répondit Marcus en essayant de se représenter de quelle manière il pourrait scinder son budget.

« Mais tu connais la voie hiérarchique. Pia Vestergård et le comité juridique se sont réunis aujourd'hui au ministère de la Justice et toute la machine s'est mise en branle. Le directeur de la police nationale a prié le chef de la police de Copenhague de me demander de m'enquérir auprès de toi de la bonne marche du nouveau département.

– Il est opérationnel », affirma Marcus en fronçant les sourcils et en imaginant le visage las de Carl.

« Très bien, je vais transmettre ça en haut lieu. Et quelle est la première affaire que vous allez rouvrir ? »

Une excellente question, qui acheva de lui mettre le moral à zéro.

Carl se préparait justement à rentrer chez lui. La pendule murale indiquait 16 h 36, mais, d'après son horloge personnelle, la journée était beaucoup plus avancée. L'appel de Marcus Jacobsen lui annonçant qu'il s'apprêtait à lui rendre visite parce qu'on lui demandait en haut lieu sur quelle affaire le département V était en train de travailler tombait on ne peut plus mal.

Résigné, Carl jeta un coup d'œil sur le tableau d'affichage et sur la série de tasses à café vides alignées sur sa petite table de conférence. « Donne-moi vingt minutes, Marcus, nous sommes trop occupés, là tout de suite. »

Il posa le combiné, inspira profondément et gonfla les joues. Puis il expira lentement et se leva pour traverser le couloir.

Assad avait aménagé son réduit. Deux photos encadrées représentant une foule de gens trônaient sur son minuscule bureau au-dessus duquel il avait placardé une affiche ornée d'une belle photo représentant un bâtiment exotique que Carl ne reconnut pas d'emblée. Un texte en arabe accompagnait la photo. Sur le portemanteau, derrière la porte, Assad avait accroché un tablier brun d'un style qui avait disparu en même temps que la mode des guêtres. Il avait rangé méticuleusement ses outils de travail le long du mur du fond : le seau, la serpillière, l'aspirateur et une armée de bouteilles remplies de divers détergents très puissants. Sur les rayonnages de la bibliothèque, étaient posés des gants de caoutchouc, une petite radiocassette d'où sortaient des sonorités assourdies qui vous transportaient au bazar de Sousse. Juste à côté, un bloc, du papier et un crayon, le Coran et un petit choix de périodiques en langue arabe. Au sol, un tapis de prière bariolé à peine assez grand pour lui permettre de s'y agenouiller. Dans l'ensemble, un spectacle très pittoresque.

« Assad, expliqua Carl, il y a urgence. Le chef de la criminelle arrive dans vingt minutes et il va falloir qu'on lui fasse un topo. À son arrivée, ce serait bien si tu allais passer la serpillière à l'autre bout du couloir. Cela te fera un peu de travail en plus, j'espère que ça ne te dérange pas. »

« Ça alors, Carl », dit Marcus Jacobsen en désignant d'un hochement de tête le tableau d'affichage qu'il découvrait de ses yeux fatigués. « Tu t'es drôlement bien organisé ici. Tu es en train de reprendre le dessus ?

– Le dessus ? Je fais ce que je peux, tu vois. Mais ne perds pas de vue qu'il me faudra encore quelque temps avant d'avoir retrouvé vraiment la pêche.

– N'hésite surtout pas à revoir la psychologue. On ne doit pas sous-estimer les traumatismes que peut entraîner le choc que tu as subi.

– Ça devrait aller.

– Je suis content, Carl, mais vraiment, si tu en as besoin, n'oublie pas de demander. » Il se tourna vers le mur du fond. « Tu as fait installer ton écran plat », dit-il en regardant les infos de la 2 en format quarante pouces

« Oui, nous devons nous tenir au courant de ce qui se passe dans le monde, n'est-ce pas ? »

Il adressa une pensée reconnaissante à Assad qui avait réussi à brancher cette saleté en cinq minutes. Il savait faire ça aussi.

« Ils viennent d'annoncer que le témoin de l'assassinat du cycliste a tenté de se supprimer, poursuivit Carl.

– Quoi ! Merde alors, on en parle déjà dans les médias ? » s'écria le chef de la criminelle, l'air totalement abattu.

Carl haussa les épaules. Après dix années à son poste, Marcus aurait dû s'endurcir, quand même !

« J'ai divisé les affaires en trois catégories », dit Carl en désignant ses piles. « Ce sont de grosses affaires assez compliquées. Il m'a fallu des jours pour en prendre connaissance. Ce boulot va demander un temps fou, Marcus. »

Le chef de la criminelle détourna les yeux de l'écran. « Ça prendra le temps que ça prendra, Carl. Du moment que nous avons des résultats de temps à autre. Si nous pouvons te donner un coup de main, là-haut, tu n'hésites pas. » Il essaya de sourire. « Alors, à quelle affaire as-tu l'intention de t'attaquer en premier ? poursuivit-il.

– D'entrée de jeu, j'en aurais plusieurs. Mais la première sera sans doute la disparition de Merete Lynggaard. »

Le chef de la criminelle se ranima :

« Je me souviens, c'était une drôle d'affaire. Disparaître ainsi du ferry Rødby-Puttgarden en deux minutes. Sans témoins.

– Il y a beaucoup d'éléments bizarres dans cette histoire, dit Carl en essayant en vain de se remémorer l'un d'entre eux.

– Je me rappelle que son frère a été accusé de l'avoir poussée à l'eau, et qu'ensuite il a été disculpé. Est-ce une des pistes que tu as l'intention de suivre ?

– Peut-être. Je ne sais pas où il est en ce moment, il faut d'abord que je retrouve sa trace. Mais je suis tombé sur d'autres indices qui sautent aux yeux.

– Il me semble pourtant qu'il y a des documents, dans le dossier, qui indiquent qu'on l'a mis dans une institution du Nord-Sjælland, s'étonna Marcus.

– À l'époque, mais rien ne prouve qu'il y soit encore. »

Carl fit semblant de se plonger dans une profonde réflexion. Remonte donc dans ton bureau, monsieur le Chef de la criminelle, pensait-il. Tu poses trop de questions, je n'ai eu le temps de feuilleter ce rapport que pendant cinq minutes.

« Il est à un endroit qui s'appelle Egely. Dans la ville de Frederikssund. » La voix venait de la porte ouverte contre laquelle Assad s'appuyait avec son balai. Il semblait venir d'une autre planète, avec son sourire d'ivoire, ses gants de caoutchouc verts et un tablier qui lui tombait jusqu'aux chevilles.

Le chef de la criminelle regarda d'un air étonné le personnage exotique qui venait de se matérialiser devant eux.

« Hafez al-Assad, se présenta-t-il en tendant son gant de caoutchouc.

– Marcus Jacobsen », répondit le chef de la criminelle en lui serrant la main.

Puis il se retourna vers Carl, perplexe.

« C'est le nouvel assistant de notre département du sous-sol. Assad m'a entendu parler de l'affaire », expliqua Carl en lançant à l'intéressé un clin d'œil que ce dernier ignora.

« Parfait, dit Marcus.

– Oui, l'inspecteur de police Mørck a travaillé dur. Je l'ai juste aidé un peu par-ci par-là, comme j'ai pu », dit Assad avec un large sourire. « Ce que je ne comprends pas, c'est qu'on n'ait jamais retrouvé Merete Lynggaard dans l'eau. En Syrie, d'où je viens, l'eau est pleine de requins ; ils mangent les cadavres. Mais il n'y a pas de requins dans les eaux du Danemark, alors on devrait pouvoir trouver les morts à un moment donné. Parce que, au bout d'un certain temps, ils gonflent comme des ballons, à cause de la fermentation à l'intérieur. »

Le chef de la criminelle se força à être aimable :

« C'est vrai. Mais les mers qui entourent le Danemark sont profondes et vastes. Il n'est pas rare que nous ne retrouvions pas les noyés. En fait, il est arrivé plusieurs fois que des passagers de bateaux de ligne soient passés par-dessus bord, en pleine mer, et qu'on ne les ait jamais revus.

– Assad, dit Carl en consultant sa montre. Tu peux rentrer chez toi maintenant. À demain. »

Assad hocha la tête et prit son seau. Après un peu de remue-ménage, de l'autre côté, il revint sur le seuil de la pièce pour prendre congé.

« Drôle de type, cet Hafez al-Assad », commenta le chef de la criminelle quand le bruit de ses pas se fut éteint.

13

2007

Après le week-end, Carl trouva un message sur son ordinateur :

« J'ai informé Bak que tu t'es attaqué à l'affaire Merete Lynggaard. Il avait participé à la dernière phase de l'enquête avec la brigade mobile, il connaît bien l'affaire. Pour le moment, il travaille d'arrache-pied sur l'assassinat du cycliste, mais il est prêt à t'en toucher deux mots. Le plus tôt possible, de préférence. »

Signé : « Lars Bjørn ».

Carl ricana. « Le plus tôt possible de préférence. » Pour qui est-ce qu'il se prenait ? Ce pharisien suffisant, prétentieux, arrogant. Bureaucrate et bon élève à la fois. Sa femme devait sûrement remplir une demande en trois exemplaires pour obtenir des caresses exotiques au-dessous de la ceinture.

Alors le grand Bak s'était cassé le nez sur l'affaire Lynggaard. Carl buvait du petit-lait ! Voilà qui donnait presque envie de faire des efforts pour résoudre l'énigme.

Il prit le dossier sur sa table et demanda à son assistant de lui préparer une tasse de café. « Moins fort qu'hier, Assad, s'il te plaît », précisa-t-il en pensant à la distance qui le séparait des toilettes.

Le dossier Lynggaard était certainement l'un des plus confus et hétéroclites que Carl ait jamais vus. Il trouva des copies de tout, depuis les rapports concernant l'état d'Oluf, le frère, jusqu'à des doubles de questionnaires, en passant par des coupures de quotidiens et de journaux à scandale, une ou deux vidéos contenant des interviews de Merete Lynggaard et des transcriptions détaillées des témoignages de ses collègues et des passagers du bateau ayant vu le frère et la sœur ensemble sur le pont supérieur. Il trouva des photos du pont en question, du bastingage et la mesure de la distance qui le séparait de l'eau. Des analyses d'empreintes digitales, réalisées à l'endroit où la jeune femme avait disparu. Les adresses d'innombrables passagers qui avaient pris des photos à bord du ferry de la compagnie Scandlines. Il y avait même une photocopie du journal de bord du bateau dans lequel le capitaine avait consigné l'épisode. Il manquait juste un petit indice qui aurait pu permettre à Carl de progresser.

« Il va falloir que je visionne ces vidéos », pensa-t-il après avoir parcouru un certain nombre de documents. Il jeta un regard las à son lecteur de DVD.

« J'ai du travail pour toi, Assad », dit-il quand celui-ci lui apporta son café fumant. « Tu vas monter à la PJ, au deuxième étage, entrer par les portes vertes et continuer par les couloirs rouges jusqu'à ce que tu arrives à un évasement, et là… »

Assad lui tendit la tasse de café qui, de très loin, présageait déjà de sérieux problèmes de digestion.

« Évasement ? s'enquit-il en fronçant les sourcils.

– C'est là que le couloir rouge s'élargit un peu, tu sais. Là, tu iras voir la femme blonde. Elle s'appelle Lis. Elle est sympa, tu verras. Tu lui diras que tu viens chercher un lecteur de DVD de la part de Carl Mørck. On est très amis, elle et moi. »

Il fit un clin d'œil à Assad qui le lui rendit.

« Mais si tu ne trouves que la brune, redescends sans rien demander. »

Assad acquiesça.

« Et n'oublie pas de prendre le câble péritel », cria-t-il au moment où Assad s'engageait en traînant les pieds dans le couloir baigné de néon.

« Il y avait seulement la brune, là-haut, annonça-t-il à son retour. Elle m'a donné deux lecteurs vidéo et elle m'a dit qu'on n'avait pas besoin de les rendre. » Il souriait de toutes ses dents. « Elle est belle, elle aussi. »

Carl secoua la tête. Il devait y avoir eu des changements de personnel.

La première vidéo était un extrait d'infos télévisées qui datait du 20 décembre 2001. Merete Lynggaard commentait une conférence extraordinaire sur la santé et le climat à laquelle elle avait participé à Londres. L'interview portait avant tout sur ses discussions avec un certain sénateur Bruce Jansen, à propos de l'attitude des Américains vis-à-vis du travail de l'OMS et du protocole de Kyoto, attitude qui, selon elle, autorisait à envisager l'avenir avec beaucoup d'optimisme.

Était-elle si facile à embobiner ? pensa Carl. Cette naïveté probablement due à son jeune âge mise à part, Merete Lynggaard apparaissait comme quelqu'un de sérieux, de professionnel et de précis. Elle éclipsait largement la ministre nommée depuis peu à l'Intérieur et à la Santé qui, à côté d'elle, ressemblait à une caricature d'enseignante de lycée dans un film des années soixante.

« Une dame vraiment élégante et belle », commenta Assad depuis la porte.

La seconde vidéo datait du 21 février 2002. Merete Lynggaard commentait, au nom du porte-parole de l'environnement de son parti, le rapport de Bjarke Ørnfelt, le sceptique du changement climatique, devant le Comité contre l'improbité scientifique.

Tu parles d'un nom pour un comité ! pensa Carl. Incroyable qu'une appellation aussi kafkaïenne puisse être employée au Danemark !

Cette fois, c'était une tout autre Merete Lynggaard qui apparaissait à l'écran. Plus présente, moins politicienne.

« Elle est vraiment, vraiment belle, là-dessus », fit remarquer Assad.

Carl le regarda. L'importance du physique féminin était apparemment un paramètre important dans la vie de ce petit homme. Mais Carl était d'accord avec Assad. Merete Lynggaard avait un charme particulier dans cette interview ; elle dégageait cette aura si caractéristique, si incroyablement puissante qu'ont les femmes quand elles sont vraiment heureuses. C'était très révélateur, mais aussi assez troublant.

« Elle était enceinte ? » demanda Assad. Le nombre des membres de sa famille figurant sur ses photos laissait présumer qu'il possédait une expérience assez large de cet état chez la femme.

Carl alluma une clope et feuilleta à nouveau le dossier. Le rapport d'autopsie qui lui aurait permis de répondre à cette question ne figurait pas au dossier, ce qui n'avait rien d'étonnant puisque l'on n'avait jamais trouvé le cadavre. Et les articles de la presse à scandale, qu'il lut en diagonale, faisaient plus que suggérer qu'elle ne s'intéressait pas aux hommes, ce qui de nos jours ne l'aurait pas empêchée de tomber enceinte.

D'ailleurs, on ne l'avait jamais vue s'afficher avec personne, pas même avec une femme.

« Alors c'est qu'elle venait de tomber amoureuse », conclut Assad en chassant la fumée de la cigarette de Carl et en s'approchant si près de l'écran qu'il y entrait presque. « Regardez la petite tache rouge qu'elle a sur la joue ! »

Carl secoua la tête. « Je suis sûr qu'il faisait à peine deux degrés au-dessus de zéro, ce jour-là. Les politiciens adorent se faire interviewer en plein air parce que cela leur donne bonne mine, sinon ils n'accepteraient jamais, tu penses bien ! »

Mais Assad avait raison. La différence entre cette interview et la précédente était flagrante. Il s'était passé quelque chose entre les deux. Ce n'était sûrement pas l'argumentaire de Bjarke Ørnfelt, un lobbyiste ridicule qui s'était spécialisé dans l'art de réduire les causes des catastrophes naturelles à une succession d'atomes non identifiables, qui la faisait rayonner à ce point.

Le regard de Carl se perdit dans le vide l'espace d'un instant. Il arrivait toujours un moment, dans une enquête, où l'on souhaitait ardemment avoir rencontré la victime pendant qu'elle était encore en vie. Cette fois, cela se produisait plus tôt qu'à l'ordinaire.

« Assad, appelle l'institution Egely, où le frère de Merete Lynggaard a été placé, et prends rendez-vous de la part de Mørck, inspecteur de la criminelle.

– L'inspecteur Mørck, de la criminelle, c'est qui ? »

Carl pointa le doigt sur sa tempe. Il était idiot, ou quoi ? « À ton avis ? »

Assad secoua la tête :

« Je croyais que vous étiez vice-commissaire de police. Ça ne s'appelle plus comme ça, alors, depuis la nouvelle réforme ? »

Carl respira profondément. Il s'en moquait bien de cette stupide réforme de la police.

Le directeur d'Egely rappela dix minutes plus tard et ne fit aucun effort pour cacher son étonnement en demandant de quoi il s'agissait exactement. Assad avait sûrement extrapolé un peu en remplissant sa mission, mais à quoi fallait-il s'attendre de la part d'un assistant, docteur ès gants de caoutchouc et seau en plastique ? Il faut bien ramper avant d'apprendre à marcher.

Il jeta un coup d'œil à Assad et lui adressa un regard d'encouragement quand ce dernier leva les yeux de son Sudoku.

En une demi-minute, Carl mit le directeur au courant de l'affaire et la réponse fut claire et nette. Oluf Lynggaard ne parlait pas, l'inspecteur de la criminelle n'avait donc rien à discuter avec lui. En outre, Oluf Lynggaard, bien qu'il fût muet et enfermé dans son propre monde, n'était pas sous tutelle ; et comme il n'avait donné aucune consigne au personnel de l'institution pour qu'il parle en son nom, lui non plus ne dirait rien. On tournait en rond.

« Je connais les procédures. Je n'ai pas l'intention de porter atteinte au secret professionnel, cela va sans dire. Mais j'enquête sur la disparition de sa sœur et je crois que me parler pourrait apporter beaucoup de joie à Oluf.

– Il ne parle pas, je crois que je viens de vous le dire.

– En fait, parmi ceux que nous interrogeons, les gens qui parlent ne sont pas nombreux. Nous savons capter des signaux muets, au département V.

– Le département V ?

– Nous sommes un groupe d'enquêteurs d'élite au sein de la préfecture de police. Quand pourrai-je venir ? »

Il y eut un soupir à l'autre bout du fil. Le type n'était pas stupide. Il savait reconnaître un pitbull quand il en croisait un.

« Je vais voir ce que je peux faire. Je vous tiendrai au courant », dit-il.

« Qu'as-tu dit à cet homme quand tu l'as appelé, Assad ? cria Carl après avoir reposé le combiné.

– À cet homme-là ? Je lui ai dit que je voulais parler au directeur de l'établissement, pas juste à l'administrateur.

– C'est l'administrateur qui est le chef de l'établissement, Assad. »

Carl respira profondément, se leva, traversa le couloir et regarda Assad dans les yeux :

« Tu connais les mots "chef d'équipe" ? Un administrateur est une sorte de chef d'équipe. » Ils échangèrent un hochement de tête, et l'affaire fut réglée.

« Demain, tu viendras me chercher à Allerød, Assad, là où j'habite. On va aller faire un petit tour en voiture, d'accord ? »

Il haussa une épaule :

« Et il n'y aura pas de problème avec ça, là, quand nous circulerons ensemble en voiture, n'est-ce pas ? ajouta-t-il en montrant le tapis de prière.

– Non, non, ça peut se rouler.

– Ah parfait. Et dis-moi, comment sais-tu s'il est bien tourné vers La Mecque ? »

Assad pointa le doigt vers sa tête comme si on l'avait équipée d'un GPS.

« Et quand on n'est pas complètement sûr, on peut toujours utiliser ce truc-là. » Il souleva un magazine sur l'étagère et lui montra une boussole.

Carl leva les yeux vers le réseau de grosses conduites métalliques qui sillonnaient le plafond :

« On ne peut pas se servir de cette boussole, ici. »

Assad pointa de nouveau le doigt vers sa tête.

« Très bien, alors tu te fies à ton intuition. Ça n'a donc pas besoin d'être aussi précis ?

– Allah est grand. Il a des épaules tellement larges. »

Carl fit la moue. Bien sûr qu'Allah avait les épaules larges. Comment avait-il pu l'oublier ?

Quatre paires d'yeux cernés se tournèrent vers Carl quand il entra dans le bureau de l'inspecteur-adjoint Bak. Tout le monde était visiblement sous pression. Sur un vaste plan du parc de Valby épinglé au mur, on avait marqué plusieurs éléments essentiels de l'affaire en cours : le lieu du crime, l'endroit où l'on avait trouvé l'arme, un rasoir ancien ; l'endroit où le témoin avait vu la victime en compagnie de l'assassin présumé et, enfin, l'itinéraire du témoin dans le parc. Tout avait été mesuré et analysé plusieurs fois et les pièces du puzzle ne s'imbriquaient pas.

« Nous devons remettre notre conversation à plus tard, Carl », dit Bak en tirant sur la manche de la veste de cuir qu'il avait héritée de son ancien patron. Cette veste était son fétiche, la preuve que celui qui la portait était un homme hors du commun, et il la quittait rarement. Pourtant, les radiateurs soufflaient dans la pièce un air qui devait atteindre les 40°. Il était sans doute sur le point de sortir.

Carl regarda les photos épinglées derrière eux, sur le tableau d'affichage, et ce qu'il vit n'avait rien de ragoûtant. On avait apparemment lacéré le cadavre après sa mort. De profondes coupures sur la poitrine, la moitié d'une oreille coupée. Sur sa chemise blanche, on avait dessiné une croix avec le sang de la victime. Le morceau d'oreille avait peut-être servi à la dessiner. L'herbe gelée qui entourait la bicyclette était piétinée, de même que l'engin. Les rayons de la roue avant étaient complètement écrasés. Le sac de la victime était ouvert et ses livres de l'école de commerce éparpillés sur l'herbe.

« Tu veux remettre notre conversation à plus tard ? OK. Mais en attendant tu ne pourrais pas sortir de ta mort cérébrale l'espace d'une minute pour me répéter ce qu'a dit ton témoin principal sur la personne qu'elle a vue parler avec la victime juste avant le crime ? »

Les quatre hommes le dévisagèrent comme s'il avait profané une tombe.

Bak le regarda sans le voir :

« Ce n'est pas ton affaire, Carl. On parlera ensemble plus tard. Que tu le croies ou non, on a beaucoup de boulot, ici. »

Carl hocha la tête :

« Je n'en doute pas, ça se voit sur vos figures de volailles élevées au grain. Sûr que vous avez beaucoup de boulot. Je suppose que vous avez pensé à envoyer quelqu'un pour perquisitionner au domicile de votre témoin, après qu'elle a été hospitalisée ? »

Ils se regardèrent. Agacés, mais interrogatifs.

Ils n'avaient envoyé personne. Super.

Marcus Jacobsen venait de s'asseoir derrière son bureau quand Carl entra. Comme d'habitude, il avait fière allure. La raie droite, le regard vif et concentré.

« Marcus, as-tu demandé une perquisition dans l'appartement de votre témoin après sa tentative de suicide ? » demanda Carl en désignant le dossier de l'affaire posé sur la table du patron.

« Comment ça ?

– Tu n'as pas retrouvé la moitié d'oreille de la victime, n'est-ce pas ?

– Pas encore. Et tu suggères qu'elle pourrait se trouver au domicile du témoin.

– C'est là que je la chercherais, si j'étais toi.

– Si on la lui a envoyée, elle a dû s'en débarrasser, à mon avis.

– Alors, cherche dans les poubelles de la cour. Et regarde bien dans les W-C.

– On a sûrement tiré la chasse, Carl.

– Tu connais l'histoire de la merde qui remontait toujours à la surface, même si on n'arrêtait pas de tirer la chasse ?

– OK, OK, on verra ça.

– Monsieur le bon élève Bak, la fierté de la police, refuse de parler avec moi.

– Il va falloir que tu apprennes à patienter, Carl. Et puis, les dossiers dont tu t'occupes peuvent attendre encore un peu au point où ils en sont.

– Moi, c'est juste pour t'aider. Ça me retarde dans mon travail, tout ça.

– Alors, je te conseille de t'occuper d'une autre affaire en attendant. »

Marcus prit son stylo-bille et tambourina le rebord de la table.

« Et ton énergumène, en bas ? Tu ne vas pas le mêler à ton enquête, j'espère ?

– Oh, tu sais, compte tenu de l'activité trépidante de mon département, il y a peu de chances qu'il ait le temps de comprendre ce qui s'y passe. »

Le chef de la criminelle lança son stylo-bille sur une des piles de dossiers :

« Carl, tu es tenu au secret professionnel, et ce type n'est pas agent de police. Tu sembles avoir tendance à l'oublier. »

Carl hocha la tête. Il était assez grand pour savoir ce qu'il avait à faire.

« À propos, tu l'as trouvé où, Assad ? À l'agence pour l'emploi ?

– Aucune idée. Demande à Lars Bjørn. Ou à l'intéressé. »

Carl leva un doigt en l'air :

« Ah oui, au fait, j'aimerais bien avoir un plan du sous-sol, avec les mesures exactes et les quatre points cardinaux. »

Marcus Jacobsen eut de nouveau l'air un peu las. Il n'y avait personne parmi ses agents qui se risquerait à lui demander des choses aussi bizarres.

« Tu peux imprimer un plan général à partir du réseau Intranet, Carl. Un jeu d'enfant ! »

« Regarde », dit Carl en désignant le plan du sous-sol qu'il avait placé devant Assad. « Ici, c'est ce mur-là, et là c'est ton tapis de prière. Et là, c'est la flèche qui montre le nord. Maintenant, tu peux placer ton tapis de prière exactement dans la bonne direction. »

Les yeux qui se tournèrent vers lui étaient pleins de respect. Ils allaient former une bonne équipe.

« Il y a eu deux appels. J'ai dit à tous les deux que tu voudrais bien les rappeler un jour.

– C'était qui ?

– Ce type qui est directeur à Frederikssund, et puis une dame qui avait une voix d'outil pour scier le métal. »

Carl soupira profondément :

« C'était Vigga, ma femme. » Alors elle avait trouvé son numéro de téléphone. Finie la tranquillité.

« Votre femme ? Vous avez une femme ?

– Oh, Assad, c'est compliqué. Je t'expliquerai quand on se connaîtra un peu mieux. »

Assad serra les lèvres et hocha la tête, une expression de compassion glissa sur son visage sérieux.

« Au fait, Assad, comment as-tu eu ce poste, ici ?

– Je connais Lars Bjørn.

– Tu le connais ? »

Assad sourit :

« Oui, tu sais. Je suis venu dans son bureau tous les jours pendant un mois pour avoir un job.

– Tu as harcelé Lars Bjørn pour avoir un job ?

– Oui. J'adore la police. »

Il n'appela pas Vigga avant d'être installé dans le séjour de sa maison de Rønneholt, à humer la mixture que Morten avait concoctée à partir des restes d'un véritable jambon de Parme de SuperBest, en écoutant de bouleversants airs d'opéra.

Vigga était une fille bien, à petites doses. Au fil des années, elle lui en avait fait voir de toutes les couleurs, mais maintenant qu'elle l'avait quitté, certaines règles du jeu devaient être respectées.

« Vigga, nom de nom. Cela m'ennuie beaucoup que tu m'appelles au travail. Tu sais, on a énormément de boulot. »

– Mon petit Carl. Morten ne t'a pas dit que je gèle ?

– Tu m'étonnes. Tu vis dans un abri de jardin, Vigga. Bâti avec toutes sortes de cochonneries. Des vieilles planches et des caisses inutilisables, mises au rebut depuis 1945. Tu n'as qu'à déménager.

– Je ne reviendrai pas chez toi, Carl. »

Il respira profondément :

« J'espère bien que non, crois-moi. Je ne vois pas comment on pourrait vous faire rentrer dans le sauna de Morten, toi et ta brochette d'enfants de chœur. Ça doit quand même exister, bon Dieu, des maisons et des appartements AVEC chauffage.

– J'ai trouvé une solution vraiment excellente, Carl. »

Quelle que soit sa nouvelle idée de génie, il pouvait être sûr qu'elle allait lui coûter de l'argent.

« L'unique bonne solution, c'est le divorce, Vigga. »

De toute façon, tôt ou tard, il faudrait en arriver là. C'était inévitable. Elle exigerait la moitié de la valeur de la maison, ce qui représentait pas mal d'argent malheureusement, avec la montée en flèche des prix de l'immobilier, ces deux dernières années, malgré des hauts et des bas. Il aurait dû exiger le divorce au moment où les maisons coûtaient la moitié de leur prix actuel. Maintenant, c'était trop tard, et il refusait de déménager, il ne manquerait plus que ça, merde alors !

Il leva les yeux vers le plafond qui vibrait, sous la chambre de Jesper. Même si je devais emprunter de l'argent pour payer une procédure de divorce, ça ne pourrait pas me coûter plus cher qu'en ce moment, pensa-t-il en se disant que, dans ce cas-là, il faudrait aussi qu'elle assume la responsabilité de son fils. Et dans le quartier, pas une facture d'électricité n'était plus salée que la leur. Jesper détenait sans doute la consommation record chez DONG Energy.

« Divorcer ? Non je ne veux pas divorcer, Carl. Je l'ai fait une fois, et ça ne s'est pas bien passé, comme tu sais, Carl. »

Il secoua la tête. Alors, comment qualifiait-elle la situation dans laquelle ils se trouvaient depuis déjà deux ans ?

« Je veux avoir une galerie, Carl. Ma galerie à moi toute seule. »

OK. On y était. Il vit d'avance les gribouillis rose, bronze et or de Vigga, sur des tableaux de plusieurs mètres de haut. Une galerie ? Bonne idée ! Pour faire de la place dans son abri de jardin.

« Une galerie, voyez-vous ça ? Avec un énorme poêle à bois, j'imagine. Où tu pourras rester toute la journée à te réchauffer en comptant les millions qui rentreront ? » Il voyait très bien le topo.

« Je te reconnais bien là, tu manies le sarcasme comme personne. » Elle se mit à rire. C'était à cause de ce rire qu'il finissait toujours par baisser sa garde. Ce satané rire si joli.

« Ce serait fantastique, Carl. Les possibilités sont énormes quand on a sa propre galerie, tu ne te rends pas compte ! Et si ça se trouve, Jesper aura une mère célèbre un jour, ce ne serait pas amusant ? »

Je crains que ta célébrité ne doive jamais rien à ton art ma pauvre Vigga, pensa-t-il. « Et tu as déjà trouvé un local, j'imagine ? dit-il tout haut.

– Un local adorable, Carl. Hugin a déjà parlé avec le propriétaire.

– Hugin ?

– Oui, Hugin. Un peintre très talentueux.

– Plus talentueux sous la couette que sur la toile, je parie.

– Ooh, Carl ! » Elle se remit à rire. « Là, tu n'es pas gentil. »

14

2002

Merete avait attendu sur le pont près du restaurant. Quand la porte des toilettes s'était refermée derrière Oluf, elle lui avait demandé de faire vite. Dans la cafétéria qui se trouvait à l'autre extrémité du pont, il ne restait plus que les serveurs, tous les passagers étaient descendus dans leur voiture. « Pourvu qu'il ne traîne pas, même si notre Audi est la dernière de la rangée », s'était-elle dit.

Cette pensée marqua la fin de la vie qu'elle avait connue jusque-là.

L'attaque, arrivée par-derrière, se produisit si vite qu'elle n'eut pas le temps de crier. Par contre, elle eut nettement le temps de sentir le bâillon et la main qui lui bloquaient entièrement la bouche et le nez, et ensuite, moins nettement, d'entendre que quelqu'un actionnait le gros bouton noir permettant l'ouverture de la porte de l'escalier menant au pont des voitures. Finalement, elle n'entendit plus qu'un ou deux bruits diffus et ne vit que les parois métalliques de l'escalier, qui tournoyaient, et puis tout devint noir.

Le sol en béton sur lequel elle se réveilla était glacé. Elle leva la tête et sentit une douleur lancinante. Ses jambes étaient lourdes et elle pouvait à peine soulever ses épaules, qui semblaient collées au sol. Elle se força à s'asseoir et essaya de s'orienter dans cette obscurité fracassante. Elle voulut appeler mais elle n'osa pas et elle se contenta de respirer profondément et en silence. Puis elle tendit prudemment les mains pour sentir s'il y avait quelque chose à sa portée. Il n'y avait rien.

Elle resta assise longtemps avant de se risquer à se lever, lentement et prudemment. Elle avait décidé de frapper à l'aveuglette dans la direction du moindre petit bruit qu'elle entendrait. De toutes ses forces. Elle donnerait des coups de poing et des coups de pied. Elle avait l'impression qu'elle était toute seule, mais peut-être pas.

Au bout d'un moment, elle se sentit la tête plus claire, c'est alors que l'angoisse l'envahit, insidieusement comme un poison. Elle fut soudain prise de fièvre, son cœur se mit à battre plus fort et plus vite. Elle cligna des yeux dans tous les sens, dans le noir. On lisait et on voyait tant de choses épouvantables, dans les médias.

À propos de femmes qui disparaissaient.

Elle fit un premier pas hésitant, les mains tendues devant elle comme une somnambule. Il pouvait y avoir un trou dans le sol, un abîme dans lequel elle tomberait et se briserait. Il pouvait y avoir des outils tranchants et du verre. Mais elle avançait et ses pieds ne rencontraient aucun obstacle. Brusquement elle se figea.

« Mon Dieu, Oluf. » Elle sentit son menton trembler. « Il est resté sur le bateau. »

Au bout de deux heures environ, elle avait tracé dans sa tête un plan de la pièce. Elle était rectangulaire. Elle faisait entre sept et huit mètres de long et au moins cinq mètres de large. Elle avait palpé les murs froids et trouvé sur l'un d'eux, à la hauteur de sa tête, deux vitres qui paraissaient être, au toucher, deux énormes hublots. Elle avait tapé dessus avec sa chaussure, violemment, s'écartant après chaque coup, mais le verre avait tenu bon. Ensuite, elle avait senti les bords d'une sorte de porte concave encastrée dans le mur, qui n'en était peut-être pas une, car elle n'avait pas de poignée. Puis elle avait fait demi-tour et longé le mur dans l'espoir de trouver une poignée, ou peut-être un interrupteur quelque part. Mais le mur était lisse et froid.

Elle avait passé la pièce au peigne fin. Démarrant contre l'un des murs, elle avait marché à petits pas, en ligne droite, jusqu'à celui d'en face, elle avait fait demi-tour, un pas de côté, puis elle était revenue à petits pas en sens inverse et ainsi de suite. Quand elle eut terminé, elle conclut qu'il n'y avait dans cette pièce que sa propre personne et l'air sec qu'elle respirait.

Il faut que j'attende devant ce qui ressemble à une porte, pensa-t-elle. Elle était assise par terre, de façon qu'on ne puisse pas la voir à travers les hublots. Quand quelqu'un entrerait, elle attraperait la personne par les pieds et la ferait tomber. Elle essayerait de frapper à la tête en donnant des coups de pied violents, une volée de coups de pied.

Ses muscles se tendirent et elle se mit à transpirer. Ce serait peut-être sa seule chance.

Quand elle fut restée assise si longtemps que son corps s'était ankylosé et que ses sens s'étaient émoussés, elle se dirigea vers l'angle opposé pour s'accroupir et uriner. Il fallait qu'elle se souvienne que c'était dans ce coin-là qu'elle l'avait fait. Un coin qui lui servirait de W-C. Un autre coin pour attendre, assise devant la porte, et un coin où elle dormirait. Son urine sentait fort, dans cette pièce vide, ce qui n'avait rien d'étonnant puisqu'elle n'avait rien bu depuis la cafétéria. Un nombre d'heures considérable s'était probablement écoulé depuis ce moment-là. Il se pouvait, bien entendu, qu'elle ne soit restée inconsciente que pendant deux heures, mais cela pouvait aussi bien avoir duré vingt-quatre heures ou davantage. Elle n'en avait aucune idée, elle savait juste qu'elle n'avait pas faim, seulement soif.

Elle se leva, remonta son pantalon et essaya de se rappeler ce qui lui était arrivé.

Oluf et elle avaient été les derniers, devant les toilettes. Ils avaient, selon elle, été également les derniers sur le pont supérieur. Les deux hommes qui regardaient par les fenêtres panoramiques n'y étaient plus quand ils étaient passés devant. Elle avait fait un signe de tête à une serveuse qui sortait de la cafétéria et vu deux enfants traîner devant le bouton d'ouverture de la porte avant de disparaître dans l'escalier. Rien d'autre. Elle n'avait entendu personne s'approcher dans son dos. Elle ne pensait qu'à une seule chose : Oluf devait se dépêcher de sortir des toilettes.

Oluf ! Que lui était-il arrivé ? Il avait été si malheureux quand elle l'avait frappé. Et aussi d'avoir perdu sa casquette de base-ball. Il avait encore des marques rouges sur les joues en entrant dans les toilettes. Dans quel état était-il à présent ?

Un déclic la fit sursauter. Elle se hâta, en tâtonnant, d'aller jusqu'à l'angle où se trouvait la porte concave. Elle devait se tenir prête si quelqu'un entrait. Elle entendit un second déclic et son cœur battit la chamade. Une soufflerie se mit en marche, et elle comprit qu'elle pouvait se détendre. Le déclic provenait d'une minuterie, ou de quelque chose d'analogue.

Elle se tendit vers l'air tiède qui lui rendait la vie. À quoi d'autre aurait-elle pu s'accrocher ?

Elle resta ainsi jusqu'à ce que la soufflerie s'arrête à nouveau, lui laissant le sentiment que cet air serait peut-être son seul contact avec le monde extérieur. Elle ferma les yeux bien fort et essaya de réfléchir pour endiguer les larmes qui montaient.

La pensée était terrifiante : c'était peut-être là le sort qui l'attendait. Peut-être allait-on l'abandonner ici pour toujours. Cloîtrée jusqu'à la mort. Sans que personne ne sache où elle se trouvait, pas même elle. Elle pouvait être n'importe où. À plusieurs heures de route de la côte. Au Danemark ou en Allemagne, n'importe où. Plus loin, peut-être.

En pensant à la mort comme à une issue vraisemblable, elle se représenta l'arme que la soif et la faim dirigeraient contre elle. La mort lente à laquelle le corps s'abandonnerait étape par étape, tandis que les signaux de son instinct de survie s'éteindraient l'un après l'autre. L'apathie, le dernier sommeil qui la délivreraient, à la fin.

Je ne manquerai pas à grand monde, pensa-t-elle. À Oluf, si. À Oluf, elle manquerait terriblement. Pauvre, pauvre Oluf. Mais il était le seul qu'elle ait admis dans son cœur, elle n'était intimement liée qu'à lui. Elle avait fermé sa porte à tous les autres et s'était enfermée dans leur solitude à deux.

Cette fois, elle ne réussit pas à retenir ses larmes. Était-ce vraiment là son destin ? Était-ce déjà la fin ? Sans enfants, sans bonheur, sans avoir pu réaliser aucun des rêves qu'elle avait nourris toutes ces années où elle avait vécu seule avec Oluf ? Sans avoir pu remplir la mission dont elle s'était chargée envers lui, depuis la mort de leurs parents.

La tristesse, l'amertume et le sentiment de son infinie solitude devinrent si intenses qu'elle s'entendit sangloter doucement.

Longtemps, elle resta assise, prenant conscience de son sort, se disant que l'idée qu'Oluf était seul au monde était pour elle la pire des tortures. Un long moment, elle ne pensa qu'à cela. Elle allait mourir seule, comme un animal. Personne ne le saurait, Oluf et tous les autres continueraient à vivre dans l'ignorance. Quand elle en eut assez de pleurer sur elle-même, elle se dit que tout n'était peut-être pas perdu. Que sa situation aurait pu être pire. Qu'elle aurait pu mourir de mort violente. Qui sait si ce n'était pas ce qui l'attendait en réalité ? Avait-elle été choisie pour subir un calvaire si atroce que sa mort serait une délivrance ? Allait-elle d'abord être soumise à des tortures et à une bestialité sans nom ? Cela s'était déjà vu. L'avilissement, le viol et la torture. Elle s'imagina des regards braqués sur elle en ce moment même. Des caméras à rayons infrarouges qui la surveillaient à travers les vitres. Des yeux cruels. Des oreilles attentives.

Elle regarda du côté des hublots en tâchant d'avoir l'air calme.

« *Please*, ayez pitié de moi », murmura-t-elle à voix basse dans le noir.

15

2007

La Peugeot 607 est censée être une voiture plutôt silencieuse, mais celle qu'Assad gara fébrilement juste sous la fenêtre de la chambre à coucher de Carl ne l'était pas.

« Assourdissant ! » grogna Jesper en mettant le nez à la fenêtre. Carl ne se souvenait pas de la dernière fois où son beau-fils avait employé un mot aussi long de si bonne heure le matin. Qui plus est, le terme était parfaitement approprié.

« Je t'ai déposé un mot de Vigga », lui dit Morten juste avant son départ. Carl ne lirait aucun billet de Vigga. La perspective d'être invité à visiter une exposition dans sa galerie, en compagnie d'un barbouilleur aux hanches étroites répondant au nom de Hugin, ne le tentait aucunement.

« Hello », lui dit Assad, appuyé sur la portière avant. Coiffé d'un bonnet en poil de chameau d'origine inconnue, il ressemblait à tout sauf au chauffeur particulier d'un inspecteur de la police criminelle, si ce poste avait existé. Carl leva les yeux au ciel. Il était bleu pur, sans le moindre nuage, et la température était tout à fait supportable.

« Je sais exactement où se trouve Egely », dit Assad, montrant le GPS, au moment où Carl s'installait sur le siège du passager. Carl regarda distraitement la carte qui s'affichait à l'écran. L'emplacement marqué d'une croix se trouvait sur une route suffisamment éloignée du fjord de Roskilde pour que les habitants de la maison de santé ne risquent pas d'y tomber accidentellement, mais elle en restait assez proche pour permettre au directeur, s'il lui prenait l'envie de lever les yeux, de contempler l'un des plus beaux sites du Nord-Sjælland. Les établissements psychiatriques étaient souvent construits dans ce genre de sites. On se demandait bien pour qui.

Assad mit le contact, descendit à fond l'allée des Magnolias en marche arrière, ne freinant que lorsque le pare-chocs de la voiture fut à moitié engagé sur la butte de gazon du parc de Rønneholt, de l'autre côté de la rue. Avant que Carl ait eu le temps de réagir, Assad avait passé toutes les vitesses et il roulait à quatre-vingt-dix à l'heure sur une route limitée à cinquante.

« Arrête-toi, bon Dieu ! » hurla Carl, au moment où il allait gravir le terre-plein au milieu du rond-point sur lequel débouchait la rue. Mais Assad se contenta de le regarder d'un air moqueur, comme un chauffeur de taxi de Beyrouth. Il tourna brutalement le volant vers la droite et, une seconde plus tard, il s'engageait sur l'autoroute.

« Rapide, la voiture », cria Assad, accélérant encore pour se mêler à la circulation. Cela le calmerait peut-être si Carl enfonçait son bonnet sur sa figure hilare.

Egely était une construction blanchie à la chaux dont la fonction sautait aux yeux. Nul n'y était entré de son plein gré et nul n'en ressortait sans permission. Il était visible à l'œil nu qu'il n'y avait place, en ce lieu, ni pour la peinture avec les doigts ni pour les concerts de guitare. C'est ici que les gens riches faisaient interner leurs déficients mentaux. L'endroit puait l'argent et la respectabilité. Une clinique psychiatrique privée qui correspondait à la perfection aux souhaits du ministère de la Santé.

Le bureau du directeur était dans le ton du reste de la maison et le directeur lui-même, un personnage raide et osseux au teint blême, semblait avoir été croqué par l'architecte pour aller avec le décor.

« Le séjour d'Oluf Lynggaard dans notre établissement est financé par les revenus de la fortune placée dans la Fondation Lynggaard », répondit le directeur à la question de Carl.

Celui-ci jeta un coup d'œil sur les étagères. Il vit pas mal de classeurs étiquetés « Fondation ».

« Je vois. Et comment cette fondation a-t-elle été créée ?

– Cette fondation a été créée grâce à l'héritage de ses parents, tués tous les deux dans l'accident de voiture qui a fait de lui un handicapé. Et également grâce à l'héritage de sa sœur, naturellement.

– Comme elle était politicienne au Folketing, cela ne représentait sans doute pas grand-chose.

– Non, mais la vente de la maison familiale a rapporté deux millions quand enfin, Dieu merci, le jugement de présomption de décès a été prononcé, il n'y a pas très longtemps de cela. Le capital de cette fondation s'élève actuellement à environ vingt-deux millions de couronnes au total, mais vous le saviez déjà, n'est-ce pas ? »

Carl sifflota, l'air vague. Il l'ignorait.

« Vingt-deux millions, avec un intérêt de cinq pour cent, cela devrait couvrir les frais de séjour d'Oluf.

– Oui, après impôts, la somme suffit tout juste. »

Carl lui adressa un regard en biais :

« Et Oluf n'a rien dit concernant la disparition de sa sœur depuis qu'il est arrivé ici ?

– Non, il n'a pas ouvert la bouche depuis l'accident de voiture, d'après ce que l'on m'a dit.

– Est-ce qu'on essaye de l'aider à parler à nouveau ? »

À ce moment, le directeur ôta ses lunettes et le regarda, sous ses sourcils broussailleux. Il hissa la bannière de la compétence :

« Lynggaard a été examiné sous toutes les coutures. Les centres cérébraux de la parole présentent des lésions à la suite de ses hémorragies, ce qui suffit à expliquer son mutisme, en outre, il souffre de traumatismes psychologiques graves consécutifs à l'accident. La mort de ses parents, ses blessures. Il a été gravement blessé, vous ne l'ignorez pas, je suppose ?

– J'ai lu le rapport, oui. »

Ce n'était pas vrai, mais Assad l'avait lu, et il n'avait pas cessé d'en parler, d'un bout à l'autre de leur périple sur les routes du Nord-Sjælland.

« Il est resté cinq mois à l'hôpital. Il souffrait de sérieuses hémorragies au foie, à la rate et aux poumons, ainsi que de troubles de la vue. »

Le directeur hocha légèrement la tête :

« C'est exact. Son dossier précise qu'il est resté aveugle pendant plusieurs semaines. Les hémorragies de la rétine étaient massives.

– Et maintenant ? Est-ce qu'il fonctionne normalement, physiquement parlant ?

– Tout l'indique. C'est un jeune homme solide.

– Trente-quatre ans. Il se trouve par conséquent dans cet état depuis vingt et un ans. »

L'homme blême hocha de nouveau la tête :

« Vous comprenez donc que vous n'arriverez nulle part dans votre enquête par ce biais-là.

– Et vous ne m'autorisez pas à lui parler ?

– Je ne vois pas l'intérêt.

– Il est le dernier à avoir vu Merete Lynggaard en vie. Je voudrais le rencontrer. »

Le directeur se leva, regarda la vue qu'offrait le fjord, comme Carl l'avait prévu :

« Je ne pense pas que ce soit une bonne idée. »

Les types comme lui méritaient d'être éliminés de la surface du globe :

« Vous vous doutez que je ne me contenterai pas de cette réponse.

– Et pourquoi ?

– Vous connaissez bien la police ? »

Le directeur tourna vers Carl son visage terreux et son front ridé. Toutes les années passées derrière un bureau l'avaient desséché mais il avait toute sa tête. Il ignorait pourquoi Carl lui posait cette question, mais il savait qu'il ne lui servirait à rien de garder le silence.

« Où voulez-vous en venir ?

– Les policiers sont des gens curieux de nature. Il arrive qu'une question les taraude et qu'ils se sentent obligés d'y trouver une réponse. Et c'est justement le cas aujourd'hui.

– À quoi faites-vous allusion ?

– Je voudrais bien savoir ce que vos patients ont réellement pour leur argent ? Cinq pour cent de vingt-deux millions, moins les impôts bien entendu, cela représente tout de même une certaine somme. Votre prix n'est-il pas un peu trop élevé, surtout si l'on y ajoute la subvention de l'État ? Tous vos patients payent-ils la même somme ? » Carl hocha la tête d'un air pensif, admirant la lumière qui illuminait le fjord. « Quand on n'obtient pas de réponse à ce qu'on est venu chercher, on se demande si cela ne cache pas quelque chose. On est comme ça dans la police. On ne peut pas s'en empêcher. C'est plus fort que nous. Peut-être que c'est une maladie, mais où pourrions-nous aller nous faire soigner à votre avis ? »

Le visage du directeur s'était très légèrement coloré.

« Je ne pense pas que nous soyons en train de trouver un terrain d'entente, vous et moi, dit-il.

– Alors, laissez-moi voir Oluf Lynggaard. Franchement, que peut-il bien arriver si vous m'y autorisez ? Vous l'avez enfermé dans une putain de cage ou quoi ? »

Les photos d'Oluf qu'il avait vues dans le dossier Merete Lynggaard ne lui rendaient pas entièrement justice. Les clichés de la police, les dessins effectués pendant l'interrogatoire préliminaire et deux des photos de presse montraient un jeune homme abattu, un garçon pâle dont le physique reflétait ce qu'il était : un être passif, à l'esprit lent et peu évolué, retardé sur le plan affectif. Or, la réalité montrait autre chose.

Oluf était assis dans une jolie chambre, avec des tableaux aux murs, et la vue qu'il avait de sa fenêtre valait bien celle du directeur. Son lit était fait, ses chaussures fraîchement cirées, et ses vêtements propres n'avaient rien d'un uniforme d'hôpital. Il avait des bras puissants, des cheveux longs et blonds, de larges épaules, il était probablement aussi assez grand. Beaucoup de gens auraient dit de lui qu'il était beau. Oluf Lynggaard n'avait rien d'un patient, ni la bave aux lèvres ni l'air pathétique.

Depuis la porte, le directeur et l'infirmière en chef observaient Carl qui marchait de long en large dans la chambre. Il avait bien l'intention de ne leur fournir aucune raison de lui faire des reproches. Il reviendrait bientôt, même s'il n'en avait pas très envie. À ce moment-là, mieux préparé, il parlerait à Oluf. Mais cela attendrait encore un peu. D'ici là, il avait des tas de choses intéressantes à observer dans la pièce. La photo de sa sœur qui leur souriait. Ses parents enlacés qui riaient en regardant le photographe. Les dessins, sur le mur, très différents des dessins d'enfant que l'on voyait d'habitude sur ce genre de mur. Ils étaient gais, n'évoquaient en rien l'affreux malheur qui lui avait ôté, entre autres, l'usage de la parole.

« Existe-t-il d'autres dessins ? Y en a-t-il dans son tiroir ? demanda Carl en désignant le placard et la commode.

– Non, répondit l'infirmière en chef. Non, Oluf n'a rien dessiné depuis qu'il est ici. Ceux-là viennent de chez lui.

– Et à quoi Oluf passe-t-il ses journées ? »

Elle sourit : « À beaucoup de choses. Il se promène avec le personnel, il se balade tout seul dans le parc. Il regarde la télévision. Il adore ça. »

Elle était gentille. Carl se dit que, la prochaine fois, il s'adresserait à elle directement.

« Qu'est-ce qu'il regarde ?

– Tout et n'importe quoi.

– Il réagit ?

– Quelquefois. Il lui arrive de rire. »

Elle secoua la tête, amusée, et sourit plus largement.

« Il rit ?

– Oui, comme les bébés. Spontanément. »

Carl regarda le directeur, figé comme un bloc de glace, puis Oluf. Les yeux du frère de Merete n'avaient pas quitté Carl depuis qu'il était entré dans la pièce. On sentait ces choses-là. Oluf l'observait, pourtant, quand on l'étudiait plus attentivement, l'idée semblait absurde. Son regard n'était pas vide, mais ce qu'il fixait ne semblait pas entrer très profondément dans sa tête. Carl avait envie de lui faire peur, pour voir sa réaction, mais cela aussi pouvait attendre.

Il se posta devant la fenêtre et s'efforça d'accrocher le regard fuyant d'Oluf. Ses yeux enregistraient, mais probablement sans comprendre, c'était l'impression qu'on avait. Il y *avait* quelque chose, et pourtant, il n'y avait rien.

« Prends l'autre siège, Assad », dit Carl à son assistant qui l'avait attendu au volant.

« L'autre siège ? Vous ne voulez pas que je conduise, c'est ça ?

– J'aimerais bien que cette voiture dure encore un peu, Assad. Elle a un freinage ABS et une direction assistée, j'aimerais bien qu'elle les conserve.

– Qu'est-ce que ça veut dire ?

– Que tu vas rester tranquille et observer très attentivement comment je veux que tu conduises. SI je t'autorise à conduire à nouveau un jour. »

Carl tapa leur destination suivante sur le GPS sans se soucier du chapelet de jurons en arabe qu'égrenait Assad, la tête basse, pendant qu'il gagnait sa place.

« Tu as déjà conduit une voiture ici, au Danemark ? » lui demanda Carl quand ils eurent fait un bon bout de chemin.

Le silence d'Assad était une réponse en soi.

Ils trouvèrent la maison de Magleby sur une route vicinale qui donnait directement sur la campagne. Ce n'était ni un pavillon ni une ferme restaurée, comme la plupart des autres, mais une vraie demeure de brique, cossue, datant de l'époque où les façades reflétaient encore l'âme d'une maison. Les ifs formaient une haie serrée autour de la construction, mais celle-ci les dépassait. Si elle s'était vendue deux millions de couronnes, quelqu'un avait fait une bonne affaire, et quelqu'un d'autre s'était fait avoir.

Sur la plaque de laiton figuraient les noms de « Peter & Erling Møller-Hansen, antiquaires ». L'individu qui ouvrit la porte, et qui devait être le propriétaire, était assez efféminé. Il avait des yeux bleus profondément enfoncés dans les orbites. Sa peau était délicate et abondamment imprégnée de crèmes parfumées.

L'homme était affable et répondit volontiers. Il débarrassa Assad de son bonnet et les reçut tous deux dans une entrée encombrée de meubles Empire et de bibelots.

Non, son ami et lui n'avaient pas connu personnellement Merete Lynggaard et son frère. Ils avaient acquis, avec la maison, la plus grande partie du mobilier, qui n'avait d'ailleurs aucune valeur.

Il leur offrit du thé vert dans des tasses de porcelaine fines comme du papier et s'assit sur le bord du canapé, les genoux serrés et les jambes en biais, tout disposé à rendre service à la société dans la mesure de ses moyens.

« C'est affreux qu'elle se soit noyée de cette façon. Une mort terrible, je crois. Un jour, en Yougoslavie, mon concubin a failli tomber au fond d'une cascade ; c'est une expérience affreuse, je vous prie de le croire. »

Carl capta le trouble qui se peignit sur la figure d'Assad quand il entendit leur hôte parler de son « concubin », mais il lui suffit d'adresser un coup d'œil à son assistant pour que ce trouble disparaisse. Apparemment, Assad n'avait pas encore tout appris sur la diversité que peut revêtir la vie conjugale au Danemark.

« La police a récupéré tous les papiers du frère et de la sœur Lynggaard, commença Carl. Mais avez-vous, depuis, trouvé des agendas, des lettres ou encore des fax ou des messages téléphoniques susceptibles d'apporter quelque nouvel éclairage à l'affaire ? »

L'homme secoua la tête :

« Tout était parti. » D'un geste, il fit le tour de la pièce : « Il y avait des meubles, rien de spécial, et pas grand-chose non plus dans les tiroirs à part des articles de bureau et de rares souvenirs. Des albums d'images d'Épinal, quelques photos, ce genre de choses. C'étaient des gens assez ordinaires, je crois.

– Et les voisins ? Est-ce qu'ils connaissaient les Lynggaard ?

– Oh là là, nous ne frayons guère avec les voisins, vous savez ! D'ailleurs, il n'y a pas tellement longtemps qu'ils sont installés ici. Il paraît qu'ils sont revenus de l'étranger. Mais non, je ne crois pas que les Lynggaard aient fréquenté qui que ce soit dans le quartier. Pas mal de gens ignoraient totalement qu'elle avait un frère.

– Vous n'avez donc rencontré personne ici qui les ait connus ?

– Si, si. Helle Andersen. Elle s'occupait du frère.

– C'était l'aide-ménagère, intervint Assad. La police l'a interrogée et elle ne savait rien. Mais une lettre était arrivée. Une lettre pour Merete Lynggaard. La veille du jour où elle s'est noyée. C'est l'aide-ménagère qui l'avait reçue. »

Carl leva les sourcils. Il allait devoir faire un effort pour lire attentivement ces maudits documents, lui aussi.

« La police a-t-elle trouvé cette lettre, Assad ? »

Assad secoua négativement la tête.

Carl se tourna vers leur hôte :

« Cette Helle Andersen vit dans le coin ?

– Non, elle habite à Holtug, de l'autre côté de Gjorslev. Mais elle arrive dans dix minutes.

– Ici ?

– Oui, mon ami est malade. » Il baissa la tête. « Très malade. Alors, elle vient nous donner un coup de main. »

« La chance sourit aux audacieux », pensa Carl, et il demanda l'autorisation de faire le tour du propriétaire.

La maison était bourrée de meubles de prix et de tableaux aux cadres dorés massifs. S'il restait quelque chose de l'époque de Merete Lynggaard, ce ne pouvaient être que les lépismes qui couraient sur le sol noir de la salle de bains.

« Si vous saviez comme Oluf était un gentil garçon ! »

Helle Andersen était remarquable par sa figure carrée, ses yeux cernés et ses joues rondes et rouges. Le reste de sa personne était recouvert d'un tablier bleu clair d'une taille qu'on ne trouvait certainement pas dans le magasin de confection local.

« C'était parfaitement idiot de croire qu'il aurait pu faire du mal à sa sœur, je l'ai dit à la police, du reste. Qu'ils se trompaient *complètement*.

– Mais des témoins l'ont vu frapper Merete, insinua Carl.

– Il s'excitait facilement. Mais ça ne voulait rien dire.

– Il est grand et fort, il l'a peut-être poussée accidentellement par-dessus bord. »

Helle Andersen leva les yeux au ciel :

« Absolument pas. Oluf était la bonté même. Quand il avait du chagrin, de temps en temps, on ne pouvait pas s'empêcher d'en avoir soi-même. Enfin, ça n'arrivait pas très souvent.

– Vous lui faisiez la cuisine ?

– Je faisais toutes sortes de choses dans la maison. Pour que Merete n'ait plus rien à faire quand elle rentrait.

– Et elle, vous ne la rencontriez pas si souvent ?

– Ça arrivait quand même.

– Mais pas les jours qui ont précédé sa mort ?

– Si, un soir où j'ai gardé Oluf. Il a eu un gros chagrin, ce qui lui arrivait parfois, comme je viens de vous le dire, alors, j'ai téléphoné à Merete pour qu'elle rentre, et c'est ce qu'elle a fait. D'ailleurs, c'était vraiment grave, ce jour-là.

– Il s'était donc passé quelque chose d'inhabituel ?

– Simplement que Merete n'était pas rentrée à six heures comme d'habitude, Oluf n'aimait pas ça. Parce qu'il ne pouvait pas comprendre que c'était entendu entre nous.

– Cela devait se produire souvent, puisqu'elle était politicienne au Folketing !

– Oh non ! Une fois de temps en temps, quand elle était en voyage. Et ça ne durait qu'une nuit ou deux.

– Elle était en voyage ce soir-là ? »

Là, Assad secoua la tête. Cela devenait vraiment énervant qu'il en sache autant.

« Non, elle était allée dîner au restaurant.

– Ah ah. Et avec qui, tu as une idée ?

– Non, on ne le sait pas.

– Ce n'est pas dans le rapport, Assad ? »

Assad secoua la tête :

« Søs Norup, la nouvelle secrétaire, l'avait vue inscrire le nom du restaurant sur son agenda. Et au restaurant, des gens se souvenaient de sa venue. Mais pas de la personne avec qui elle a dîné. »

Il y avait vraiment pas mal de choses, dans ce rapport, que Carl devait commencer à vérifier sans délai.

« Comment s'appelait ce restaurant, Assad ?

– Je crois qu'il s'appelait le Café Bankeråt. Ça existe ? »

Carl se tourna vers l'aide-ménagère :

« Vous croyez que c'était un rendez-vous galant ? Elle avait un petit ami ? »

Une profonde fossette se creusa sur l'une des joues de la femme :

« Ça se pourrait bien, mais elle n'en a pas parlé.

– Et elle n'a rien dit non plus en rentrant ? C'est-à-dire après votre appel ?

– Non. Je suis partie. Oluf était tellement triste. »

Un bruit de vaisselle retentit et le nouveau propriétaire de la maison fit une entrée solennelle, comme si le plateau en équilibre sur le bout de ses doigts tendus portait réunis tous les mystères de la gastronomie. « Faits maison », dit-il brièvement en plaçant devant eux des coupelles en argent contenant des petits gâteaux qui rappelaient des puddings et qui firent resurgir, chez Carl, des souvenirs d'enfance. De mauvais souvenirs, mais des souvenirs quand même.

Leur hôte leur distribua les gâteaux et Assad lui fit vite comprendre qu'il les appréciait.

« Helle, d'après le rapport, vous avez reçu une lettre la veille du jour où Merete Lynggaard a disparu. Pouvez-vous me la décrire ? » C'était sûrement dans le rapport, mais tant pis, elle allait devoir recommencer.

« C'était une enveloppe jaune, un peu comme du parchemin.

– De quelle taille ? »

Elle l'indiqua en levant les mains. Une enveloppe A4, donc.

« Y avait-il une inscription dessus ? Un cachet, un nom ?

– Il n'y avait rien.

– Et qui l'a apportée ? Vous connaissiez la personne ?

– Non, pas du tout. On a sonné à la porte. Dehors, il y avait un homme et il me l'a donnée.

– Un peu étrange, n'est-ce pas ? Normalement, les lettres arrivent par la poste. »

Elle sourit et dit en lui administrant un petit coup de coude familier :

« On a un facteur qui passe le matin, bien sûr. Mais ce que je vous raconte là, c'était plus tard dans la journée. Je pense que c'était au milieu du bulletin d'informations de la radio.

– À midi ? »

Elle fit signe que oui :

« Il m'a donné juste donné l'enveloppe, et il est reparti.

– Il n'a rien dit ?

– Si, il a dit que c'était pour Merete Lynggaard, rien d'autre.

– Pourquoi est-ce qu'il ne l'a pas mise dans la boîte aux lettres ?

– Je crois que c'était urgent. Il avait peut-être peur qu'elle ne la trouve pas tout de suite en rentrant.

– Mais enfin, Merete Lynggaard devait savoir qui l'avait apportée. Qu'est-ce qu'elle a dit quand vous la lui avez donnée ?

– Je ne sais pas. Puisque j'étais partie quand elle est arrivée. »

Assad fit de nouveau un signe de tête affirmatif. Cela figurait donc aussi dans le rapport.

Carl lui adressa son coup d'œil professionnel :

« La procédure exige que l'on pose ces questions-là plusieurs fois », lui dit-il, histoire de noyer le poisson.

« Je ne croyais pas Oluf capable de rester seul à la maison, ajouta-t-il.

– Si, si, répliqua Helle Andersen d'un air ravi. Mais pas tard le soir, c'est tout. »

Carl eut tout à coup envie de se retrouver devant sa table de travail du sous-sol. Après toutes ces années passées à se démener pour tirer les vers du nez aux gens, les interrogatoires commençaient à le fatiguer. Encore quelques questions, et ils se remettraient en route. Il n'y avait sans doute jamais eu d'affaire Lynggaard. Merete était passée par-dessus bord. Ce sont des choses qui arrivent.

« Et la lettre aurait bien pu arriver trop tard si je ne l'avais pas mise en évidence », ajouta Helle Andersen.

Il vit qu'elle détournait les yeux pendant une seconde, pas pour regarder les petits gâteaux, mais pour éviter son regard.

« Comment ça ?

– Eh bien, parce que le lendemain, elle était morte.

– Ce n'est pas à ça que vous pensiez.

– Si, si. »

Assad, à côté de lui, avait posé son gâteau sur la table. C'était à peine croyable, mais lui aussi avait remarqué sa dérobade.

« Vous avez pensé à autre chose, je le lis sur votre visage. Qu'est-ce que ça veut dire, qu'il aurait pu être trop tard ?

– Ce que je viens de vous dire, c'est tout, parce qu'elle est morte le lendemain. »

Il leva les yeux sur l'amateur de gâteaux qu'était leur hôte :

« Pourrais-je parler en privé avec Helle Andersen ? »

L'homme eut l'air ennuyé, Helle Andersen encore plus. Elle lissa son tablier. Mais le mal était fait.

« Allez, dites-moi tout, Helle. » Quand l'antiquaire fut sorti de la pièce à petits pas, il se pencha vers elle : « Si vous savez quoi que ce soit que vous ayez gardé pour vous, c'est le moment de me le dire, d'accord ?

– Je n'ai rien à ajouter.

– Vous avez des enfants ? »

Elle prit une mine attristée. Où était le rapport avec l'affaire ?

« OK. Vous avez ouvert la lettre, n'est-ce pas ? »

Elle recula la tête, effrayée :

« Je ne l'ai pas ouverte.

– Cela signifie que vous avez fait un faux serment, Helle Andersen. Vos enfants vont devoir se passer de vous pendant un certain temps. »

Elle réagit avec une rapidité extraordinaire, pour une campagnarde pas très futée. Elle mit ses mains sur sa bouche, ses pieds passèrent sous le canapé et toute sa poitrine se creusa pour bien marquer la distance qui la séparait de cette dangereuse bête policière.

« Je ne l'ai pas ouverte, s'écria-t-elle. Je l'ai simplement levée devant la lumière.

– Qu'est-ce qu'il y avait dans cette lettre ? »

Les sourcils de Helle Andersen se rejoignirent presque :

« Il y avait juste écrit : "Bon voyage à Berlin."

– Vous saviez qu'elle devait aller à Berlin ?

– Je savais qu'ils devaient faire un petit voyage, Oluf et elle. Ils l'avaient déjà fait à plusieurs reprises.

– Pourquoi était-ce si important de lui souhaiter bon voyage ?

– Je ne sais pas.

– Qui pouvait avoir connaissance de ce déplacement, Helle ? Parce que, si je comprends bien, Merete menait une vie très retirée avec Oluf. »

Helle Andersen haussa les épaules :

« Peut-être quelqu'un de Christiansborg, je ne sais pas.

– On n'aurait pas simplement envoyé un e-mail, dans ce cas-là ?

– Je ne sais pas. »

Elle était visiblement perturbée. Peut-être mentait-elle, peut-être était-elle juste facile à déstabiliser.

« Ça aurait pu venir de quelqu'un de la commune », hasarda-t-elle.

Elle avait dit tout ce qu'elle savait.

« "Bon voyage à Berlin." Et c'est tout ?

– C'est tout. Rien d'autre. Je vous le jure.

– Pas de signature ?

– Non. Juste ce message.

– Et le messager, comment était-il ? »

Elle prit son visage entre ses mains :

« J'ai remarqué qu'il portait un très beau manteau, dit-elle à mi-voix.

– Vous n'avez rien vu d'autre ? Je ne vous crois pas.

– Mais si, enfin ! Il était plus grand que moi, même debout en bas de l'escalier. Et il avait une écharpe verte, qui ne lui couvrait pas tout le menton, mais presque toute la bouche. Il pleuvait, c'était sûrement pour ça. Il était un peu enrhumé d'ailleurs, ça s'entendait à sa voix.

– Il a éternué ?

– Non, il avait une voix enrhumée. Un peu enrouée, comme ça.

– Et les yeux ? Bleus ou bruns ?

– Bleus, je crois. Enfin il me semble. Peut-être gris. Je les reconnaîtrais si je les voyais.

– Quel âge avait-il ?

– Mon âge, je crois. »

Nous voilà bien avancés, pensa Carl.

« Et quel âge avez-vous ? »

Elle le toisa avec un peu d'indignation :

« À peine trente-cinq ans », répliqua-t-elle en baissant la tête.

« Dans quelle voiture est-il arrivé ?

– Aucune, pour autant que je sache. Il n'y en avait pas devant la maison, en tout cas.

– Il n'est quand même pas venu jusqu'ici *à pied* ?

– Non, c'est ce que je me suis dit, moi aussi.

– Mais vous n'avez pas vérifié ?

– Bien sûr que non. Je devais faire manger Oluf. Je lui donnais toujours à manger en écoutant les nouvelles à la radio. »

Pendant le trajet, ils discutèrent de cette lettre. Assad n'en savait pas plus long à ce sujet. Sur ce point-là, l'enquête n'avait rien donné.

« Mais enfin, pourquoi était-il aussi important d'apporter un message aussi banal ? À quoi bon ? J'aurais compris s'il s'était agi d'une lettre parfumée, dans une enveloppe décorée de fleurs séchées, envoyée par une amie. Mais une enveloppe aussi anonyme, et sans signature ?

– Je crois que cette Helle ne sait pas grand-chose », dit Assad tandis qu'ils s'engageaient dans la rue de Bjælkerup, où se trouvait le service de santé de la commune de Stevns.

Carl observa les bâtiments. Il se serait senti plus à l'aise pour faire cette visite s'il avait eu un mandat dans la poche.

« Reste ici », dit-il à Assad, qui lui jeta un regard contrarié.

Il trouva le bureau de la directrice après s'être renseigné auprès d'une ou deux personnes.

« C'est exact, Oluf Lynggaard recevait des soins à domicile », confirma-t-elle tandis que Carl remettait sa carte de police dans sa poche. « Mais pour le moment, nous n'avons pas trouvé de solution pour archiver nos anciens dossiers. À cause de la réforme communale, vous comprenez. »

La femme qui était en face de lui n'était pas au courant de l'affaire. Il fallait qu'il trouve quelqu'un d'autre. Il devait bien y avoir une personne qui connaissait Oluf Lynggaard et sa sœur, bon sang. Le moindre renseignement pouvait s'avérer précieux. Si un employé des services sociaux était allé lui rendre visite à plusieurs reprises, il pouvait avoir remarqué quelque chose, n'importe quoi, qui leur permettrait d'avancer.

« Pourrais-je parler au responsable des visites à domicile à l'époque ?

– Elle a pris sa retraite, malheureusement.

– Pourrais-je avoir son nom ?
– Non, c'est impossible. Nous sommes les seuls, à la mairie, à pouvoir donner des informations sur les anciens dossiers.
– Vous voulez dire que personne, parmi les membres de votre personnel actuel, ne sait quoi que ce soit sur Oluf Lynggaard ?
– Si, sûrement, mais nous ne pouvons rien vous dire, vous comprenez ?
– Je sais que vous êtes tenue au secret professionnel, et je sais aussi qu'Oluf Lynggaard n'est pas sous tutelle. Mais je ne suis pas venu jusqu'ici pour repartir bredouille. Laissez-moi juste consulter son dossier.
– Vous savez bien que c'est impossible. Si vous voulez vous adresser à notre juriste, vous êtes le bienvenu. D'ailleurs, Oluf Lynggaard n'étant plus domicilié dans notre commune, son dossier n'est pas accessible.
– Il a été transféré à Frederikssund ?
– Je ne peux pas vous le dire. »
Vieille pie condescendante.
Il sortit du bureau, resta un instant immobile dans le couloir et regarda autour de lui.
« Excusez-moi », dit-il à une femme qui marchait dans sa direction et avait l'air suffisamment lasse pour ne pas se dérober. Il sortit sa carte de police et se présenta :
« Vous ne pourriez pas, par hasard, me dire le nom de la personne qui faisait les visites à domicile à Magleby il y a dix ans ?
– Adressez-vous là », dit la femme en désignant le bureau d'où il venait de sortir.
Il n'échapperait donc pas au mandat du juge, aux appels téléphoniques, à l'attente et à de nouvelles conversations téléphoniques. Le problème, c'est qu'il n'en avait aucune envie.

« Je me souviendrai de cette réponse, le jour où vous aurez besoin de moi », lui dit-il en faisant une courbette.

Carl voulait s'arrêter à Hornbæk, à la clinique spécialisée dans les lésions de la moelle épinière.

« Je garde la voiture, Assad. Tu veux bien prendre le train pour rentrer ? Je te déposerai à Køge où tu auras un direct pour Copenhague. » Assad fit signe que oui, mais il n'avait pas l'air content. Au fait, Carl ignorait où il habitait. Un jour ou l'autre, il devrait lui poser la question.

Il regarda son drôle d'assistant :

« Demain, on s'attaque à une autre affaire, Assad. Celle-ci est mort-née. »

Cette nouvelle non plus n'eut pas l'air de le réjouir.

À la clinique, on avait transféré Hardy dans une autre salle et il n'avait pas bonne mine. Son teint n'était pas encore livide, mais l'obscurité guettait derrière ses yeux bleus.

Carl posa une main sur son épaule :

« J'ai pensé à ce que tu m'as demandé l'autre jour, Hardy, et ce n'est pas possible. Je suis vraiment désolé, mais je ne peux tout simplement pas faire ça, tu comprends ? »

Hardy ne répondit pas. Bien sûr qu'il comprenait et, en même temps, il ne pouvait évidemment pas comprendre.

« Et si tu m'aidais dans mes enquêtes, Hardy ? Je te mets au courant de tout et toi tu te contentes de réfléchir. J'ai besoin d'un coup de main, Hardy. Je me fous de tout ça maintenant, mais au moins si on est tous les deux, on pourra se marrer.

– Tu crois que j'ai envie de rire, Carl ? » répondit Hardy en détournant la tête.

Cette journée avait vraiment été merdique.

16

2002

Dans ce noir perpétuel, la perception du temps qui réglait son rythme corporel disparut. Le jour et la nuit se fondirent comme des frères siamois. Merete n'avait qu'un seul point de repère en vingt-quatre heures : le claquement de la porte encastrée.

La première fois qu'elle entendit la voix déformée dans le haut-parleur, le choc fut si rude qu'elle en tremblait encore quand elle s'étendit pour dormir.

Mais elle savait que sans cette voix, elle serait morte de faim et de soif. La question était de savoir si ça n'aurait pas été préférable.

Elle avait senti disparaître la soif, la fatigue avait atténué sa faim. L'angoisse avait fait place au chagrin et le chagrin à une acceptation presque sereine de l'approche de la mort. Elle était allongée calmement, attendant que son corps abandonne la lutte, lorsqu'une voix grinçante lui avait révélé qu'elle n'était pas seule et qu'elle allait désormais devoir se soumettre à une volonté inconnue.

« Merete », avait dit une voix de femme sans s'être présentée. « Nous allons te donner un seau en plastique. Tu vas entendre un claquement, un sas s'ouvrira là-bas, dans le coin. Nous avons vu que tu l'as déjà trouvé. »

Elle s'était peut-être imaginé que la lumière allait s'allumer car elle serra les paupières pour tâcher de contrôler le choc lumineux sur ses nerfs à vif. Mais la lumière resta éteinte.

« Tu m'entends ? » cria la voix.

Elle fit oui de la tête, vidant d'un seul coup ses poumons de tout l'air qu'ils contenaient. Elle sentait maintenant à quel point elle avait froid. Combien le manque de nourriture l'avait affaiblie, comme elle était vulnérable.

« Réponds !

– Oui, oui, j'entends. Qui êtes-vous ? »

Elle ouvrait de grands yeux dans le noir.

« Quand tu entendras le claquement, va tout de suite vers le sas. N'essaie pas d'entrer dedans, tu n'y arriveras pas. Quand tu auras pris le premier seau, il en viendra un second. L'un des deux est un seau hygiénique où tu feras tes besoins, dans l'autre il y aura de l'eau et de quoi manger ; nous ouvrirons le sas tous les jours et nous échangerons les seaux de la veille contre deux autres seaux. Tu as compris ?

– Qu'est-ce que vous me voulez ? » Ses mots résonnaient dans le vide. « Vous m'avez kidnappée ? C'est de l'argent, une rançon que vous voulez ?

– Voici le premier seau. »

Elle avait entendu un raclement dans l'angle de la pièce, accompagné d'un léger souffle. Elle s'était traînée jusque-là et avait senti que le bas de la porte incurvée s'ouvrait pour laisser passer un récipient dur au toucher, de la taille d'une corbeille à papier. Après qu'elle l'eut retiré et posé par terre, le sas s'était refermé pour se rouvrir dix secondes plus tard en laissant passer cette fois-ci un seau un peu plus haut, celui qui devait servir de seau hygiénique.

Son cœur battait à se rompre. S'il était possible d'avancer les seaux aussi vite, quelqu'un devait se trouver juste de l'autre côté du sas. Il y avait un être humain là, tout près d'elle.

« Dites-moi où je suis. » Elle rampa sur les genoux jusqu'en dessous de l'endroit où elle pensait que se trouvait le haut-parleur : « Je suis là depuis combien de temps ? » Elle haussa un peu la voix : « Que me voulez-vous ?

– Il y a du papier-toilette dans le seau alimentaire. On t'en donnera un rouleau toutes les semaines. Pour te laver, tu utiliseras l'eau du bidon qui se trouve dans le seau hygiénique. N'oublie pas de le sortir d'abord. Il n'y a pas d'écoulement dans la pièce, débrouille-toi donc pour te laver au-dessus du seau. »

Elle releva la tête. Submergée par la colère, elle lutta contre ses larmes et ses lèvres tremblèrent. Son nez coulait. « Vous allez me laisser ici, dans le noir… tout le temps ? » sanglota-t-elle. « Vous ne pouvez pas allumer ? Un instant seulement. *Please !* »

De nouveau, un claquement retentit, suivi d'un léger souffle, et le sas se referma.

Suivirent alors de nombreuses, très nombreuses journées pendant lesquelles elle n'entendit rien d'autre que la soufflerie qui renouvelait l'air une fois par semaine, ainsi que le claquement et le sifflement quotidiens de la porte du sas. Parfois, l'attente lui paraissait interminable. D'autres fois, à l'arrivée des deux seaux, il lui semblait qu'elle venait tout juste de s'étendre après son repas précédent. Sa seule consolation physique était la nourriture, bien qu'elle fût toujours la même et presque sans goût : un peu de pommes de terre et de légumes archicuits et un soupçon de viande. Tous les jours le même régime. Comme si une inépuisable marmite de cette mixture infecte bouillait en permanence là-bas, à la lumière, dans le monde situé au-delà de ce mur infranchissable.

Elle avait cru qu'elle finirait par s'habituer à l'obscurité et que les détails de la pièce apparaîtraient, mais ce ne fut pas le cas. Les ténèbres étaient totales, elle aurait aussi bien pu être aveugle. Il n'y avait plus que ses pensées pour éclairer son existence, et c'étaient des pensées bien noires.

Longtemps, elle eut peur de devenir folle ; peur du jour où elle ne se contrôlerait plus. Elle se mit à inventer des images du monde extérieur, de la lumière et de la vie dehors. Elle se mit à sonder des recoins de son cerveau que la banalité laborieuse du quotidien fait oublier d'ordinaire. De vieux souvenirs remontaient peu à peu à la surface. Elle se rappelait des petits instants de tendresse, on la tenait par la main, des mots la caressaient et la consolaient. Mais elle revivait des heures de solitude et de renoncement, et de lutte infatigable aussi.

Bientôt, elle trouva un rythme qui ponctuait sa journée. Après de longues plages de sommeil, elle mangeait, elle buvait, elle méditait, et puis elle courait sur place. Il lui arrivait de courir jusqu'à ce que le claquement de ses pas sur le sol lui fasse mal aux oreilles, ou jusqu'à ce qu'elle tombe de fatigue.

Tous les cinq jours, on lui donnait du linge de corps propre et elle jetait son linge sale dans le seau hygiénique. L'idée que des étrangers puissent toucher ses sous-vêtements lui répugnait. Ils ne lavaient pas ses autres habits. Elle en prenait donc grand soin. Elle faisait bien attention en s'asseyant sur le seau. Elle se couchait avec précaution pour dormir. Lissait soigneusement ses vêtements quand elle changeait de linge de corps et nettoyait avec de l'eau propre les endroits qu'elle sentait gras sous ses doigts. Elle était heureuse d'avoir été habillée chaudement le jour où ils l'avaient enlevée. Une doudoune, une écharpe, un chemisier, un sous-pull, un pantalon et de grosses chaussettes. Mais à mesure que les jours passaient, son pantalon pendait de plus en plus et elle sentait s'amincir les semelles de ses chaussures. Il faut que je coure pieds nus, se dit-elle et elle cria dans le noir : « Vous ne pouvez pas monter un peu le chauffage, s'il vous plaît ? » Il y avait un certain temps qu'elle n'avait pas entendu le ventilateur de la climatisation se déclencher dans le plafond.

Ils lui permirent de revoir la lumière le jour où ils échangèrent les seaux pour la cent vingtième fois. Une explosion de soleils blancs fondit sur elle et la fit trébucher, et les larmes montèrent sous ses paupières collées. La lumière lui fit l'effet d'une bombe, elle plantait dans sa tête des vagues d'impulsions douloureuses. Accroupie, elle se boucha les yeux.

Pendant les heures qui suivirent, elle relâcha lentement ses mains et entrouvrit très légèrement les yeux. La lumière était toujours aussi insupportable. Elle était retenue par la peur d'avoir déjà perdu la vue, ou de la perdre si elle se hâtait trop. La voix de la femme transmise par le haut-parleur lui asséna un deuxième choc. Elle sursauta, comme un instrument de mesure beaucoup trop sensible. Chaque mot était comme un électrochoc. C'étaient des mots terribles.

« Bon anniversaire, Merete Lynggaard. Bon anniversaire, tu as trente-deux ans. Nous sommes aujourd'hui le 6 juillet. Tu es ici depuis cent vingt-six jours et, comme cadeau d'anniversaire, la lumière restera allumée pendant une année.

– Oh, mon Dieu, non, vous ne pouvez pas me faire ça, gémit-elle. Pourquoi me faites-vous ça ? » Elle se leva en se protégeant les yeux. « Si vous voulez me tuer, faites-le tout de suite, plutôt que de me torturer à mort », hurla-t-elle.

La voix de la femme était glaciale, un peu plus basse que la dernière fois. « Nous ne voulons pas te torturer. Au contraire, nous te donnons une chance d'éviter d'aggraver ton cas. Il suffit que tu trouves toi-même la réponse à la question que tu te poses très judicieusement : Pourquoi dois-je subir tout cela ? Pourquoi m'a-t-on mise en cage comme un animal ? Réfléchis, Merete. »

Elle pencha la tête en arrière. C'était tellement atroce. Peut-être valait-il mieux qu'elle se taise, tout simplement. Qu'elle s'asseye dans un coin et qu'elle les laisse parler tout leur saoul.

« Réponds à cette question, Merete, sinon, ce sera de ta propre faute si ta situation empire.

– Que voulez-vous que je réponde ? Je ne sais pas pourquoi vous me faites subir tout ça. Est-ce que c'est en rapport avec la politique ? Vous voulez une rançon ? Je n'en sais rien. Dites-le-moi. »

Derrière le léger craquement, la voix se refroidit :

« Tu as échoué, Merete. Accepte donc ta punition. Elle ne sera pas si dure. Tu la supporteras facilement.

– Mon Dieu, ce n'est pas vrai », sanglota Merete en tombant à genoux.

Alors, elle entendit le sifflement familier du sas se transformer en un chuintement. Elle sentit immédiatement que l'air tiède du monde extérieur affluait vers elle. Un air qui sentait le blé, la terre cultivée, l'herbe verte. En quoi était-ce une punition ?

« Nous augmentons la pression de l'air de ta chambre jusqu'à deux atmosphères. Nous verrons bien si tu as trouvé la réponse à notre question l'année prochaine. Nous ne savons pas quelle est la pression maximale supportable pour l'organisme humain, mais nous allons le découvrir ensemble avec le temps.

– Seigneur Dieu », murmura Merete en sentant la pression comprimer ses tympans. « Épargne-moi cela, je t'en prie. »

17

2007

Les voix animées et le cliquetis des bouteilles qu'on entendait nettement du parking avaient prévenu Carl. Apparemment il y avait une fête chez ses voisins dans la maison mitoyenne.

La bande des accros du barbecue était un petit groupe de fanatiques pour qui les biftecks étaient bien meilleurs quand ils avaient été racornis sur le gril jusqu'à perdre le goût du bifteck et même celui du bœuf. Ils se réunissaient n'importe quand dans l'année, dès qu'une occasion se présentait, et de préférence sur la terrasse de Carl. Il les aimait bien. Ils savaient s'amuser avec retenue et remportaient toujours leurs bouteilles vides.

Kenn, le préposé au barbecue, l'accueillit avec une accolade et une bière glacée, puis il posa un morceau de viande carbonisée sur une assiette et Carl alla s'installer dans son séjour, sentant dans son dos leurs regards amicaux. Ils ne posaient jamais de questions s'il ne leur adressait pas la parole. C'était cela, entre autres, qu'il appréciait tant chez eux. Quand une affaire lui trottait dans la tête, il aurait été plus facile de dénicher un homme politique honnête que de lui arracher un mot et ils le savaient. Cette fois, hélas, ce n'était pas une affaire qui obsédait de Carl, c'était Hardy.

Carl se demandait réellement ce qu'il devait faire.

Peut-être fallait-il qu'il y réfléchisse encore. Il pourrait certainement trouver un moyen de mettre fin aux jours de Hardy sans que cela porte à conséquence. Une bulle d'air dans son goutte-à-goutte, une main pressée sur sa bouche. Ce ne serait pas long parce que Hardy se laisserait faire.

Mais en était-il capable ? Avait-il envie de le faire ? C'était un sacré dilemme. Devait-il ou non l'aider ? Serait-ce un service à lui rendre ? Il aiderait peut-être mieux Hardy en allant voir Marcus pour exiger qu'on lui reconfie son ancienne enquête. Finalement, il se fichait complètement de savoir avec qui il devait faire équipe. Quant à ce que ses collègues pensaient de lui, il n'en avait rien à foutre. Si ça pouvait faire du bien à Hardy qu'il coince les salauds qui leur avaient tiré dessus à Amager, il n'avait pas peur de s'attaquer à eux. Personnellement, il détestait cette affaire. S'il les trouvait, ces porcs, il les abattrait sans hésiter, et ça profiterait à qui ? Pas à lui, en tout cas.

« Tu peux me filer cent balles, Carl ? »

Jesper, son beau-fils, interrompit le cours de ses pensées. Il sortait. Visiblement, il avait déjà un pied dehors. Ses copains de Lynge savaient qu'en invitant Jesper ils pouvaient être sûrs qu'il apporterait de la bière. Jesper connaissait un tas de gens dans le quartier qui n'hésitaient pas à vendre de la bière à un gamin de moins de seize ans. Ça lui revenait un peu plus cher, mais quelle importance puisque c'était son beau-père qui payait ?

« Ce n'est pas la troisième fois cette semaine, Jesper ? » s'enquit Carl en sortant un billet de son portefeuille. « Tu me promets d'aller à l'école demain quoi qu'il arrive, OK ?

– OK.

– Et tu as fait tes devoirs ?

– Oui, oui. »

Carl était persuadé du contraire. Il fronça les sourcils.

« T'inquiète pas, Carl. Cool. J'ai pas envie de moisir au collège d'Engholm. T'en fais pas, je serai au lycée l'an prochain. »

Piètre consolation, puisqu'il devrait quand même surveiller qu'il ne séchait pas les cours au lycée.

« Amuse-toi bien », dit Jesper en allant chercher son vélo.

Facile à dire !

« C'est cette affaire Lynggaard qui te tracasse, Carl ? » lui demanda Morten en ramassant les dernières canettes. Carl ne quittait jamais la cuisine avant qu'elle soit impeccable. Il connaissait ses limites. Le lendemain, il aurait la tête comme une citrouille. S'il voulait faire le ménage, il fallait le faire maintenant.

« Je pense surtout à Hardy, pas tellement à l'affaire Lynggaard. Les pistes se sont refroidies et l'histoire n'intéresse plus personne. Même pas moi.

– Je ne comprends pas, l'affaire était résolue, non ? reprit Morten. Merete Lynggaard s'est noyée, n'est-ce pas, qu'est-ce qu'il y a d'autre à découvrir ?

– Hummm, c'est ce que tu crois ? Et pourquoi s'est-elle noyée ? Je me le demande. La mer était calme, pas de tangage, Merete était apparemment en parfaite santé. Elle n'avait pas de soucis d'argent, elle était belle, une carrière prometteuse devant elle. Elle menait peut-être une vie un peu solitaire, mais tôt ou tard, elle aurait réglé cette question-là aussi. »

Il secoua la tête. Pour qui parlait-il ainsi ? Bien sûr que cette affaire l'intéressait, comme toutes celles qui soulevaient une infinité de questions.

Il alluma une clope et attrapa une canette que quelqu'un avait ouverte sans la boire. Elle était un peu tiède et éventée.

« Ce qui m'agace le plus, c'est qu'elle était tellement intelligente. C'est toujours difficile quand les victimes sont aussi intelligentes qu'elle. Elle n'avait aucune raison valable de se suicider, selon moi. Aucun ennemi évident, son frère l'adorait. Alors, pourquoi a-t-elle disparu ? Est-ce que tu te jetterais à la mer dans ces conditions, Morten Holland ? »

Morten contempla Carl de ses yeux rougis.

« Elle a eu un accident, Carl. Ça ne t'arrive jamais d'être pris de vertige quand tu te penches au-dessus du bastingage pour regarder la mer ? Et s'il s'agit d'un meurtre, pour moi il a été commis soit par son frère, soit pour une raison politique. Tu crois qu'une future tête de liste du parti démocrate avec un physique pareil n'avait aucun ennemi ? »

Il hocha la tête avec conviction pour étayer son propos et faillit ne pas réussir à la redresser tant il était saoul.

« Tout le monde la détestait, tu ne vois pas ça ? Ceux qu'elle avait doublés dans son propre parti. Ceux des partis de la majorité. Tu crois que ça faisait plaisir au Premier ministre et à ses sbires de voir cette fille super canon faire sa propre promo à la télé ? Tu l'as dit toi-même : elle était vachement intelligente. »

Il tordit l'éponge et la rinça sous le robinet. « Tout le monde savait qu'elle représenterait l'union de la gauche lors des prochaines élections. Elle attirait les voix, cette fille. »

Il cracha dans l'évier :

« La prochaine fois, en tout cas, je ne boirai pas le Retsina de la voisine. Où est-ce qu'elle achète cette bibine, bon Dieu ? Ça vous dessèche la gorge à un point ! »

Dans la cour circulaire de la préfecture de police, Carl vit plusieurs collègues raser les murs en le voyant. Sous les arcades, Bak était en pleine discussion avec un membre de son équipe. Ils le regardèrent comme s'il leur avait craché dessus pour les humilier.

« Congrès de cons », dit-il tout haut dans la galerie en leur tournant le dos.

Dans le hall, il croisa Bente Hansen, l'une de ses anciennes collaboratrices, et elle cracha le morceau.

« Tu avais raison, Carl. Ils ont trouvé la moitié de l'oreille dans le siphon des W-C de l'appartement du témoin. Félicitations, mon vieux. »

Parfait. On avançait un peu dans l'affaire de l'assassinat du cycliste.

« Bak et son équipe arrivent de l'hôpital où cette femme refuse toujours de se mettre à table. Elle est terrifiée.

– Si c'est vraiment le cas, ce n'est pas elle qu'il faut interroger.

– Mais qui alors ?

– Qu'est-ce qui pourrait te donner envie de te suicider ? Qu'on te soumette à une pression terrible, ou que ce soit la seule chose à faire pour sauver tes enfants ? D'une façon ou d'une autre, il s'agit de ses enfants, j'en mettrais ma main à couper.

– Ses enfants ne savent rien.

– Non, c'est probable. Mais sa mère sait peut-être quelque chose. »

Il regarda les suspensions en bronze du plafond. Peut-être devrait-il demander l'autorisation d'échanger son affaire contre celle de Bak. Voilà qui risquerait de faire des vagues dans la grande maison.

« Je tourne et je vire et je pense beaucoup, chef. Et voilà, je trouve qu'il faut continuer l'enquête sur cette affaire. »

Assad lui avait déjà apporté sa tasse de café brûlant. À côté du dossier, il découvrit deux pâtisseries posées sur un papier d'emballage. Assad s'était lancé dans une offensive de charme. Il avait rangé le bureau de Carl et plusieurs feuillets étaient posés côte à côte sur sa table, presque comme s'il devait les lire dans un ordre donné. Il devait être là depuis six heures du matin.

« Qu'est-ce que tu m'as sorti là ?

– Regardez. Ici, c'est un relevé bancaire qui montre combien d'argent Merete Lynggaard a retiré les dernières semaines. Mais elle n'a rien payé du tout, dans aucun restaurant.

– Il y a des gens qui ont payé pour elle, Assad. Ce n'est pas anormal que les belles femmes se fassent inviter quand elles vont au restaurant.

– Oui, justement, chef. Ça veut dire que quelqu'un a payé pour elle. Un politicien, peut-être, un homme en tout cas.

– Sûrement. Mais ce ne sera pas facile de trouver qui.

– Je sais chef. Ça remonte à cinq ans. »

Il désigna le deuxième document.

« Voilà la liste des choses que la police a emportées. Je ne vois pas l'agenda dont sa nouvelle secrétaire a parlé, il n'y est pas. Mais il y en a peut-être un à Christiansborg, où on peut voir avec qui elle devait sortir.

– Elle devait avoir son agenda dans son sac à main, Assad. Et son sac a disparu avec elle, n'est-ce pas ? »

Assad hocha la tête, l'air un peu contrarié.

« C'est possible, chef. Mais on pourrait peut-être questionner sa secrétaire quand même ? Il y a un relevé de sa déclaration. Elle n'a parlé à personne, à l'époque, de quelqu'un avec qui Merete devait dîner. Alors, je crois qu'il faut lui redemander.

– Ça s'appelle une copie, pas un relevé, Assad. C'était il y a cinq ans. Si la secrétaire avait oublié quelque chose d'important quand on l'a interrogée, elle ne s'en souviendra certainement pas maintenant.

– OK ! Mais il est écrit ici qu'elle se souvenait d'une seule chose, que Merete Lynggaard avait reçu un télégramme pour la Saint-Valentin, mais que c'était quelque temps après ce jour-là. Ce genre de choses, on pourrait les vérifier, non ?

– Ce télégramme n'existe plus, et nous ne connaissons pas la date exacte à laquelle il a été envoyé. Ça risque d'être compliqué vu qu'on ignore également qui l'a apporté.

– C'est TelegramsOnline. »

Carl le regarda. Ce type avait vraiment des talents cachés. Pas facile à deviner quand on le voyait avec ses gants de caoutchouc.

« Qui est-ce qui t'a dit ça, Assad ?

– Regardez ici. »

Il montra la copie de la déclaration.

La secrétaire se souvenait qu'il y avait écrit : « Love & Kisses for Merete » sur le télégramme, et aussi deux lèvres. Deux lèvres rouges.

« Et alors ?

– Alors, c'est un télégramme de TelegramsOnline. Ils impriment le nom sur le télégramme, et c'est eux qui utilisent le logo des deux lèvres rouges.

– Montre-moi ça. »

Assad appuya sur la touche Intervalle de l'ordinateur de Carl et l'image du site de TelegramsOnlines apparut à l'écran. C'était bien ça. Exactement ce qu'Assad avait décrit.

« OK. Et tu es sûr que cette société édite ce genre de télégrammes ?

– Presque sûr, oui.

– Mais tu n'as toujours pas la date, Assad. Est-ce que ce télégramme est arrivé avant ou après la Saint-Valentin ? Et qui était l'expéditeur ?

– On pourrait demander à la société s'ils ont gardé des traces des dates auxquelles ils ont apporté des télégrammes au palais de Christiansborg.

– Toutes ces questions ont dû être posées lors de la première enquête, non ?

– Il n'y a rien de mentionné là-dessus, non. Mais vous avez peut-être lu autre chose ? »

Le petit homme lui adressa un sourire narquois derrière les poils de sa barbe. Il ne manquait pas de culot.

« OK, Assad. C'est très bien. Tu peux vérifier auprès de TelegramsOnline. C'est tout à fait un travail pour toi. J'ai un peu de boulot, là, alors, tu pourrais peut-être les appeler de ton propre bureau ? »

Il lui donna une claque sur l'épaule et le conduisit jusqu'à la porte qu'il referma derrière lui. Il alluma une cigarette, prit le dossier Lynggaard et s'assit, les pieds sur la table.

Il était temps qu'il s'y mette.

Cette affaire était pourrie. Beaucoup trop inconsistante. On avait enquêté à droite et à gauche, sans priorité définie. Bref, il n'y avait aucune explication valable. Et pas de mobile. S'il s'agissait d'un suicide, quelle en était la raison ? Tout ce qu'on savait, c'était que sa voiture était la dernière de la rangée sur le pont du ferry, et que Merete Lynggaard n'était plus là.

Ensuite, les enquêteurs s'étaient aperçus qu'elle n'était pas seule au moment de sa disparition, deux témoins ayant indiqué qu'elle s'était disputée avec un jeune homme sur le pont supérieur. Une photo prise par hasard par un couple danois âgé qui partait faire des courses à Heiligenhafen, en Allemagne, avait confirmé cette information. Lors de la publication de cette photo, la mairie de Store Heddinge s'était manifestée pour dire qu'il s'agissait du frère de Merete.

Carl s'en souvenait bien, en fait. On avait distribué des blâmes aux policiers auxquels l'existence de ce frère avait échappé.

De nouvelles questions s'étaient posées. Si son frère était coupable, pourquoi l'avait-il fait ? Et où était-il ?

D'abord, on avait cru qu'Oluf était tombé par-dessus bord, puis on l'avait trouvé deux jours plus tard, très affaibli et désorienté, à des kilomètres plus au sud, dans le plat pays de Femern. Un agent de police allemand d'Oldenbourg plus futé que les autres l'avait identifié. On n'avait jamais compris comment il était arrivé jusque-là. Lui-même avait été incapable de l'expliquer.

S'il savait quelque chose, il le gardait pour lui.

La brutalité avec laquelle ses collègues avaient traité Oluf Lynggaard donnait la mesure de leur impuissance.

Carl écouta deux enregistrements des interrogatoires et constata qu'Oluf avait gardé un silence total. Ils avaient essayé de le prendre par la douceur, par la menace, sans résultat. Deux psychiatres étaient intervenus et, ensuite, un psychologue de Farum spécialiste de son type de handicap. On avait même fait appel à Karen Mortensen, une assistante sociale de la commune de Stevns pour essayer de le faire parler.

Une affaire pourrie.

Les autorités allemandes et danoises avaient passé la zone au peigne fin. Le corps des scaphandriers avait transféré ses exercices dans ce secteur. On avait conservé dans la glace puis autopsié un cadavre rejeté par la mer, prévenu des pêcheurs pour qu'ils soient particulièrement attentifs quant aux objets flottants, vêtements, sacs, n'importe quoi. Or, nul n'avait rien trouvé qui pût se rapporter à Merete Lynggaard, et les médias étaient surexcités. Merete Lynggaard avait fait la une des journaux pendant presque un mois. Des photos anciennes d'une excursion de son lycée, où elle posait en maillot de bain très moulant, avaient été ressorties des archives. Ses excellentes notes à l'université avaient été publiées et analysées par des soi-disant experts en comportement. De nouvelles conjectures sur sa sexualité avaient entraîné des journalistes – sérieux d'ordinaire – dans le sillage des tabloïds. L'existence d'Oluf, surtout, fournissait du grain à moudre aux journalistes.

Plusieurs des plus proches collègues de Merete s'en étaient donné à cœur joie en racontant à qui voulait les entendre qu'ils avaient toujours imaginé ce genre de situation. Qu'elle avait un secret à cacher dans sa vie privée. Personne ne pouvait savoir qu'il s'agissait d'un frère handicapé, naturellement, mais quelque chose dans ce sens.

Quand l'affaire avait commencé à lasser l'opinion publique, les quotidiens du matin avaient publié en première page des photos anciennes de l'accident de voiture qui avait coûté la vie à ses parents et fait d'Oluf un infirme. Tout était exploitable. Merete avait été un bon sujet pour la presse de son vivant, elle le serait aussi après sa mort. Les rédacteurs des journaux se frottaient les mains. La guerre en Bosnie, les bouderies d'un prince consort, la consommation de vin disproportionnée du maire d'une commune de la périphérie, l'ivresse d'un politicien du Folketing, on fourrait tout dans le même panier. Pourvu que ça donne de bonnes photos.

De grands clichés du vaste lit de la maison de Merete Lynggaard avaient été publiés. Comment on se les était procurés, on n'en savait rien, mais les titres ne pardonnaient pas. Le frère et la sœur avaient-ils une relation contre nature ? Était-ce la raison de sa mort ? Pourquoi n'y avait-il qu'un seul lit dans cette grande maison ? Tous les citoyens danois furent incités à trouver cela étrange.

Quand on eut fini de presser le citron, les journalistes se rabattirent sur diverses spéculations concernant la libération d'Oluf. La police l'avait-elle brutalisé ? Était-ce une bavure de plus ? Allait-on le laisser s'en tirer à bon compte ? La justice avait-elle fait preuve de naïveté ou de laxisme ? Plus tard, les médias avaient rapidement fait état du placement d'Oluf à Egely et, enfin, enterré l'affaire. Les gros titres de la morte-saison, pendant l'été 2002, ne parlaient plus que de la pluie, que tout le monde espérait, et de la canicule, de la naissance d'un prince et des championnats du monde de football.

La presse danoise savait parfaitement ce qui intéressait le lecteur moyen. Désormais, Merete Lynggaard faisait partie du passé.

Six mois plus tard, l'enquête fut classée. La police en avait beaucoup d'autres à mener.

Carl prit deux feuilles de papier et son stylo et il nota sur le premier feuillet :

SUSPECTS :

1) Oluf
2) Messager inconnu. Message concernant voyage à Berlin
3) L'homme/la femme du restaurant Bankeråt
4) Collègues de Christiansborg
5) Agression suivie d'un assassinat. Combien d'argent avait-elle dans son sac ?
6) Agression sexuelle

et sur le second :

À VÉRIFIER :
L'assistante sociale de Stevns
Le télégramme
Les secrétaires de Christiansborg
Les témoins du ferry *Schleswig-Holstein*

Après un moment de réflexion, il ajouta en bas du second feuillet :

La famille d'accueil après l'accident/ ses anciens camarades de la fac. Était-elle d'une nature dépressive ?
Était-elle enceinte ? Amoureuse ?

Au moment où il refermait le dossier, le téléphone sonna. Marcus Jacobsen lui demandait de faire acte de présence dans la salle de réunion.

Il adressa un signe de tête à Assad en passant devant son petit local. Scotché à son téléphone, il avait l'air sérieux et en pleine concentration. Rien à voir avec le type qui se postait d'ordinaire devant sa porte, avec ses gants de caoutchouc verts. On aurait dit un autre homme.

L'équipe chargée d'élucider l'assassinat du cycliste était là, au grand complet. Marcus Jacobsen désigna à Carl le siège qu'on lui avait réservé à la table de conférence, et Bak présenta l'affaire :

« Notre témoin, Annelise Kvist, nous a finalement demandé d'assurer sa protection. Nous savons maintenant quelle menace pesait sur elle : si elle ne se taisait pas sur ce qu'elle avait vu, ses enfants seraient écorchés vifs. Tout en faisant son possible pour coopérer, elle a constamment dissimulé un certain nombre de renseignements. Elle nous a donné, en cours de route, des indices qui nous ont éclairés et permis de progresser dans notre enquête, mais elle a gardé pour elle des informations essentielles. Depuis qu'elle a subi de graves menaces, elle est restée totalement muette.

« Résumons : la victime est égorgée dans le parc de Valby vers vingt-deux heures. La nuit est noire, il fait froid et le parc est désert. Pourtant, quelques minutes seulement avant le crime, Annelise Kvist voit par hasard l'assassin en train de parler avec la victime. Nous pensons, par conséquent, qu'il doit s'agir d'un crime passionnel. Si le crime avait été prémédité, l'arrivée d'Annelise Kvist l'aurait probablement contrarié.

– Pourquoi Annelise Kvist traversait-elle le parc ? Pourquoi n'était-elle pas à bicyclette ? D'où venait-elle ? »

C'était une nouvelle recrue qui posait ces questions. Il ignorait que lorsque Bak tenait le crachoir, on attendait pour s'exprimer.

Bak répondit d'un ton acide :

« Elle était allée chez une amie et comme elle avait un pneu crevé, elle traversait le parc à pied en poussant sa bicyclette. Nous sommes capables d'affirmer que la personne qu'elle a vue est l'assassin, parce qu'il n'y avait que deux sortes de traces de pas autour du lieu du crime. Nous avons fait un travail intensif en parallèle de l'enquête sur la vie d'Annelise Kvist pour y chercher des points suspects. Quelque chose qui aurait expliqué son comportement quand nous avons commencé à l'interroger. Nous savons à présent que, par le passé, elle a eu des rapports avec le milieu des rockers, mais nous sommes à peu près sûrs que ce n'est pas dans ce milieu qu'on trouvera le coupable.

« L'homme qui a été assassiné est le frère de Carlo Brandt, l'un des rockers les plus connus du secteur de Valby, et il était bien vu dans leur milieu, même s'il dealait un peu pour son propre compte. Nous savons aussi par ce Carlo Brandt qu'Annelise Kvist connaissait la victime, qu'ils avaient probablement même été intimes, à une époque. Donc, selon toute apparence, le témoin est connu de l'assassin comme de la victime. En ce qui concerne la frayeur que nous avons observée chez notre témoin, sa mère nous a déclaré qu'Annelise avait déjà subi des violences par le passé, moins graves, toutefois. Annelise a été frappée, menacée, ce genre de choses, et elle en garde un traumatisme. Si l'on en croit sa mère, Annelise s'est exposée elle-même à ces violences. Elle traînait régulièrement dans les bars et n'était pas regardante quant aux hommes qu'elle ramenait chez elle, mais pour autant que nous puissions en juger, les habitudes sexuelles et sociales d'Annelise Kvist ne différaient pas de celles de la plupart des jeunes femmes.

« La découverte de l'oreille, dans les W-C d'Annelise, nous prouve que l'assassin sait qui elle est et qu'il connaît son domicile, mais, comme je vous l'ai dit, nous n'avons pas encore réussi à la convaincre de nous révéler de qui il s'agit.

« Les enfants ont été confiés à une famille qui demeure au sud de Copenhague, ce qui a un peu rassuré Annelise. Il ne fait plus de doute qu'elle était droguée au moment où nous supposons qu'elle a tenté de se suicider. Selon les analyses, son estomac renfermait toutes sortes d'euphorisants. »

Carl était resté les yeux fermés pendant une grande partie de l'exposé. Il n'avait tout simplement pas la force de regarder Bak en train d'énumérer chaque détail de l'affaire avec ses interminables circonlocutions. Ce type avait le don de lui mettre la rate au court-bouillon. De toute façon, cette affaire ne le regardait pas. Il avait désormais sa chaise au sous-sol, c'était tout ce dont il devait se souvenir. Le chef de la criminelle l'avait juste fait monter pour le gratifier d'une tape sur l'épaule, parce qu'il avait fait un peu avancer l'affaire. C'est tout. Il ne leur donnerait plus son avis, ils pouvaient en être sûrs !

« Nous n'avons pas trouvé de boîte de médicaments chez le témoin, ce qui laisse supposer que quelqu'un, probablement l'assassin lui-même, les lui a apportés et l'a forcée à les avaler », poursuivit Bak.

Il avait trouvé ça tout seul, chapeau !

« Nous pensons, par conséquent, qu'il s'agit d'une tentative de meurtre ratée et que c'est la menace de tuer ses enfants qui a fait taire Annelise », continua Bak.

Là, Marcus Jacobsen intervint. Il voyait que les nouveaux brûlaient de poser des questions. Il valait mieux prendre les devants :

« Comme l'exige cette situation, nous assurerons la protection d'Annelise Kvist, de sa mère et de ses enfants, dit-il. Pour commencer, nous avons mis les gamins à l'abri, ce qui devrait délier la langue de leur mère. En attendant, nous allons demander l'aide de la brigade des stupéfiants. Il paraît que son estomac renfermait pas mal de THC synthétique, du Marinol vraisemblablement, autrement dit une version synthétique du haschich qu'on ne trouve pas fréquemment dans le milieu des dealers. Nous allons tenter de savoir où on peut se procurer cette substance. Il paraît qu'on a également trouvé des traces de crystal et de phénidate méthylique. Un cocktail assez atypique. »

Carl secoua la tête. Ce devait être un assassin drôlement polyvalent qui commençait par égorger brutalement sa première victime dans un parc et faisait ensuite avaler gentiment des cachets à la seconde. Pourquoi n'attendait-on pas tranquillement que cette femme se mette à table d'elle-même ? Il ouvrit les yeux et vit que ceux du patron étaient fixés sur lui.

« Tu secoues la tête, Carl. Tu as une meilleure idée ? tu te sens capable de nous faire profiter encore une fois de tes lumières ? » Il était le seul à sourire dans la salle.

« Tout ce que je sais, c'est que quand on bouffe du THC et qu'on le mélange ensuite avec des trucs bizarres, ça fait vomir. Autrement dit, le type qui l'a obligée à avaler ces substances connaissait son affaire. Pourquoi ne pas attendre tranquillement qu'Annelise Kvist se mette à table spontanément ? Deux jours de plus ou de moins, ça ne changera pas grand-chose. C'est pas le boulot qui manque. Enfin, je parle pour moi », conclut-il en jetant un regard circulaire dans la pièce.

Comme d'habitude, les secrétaires étaient débordées. Lis, coiffée de ses écouteurs, tapait sur les touches de son ordinateur, tel un batteur de rock sur son instrument. Il chercha des yeux une nouvelle secrétaire brune, mais aucune ne correspondait à la description d'Assad. La seule dont on pouvait raisonnablement prétendre qu'elle avait cette couleur de cheveux était la collègue de Lis que ses collègues appelaient Mme Sørensen, qui ressemblait à Ilsa la Louve, la célèbre égérie des SS allemands. Carl plissa les yeux. Assad avait peut-être distingué, sous ces traits maussades, quelque chose que personne ne voyait.

« On aurait besoin d'une bonne photocopieuse au sous-sol, Lis », commença-t-il quand elle s'arrêta de tambouriner sur son clavier pour lui faire un grand sourire.

« Tu peux nous procurer ça dans l'après-midi ? Je sais qu'aux Renseignements généraux, ils en ont une de trop. Elle n'est même pas sortie de son emballage.

– Je vais voir ce que je peux faire, Carl », répondit Lis. Ce n'était pas plus compliqué que cela.

« J'ai rendez-vous avec Marcus Jacobsen », dit une voix mélodieuse derrière lui. Il se retourna et se trouva nez à nez avec une femme qu'il ne connaissait pas. Des yeux bruns. Les yeux bruns les plus follement séduisants qu'il ait jamais vus. Carl sentit sa poitrine se gonfler. La femme s'était tournée vers les secrétaires.

« Vous êtes Mona Ibsen ? demanda Mme Sørensen.

– Oui.

– Alors, vous êtes attendue. »

Les deux femmes se sourirent et Mona Ibsen recula légèrement tandis que Mme Sørensen se levait pour lui montrer le chemin. Carl serra les lèvres et la vit disparaître dans le couloir. Elle portait une fourrure très courte, enfin juste assez pour dévoiler ses fesses. Époustouflant ! Bien que ses courbes démontraient qu'elle n'était plus un perdreau de l'année. Mais pourquoi n'avait-il eu le temps de voir que ses yeux, bon Dieu de bon Dieu ?

« C'est qui cette Mona Ibsen ? » demanda-t-il à Lis d'un air détaché. « Elle a un lien quelconque avec l'assassinat du cycliste ?

– Non, c'est notre nouvelle psychologue. Elle dirigera une cellule de crise à la disposition de tous les services du commissariat.

– Ah bon ? »

Il perçut lui-même le ton niais de sa voix.

Réprimant la sensation qui lui gonflait la poitrine, il monta au bureau de Jacobsen et ouvrit la porte sans frapper. S'il se faisait engueuler, ce serait pour une bonne cause, en tout cas.

« Excusez-moi, Marcus. Je ne savais pas que vous aviez une visite. »

Il la voyait maintenant de profil, elle avait une peau douce et les rides de sa bouche évoquaient plus la joie de vivre que l'amertume.

« Je reviendrai plus tard, excusez mon interruption. »

La révérence qu'exprimait sa phrase lui fit tourner la tête de son côté. Sa bouche était bien dessinée, ses lèvres charnues, elle avait visiblement passé la cinquantaine. Elle le gratifia d'un sourire discret. Il eut soudainement les jambes en coton.

« Qu'est-ce que tu voulais, Carl ? s'enquit Marcus.

– Juste vous suggérer de demander à Annelise Kvist si elle avait quelque chose à voir avec l'assassin.

– C'est fait, Carl. Ce n'est pas le cas.

– OK ? Alors, je trouve que vous devriez lui demander ce que fait l'assassin. Pas qui il est, mais ce qu'il fait.

– Nous lui avons posé cette question également, bien sûr, mais ça n'a rien donné. Tu veux dire qu'ils pourraient avoir eu des relations de travail ?

– Peut-être que oui, peut-être que non. En tout cas, il se pourrait que, d'une façon ou d'une autre, elle dépende de cet homme à cause de son travail à lui. »

Jacobsen l'approuva. Carl savait qu'ils n'enquêteraient pas là-dessus avant d'avoir installé en lieu sûr le témoin et sa famille. Mais, au moins, il avait vu cette Mona Ibsen de plus près.

Sensationnelle, bon Dieu, pour une psychologue.

« C'est tout », conclut-il avec un grand sourire décontracté et viril qui la laissa de marbre.

Il porta tout à coup la main à la poitrine, juste sous le plexus où une douleur venait de se déclencher. Très désagréable comme s'il avait avalé de l'air et fait une fausse route.

« Ça va, Carl ? lui demanda Marcus.

– Ça va, c'est rien. Quelques séquelles. Je vais bien. »

Ce n'était pas tout à fait la vérité. La sensation qui lui oppressait la poitrine était insupportable.

« Ah, excusez-moi, Mona. Puis-je vous présenter Carl Mørck ? Il a vécu, il y a deux mois, une fusillade terrible qui a coûté la vie à l'un de ses équipiers. »

Elle hocha la tête en le regardant et il s'efforça de faire bonne figure. Elle plissa un peu les yeux. Par intérêt professionnel, naturellement, mais c'était mieux que rien.

« Je te présente Mona Ibsen, Carl. Notre nouvelle psychologue. Peut-être pourriez-vous parler un peu tous les deux à l'occasion, j'aimerais bien récupérer à cent pour cent l'un de nos meilleurs collaborateurs. »

Carl fit un pas en avant et lui serra la main. Parler un peu tous les deux ? Avec plaisir !

Il avait toujours la même douleur dans la poitrine quand il se heurta à Assad en descendant au sous-sol.

« J'ai eu la communication, chef », lui annonça-t-il.

Carl tenta d'oublier un instant la vision de Mona Ibsen. Ce n'était pas facile.

« Avec qui ?

– J'ai appelé au moins dix fois TelegramsOnline, et finalement, il y a un quart d'heure, j'ai eu la communication », expliqua Assad, pendant que Carl se remettait de ses émotions. « Peut-être qu'ils pourront nous dire qui a envoyé le télégramme à Merete Lynggaard. Ils y travaillent. »

18

2003

Merete ne mit pas longtemps à s'habituer à l'augmentation de la pression. Ses oreilles bourdonnèrent pendant quelques jours, puis cela disparut. Non, le pire n'était pas la pression. C'était la lumière éclatante, au-dessus d'elle.

La lumière perpétuelle était cent fois pire que la nuit permanente. Elle lui révélait la misère de sa vie. Une pièce déserte et glaçante. Des murs gris sale, des angles vifs. Les seaux gris, la nourriture incolore. La lumière lui imposait la laideur et le froid. La lumière l'obligeait à admettre qu'elle ne fracturerait pas cette pièce blindée. Qu'elle ne passerait jamais la porte encastrée en empruntant le sas par lequel on la maintenait en vie. Que cet enfer bétonné était son cercueil et sa tombe. Impossible de fermer les yeux et de glisser dans l'inconscient quand elle voulait. Même lorsqu'elle avait les yeux fermés, la lumière l'écrasait. Il fallait que la fatigue la terrasse pour que le sommeil l'en délivre.

Et le temps devint infini.

Chaque jour, après avoir fini de manger et de se sucer les doigts pour les nettoyer, elle regardait droit devant elle et se remémorait la date de la journée. « Nous sommes le 27 juillet 2002. J'ai trente-deux ans et vingt et un jours. Je suis ici depuis cent quarante-sept jours. Je m'appelle Merete Lynggaard et je vais bien. Mon frère s'appelle Oluf, il est né le 10 mai 1973 », commençait-elle. Parfois, elle nommait aussi ses parents, parfois d'autres personnes. Chaque jour, elle se redisait ces choses-là, et une quantité d'autres. Elle pensait à l'air pur, à l'odeur des êtres humains, à l'aboiement d'un chien, et ces pensées en entraînaient d'autres qui lui permettaient de fuir sa prison glacée.

Un jour ou l'autre, elle deviendrait folle, elle le savait. La folie lui permettrait d'échapper aux pensées lugubres qui tournaient dans sa tête, mais elle luttait de toutes ses forces contre cette tentation. Elle n'était pas du tout prête à ça.

Elle restait loin des hublots qu'elle avait trouvés dans le noir, en palpant les parois, au début de son emprisonnement. Ils étaient à la hauteur de sa tête et on ne voyait rien au travers. Au bout de quelques jours, ses yeux s'étant accoutumés à la lumière, elle s'était levée, très prudemment, de peur d'être surprise par sa propre image, et en levant lentement la tête, elle s'était enfin trouvée face à face avec elle-même, et son image l'avait fait souffrir jusqu'au plus profond de son être. Tremblante, elle avait fermé les yeux tant le choc était brutal. Non qu'elle ait eu l'air aussi malade qu'elle l'avait craint, non, ce n'était pas cela. Elle avait les cheveux emmêlés et sales, elle était pâle, mais c'était autre chose.

Le choc, c'était de faire face à une condamnée, à une condamnée à mort. De se trouver devant une étrangère – totalement seule au monde.

« Tu es Merete », avait-elle dit à haute voix et elle s'était vue prononcer ces mots. « C'est moi qui suis ici », avait-elle continué en souhaitant se tromper. Elle s'était sentie étrangère à son corps et, pourtant, c'était bien son reflet qu'elle contemplait. Il y avait de quoi devenir folle.

Alors, elle s'était éloignée des hublots pour aller s'asseoir sur ses talons. Elle avait essayé de chanter un peu, mais sa voix semblait appartenir à une autre. Alors, elle s'était couchée en position fœtale et elle avait prié, et encore prié. Elle avait prié jusqu'à ce que son âme s'élève vers Dieu et s'arrache du piège de la démence pour entrer dans une angoisse différente. Elle trouvait le repos dans ses rêves et ses souvenirs et se promit de ne jamais plus aller se regarder dans ce miroir.

Avec le temps, elle apprit à comprendre les signaux de son corps. Son estomac lui disait quand son repas était en retard. Elle notait les variations imperceptibles de la pression, les moments où elle dormait le mieux.

Les intervalles qui séparaient le changement des seaux étaient très réguliers. Elle avait essayé de compter les secondes à partir du moment où son estomac lui disait que les récipients allaient arriver. Les écarts maximums étaient d'une demi-heure. Elle pouvait donc se fier à cette indication temporelle, à condition qu'on continue à la nourrir une fois toutes les vingt-quatre heures.

Le savoir était à la fois une consolation et une malédiction. Une consolation parce qu'elle se sentait liée aux habitudes et au rythme du monde extérieur, et une malédiction parce qu'elle l'était sans l'être. Dehors, l'été arrivait, l'automne, l'hiver, ici, rien. Elle imaginait la pluie estivale qui l'aurait trempée, lavée de sa déchéance et de sa puanteur. Elle se pénétrait de la vision des braises des feux de la Saint-Jean, du sapin de Noël dans sa magnificence. Elle n'oubliait jamais sa gymnastique. Elle savait quel jour on était et savait à quoi cette date correspondait dehors.

Seule, assise sur le sol nu de sa cage, elle s'obligeait à imaginer la vie à l'extérieur. Ce n'était pas facile. Souvent, les images tentaient de lui échapper, mais elle tenait bon. Chaque jour avait son importance.

Le jour où Oluf eut vingt-neuf ans et demi, elle s'appuya contre le mur froid et s'imagina qu'elle lui caressait la tête en lui souhaitant un bon anniversaire. Elle lui fit un gâteau, en pensée, et elle le lui envoya. Elle devrait d'abord acheter tous les ingrédients. Mettre son manteau pour braver les bourrasques de l'automne. Elle pouvait faire ses courses où elle le voulait, au rayon gastronomique du plus grand magasin de Copenhague. Elle prenait ce qu'elle voulait. Rien n'était trop bon pour Oluf aujourd'hui.

Et Merete comptait les jours en se demandant quel était le but de ses ravisseurs et qui ils étaient. Parfois, on eût dit qu'une ombre vague glissait sur un des miroirs et elle se recroquevillait sur elle-même. Elle cachait son corps pendant sa toilette, tournait le dos lorsqu'elle était nue, tirait le seau hygiénique entre les miroirs pour qu'ils ne puissent pas la voir s'asseoir.

Car ils étaient là. Sinon, cela n'aurait eu aucun sens. Pendant un certain temps, elle leur avait parlé, mais elle ne se donnait plus cette peine puisque, de toute façon, ils ne répondaient pas.

Elle leur avait demandé des serviettes hygiéniques, sans succès. Quand ses règles étaient abondantes, le papier-toilette ne suffisait pas.

Elle avait demandé une brosse à dents, mais ils avaient refusé, et cela l'inquiétait. Elle se massait les gencives avec l'index et essayait de souffler entre ses dents pour les nettoyer, mais cela ne marchait pas. En soufflant dans la paume de sa main, elle sentait que son haleine devenait de plus en plus mauvaise.

Un jour, elle retira une baleine du capuchon de sa doudoune. Cette baguette de nylon avait la rigidité voulue, mais pas le bon diamètre pour se transformer en cure-dents. Elle s'employa à en casser un morceau et, quand elle eut réussi, elle lima le bout le plus court à l'aide de ses incisives. « Attention de ne pas coincer un morceau de plastique entre tes dents, jamais tu ne pourrais le faire ressortir », se prévenait-elle tout en poursuivant ses efforts.

Quand elle put, pour la première fois en un an, nettoyer tous les espaces entre ses dents, ce fut un grand soulagement. Ce morceau de plastique devint son trésor le plus précieux. Il fallait qu'elle en prenne soin, comme du reste de la baguette.

La voix lui parla un peu plus tôt qu'elle ne s'y attendait. Le jour de ses trente-trois ans, elle s'était réveillée avec la sensation physique qu'on était encore en pleine nuit. Assise par terre, elle avait regardé les vitres-miroirs pendant des heures peut-être en faisant des conjectures sur ce qui allait se passer. Elle avait soupesé sans fin des questions et des réponses, tourné et retourné dans sa tête des noms, des actes et des motifs, sans en savoir plus que l'année précédente. Il pouvait s'agir d'une histoire d'argent. De quelque chose en rapport avec Internet. C'était peut-être une expérience inventée par un fou pour démontrer les limites de ce que supportent l'organisme et le psychisme humains.

Mais elle n'avait pas l'intention de se laisser abattre par ce genre d'expérience. Certainement pas.

Quand la voix retentit, elle n'était pas prête. Son estomac n'avait pas encore annoncé l'heure du repas. Elle eut peur, mais la curiosité l'emporta sur le choc causé par la rupture du silence.

« Bon anniversaire, Merete, dit la voix féminine. Tu as trente-trois ans. Nous voyons que tu te portes bien. Le soleil brille aujourd'hui, ce qui veut dire que tu t'es bien conduite cette année. »

Le soleil brillait ! Oh, mon Dieu, elle ne voulait pas le savoir.

« As-tu pensé à la question ? Pourquoi te gardons-nous en cage comme un animal ? Pourquoi t'infligeons-nous ce supplice ? As-tu résolu le problème, Merete, ou devons-nous te punir encore ? As-tu mérité un cadeau d'anniversaire ou un châtiment supplémentaire ?

– Donnez-moi un indice quelconque pour m'aider à trouver la réponse, hurla-t-elle.

– Tu n'as absolument rien compris à ce jeu, Merete. Non. Tu dois trouver toute seule ! Nous allons t'envoyer les seaux, demande-toi, pendant ce temps, pourquoi tu es ici. D'ailleurs, tu verras, il y a un petit cadeau pour toi, nous espérons que tu pourras t'en servir. Il ne te reste plus beaucoup de temps pour répondre. »

Cette fois-ci, elle entendait nettement, pour la première fois, la femme à qui appartenait la voix. Elle n'était pas jeune, pas jeune du tout. Sa façon de parler témoignait d'une bonne éducation, remontant à un lointain passé, à une époque où les « a » étaient prononcés avec la bouche plus ouverte.

« Vous appelez ça un jeu ! protesta-t-elle. Vous m'avez kidnappée et emprisonnée. Que voulez-vous ? Une rançon ? Je ne vois pas comment je pourrais vous faire verser de l'argent par la Fondation en restant enfermée ici ? Vous devriez le comprendre.

– Écoute, ma petite fille, dit la femme. Si c'était une question d'argent, tu ne crois pas que nous aurions procédé autrement ? »

Puis le claquement du sas retentit et le premier seau entra. Elle le retira en se triturant les méninges pour trouver quelque chose à dire et gagner du temps.

« Je n'ai rien fait de mal dans ma vie, je ne mérite pas ça. »

Un second claquement retentit et le deuxième seau sortit du sas.

« Tu chauffes, petite idiote. Bien sûr que tu mérites ce qui t'arrive. »

Elle voulut protester, mais la femme l'arrêta.

« Ne dis plus rien, Merete. Tu n'as pas amélioré ta situation. Regarde plutôt ce qu'il y a dans le seau. Je me demande si ton cadeau te fera plaisir. »

Merete ôta lentement le couvercle, comme si un cobra au cou gonflé l'attendait, prêt à la mordre, les glandes à venin tendues à se rompre. Mais ce qu'elle vit était pire.

C'était une lampe de poche.

« Bonne nuit, Merete, et dors bien. Nous augmentons la pression de ton air d'une atmosphère. Voyons si cela profitera à ta mémoire. »

D'abord, il y eut le souffle du sas, puis l'odeur venant du dehors. Un parfum de vie, un souvenir de journée ensoleillée.

Et puis l'obscurité.

19

2007

La photocopieuse qu'ils avaient récupérée au BNI, le Bureau national d'investigation, comme on appelait désormais la nouvelle division de la police criminelle, était flambant neuve mais seulement prêtée. On voyait bien qu'ils ne savaient pas à qui ils avaient affaire en la confiant à Carl, qui ne lâchait pas facilement les choses une fois qu'elles étaient arrivées au sous-sol.

« Tu me photocopies toutes les pièces du dossier, Assad, dit-il en désignant l'appareil. Même si tu dois y passer la journée. Et quand tu auras fini, tu iras faire un tour à la Clinique des traumatismes de la moelle épinière et tu mettras mon vieil équipier, Hardy Henningsen au courant de l'affaire. Il te traitera sûrement comme si tu étais transparent, mais ne t'en fais pas. Il a une mémoire d'éléphant et l'ouïe d'une chauve-souris. Allez, au boulot. »

Assad examina, l'air perplexe, tous les symboles et les boutons du monstre qui venait d'être installé dans le couloir. « Et on peut savoir comment ça marche ? demanda-t-il.

– Tu ne sais pas te servir d'une photocopieuse ?

– Pas quand elle est toute pleine de dessins comme celle-là. »

C'était le comble. Et, en plus, il fallait que ça vienne du type qui avait fixé son écran plat au mur en moins de dix minutes.

« Mais enfin Assad. Il suffit de poser l'original ici, et d'appuyer sur ce bouton-là. »

Il sembla avoir à peu près compris.

Le répondeur du portable de Bak débita l'inévitable message indiquant que l'inspecteur adjoint Bak n'était malheureusement pas en mesure de répondre parce qu'il s'occupait d'une enquête pour meurtre.

La ravissante secrétaire aux incisives qui se chevauchaient étaya l'information en précisant que Bak se trouvait avec un collègue à Valby, où ils procédaient à une arrestation.

« Tu me bipes, quand ce con refait surface, OK, Lis ? » lui demanda Carl. Une heure et demie plus tard, elle lui signalait le retour de l'inspecteur.

Bak et son collègue étaient déjà en plein interrogatoire, quand il fit irruption dans le bureau. Le gars avec les menottes aux poignets était on ne peut plus ordinaire. Jeune et fatigué et superenrhumé. « Vous ne pourriez pas lui moucher le nez ? » dit Carl en montrant du doigt les coulées de morve qui dégoulinaient vers la bouche du suspect. S'il avait été à sa place, il aurait préféré crever plutôt que de desserrer les lèvres.

« Tu ne comprends pas bien le danois, Carl ou quoi ? »

Cette fois Bak était écarlate. Pourtant il en fallait beaucoup pour le faire sortir de ses gonds. « Tu vas devoir attendre. Et la prochaine fois tu t'abstiendras d'interrompre un collègue en plein boulot, d'accord ?

– Je te demande cinq minutes et après je te fous la paix, promis. »

Ensuite Bak mit une bonne heure et demie pour lui expliquer qu'il avait pris l'affaire Lynggaard en cours de route et tardivement, qu'il ne savait pas grand-chose, mais ce n'était pas de sa faute à lui. Pourquoi faisait-il toujours tant de manières !

Il avait quand même réussi à obtenir le numéro de téléphone de Karen Mortensen, la déléguée aux affaires sociales de la commune de Stevns, aujourd'hui à la retraite, et qui jadis s'occupait d'Oluf. Et aussi le numéro du commissaire principal Claes Damsgaard, qui à l'époque avait dirigé la section mobile d'investigations. Maintenant, selon Bak, il travaillait dans les bureaux de la préfecture de police du centre et de l'Ouest du Sjælland. Pourquoi Bak ne pouvait-il pas dire tout simplement que le mec bossait à Roskilde ?

L'autre policier qui avait mené l'enquête n'était plus de ce monde. Il n'avait survécu que deux ans après avoir pris sa retraite. Ce qui correspondait à la moyenne d'espérance de vie d'un fonctionnaire de police retraité au Danemark. Une information intéressante à ajouter au *Guinness des records.*

Le commissaire principal Claes Damsgaard était fait d'un autre bois que Bak. Aimable, accueillant, attentif. Bien sûr qu'il avait déjà entendu parler du département V, et qu'il connaissait Carl Mørck. Est-ce que ce n'était pas lui qui avait élucidé l'affaire de Femøren, cette jeune fille qu'on avait retrouvée noyée dans l'étang du parc d'Amager, et aussi cet horrible meurtre dans le quartier nord-ouest de Copenhague où une vieille dame avait été défenestrée ? La réputation de Carl Mørck l'avait précédé. Les bons policiers ne passaient pas inaperçus. Qu'il n'hésite surtout pas à venir lui rendre visite à Roskilde pour un compte rendu sur l'affaire Lyngaard. Une bien pénible affaire au demeurant, et s'il pouvait lui être utile à quoi que ce soit, il n'avait qu'à demander.

Carl eut juste le temps de se dire que ce commissaire était vraiment un chic type quand ce dernier ajouta en éclatant de rire que Carl allait devoir patienter trois semaines, car il partait justement aux Seychelles avec sa femme, sa fille et son gendre, voyage qui ne pouvait en aucun cas être différé en raison de la fonte de la calotte glacière qui risquait de rayer incessamment l'archipel de la carte.

« Comment ça se passe ? » demanda Carl à Assad en découvrant, incrédule, le nombre de photocopies impeccablement entassées le long du mur et jusqu'à l'escalier. Y avait-il vraiment autant de pièces dans ce dossier ?

« Désolé que ce soit aussi long, chef, mais c'est à cause des hebdomadaires. »

Carl regarda les tas de plus près.

« Tu es en train de me dire que tu photocopies tout le journal ? »

Assad pencha la tête de côté comme un chiot qui s'apprête à filer la queue entre les pattes. Mais qu'est-ce qu'il avait fait au bon Dieu !

« Écoute-moi. Tu dois seulement photocopier les pages qui ont quelque chose à voir avec l'affaire, Assad. Je pense que Hardy se fiche complètement de savoir quel prince a tué quel faisan lors de sa dernière partie de chasse à Smørumbavelse[1], tu saisis ?

– Qui a tué qui ?

– Laisse tomber, Assad. Occupe-toi de tes photocopies et jette les pages qui n'ont rien à voir avec l'affaire. Tu fais du bon boulot, petit. »

1. Ville imaginaire, pourrait correspondre en français à : Trifouillis-les-Oies.

Il abandonna Assad et la ronronnante machine et alla téléphoner à la déléguée aux affaires sociales retraitée de la commune de Stevn. Peut-être avait-elle eu l'occasion de voir quelque chose qui pourrait faire avancer l'enquête.

Karen Mortensen avait l'air d'une brave femme au bout du fil. Il pouvait presque se l'imaginer dans sa chaise à bascule en train de confectionner des couvre-théières au crochet. Le son de sa voix aurait été en parfaite harmonie avec le tic-tac d'une horloge de Bornholm. C'était comme s'il avait été au téléphone avec sa propre famille à Brønderslev.

Au bout de deux phrases, la sensation s'était évanouie. Dans sa tête, Karen Mortensen était encore fonctionnaire de l'État. Une louve déguisée en brebis.

« Je ne suis pas autorisée à divulguer la moindre information sur l'affaire Oluf Lynggaard, ni sur aucune autre affaire. Vous allez devoir vous mettre en rapport avec les services sociaux de Store Heddinge.

– Je l'ai déjà fait. Écoutez-moi, j'essaye juste de comprendre ce qui est arrivé à la sœur d'Oluf.

– Oluf a été relaxé et on n'a retenu aucune charge contre lui, le coupa-t-elle.

– Je suis au courant et j'en suis ravi. Mais Oluf sait peut-être quelque chose dont personne n'a parlé lors du procès.

– De toute façon sa sœur est morte et ça ne la ramènera pas. Oluf n'a rien dit à l'époque, et il ne vous sera d'aucune utilité maintenant.

– Et si je venais vous rendre une petite visite, est-ce que vous me laisseriez vous poser quelques questions ?

– Pas si elles concernent Oluf.

– Décidément, j'ai du mal à comprendre. Tous les gens qui connaissaient Merete Lynggaard m'ont dit qu'elle ne tarissait pas d'éloges à votre égard. Elle disait toujours qu'elle et son frère ne s'en seraient jamais sortis sans le dévouement dont vous avez fait preuve à leur égard – Karen Mortensen essaya de répliquer mais il ne lui en laissa pas le temps. Pourquoi ne voulez-vous pas au moins contribuer à réhabiliter Merete Lynggaard puisqu'elle n'est plus en mesure de le faire elle-même ? Vous savez bien que tout le monde pense qu'elle s'est suicidée. Mais imaginez que ce ne soit pas vrai ? »

À l'autre bout du fil on n'entendait plus que le son diffus d'un poste de radio. Karen Mortensen était encore en train de goûter la formule « ne tarissait pas d'éloges ». Un morceau succulent à avaler.

Elle mit dix secondes à digérer : « À ma connaissance, Merete n'a jamais rien dit à personne à propos d'Oluf. Il n'y avait que nous, aux Affaires sociales, qui savions qui il était », dit-elle enfin. Elle n'avait pas l'air très sûre d'elle et il s'engouffra dans la brèche :

« Vous avez raison et, en général, c'est bien mieux ainsi. Mais en l'occurrence, d'autres membres de sa famille étaient concernés. C'est vrai qu'ils habitaient au Jütland, mais ils avaient au moins le mérite d'exister. » Il fit une petite pause calculée, se demandant quels cousins éloignés il allait pouvoir tirer de son chapeau, si elle se mettait à creuser la question. Mais il sentit que Karen Mortensen avait déjà mordu à l'hameçon.

« Est-ce vous personnellement qui rendiez visite à Oluf en prison à l'époque ? demanda-t-il.

– Non, c'était notre administrateur. Mais j'ai suivi l'affaire du début à la fin.

– Et avez-vous eu le sentiment que l'état d'Oluf s'est dégradé au fil des années ? »

Elle marqua encore un temps. Elle était en train de filer. Il fallait qu'il reste fermement accroché à la ligne.

« Si je vous demande cela, c'est parce que je le trouve plutôt réceptif en ce moment, mais je me trompe peut-être. »

Il l'avait déstabilisée.

« Vous avez rencontré Oluf ?

– Bien entendu. Un jeune homme charmant. Son sourire surtout est irrésistible. Quand on le voit, on a du mal à croire qu'il souffre d'un problème mental.

– C'est exact, et vous n'êtes pas le premier à l'avoir pensé. Malheureusement, c'est souvent le cas avec les malades mentaux. C'est grâce à Merete s'il ne s'est pas entièrement replié sur lui-même.

– Vous pensez que c'était un risque ?

– Absolument, mais vous avez raison de dire qu'il a parfois un visage incroyablement expressif et, pour répondre à votre question, non, je ne pense pas que son état se soit aggravé avec le temps.

– Vous pensez qu'il a compris ce qui était arrivé à sa sœur ?

– Non, je ne crois pas.

– Et cela ne vous surprend pas ? Je veux dire, il aurait dû réagir au fait qu'elle ne soit pas rentrée à l'heure habituelle. Pleurer par exemple.

– Si vous voulez mon avis, il ne peut pas l'avoir vue tomber à l'eau. Ce n'est pas possible. Il serait devenu complètement hystérique, et je pense qu'il aurait sauté à l'eau lui aussi. Et en ce qui concerne sa réaction, je vous rappelle qu'il a erré pendant plusieurs jours sur la grève de Femern et qu'il a eu plus de temps qu'il n'en fallait pour pleurer et la chercher et être totalement désorienté. Quand on l'a retrouvé, il ne restait de lui qu'un être réduit à ses fonctions vitales élémentaires. Il avait perdu trois ou quatre kilos, ce qui laisse à penser qu'il n'avait ni bu ni mangé depuis qu'il avait mis les pieds sur la terre ferme.

– Est-ce qu'il n'aurait pas pu pousser sa sœur par-dessus bord accidentellement et ensuite se rendre compte qu'il avait fait une bêtise ?

– Écoutez monsieur Mørck, je me doutais que c'était là que vous vouliez en venir. (Il sentait les dents de loup pointer derrière le ton calme et posé, il allait devoir se tenir sur ses gardes…) Plutôt que de vous raccrocher au nez comme j'en ai envie, je vais vous raconter une petite histoire qui vous donnera un os à ronger. (Il s'agrippa au combiné du téléphone.) Saviez-vous que le père et la mère d'Oluf sont morts sous ses yeux ?

– Oui.

– Eh bien moi je pense que, depuis, Oluf est devenu comme un électron libre. Rien n'a jamais pu remplacer le point d'attache que représentaient ses parents. Merete a essayé mais elle n'était ni son père ni sa mère. Elle était sa grande sœur, avec qui il jouait jadis, et c'est ce qu'elle est restée. Quand il pleurait son absence, ce n'était pas parce qu'il avait peur, mais parce qu'il était déçu d'être privé de sa camarade de jeux. Au fond de lui, il y a toujours un petit garçon qui attend le retour de son papa et de sa maman. En ce qui concerne la disparition de Merete, tous les enfants finissent par se consoler de la perte d'un camarade de jeux tôt ou tard. Et à présent voici l'anecdote que je voulais vous raconter :

– Je vous écoute.

– Je suis allée chez eux un jour. Je suis passée sans prévenir, ce que je ne faisais jamais d'habitude, mais ce jour-là, j'étais dans le quartier et j'ai décidé de passer leur dire bonjour. En montant l'allée, j'ai constaté que la voiture de Merete n'était pas là. Elle est d'ailleurs arrivée peu de temps après ; elle était juste allée faire quelques courses chez l'épicier du coin. Il n'avait pas encore fermé sa boutique à l'époque.

– L'épicier de Magleby ?

– C'est ça. Depuis l'endroit où je me trouvais, j'ai entendu une sorte de babillage qui semblait provenir du jardin d'hiver. On aurait dit la voix d'un petit enfant mais ce n'était pas le cas. Je ne me suis rendu compte que c'était Oluf que lorsque je suis arrivée là-bas. Il était assis devant un tas de sable sur la terrasse et il parlait tout seul. Je ne comprenais pas les mots qu'il disait. Je ne crois même pas que c'étaient des mots. En revanche, j'ai compris ce qu'il était en train de faire.

– Est-ce qu'il vous a vue ?

– Oui, tout de suite, mais il n'a pas eu le temps de cacher ce qu'il faisait.

– Qu'est-ce que c'était ?

– Il avait tracé une ligne dans les graviers de la terrasse et planté des brindilles de part et d'autre de cette ligne. Entre les arbres, il avait posé un petit cube renversé.

– Et alors ?

– Vous ne comprenez pas ce qu'il était en train de faire ?

– J'essaye.

– Les graviers et les branches, c'étaient la route et les arbres. Le cube, c'était la voiture de ses parents. Oluf avait reconstitué l'accident.

– Eh ben merde alors ! Bon ! Et il ne voulait pas que vous le sachiez ?

– Il a tout balayé d'un seul geste. C'est ce qui m'a convaincue.

– Convaincue de quoi ?

– Oluf se souvient. »

Il y eut un blanc dans la conversation. Le son de la radio parut soudain aussi fort que si quelqu'un avait tourné le bouton à fond.

« Vous l'avez raconté à Merete Lynggaard quand elle est revenue ? demanda-t-il.

– Oui. Elle m'a dit que je me faisais des idées. Elle m'a dit qu'il jouait souvent tout seul avec toutes sortes d'objets qui se trouvaient à sa portée. Elle m'a dit que je l'avais effrayé et que c'était pour cette raison qu'il avait réagi ainsi.

– Vous lui avez dit que vous aviez eu l'impression qu'il s'était senti découvert ?

– Oui, mais elle pensait que je l'avais simplement surpris.

– Et ce n'est pas votre avis ?

– Il a été surpris bien sûr, mais il n'y avait pas que ça.

– Vous croyez donc qu'Oluf comprend plus de choses qu'il ne veut le laisser paraître ?

– Je n'en sais rien. Je sais seulement qu'il se rappelle l'accident. C'est peut-être la seule chose dont il se souvienne vraiment. Il n'a peut-être aucun souvenir de la disparition de sa sœur. Il n'est même pas certain qu'il se souvienne qu'il avait une sœur.

– On n'a pas creusé cette question au moment de la disparition de Merete ?

– Ce n'est pas si simple avec Oluf. J'ai essayé d'aider la police à entrer en contact avec lui quand il était en détention provisoire. Je voulais qu'il se remémore ce qui s'était passé sur le bateau. Nous avions accroché des photos du pont du ferry sur le mur et posé de minuscules personnages ainsi qu'un modèle réduit du bateau à côté d'une bassine pleine d'eau sur une table, espérant l'inciter à jouer avec. Je m'étais cachée avec l'un des psychiatres pour l'observer, mais il n'a pas joué avec le ferry miniature.

– Il ne se rappelait rien alors que l'évènement s'était produit à peine deux jours avant ?

– Je ne sais pas.

– Ce serait bien si je pouvais trouver un chemin jusqu'à la mémoire d'Oluf. Juste un détail qui me permettrait de deviner ce qui s'est passé sur ce bateau, afin de pouvoir partir de là pour continuer mon enquête.

– Bien sûr. Je comprends.

– Avez-vous parlé de l'histoire du cube à la police ?

– Oui, je l'ai mentionnée à un membre de la brigade mobile. Un certain Børge Bak. »

Le prénom de Bak était Børge[1] ? Voilà qui expliquait tout !

« Je le connais très bien. Pourtant, il ne me semble pas avoir lu cette anecdote dans son compte rendu d'enquête. Vous savez pourquoi ?

– Non. Mais il est vrai que nous ne sommes pas revenus là-dessus. C'est peut-être mentionné dans le rapport des psychologues et des psychiatres, mais je ne l'ai pas lu.

– Je suppose que ce rapport se trouve à Egely, où Oluf est interné ?

– Sans doute, mais je ne pense pas qu'il apporte beaucoup d'éléments d'informations sur Oluf. Tous pensaient, et je me suis rangée à leur avis, que l'épisode du cube pouvait avoir été une simple réminiscence. Fondamentalement Oluf ne se souvenait de rien, et le harceler n'aurait pas fait progresser l'affaire Merete Lynggaard.

– Et on a interrompu sa garde à vue.

– Oui. »

---

1. Børge est un prénom danois ancien qui évoque souvent un personnage peu imaginatif.

20

2007

« Écoute Marcus, je ne sais pas ce qu'on va faire. » L'inspecteur Lars Bjørn regardait son patron avec l'air de quelqu'un qui vient d'apprendre que la maison brûle.

« Tu es sûr que les journalistes ne préféreraient pas parler avec moi ou avec l'attaché de presse de la préfecture ? demanda le chef de la criminelle.

– Ils ont expressément demandé l'autorisation d'interviewer Carl. Ils sont allés questionner Pia Vestergård qui les a renvoyés à lui.

– Pourquoi n'as-tu pas répondu qu'il était malade, ou en mission, ou qu'il refuserait ? N'importe quoi. Nous ne pouvons pas l'envoyer tout droit dans la gueule du loup. Les journalistes de Radio Danemark n'en feront qu'une bouchée.

– Je sais.

– Il faut faire en sorte qu'il refuse, Lars.

– Tu y arriveras certainement mieux que moi. »

Dix minutes plus tard, Carl Mørck rongeait son frein sur le pas de la porte du patron.

« Alors, Carl, interrogea le chef de la criminelle. Tu progresses ? »

Carl haussa les épaules.

« Je peux te dire que Bak ne sait absolument rien sur l'affaire Lynggaard.

– Vraiment. C'est bizarre. Et toi, tu en sais plus long que lui ? »

Carl entra dans la pièce et s'écroula sur une chaise.

« Ne t'attends pas à des miracles.

– Tu n'as donc pas grand-chose de plus à raconter sur cette affaire ?

– Pas encore.

– Est-ce que je peux dire au journal télévisé que c'est trop tôt pour t'interviewer ?

– Il est hors de question que je dise quoi que ce soit au JT. »

Le soulagement de Marcus fut si évident qu'il se traduisit par un sourire peut-être un peu excessif.

« Je comprends, Carl. Quand on est en pleine enquête, on préfère tenir les médias à l'écart. Lorsqu'on travaille comme nous sur des affaires récentes, on est bien obligés d'informer le public, mais sur une histoire aussi ancienne que celle dont tu t'occupes, il faut pouvoir enquêter tranquillement. Je transmettrai ta réponse, Carl. Tout va bien.

– Peux-tu me faire envoyer une copie du contrat d'embauche d'Assad ? »

Fallait-il vraiment que Marcus serve de secrétaire à ses subalternes, à présent ?

« Naturellement, Carl, répliqua Marcus. Je dirai à Lars de te les faire parvenir. Tu en es content ?

– Il faut voir. Pour le moment, ça va.

– Il ne se mêle pas de ton travail, je suppose ?

– Suppose ce que tu veux, rétorqua Carl en faisant un de ses rares sourires.

– Ne me dis pas que tu te sers de lui pour ton enquête ?

– Écoute, en ce moment, Assad est à Hornbæk pour remettre à Hardy des documents qu'il a photocopiés. Ça ne te pose pas de problème, j'espère ? Tu ne m'enlèveras pas de l'esprit que, lorsqu'il s'agit de réfléchir, Hardy est notre maître à tous. Et puis ça lui change les idées.

– Non, ça ne pose pas de problème. » Marcus l'espérait, en tout cas. « Et Hardy, ça va ? »

Carl haussa les épaules.

C'était bien ce que Marcus craignait. Quel drame !

Ils hochèrent la tête de concert. La séance était levée.

« Au fait, dit Carl quand il fut devant la porte. Puisque tu vas répondre à ma place pour le journal télévisé, évite de mentionner que nous ne sommes qu'un homme et demi dans ma section. Si Assad voyait l'interview, ça lui ferait de la peine. Sans parler de ceux qui ont versé la subvention, bien entendu. »

Il avait raison. Dans quel pétrin s'était-il mis, nom de Dieu ?

« Ah, et encore une chose, Marcus. »

En levant les sourcils, le chef scruta l'expression finaude de Carl. Quoi encore ?

« Si tu vois la psychologue, dis-lui que Carl Mørck a besoin de son aide. »

Marcus regarda son enfant terrible. Il n'avait pas l'air d'aller si mal que cela. Le sourire qu'il arborait contredisait ses mots.

« Je n'arrête pas de penser à la mort d'Anker, ça me ronge. C'est peut-être parce que je vois si souvent Hardy. Je voudrais qu'elle me dise ce qu'il faut faire. »

21

2007

Le lendemain, Carl eut les oreilles rebattues du passage à la télé du chef de la criminelle, Marcus Jacobsen. Les passagers de son train de banlieue, les agents de la prévention, les collègues du deuxième étage qui daignaient s'abaisser à lui parler, tout le monde avait vu l'émission, sauf lui.

« Félicitations », lui cria l'un des secrétaires en le hélant de l'autre bout de la cour, alors que certains s'écartaient pour l'éviter. C'était vraiment bizarre.

Quand il passa la tête dans la boîte à sardines qui servait de bureau à Assad, son assistant avait la figure fendue en deux par un sourire. Il était donc au courant, lui aussi.

« Alors, vous n'êtes pas content, maintenant ? questionna Assad en hochant la tête comme s'il répondait à la place de Carl.

– Pourquoi ?

– Oh là là ! Marcus Jacobsen a tellement bien parlé de notre département et de vous. Il a fait des grands compliments. Du commencement jusqu'à la fin. C'est ma femme qui l'a dit, on peut être très fiers, tous les deux. » Il lui fit un clin d'œil. Une mauvaise habitude. « Et puis, vous allez être nommé commissaire de police.

– Quoi ?

– Demandez vous-même à Mme Sørensen. Elle a des

papiers pour vous, elle m'a demandé de ne pas oublier de vous le dire. »

Assad aurait pu s'éviter ce souci : les pas de la furie résonnaient déjà dans le couloir.

« Félicitations », se força-t-elle à dire à Carl en faisant un sourire aimable à Assad. « Voici les formulaires à remplir. Votre cours commence lundi.

– Elle est mignonne », commenta Assad quand elle fut repartie de son pas décidé. « De quel cours elle parle, chef ? »

Carl soupira.

« On ne devient pas commissaire sans retourner d'abord sur les bancs de l'école, Assad. »

Assad fit la moue.

« Alors, vous ne serez plus ici ? »

Carl secoua la tête.

« On ne me fera pas partir.

– Je ne comprends pas.

– Tu comprendras un jour. Raconte-moi plutôt ce qui s'est passé hier, quand tu es allé voir Hardy. »

Les yeux d'Assad s'arrondirent bizarrement.

« Je n'ai pas beaucoup aimé ça. Cet homme si grand qui ne bouge pas, sous son édredon. Rien que sa figure qui sortait pour qu'on puisse la voir.

– Tu lui as parlé ? »

Assad acquiesça.

« Ça n'a pas été facile, parce qu'il m'a dit de m'en aller. Et puis, l'infirmière est arrivée, elle voulait me mettre à la porte. Mais ça s'est arrangé. Parce qu'en fait, je l'ai trouvée jolie », ajouta-t-il avec un sourire. « Je crois qu'elle a senti ça, alors, elle est repartie. »

Carl le regarda sans le voir. Parfois, il lui prenait l'envie de s'enfuir à Tombouctou.

« Hardy, parle-moi de Hardy, Assad ! Qu'est-ce qu'il a dit Tu lui as lu quelques-unes de tes photocopies ?

– Oui. Pendant deux heures et demie, mais là, il s'est endormi complètement.

– Et alors ?

– Alors, il a dormi. »

Carl fit un effort pour se souvenir que c'était toujours illégal au Danemark d'étrangler ses employés.

Assad sourit :

« Mais je vais sûrement retourner là-bas. L'infirmière m'a dit au revoir très gentiment, quand je suis parti. »

Carl avala sa salive encore une fois.

« Puisque tu sais si bien y faire avec toutes ces harpies, je vais te demander de remonter faire du charme aux secrétaires. »

Assad sourit de toutes ses dents. Il préférait clairement monter au deuxième étage plutôt que de tourner en rond au sous-sol équipé de gants de caoutchouc verts.

Carl réfléchit. Sa conversation téléphonique avec Karen Mortensen, l'assistante sociale de Stevns, ne cessait de lui trotter dans la tête. Existait-il un moyen de pénétrer dans l'esprit d'Oluf ? Pouvait-on l'atteindre ? Détenait-il au fond de son cerveau inaccessible quelque information à propos de la disparition de sa sœur et suffirait-il, pour la faire remonter à la surface, d'actionner un bouton ? L'accident de voiture était-il ce déclencheur ? Il fallait qu'il en ait le cœur net.

Il intercepta son assistant sur le pas de la porte :

« Assad, j'ai autre chose à te demander. Tu vas me trouver tous les renseignements sur l'accident de voiture qui a causé la mort des parents de Merete et d'Oluf. Tous. Absolument tous. Les photos, le rapport de la patrouille après la collision, les coupures de presse. Fais-toi aider par les filles là-haut. Il me les faut dans les plus brefs délais.

– Les plus brefs délais ?

– Ça veut dire très vite, Assad. Il y a un type du nom d'Oluf avec qui j'aimerais bien parler un peu de cet accident.

– Parler avec lui ? » marmonna Assad, l'air préoccupé.

Pendant la pause de midi, Carl avait un rendez-vous qu'il aurait préféré annuler. Vigga l'avait harcelé toute la soirée de la veille pour qu'il aille voir sa superbe galerie, située à Nansensgade. Une bonne adresse, mais un loyer exorbitant. Rien au monde n'aurait pu obliger Carl à se montrer enthousiaste à la perspective de délier les cordons de sa bourse pour qu'un barbouilleur du nom de Hugin puisse exposer ses croûtes à côté des peintures rupestres de Vigga.

En sortant de la préfecture de police, il rencontra Marcus Jacobsen dans le hall. Ce dernier arrivait sur lui à grands pas, les yeux rivés sur le carrelage décoré de motifs en forme de croix gammées. Il savait parfaitement que Carl l'avait repéré. Personne, à la préfecture, ne percevait autant de choses que Marcus Jacobsen, il n'en avait pas l'air, mais c'était ainsi. Ce n'était pas pour rien qu'il était le patron.

« J'apprends que tu as fait mon éloge, Marcus. Qu'as-tu raconté au journaliste ? Combien d'affaires avons-nous officiellement traitées au département V ? Et l'une d'entre elles sera bientôt élucidée, il paraît ? Si tu savais comme je suis content de l'apprendre. Ce sont vraiment de bonnes nouvelles. »

Le chef de la criminelle le regarda droit dans les yeux. D'un regard qui inspirait le respect. Bien sûr, il savait qu'il avait enjolivé le tableau. Il avait ses raisons. Et en un seul regard, il fit passer ce message à Carl. L'esprit de corps avant tout.

La fin justifie les moyens. Et la fin, le chef de la criminelle n'avait besoin de personne pour la définir.

« Bon, bon, fit Carl, je ferais mieux de me dépêcher s'il faut que j'élucide une ou deux affaires avant le déjeuner. »

Arrivé à la porte de sortie, il se retourna.

« Hé, Marcus, je grimpe combien d'échelons, et je serai augmenté de combien, déjà ? » cria-t-il, tandis que le chef de la criminelle disparaissait derrière les sièges de métal alignés le long du mur. « Et, à propos, tu as dit à cette psychologue que j'avais besoin de la voir ? »

Il resta un instant immobile, ébloui par le soleil. Personne ne déciderait pour lui du nombre de décorations qu'il porterait sur son uniforme. Connaissant Vigga, elle avait déjà pris note de son avancement, et elle savait déjà à quoi employer l'augmentation de salaire qui allait avec. Quel crétin irait s'emmerder à rouvrir des bouquins de cours pour ça ?

Le local qu'elle avait choisi était une ancienne boutique de lingerie qui avait abrité entre-temps une maison d'édition, un atelier de typographie, un marchand d'art et un magasin de CD. La seule chose qui subsistait, actuellement, de la décoration intérieure d'origine était le plafond en verre dépoli. Le local ne mesurait pas plus de trente-cinq mètres carrés, mais Carl vit bien qu'il ne manquait pas de charme, avec sa grande vitrine donnant sur le passage qui descendait vers les lacs, son emplacement face à une pizzeria et sa vue sur une cour intérieure semée de ravissants îlots de verdure. Le local se trouvait juste à côté du Café Bankeråt, où Merete Lynggaard avait dîné peu de temps avant sa mort. Nansensgade était une rue branchée, pleine de petits cafés et d'établissements sympathiques. On se serait cru à Paris.

Il se retourna et aperçut Vigga et sa dernière conquête qui passaient devant la vitrine du boulanger. Elle prenait possession de la rue avec autant de naturel et de panache qu'un matador entrant dans l'arène. Son habit de lumière avait toutes les couleurs de l'arc-en-ciel. Vigga avait toujours été d'un tempérament festif, contrairement à l'homme maladif qui l'accompagnait. Tout de noir vêtu, sa pâleur mortelle et ses yeux cernés faisaient penser aux personnages couchés dans les cercueils en plomb d'un film de Dracula.

« Chériiii », lui cria-t-elle, traversant la rue pour le rejoindre.

À présent il était certain que cela allait lui coûter cher.

Dans le temps qu'il fallut au vampire pour prendre les mesures du local, Vigga avait amadoué Carl. Il aurait juste à payer les deux tiers du loyer, elle se chargeait du reste.

Elle écarta les bras.

« Nous allons gagner des tonnes d'argent, Carl. »

Ou en perdre autant, pensa-t-il en calculant qu'en ce qui le concernait, il s'agissait de deux mille six cents couronnes par mois. Il allait être obligé de faire cette foutue formation et de devenir commissaire de police.

Ils s'installèrent au Café Banqueråt pour éplucher le bail, et Carl regarda autour de lui en pensant que Merete Lynggaard était venue ici. Et que, moins de quinze jours plus tard, elle avait disparu de la surface du globe.

« Qui est le propriétaire de ce restaurant ? demanda-t-il à l'une des serveuses du bar.

– C'est Jean-Yves, que vous voyez là-bas », répondit-elle en montrant du doigt un type à l'air sérieux, qui n'avait rien de la délicatesse et de la préciosité françaises légendaires.

Carl se leva et sortit sa carte de police.

« Puis-je vous demander depuis combien de temps vous êtes propriétaire de ce bel établissement ? » s'enquit-il. À en juger par le sourire accueillant de son interlocuteur, il aurait pu se passer de sortir sa carte, mais il fallait bien qu'elle serve de temps en temps.

« Je l'ai repris en 2002.

– Vous souvenez-vous à quel moment de l'année ?

– De quoi s'agit-il ?

– D'une politicienne du Folketing, Merete Lynggaard. Vous vous souvenez peut-être qu'elle a disparu ? »

Il acquiesca.

« Et qu'elle est venue ici, assez peu de temps avant sa mort. Étiez-vous là à l'époque ? »

Il secoua la tête.

« J'ai racheté ce restaurant à l'un de mes amis le 1er mars 2002, mais je me rappelle qu'on l'avait interrogé pour savoir si quelqu'un ici savait qui accompagnait la victime ce soir-là. Mais personne ne s'en souvenait. » Il sourit. « Moi, je pense que je l'aurais su, si j'avais été là. »

Carl lui rendit son sourire. C'était possible, en effet. Le gars avait l'air dégourdi.

« Vous êtes arrivé un mois trop tard, c'est tout. Ça arrive parfois », conclut Carl en lui serrant la main.

Pendant ce temps, Vigga avait signé tout ce qui se trouvait devant elle. Elle n'avait jamais été avare de ses signatures.

« Tu permets que je jette un coup d'œil », dit Carl en arrachant le bail des mains de Hugin.

Il posa démonstrativement devant lui le contrat type avec ses interminables clauses indiquées en caractères minuscules, mais le texte devint flou instantanément.

Tous ces gens qui circulent dans le monde sans savoir ce qui peut leur arriver, pensa-t-il. Ici, dans cette pièce, Merete

Lynggaard avait passé un bon moment en regardant par la fenêtre, par une froide soirée de février 2002.

S'attendait-elle à autre chose dans la vie ou avait-elle le pressentiment qu'elle disparaîtrait dans les eaux glacées de la Baltique quelques jours plus tard ?

Quand il rentra, Assad était encore très occupé à l'étage des secrétaires, ce qui convenait fort bien à Carl. Le trouble émotionnel causé par sa rencontre avec Vigga et son spectre ambulant l'avait complètement vidé. Le seul remède capable de le remettre sur pied était de faire un petit somme, les pieds sur la table, pour enterrer ses pensées.

Il n'y avait que dix minutes qu'il était assis quand sa méditation fut interrompue par cette impression si connue de tous les agents de la criminelle que les femmes appellent l'intuition. C'était son expérience qui se mettait en mouvement, qui fermentait dans son subconscient. L'impression que, s'il partait d'une série d'actes concrets, il arriverait à une solution.

Il ouvrit les yeux et regarda les feuillets fixés avec un aimant sur son tableau blanc. Christiansborg.

Il se leva et sur la première feuille il biffa le poste « assistante sociale de Stevns ». Il restait donc à présent : le télégramme, les secrétaires de Christiansborg, les témoins du ferry *Schleswig-Holstein*.

D'une manière ou d'une autre, le télégramme adressé à Merete Lynggaard avait un lien avec sa secrétaire. Qui avait, en réalité, réceptionné ce télégramme de la Saint-Valentin quand il était arrivé à Christiansborg ? Pourquoi serait-ce obligatoirement Merete Lynggaard elle-même ? À cette période, elle était l'une des politiciennes les plus occupées du Folketing. Ce télégramme avait dû passer, à un moment ou à un autre, entre les mains de sa secrétaire. Ce n'était pas qu'il soupçonne la secrétaire de la vice-présidente des démocrates de fourrer son nez dans la vie privée de son employeur, mais quand même.

C'était ce « quand même » qui l'avait empêché de dormir.

« Ça y est, on a la réponse de TelegramsOnline, Carl », annonça Assad depuis la porte.

Carl leva la tête.

« Ils n'ont pas pu dire ce qu'il contenait, mais ils avaient enregistré d'où il venait. L'homme avait un drôle de nom, commenta Assad en consultant sa note : Tage Baggesen. Ils m'ont donné le numéro du téléphone qu'il a utilisé pour commander le télégramme. Ils m'ont dit que c'était une des lignes de Christiansborg. Je voulais vous le dire, voilà. » Il donna la note à Carl et repartit tout de suite en ajoutant : « On est en train de travailler sur les archives de l'accident de voiture. Elles m'attendent, là-haut. »

Carl hocha la tête, puis il composa le numéro du Folketing.

Il tomba sur une employée du secrétariat des radicaux du centre.

Elle fut aimable, mais lui répondit que, malheureusement, Tage Baggesen était parti passer le week-end aux îles Féroé. Fallait-il lui laisser un message ?

« Non, c'est bon. Je le rappellerai lundi, répliqua Carl.

– Je dois vous avertir que lundi, Baggesen sera très occupé. Je préfère vous le dire. »

Alors Carl demanda qu'on lui passe le secrétariat des démocrates.

Une secrétaire infiniment moins avenante prit son appel. Elle ne pouvait pas lui répondre de but en blanc, mais il lui semblait se rappeler que la dernière secrétaire de Merete Lynggaard, s'appelait Søs Norup.

Il le lui confirma.

Elle ne se souvenait pas bien d'elle, car Søs Norup n'était restée que peu de temps, mais l'une des autres secrétaires présentes intervint pour dire qu'à son avis, Søs Norup était venue directement de la Fédération des juristes et des économistes au Folketing et qu'elle y était retournée quand on lui avait proposé de devenir la secrétaire du remplaçant de Merete Lynggaard.

« Elle avait un sale caractère », entendit-il la voix ajouter, un commentaire qui parut stimuler la mémoire de la plupart des personnes présentes.

Tiens, pensa Carl avec satisfaction, ce sont les têtes de lard dans mon genre dont on se souvient le plus facilement.

Il reposa le combiné et secoua la tête. Il se dit que dans ce nouveau job, quelle que soit la piste qu'il décidait de suivre, les indices semblaient tous se volatiliser les uns après les autres. Il n'était pas très excité à l'idée de courir après une secrétaire qui se souviendrait peut-être d'un télégramme, qui mènerait peut-être à une certaine personne, qui elle-même avait peut-être rencontré Merete Lynggaard et qui saurait peut-être dans quel état d'esprit elle se trouvait il y a cinq ans. Autant monter au deuxième et aller voir comment Assad progressait avec les secrétaires de la préfecture de police à propos du fameux accident de voiture.

Il les dénicha dans un petit bureau isolé, devant une table de travail couverte de télécopies, de photocopies et de bouts de papier de toutes sortes. On aurait dit qu'Assad avait aménagé un QG de campagne pour un candidat à la présidence. Trois secrétaires discutaient pendant qu'Assad servait le thé et hochait énergiquement la tête chaque fois que les recherches apportaient un élément nouveau. Un travail impressionnant.

Carl frappa doucement sur le chambranle de la porte.

« Eh bien, on dirait que vous nous avez trouvé une quantité formidable de documents », dit-il en désignant la paperasse accumulée. Il constata que personne ne s'occupait de lui. Mme Sørensen fut la seule qui le gratifia d'un coup d'œil dont il se serait bien passé.

Il se retira dans le couloir et éprouva une pointe de jalousie, pour la première fois depuis sa scolarité.

« Carl Mørck ? » fit une voix derrière lui, et cette voix l'arracha instantanément aux griffes acérées du sentiment d'échec et le reconduisit sur le chemin du triomphe.

« Marcus Jacobsen me dit que vous souhaitez me parler. Voulez-vous que nous fixions une heure ? »

Il se retourna et se trouva face à face avec Mona Ibsen. Fixer une heure de rendez-vous avec elle ? Ah ça oui, et comment !

22

2003-2005

Le jour de ses trente-trois ans, quand ils éteignirent à nouveau la lumière et augmentèrent la pression de l'air, Merete dormit pendant vingt-quatre heures. La certitude que l'on décidait tout pour elle et qu'elle se dirigeait apparemment vers l'abîme la terrassa. Ce ne fut que le lendemain, lorsque le seau alimentaire sortit à nouveau du sas, qu'elle ouvrit les yeux et essaya de s'orienter.

Elle regarda les hublots d'où émanait une lueur à peine perceptible. Cela signifiait que la lumière de la pièce extérieure était allumée. Elle n'éclairait guère plus qu'une allumette, mais c'était mieux que rien. Elle se mit à genoux pour essayer de localiser la source de cette lumière, mais tout était flou derrière les vitres. Alors, elle se retourna et regarda autour d'elle dans le local. Pas de doute, il y avait à présent assez de luminosité dans la pièce pour qu'en quelques jours elle puisse s'y accoutumer et distinguer les détails de sa prison.

L'espace d'un instant, elle s'en réjouit, puis elle se reprit. Cette lueur, si faible soit-elle, pouvait s'éteindre d'une minute à l'autre.

Ce n'était pas elle qui avait le contrôle de l'interrupteur.

Quand elle voulut se lever, sa main heurta un petit cylindre métallique posé sur le sol à côté d'elle, c'était la lampe de poche qu'ils lui avaient donnée. Elle s'en saisit brusquement en essayant de coordonner mentalement les faits. La lampe de poche signifiait qu'à un moment donné ils éteindraient le peu de lumière qui pénétrait dans la pièce. Sinon, pourquoi la lui aurait-on donnée ?

Elle envisagea un instant de l'allumer, simplement parce que c'était possible. Elle avait pourtant fait son deuil depuis longtemps de toute décision, mais la tentation était là. Cependant, elle y résista.

« Tu as tes yeux, Merete, fais-les travailler », se morigéna-t-elle en posant la lampe de poche devant le seau hygiénique, sous les hublots. Si elle allumait la lampe, elle souffrirait deux fois plus de l'obscurité quand elle l'aurait éteinte.

Cela revenait à boire de l'eau salée pour étancher sa soif.

Malgré ses prévisions pessimistes, la faible lueur persista. Elle distinguait les contours de la pièce et le lent amaigrissement de ses membres. Cette situation, qui pouvait rappeler le noir diffus d'un hiver, dura près de quinze mois, après quoi, tout changea radicalement de nouveau.

Ce fut le jour où elle vit pour la première fois des ombres derrière les vitres des miroirs.

Elle était en train de penser à des livres. Elle y pensait souvent pour éviter d'imaginer la vie qu'elle aurait pu avoir, si seulement elle avait fait des choix différents pour son existence. Penser aux livres la transportait dans un autre monde. Le seul fait de se représenter la sécheresse et la douce texture du papier allumait en elle une flamme de nostalgie. Elle retrouvait l'odeur de la cellulose et de l'encre d'imprimerie évaporée. Mille fois, elle s'était réfugiée en pensée dans sa bibliothèque imaginaire, pour en sortir le seul de tous les livres au monde dont elle était certaine de se souvenir parfaitement et dont elle n'avait pas besoin d'inventer la fin. Ce n'était pas le livre dont elle avait le plus envie de se souvenir, ni celui qui lui avait fait la plus grande impression, mais c'était le seul qui restait intact dans sa mémoire martyrisée, grâce à des souvenirs bénis de rires sans contrainte.

Sa mère le lui avait lu et Merete l'avait lu à Oluf, et à présent, dans le noir, elle se le relisait toute seule. Un petit ours philosophe, du nom de Winnie, était devenu sa planche de salut, son bouclier contre la folie. Cet ours ainsi que tous les animaux de la forêt des Rêves bleus. Elle se trouvait très loin au pays du miel lorsque, soudain, une forme sombre s'était plaquée sur la lueur infime qui émanait des vitres-miroirs.

Elle écarquilla les yeux et respira profondément. Le reflet n'était pas le fruit de son imagination. Pour la première fois depuis très longtemps, elle se sentit transpirer comme elle l'avait fait autrefois, dans la cour de l'école ou dans des ruelles étroites et désertes, le soir dans des villes lointaines, les premiers jours au Folketing, partout où elle avait éprouvé cette angoisse due à la présence d'un individu capable de lui faire du mal. Et, à présent, son bourreau la regardait à la dérobée.

« Cette ombre me veut du mal », pensa-t-elle en s'enveloppant de ses bras et en regardant la tache grandir lentement sur l'une des vitres et s'immobiliser. L'ombre s'arrêta juste au-dessus du bord de la vitre, comme si quelqu'un s'était juché sur une chaise haute.

« Est-ce qu'ils me voient ? » se demanda-t-elle en regardant le mur du fond, derrière elle. Oui, la surface blanchâtre du mur était suffisamment claire pour qu'on puisse la voir du dehors, même avec des yeux accoutumés à la lumière du jour. Ils devaient la voir.

Il n'y avait que deux heures qu'on lui avait envoyé le seau. Son métabolisme avait enregistré leur périodicité. Tout était organisé avec une régularité absolue, jour après jour. De nombreuses, très nombreuses heures allaient s'écouler avant l'arrivée du seau suivant. Pourquoi étaient-ils là ? Qui étaient-ils ? Que lui voulaient-ils ?

Elle se leva très lentement et s'approcha de la glace, mais l'ombre ne bougea pas d'un millimètre.

Alors elle posa sa main sur la vitre contre l'ombre et attendit en contemplant le reflet flou de sa propre image. Elle resta là, debout, jusqu'à ce qu'elle se sente certaine de ne pas pouvoir se fier à son propre jugement. Y avait-il réellement une ombre ? Il pouvait y avoir une autre explication. Pourquoi y aurait-il subitement quelqu'un derrière ces vitres ? Alors qu'il n'y avait jamais eu personne.

« Allez au diable ! » cria-t-elle, et la puissance de l'écho lui fit l'effet d'une décharge électrique.

À ce moment-là, l'ombre se déplaça tout à fait nettement derrière la paroi, d'abord un peu sur le côté avant de revenir au milieu. Plus elle s'éloignait de la vitre, plus elle diminuait et devenait indistincte.

« Je sais que vous êtes là ! » cria-t-elle en sentant sa transpiration s'évaporer d'un coup. « N'approchez pas », siffla-t-elle en direction de la vitre, les lèvres et le visage frémissants.

L'ombre ne bougea pas.

Alors elle s'assit par terre et cacha la tête dans ses bras. Ses vêtements sentaient le moisi, ils puaient. Elle portait le même chemisier depuis trois ans.

La lumière grise régnait constamment, nuit et jour, mais elle la préférait à l'obscurité totale ou à la lumière sans fin.

Ce néant gris renfermait la possibilité d'un choix. Elle pouvait oublier la lumière ou oublier l'obscurité. Elle n'avait plus besoin de fermer les yeux pour pouvoir se concentrer, elle décidait seule dans quel état d'esprit elle voulait se trouver.

Cette lumière grise renfermait d'ailleurs toutes les nuances, presque comme dans le monde extérieur où la journée pouvait s'éclairer d'une lumière hivernale, sombre en février, grise en octobre, gorgée de pluie, émaner d'un ciel clair ou revêtir mille autres couleurs de la palette. Ici, sa palette offrait du noir et du blanc qu'elle mélangeait selon son humeur. Tant qu'elle avait cette lumière grise en toile de fond, elle n'était pas seule.

Oluf, Winnie l'Ourson, Don Quichotte, la Dame aux Camélias, Smilla se bousculaient dans sa tête, coulaient dans le sablier et sur les ombres derrière les vitres. Ils meublaient l'attente de nouvelles initiatives de ses geôliers. Car il y en aurait d'autres, évidemment.

L'ombre apparaissait désormais derrière les hublots de manière quotidienne. Quelque temps après son repas, la tache se dessinait sur l'une ou l'autre vitre. C'était inéluctable. Petite et indistincte les deux premières semaines, elle devint bientôt plus nette et plus grande. L'ombre approchait.

Elle savait maintenant qu'elle était parfaitement visible de l'extérieur. Un jour, ils braqueraient des projecteurs directement sur elle et ils exigeraient qu'elle se montre. Elle se doutait bien de ce que ces animaux en tireraient mais cela lui était égal.

À l'approche de ses trente-six ans, une seconde ombre bougea soudain derrière la glace, un peu plus grande, moins découpée, et de taille nettement plus haute que la première.

Il y a une seconde personne derrière la première, pensa-t-elle en sentant l'angoisse la saisir lorsqu'elle dut admettre, une fois de plus, qu'elle était en infériorité et que la suprématie de ceux qui se trouvaient à l'extérieur venait de se manifester.

Il lui fallut deux jours pour s'habituer à cette nouvelle situation, mais, au bout de ce laps de temps, elle décida de défier ses gardiens.

Elle s'était couchée sous les hublots pour attendre les ombres. Quand elle était à cet endroit-là, ils ne pouvaient pas la voir. Ils venaient la regarder, mais elle refusait de se plier à leur volonté. Combien de temps étaient-ils capables d'attendre qu'elle sorte de sa cachette, elle n'en savait rien. C'était le but de sa manœuvre.

Lorsque le besoin d'uriner se fit sentir pour la deuxième fois ce jour-là, elle se leva et regarda directement dans la glace. Comme toujours, une faible lueur émanait de la lumière en veilleuse, là-bas, mais les ombres avaient disparu.

Elle répéta ce manège pendant trois jours d'affilée.

S'ils veulent me voir, qu'ils le demandent franchement, se disait-elle.

Le quatrième jour, elle se prépara. Elle se coucha sous les vitres, se remémora patiemment ses livres tout en serrant fébrilement la lampe de poche dans sa main. Elle l'avait essayée la nuit précédente, la lumière s'était déversée dans la pièce et l'avait littéralement étourdie. Elle avait eu immédiatement mal à la tête tant la puissance de la clarté était écrasante.

Quand arriva le moment où les ombres se montraient d'ordinaire, elle pencha légèrement la tête de côté de façon à voir les vitres. Soudain, comme des champignons atomiques, elles émergèrent derrière un des hublots, toutes deux plus proches que jamais. Ils la découvrirent tout de suite car ils s'éloignèrent un peu, pour reparaître une minute ou deux plus tard.

À cet instant-là, elle bondit, alluma la lampe de poche et la braqua tout contre la vitre.

Les reflets firent des ricochets sur la longueur du local, jusqu'au bout, mais une petite partie du faisceau de lumière traversa la glace pour se poser traîtreusement, comme un faible rayon de lune, sur les silhouettes debout juste derrière, et leurs pupilles, qui la regardaient dans les yeux, se rétractèrent et s'élargirent de nouveau. Elle s'était préparée au choc qu'elle éprouverait si son projet aboutissait, mais elle n'avait pas imaginé que la vision des deux visages estompés se marquerait au fer rouge dans sa tête.

23

2007

Il prit deux rendez-vous à Christiansborg et fut accueilli par une femme dégingandée, accoutumée dès l'enfance, apparemment, à circuler dans les palais du gouvernement, qui le conduisit avec une assurance impressionnante dans un labyrinthe de couloirs jusqu'au bureau du vice-président des démocrates.

Birger Larsen était un politicien expérimenté qui avait succédé à Merete Lynggaard au poste de vice-président trois jours après sa disparition. Il s'était distingué depuis en maintenant tant bien que mal un semblant de cohésion entre les deux ailes adverses de son parti. La disparition de Merete Lynggaard avait créé un tel vide que l'ancien président des démocrates avait désigné à sa succession, pratiquement à l'aveuglette, une sorte de ballon d'air chaud avec un grand sourire perpétuellement scotché aux lèvres qui avait commencé sa carrière comme porte-parole du parti. Personne à part l'intéressée n'avait vraiment approuvé ce choix. Carl avait mis moins de deux minutes à deviner que Birger Larsen aurait préféré faire carrière dans une minuscule entreprise de province, plutôt que de travailler sous les ordres de cette candidate au poste de Premier ministre si imbue d'elle-même.

Le moment arriverait sûrement où on l'aiderait à choisir.

« Aujourd'hui encore, je n'arrive pas à admettre que Merete

se soit suicidée », commença-t-il en servant à Carl une tasse de café tiède parfaitement insipide. « Je ne crois pas avoir jamais rencontré, ici, une personne aussi gaie et aussi pleine de vie que l'était cette jeune femme. » Il poursuivit en haussant les épaules : « Tout compte fait, que savons-nous d'autrui ? N'avons-nous pas tous vécu de près une tragédie que nous n'avons pas vue arriver à temps ? »

Carl fit un signe d'assentiment.

« Avait-elle des ennemis ici, au palais ? »

Birger Larsen avait des dents très irrégulières qu'il se donnait un mal fou pour dissimuler quand il souriait :

« Qui n'en a pas, mon Dieu ? Merete était la personne la plus redoutable pour l'avenir du présent gouvernement, pour l'influence de Pia Vestergård, pour la possibilité des radicaux du centre d'accéder au siège de Premier ministre et pour tous ceux qui briguaient le poste. Merete l'aurait eu, je vous le garantis, si elle avait bénéficié de deux années de plus.

– A-t-elle reçu des menaces de quelqu'un d'ici, d'après vous ?

– Voyons, Mørck, les hommes politiques du Folketing sont tout de même au-dessus de ça !

– Peut-être avait-elle des relations personnelles qui auraient pu tourner à la jalousie ou à la haine. Cela vous dit quelque chose ?

– Pour autant que je sache, Merete ne s'intéressait pas aux relations personnelles. Elle ne jurait que par le travail, et rien que le travail. Bien que je la connaisse depuis nos études en sciences politiques, je n'aurais jamais osé aller trop loin.

– Elle était comme ça avec tout le monde ? »

Les dents réapparurent.

« Vous voulez savoir si elle était courtisée ? Oui, je pourrais mentionner cinq à dix hommes qui auraient volontiers abandonné leur femme pour passer dix minutes en tête à tête avec Merete Lynggaard.

– Y compris vous-même, peut-être ? insinua Carl en se permettant un sourire.

– Je n'étais pas insensible à son charme. » Là, ses dents disparurent. « Mais nous étions amis, Merete et moi. Je connaissais mes limites.

– D'autres ne les connaissaient peut-être pas ?

– Cette question, il faut la poser à Marianne Koch.

– Son ancienne secrétaire, n'est-ce pas ? » Ils hochèrent la tête tous les deux en même temps. « Savez-vous pourquoi elle a été remplacée ?

– Je l'ignore, en fait. Elles travaillaient ensemble depuis deux ans, pourtant, mais il se peut que Marianne se soit montrée un peu trop familière au goût de Merete.

– Où puis-je trouver cette Marianne Koch aujourd'hui ? »

Ses yeux pétillèrent un peu.

« Là où vous l'avez saluée, il y a dix minutes, je pense.

– Elle est votre secrétaire à présent ? »

Carl posa sa tasse et montra la porte :

« Juste là, dans le bureau d'à côté ? »

Marianne Koch ne ressemblait pas à la femme qui l'avait conduit. Petite, elle avait des cheveux noirs et épais aux parfums troublants qui se propageaient jusqu'à l'autre bout de la pièce.

« Pourquoi avez-vous cessé d'être la secrétaire de Merete Lynggaard peu avant sa disparition ? » lui demanda Carl après quelques politesses préliminaires.

Elle réfléchit et des rides apparurent au-dessus de ses sourcils mutins.

« Je n'ai pas compris pourquoi, pas tout de suite, en tout cas. En fait, j'ai été assez en colère contre elle sur le coup. Et puis ensuite, on a découvert qu'elle avait un frère retardé, dont elle s'occupait.

– Et alors ?

– Moi je croyais qu'elle avait un petit ami, parce qu'elle faisait plein de mystères et qu'elle était toujours pressée de rentrer chez elle. »

Carl sourit.

« Et vous le lui avez dit ?

– Oui, c'était idiot, je m'en rends compte à présent. Mais je nous croyais proches. On apprend tous les jours. »

Elle lui fit un sourire en coin qui révéla plusieurs fossettes. Si Assad la rencontrait, il ne pourrait plus la quitter.

« Y avait-il quelqu'un qui aurait voulu sortir avec elle, ici, au palais ?

– Oh oui ! Elle recevait des billets par-ci par-là, mais il n'y en a qu'un seul qui se soit déclaré sérieusement.

– Vous pouvez me donner son nom ? »

Elle sourit. Elle était prête à révéler tout ce qu'on voulait.

« Tage Baggesen.

– OK. C'est un nom que j'ai déjà entendu.

– Ça lui fera vraiment plaisir. Ça fait cent sept ans ans qu'il occupe des postes de porte-parole chez les radicaux du centre.

– Vous avez déjà dit ça à quelqu'un ?

– Oui, à la police, mais ils n'y ont pas attaché d'importance.

– Et vous ? »

Elle haussa les épaules.

« D'autres soupirants ?

– Beaucoup d'autres, mais rien de sérieux. Elle satisfaisait ses besoins pendant ses voyages.

– Vous êtes en train de me dire que c'était une femme légère ?

– Grands dieux ! Ce n'est pas ce que j'ai dit, si ? »

Elle se détourna légèrement pour cacher son hilarité.

« Non, ce n'était absolument pas le cas. Mais ce n'était pas une bonne sœur non plus. J'ignore avec qui elle allait au couvent, c'est tout, elle ne me l'a jamais dit.

– Mais elle n'était pas lesbienne ?

– Ça la faisait rire, en tout cas, quand les journaux à scandale suggéraient qu'elle l'était.

– Pourrait-on imaginer que Merete Lynggaard ait eu des raisons de se débarrasser de son passé pour entamer une nouvelle vie ?

– Vous pensez qu'en ce moment, elle pourrait s'être installée à Bombay pour profiter du soleil ? »

Elle parut indignée.

« À un endroit où sa vie serait moins problématique. Est-ce une possibilité ?

– C'est totalement absurde. Elle était très consciencieuse. Je sais bien que ce sont justement ces gens-là qui s'effondrent tout à coup comme un château de cartes et qui disparaissent un beau jour, mais pas Merete. »

Elle s'interrompit et eut l'air de réfléchir.

« Mais ce serait formidable. Que Merete soit encore en vie », conclut-elle en souriant.

Il hocha la tête. On avait tracé une quantité de profils psychologiques de Merete Lynggaard durant la période qui avait suivi sa disparition, mais toutes les hypothèses aboutissaient à la même conclusion. Merete Lynggaard ne s'était pas coupée de sa vie passée. Même les journaux à scandale écartaient cette éventualité.

« Avez-vous entendu parler d'un télégramme qu'elle a reçu le dernier jour qu'elle a passé ici, au palais ? Un télégramme pour la Saint-Valentin ? »

La question parut l'irriter. Ne pas avoir participé à la dernière période de la vie de Merete Lynggaard la contrariait beaucoup, apparemment.

« Non. La police me l'a déjà demandé, et comme je l'ai fait avec vos collègues à l'époque, je vous invite à poser la question à Søs Norup, qui avait récupéré mon poste. »

Il la regarda en haussant les sourcils.

« Et vous lui en avez voulu ?

– Bien sûr ! Qu'auriez-vous fait, à ma place ? Nous avions travaillé ensemble pendant deux ans sans problème.

– Et vous ne sauriez pas, par hasard, où je peux trouver Søs Norup aujourd'hui ? »

Elle haussa les épaules. Elle s'en fichait éperdument.

« Et ce Tage Baggesen, vous savez où il est ? »

Elle lui fit un petit croquis pour lui montrer le chemin de son bureau. Cela n'avait pas l'air simple à trouver.

Il mit une bonne demi-heure à dénicher Tage Baggesen et le domaine des radicaux du centre, et ce ne fut pas un voyage d'agrément. Comment on pouvait travailler dans un endroit pareil, dans un tel milieu d'hypocrites, c'était pour lui une énigme. À la préfecture de police, au moins, on savait à qui on avait affaire : vos amis et vos ennemis se déclaraient sans rougir, et cela ne les empêchait pas d'unir leurs efforts pour poursuivre un objectif commun. Au palais, c'était exactement le contraire. Ils se frottaient tous les uns aux autres comme les meilleurs amis du monde, mais en fin de compte, chacun ne pensait qu'à soi. L'argent et le pouvoir importaient plus que les résultats. Pour être grand, il fallait rabaisser les autres. Il n'en avait peut-être pas toujours été ainsi, mais actuellement, c'était le cas.

Tage Baggesen ne faisait certainement pas exception à la règle. Nommé pour prendre soin des intérêts de sa lointaine circonscription et de la politique des transports de son parti, il s'était déjà assuré une pension confortable en plus de ce qu'il s'attribuerait au fil des ans, il portait des vêtements coûteux et faisait des investissements lucratifs. Carl aperçut sur le mur des diplômes de championnats de golf et des photos aériennes très nettes de résidences secondaires situées un peu partout au Danemark.

Carl faillit lui demander s'il avait mal compris à quel parti appartenait Tage Baggesen, mais ce dernier le désarma en lui donnant une tape amicale dans le dos et en lui réservant un accueil des plus chaleureux.

« Je propose que nous fermions la porte », commença Carl en désignant le couloir.

Baggesen réagit en plissant jovialement les yeux. Un petit truc qui marchait certainement au cours des négociations concernant les autoroutes à Holstebro, mais qui laissait froid un inspecteur de la criminelle spécialisé dans la frime.

« Pas besoin. Je n'ai rien à cacher aux camarades de mon parti », répliqua Baggesen en ravalant sa grimace.

« Nous avons appris que vous vous intéressiez beaucoup à Merete Lynggaard. Vous lui avez adressé un télégramme, entre autres. Pour la Saint-Valentin, par-dessus le marché. »

Baggesen pâlit légèrement tout en conservant son sourire assuré.

« Un télégramme pour la Saint-Valentin ? Je ne m'en souviens pas. »

Carl hocha la tête. Le mensonge était évident. Il s'en souvenait, cela ne faisait aucun doute. Cela permit à Carl de l'attaquer de front :

« Si je vous ai demandé de fermer la porte, c'est parce que je voulais vous demander franchement si vous aviez tué Merete ? Vous étiez amoureux d'elle. Peut-être vous a-t-elle éconduit et vous avez perdu les pédales ? C'est ça ? »

Pendant une seconde, Tage Baggesen se creusa la cervelle pour savoir s'il devait se lever et claquer la porte ou faire semblant d'avoir une attaque d'apoplexie. Il devint aussi rouge que ses cheveux. Il était en état de choc, entièrement vulnérable, cela crevait les yeux. Carl connaissait son monde, mais ce type réagissait d'une manière inhabituelle. S'il avait eu quelque chose à se reprocher, il aurait signé des aveux séance tenante. Et si ce n'était pas le cas, quelque chose d'autre, en tout cas, faisait qu'il s'était senti acculé. Il restait bouche bée. Carl allait devoir se montrer prudent, sinon, il n'en tirerait absolument rien. Jamais de toute sa vie, pourtant très mouvementée, Tage Baggesen n'avait eu à répondre à une question pareille.

Carl essaya de lui sourire. D'une certaine façon, cette réaction violente le rendait plus sympathique. C'était comme s'il y avait encore un être humain normal derrière cet individu engraissé par les réceptions.

« Écoutez-moi bien, Tage Baggesen. Vous laissiez des messages à Merete. De nombreux messages. Son ancienne secrétaire, Marianne Koch, observait vos avances avec beaucoup d'intérêt, je peux vous le dire.

– Tout le monde envoie des messages à tout le monde, ici. »

Baggesen essaya de se carrer nonchalamment dans son fauteuil, mais le dossier était trop éloigné.

« Ces messages n'avaient donc pas un caractère privé, selon vous ? »

Là, le membre du Folketing se redressa de toute sa taille et alla fermer la porte en douceur.

« Il est exact que je nourrissais des sentiments forts à l'égard de Merete Lynggaard », dit-il d'un air si sincèrement attristé que Carl eut presque pitié de lui. « J'ai eu beaucoup de mal à me remettre de sa mort.

– Je comprends. Je vous promets d'essayer d'être bref. »

Baggesen lui adressa un sourire reconnaissant. Cette fois, il avait retrouvé son aplomb.

« Nous sommes tout à fait sûrs que vous lui avez adressé un télégramme pour la Saint-Valentin, en février 2002. La société TelegramsOnline nous en a informés aujourd'hui. »

Baggesen avait l'air perdu maintenant, obnubilé par un passé dérangeant. Il soupira.

« Je savais bien qu'elle ne s'intéressait pas à moi de cette façon-là, malheureusement. Je le savais depuis longtemps.

– Et vous avez voulu tenter votre chance malgré tout ? »

Il acquiesça sans mot dire.

« Qu'écriviez-vous dans ce télégramme ? Tâchez de dire la vérité, cette fois-ci. »

Il pencha un peu la tête de côté.

« La même chose que d'habitude. Que je souhaitais la voir. Je ne m'en souviens pas exactement. Je ne vous mens pas.

– Et vous l'avez tuée parce qu'elle ne voulait pas de vous ? »

Tage Baggesen baissa les paupières, serra les lèvres. Juste avant que ses larmes se mettent à couler, Carl s'était dit qu'il allait le faire arrêter tout de suite, mais Baggesen leva la tête et le regarda, non pas comme on regarde le bourreau qui va vous passer la corde au cou, mais le confesseur à qui on peut enfin ouvrir son cœur.

« Est-ce qu'on tue celle qui rend la vie digne d'être vécue ? » lui demanda-t-il.

Ils restèrent un moment silencieux à se regarder, puis Carl baissa les yeux.

« Savez-vous si Merete Lynggaard avait des ennemis, ici ? Je ne pense pas à des adversaires politiques, mais à de vrais ennemis. »

Tage Baggesen se sécha les yeux.

« Nous avons tous des ennemis, mais certainement pas au sens où vous l'entendez.

– Personne qui puisse vouloir sa mort ? »

Tage Baggesen secoua sa tête bichonnée.

« Cela m'étonnerait beaucoup. Elle était appréciée, même de ses adversaires politiques.

– J'ai pourtant l'impression du contraire. À votre avis, elle ne s'occupait pas d'affaires spéciales qui pouvaient s'avérer suffisamment problématiques pour que quelqu'un veuille la freiner par n'importe quel moyen ? Des groupes d'intérêts qui se seraient sentis contrés ou menacés ? »

Tage Baggesen regarda Carl d'un air condescendant.

« Demandez aux gens de son propre parti. Nous n'étions pas du même bord, elle et moi. Je dirais même que loin s'en fallait. Avez-vous connaissance de quelque chose de particulier ?

– Vous savez bien que les politiciens du monde entier sont tenus pour responsables de leurs actes. Les adversaires de l'avortement, les fanatiques de la protection des animaux, les racistes, islamophobes ou autres, un rien peut déclencher chez eux une réaction violente. Demandez un peu ce qu'en pensent les Suédois, ou les Néerlandais, ou les habitants des États-Unis. »

Carl fit mine de se lever et vit le soulagement se dessiner sur le visage du député du Folketing, mais il n'était pas certain que cela signifie grand-chose. Qui n'aurait pas été heureux de voir s'achever une telle conversation ?

« Baggesen », poursuivit-il en lui tendant sa carte, « si vous tombiez par hasard sur un détail que je devrais connaître, il est possible que vous souhaitiez me contacter. Si ce n'est pas pour moi, faites-le pour vous-même. Je crois que ceux qui nourrissent des sentiments comme les vôtres envers Merete Lynggaard ne sont pas légion, ici. »

Sa remarque fit mouche. Le député se remettrait certainement à pleurer avant que Carl referme la porte derrière lui.

D'après les registres, la dernière adresse de Søs Norup était celle de ses parents, au centre de ce quartier de Frederiksberg dont les rues portent des noms d'oiseaux. Sur la plaque de cuivre de la porte s'inscrivaient les noms de Vilhelm Norup, négociant, et de Kaja Brandt Norup, comédienne.

Il sonna et entendit, derrière la porte de chêne massif, le son strident de la sonnette, suivi peu après d'une voix tranquille qui disait : « Oui, oui, j'arrive. »

L'homme qui lui ouvrit devait être à la retraite depuis au moins vingt-cinq ans et, à en juger par le gilet qu'il portait et le foulard de soie qu'il avait négligemment noué autour de son cou, il n'avait pas encore mangé toute sa fortune. Il regarda son visiteur d'un air contrarié, de ses yeux ravagés par la maladie, comme si Carl avait sur l'épaule la faux qui l'emporterait.

« Qui êtes-vous ? » demanda-t-il d'un ton rogue, prêt à refermer brutalement la porte.

Carl se présenta, sortit sa carte pour la deuxième fois de la semaine et demanda la permission d'entrer.

« Il est arrivé quelque chose à Søs ? demanda Norup d'un ton inquisiteur.

– Je n'en sais rien. Pourquoi cette question ? Elle n'est pas là ?

– Si c'est elle que vous cherchez, elle ne vit plus ici.

– Qui est-ce, Vilhelm ? » appela une voix faible derrière la double porte de la salle de séjour.

« Seulement quelqu'un qui veut parler avec Søs, ma chérie.

– Alors, qu'il aille au diable », entendit Carl.

Le négociant prit Carl par le bras :

« Elle vit à Valby. Dites-lui que si elle a l'intention de continuer à mener cette vie-là, nous la prions de venir chercher ses affaires.

– Quelle vie ? »

Sans répondre, il se contenta de donner l'adresse d'une rue située dans les hauteurs de Valby et claqua la porte.

Il n'y avait que trois noms sur la plaque de l'interphone de cette petite maison bâtie sans doute par la Fédération des ouvriers du bâtiment. Autrefois, elle avait dû abriter six familles de quatre ou cinq enfants chacune. Mais cet ancien taudis était devenu une demeure presque luxueuse. Là, sous les toits, Søs Norup avait trouvé l'amour de sa vie, une femme dans la quarantaine qui regarda la carte de police de Carl avec scepticisme, pinçant fortement ses lèvres pâles.

Celles de Søs Norup n'étaient guère plus avenantes. Dès le premier coup d'œil, on comprenait pourquoi ni la Fédération des économistes et des juristes danois, ni le secrétariat des démocrates de Christiansborg ne regrettaient cette secrétaire-là. Il aurait fallu chercher longtemps pour trouver quelqu'un d'aussi antipathique.

« Merete Lynggaard n'était pas une patronne sérieuse », affirma-t-elle.

« Elle ne faisait pas son travail ? Ce n'est pas ce que j'ai entendu dire.

– Elle me laissait faire tout ce que je voulais.

– Je vois plutôt ça comme un avantage. »

Il la regarda. Elle donnait l'impression d'être toujours sous contrôle et de détester l'être. M. Norup et sa femme, qui avait certainement été célèbre autrefois, avaient sans nul doute inculqué à leur fille unique l'obéissance absolue. Un dur régime pour une enfant qui devait aduler ses parents. Carl la soupçonnait d'avoir atteint le stade où elle les détestait autant qu'elle les adorait. Elle devait haïr ce qu'ils représentaient et les admirer pour les mêmes raisons. Elle avait quitté le nid familial et elle y retournait à la moindre occasion depuis qu'elle était devenue adulte, Carl en aurait mis sa main à couper.

Il jeta un coup d'œil à son amie qui les surveillait comme le lait sur le feu. Assise dans ses vêtements sans forme, une cigarette allumée pendant au coin de sa bouche, la cerbère s'assurait qu'il n'importunait pas l'élue de son cœur. Elle était visiblement pour Søs un point d'appui solide et lui offrirait pour l'avenir une protection sans faille, on pouvait compter sur elle.

« On m'a dit que Merete Lynggaard était très satisfaite de vous.

– Ah.

– Je voudrais vous poser quelques questions sur sa vie privée. Est-il possible d'imaginer que Merete Lynggaard ait été enceinte au moment de sa disparition ? »

Søs Norup grimaça et rejeta la tête en arrière.

« Enceinte ? » Elle prononça le mot comme elle aurait dit lépreuse ou pestiférée. « Non, je vous garantis qu'elle ne l'était pas. »

Elle leva les yeux au ciel puis les tourna vers sa compagne comme pour la prendre à témoin.

« Et comment pouvez-vous le savoir ?

– Qu'est-ce que vous croyez ? Si elle avait été la perfection que tout le monde imaginait, elle n'aurait pas eu besoin de m'emprunter mes tampons hygiéniques chaque fois qu'elle avait ses règles.

– Vous me dites qu'elle a eu ses règles juste avant sa disparition.

– Oui, la semaine précédente. Nous avions nos règles en même temps, pendant tout le temps que j'ai passé là-bas. »

Il hocha la tête. Elle n'avait aucune raison de mentir sur ce point.

« Savez-vous si elle avait un petit ami ?

– On m'a déjà posé cent fois la question.

– Répétez-moi la réponse, s'il vous plaît. »

Søs Norup prit une cigarette et en tapota le bout sans filtre sur la table.

« Tous les hommes la regardaient comme s'ils avaient eu envie de coucher avec elle sur-le-champ. Comment voulez-vous que je sache si l'un d'entre eux était arrivé à ses fins ?

– Le rapport fait état d'un télégramme qu'elle a reçu pour la Saint-Valentin. Saviez-vous qu'il lui avait été adressé par Tage Baggesen ? »

Elle alluma sa cigarette et disparut dans une fumée bleue.

« Je l'ignorais.

– Et vous ne savez pas s'il y avait quelque chose entre eux ?

– S'il y avait quelque chose entre eux ? Il y a cinq ans de cela, je vous rappelle. »

Elle lui souffla la fumée en pleine figure, ce qui lui valut un sourire en coin de sa compagne.

Il recula un peu.

« Écoutez. Je m'en vais dans cinq minutes. Mais jusque-là, faisons comme si nous voulions nous aider mutuellement, d'accord ? » Il regarda Søs Norup droit dans les yeux. Elle s'efforçait de dissimuler son dégoût d'elle-même en le regardant avec animosité.

« Désormais je t'appellerai Søs, OK ? Les gens avec qui je fume, je les appelle par leur prénom et je les tutoie, en général. »

Elle posa sur ses genoux la main qui tenait la cigarette.

« Je te pose donc la question suivante, Søs. Te souviens-tu de quelque évènement que ce soit qui se soit produit juste avant la disparition de Merete Lynggaard et dont tu voudrais me parler ? Je vais énumérer une série de possibilités, tu m'arrêtes quand tu veux. » Il lui fit un signe de tête qu'elle ne lui rendit pas.

« Des conversations téléphoniques de caractère privé ? Des Post-it collés sur son bureau ? Quelqu'un qui l'aurait approchée pour des raisons non professionnelles ? Des boîtes de chocolats, des fleurs, une nouvelle bague à son doigt ? Était-elle moins concentrée les derniers jours ? Lui arrivait-il de rougir, d'avoir le regard dans le vague ? »

Il observait le zombie qu'il avait en face de lui. Ses lèvres incolores ne s'étaient pas écartées d'un millimètre. Encore un coup pour rien.

« A-t-elle changé de comportement ? Est-elle rentrée plus tôt chez elle ? Quittait-elle la salle du Folketing pour téléphoner sur son portable dans le couloir ? Arrivait-elle plus tard le matin ? »

Il la regarda de nouveau avec un sourire appuyé, comme si cela pouvait la faire sortir de sa léthargie.

Elle aspira une nouvelle bouffée de sa cigarette et l'écrasa dans le cendrier :

« Vous avez fini ? »

Il soupira. Butée ! À quoi s'attendait-il de la part de cette salope, de toute façon ? « Oui, j'ai fini.

– Bien. »

Elle releva la tête. L'espace d'une seconde, il se dit que cette femme avait tout de même un certain aplomb.

« J'ai parlé à la police du télégramme et de son rendez-vous au Café Banqueråt. Je l'avais vue le noter dans son agenda. Je ne sais pas qui elle devait rencontrer, mais elle a rougi, en tout cas.

– De qui pourrait-il s'agir ? »

Elle haussa les épaules.

« De Tage Baggesen ?

– Ce pouvait être n'importe qui. Elle rencontrait beaucoup de monde à Christiansborg. Il y a aussi un membre d'une délégation qui a donné l'impression de s'intéresser à elle. Ils étaient légion.

– Un membre d'une délégation ? À quelle date ?

– Pas très longtemps avant sa disparition.

– Vous vous rappelez son nom ?

– Après cinq ans ? Bien sûr que non.

– De quelle délégation s'agissait-il ? »

Elle lui adressa un regard renfrogné :

« Quelque chose qui avait trait à la recherche en matière de défense immunitaire. Mais je n'avais pas fini quand vous m'avez coupé la parole. Merete Lynggaard recevait aussi des fleurs. Elle avait un contact assez personnel avec quelqu'un à ce moment-là. J'ignore si ces détails sont en rapport les uns avec les autres. J'ai déjà dit tout cela à la police à l'époque de sa disparition. »

Carl se gratta la nuque. Où cela figurait-il ?

« À qui l'avez-vous dit, si je puis vous le demander ?

– Je ne m'en souviens pas.

– Ce ne serait pas à un certain Børge Bak, de la brigade mobile ? »

Elle pointa l'index dans sa direction. Il avait mis dans le mille.

Sacré Bak ! Est-ce qu'il faisait toujours aussi grossièrement le tri des informations qu'il récoltait quand il rédigeait ses rapports ?

Il leva les yeux vers la camarade de cellule que s'était choisie Søs Norup. Elle ne gaspillait pas ses sourires. Elle attendait qu'il s'en aille tout simplement.

Carl fit un signe de tête à Søs Norup et se leva. Entre les deux fenêtres, différentes photos en couleurs, des portraits minuscules, étaient accrochés au mur, ainsi que deux grandes photos en noir et blanc de ses parents, prises en des temps meilleurs. Ils avaient certainement été beaux autrefois, mais c'était difficile à voir avec les égratignures et les rayures qu'elle avait faites sur les visages de toutes les photographies. Il se pencha sur les petits formats encadrés et, sur une des photos de presse, il reconnut Merete Lynggaard à ses vêtements et à son maintien. La majeure partie de son visage avait aussi disparu sous un faisceau de ratures. Søs Norup collectionnait apparemment les portraits des gens qu'elle haïssait. Peut-être aurait-il droit lui aussi à une place parmi eux s'il se donnait un peu de mal.

Pour une fois, Børge Bak était seul dans son bureau. Sa veste de cuir froissée témoignait du travail acharné qu'il fournissait nuit et jour.

« Je ne t'ai pas dit de frapper avant d'entrer, Carl ? » hurla-t-il en tapant sur un bloc-notes posé sur sa table de travail.

« Tu t'es planté, Børge », répondit Carl.

Était-ce parce qu'il l'avait appelé par son prénom, ou à cause de son accusation, toujours est-il que sa réaction fut celle qu'il espérait. Toutes les rides du front de Bak allèrent se rassembler sous sa perruque.

« Merete Lynggaard a reçu des fleurs deux jours avant sa mort, alors qu'on m'a dit qu'elle n'en recevait jamais.

– Et alors ? » répliqua Bak en lui adressant un regard dégoulinant de mépris.

« Nous recherchons l'auteur d'un crime, ça a échappé à ton attention ? Un amant aurait peut-être été une hypothèse raisonnable.

– On a déjà creusé cette piste.

– Mais ça ne figure pas dans le rapport. »

Bak se força à hausser les épaules.

« Détends-toi, Carl. Tu devrais t'abstenir de critiquer le travail des autres. On se donne un mal de chien alors que tu te prélasses. Tu crois que je ne le sais pas ? Dans mes rapports, je consigne ce qui est important, rien de plus », ajouta-t-il en donnant encore un coup de poing au pauvre bloc-notes.

« Tu as omis de noter qu'une assistante sociale du nom de Karin Mortensen avait observé Oluf Lynggaard occupé à un jeu qui suggérait qu'il se souvenait de l'accident de voiture. Il pourrait donc aussi avoir quelques souvenirs de la journée où Merete Lynggaard a disparu, mais on dirait que vous n'avez pas beaucoup creusé ça.

– Karen Mortensen. Elle s'appelait Karen, Carl. Écoute toi-même ce que tu dis. Tu es mal placé pour me donner des leçons de conscience professionnelle, merde.

– Tu te rends compte de ce que ça implique si cette Karen Mortensen a raison ?

– Arrête. On l'a vérifié, OK ? Oluf ne se souvenait de rien. Il avait le crâne complètement vide.

– Merete Lynggaard a rencontré un homme quelques jours avant sa mort. Il était membre d'une délégation qui faisait des recherches sur les défenses immunitaires. Tu ne l'as pas mentionné non plus.

– Non, mais on a enquêté là-dessus.

– Tu sais donc qu'elle a été contactée par quelqu'un et qu'ils s'entendaient visiblement bien. Søs Norup, la secrétaire te l'a dit, selon elle.

– Mais oui, nom de Dieu. Bien sûr que je le sais.

– Pourquoi est-ce que ça ne figure pas dans le rapport ?

– Je n'en sais rien. Sans doute parce qu'on a découvert que ce type était mort ?

– Mort ?

– Oui, brûlé vif dans un accident de voiture le lendemain de la disparition de Merete. Il s'appelait Daniel Hale. »

Il prononça ce nom avec emphase, afin que Carl apprécie combien sa mémoire était bonne.

« Daniel Hale ? »

Søs Norup avait oublié ce détail entre-temps.

« Un type qui participait à la recherche sur le placenta pour laquelle la délégation en question venait demander des subventions. Il avait un laboratoire à Slangerup. »

Bak donnait ces explications avec beaucoup d'assurance. Il était parfaitement au courant de cet aspect de l'affaire.

« S'il n'est mort que le lendemain, il est possible qu'il ne soit pas étranger à sa disparition.

– Je ne crois pas. Il rentrait de Londres l'après-midi du jour où elle s'est noyée.

– Était-il amoureux d'elle ? Søs Norup a suggéré que c'était peut-être le cas.

– Dommage pour lui, dans ce cas. Puisqu'elle n'a pas voulu de lui.

– Tu en es sûr, Børge ? »

Cela lui faisait visiblement mal d'entendre son propre prénom. C'était décidé, à partir de maintenant, Carl ne l'appellerait plus autrement.

« Peut-être était-ce avec ce Daniel Hale qu'elle a dîné au Café Banquerât ?

– Écoute, Carl. Dans l'affaire du crime du cycliste, la femme a enfin parlé, et nous sommes en pleine investigation. J'ai un boulot terrible en ce moment. Ça ne pourrait pas attendre un autre jour, ton affaire ? Daniel Hale est mort, basta. Il n'était pas au Danemark quand Merete Lynggaard est morte. Elle s'est noyée et Hale n'avait absolument rien à voir avec ça, OK ?

– Avez-vous vérifié si c'était avec Hale qu'elle a dîné au Café Banquerât deux jours plus tôt ? Ça ne figure pas non plus dans le rapport.

– Écoute ! À la fin, l'enquête s'est orientée vers un accident. En outre, il y avait vingt enquêteurs sur l'affaire. Demande aux autres. Et fous-moi la paix, Carl ! »

24

2007

Lorsque Carl arriva au travail ce lundi matin-là, le sous-sol de la préfecture de police faisait penser aux souks du Caire si l'on ne se fiait qu'à son odorat et à son ouïe. Jamais ce digne bâtiment n'avait pué à ce point la cuisine et les épices orientales, et jamais ces murs n'avaient entendu de sons aussi exotiques.

Une secrétaire du personnel administratif, qui était descendue aux archives, prit un air pincé en passant devant Carl, les bras chargés de documents. On lisait dans ses yeux que, dans dix minutes, tout le bâtiment saurait qu'au sous-sol tout partait à vau-l'eau.

Il trouva l'explication du mystère dans le bureau de pygmée d'Assad. Des assiettes contenant des montagnes de petites spécialités frites, des morceaux de papier argenté qui renfermaient de l'ail haché, des petites choses vertes et du riz jaune encombraient son bureau. Il y avait effectivement de quoi surprendre !

« Qu'est-ce qui se passe ici, Assad ? » s'exclama Carl en éteignant le lecteur de cassettes. Assad lui fit un grand sourire en guise de réponse. Il n'avait apparemment pas saisi que le fossé culturel était une réalité, et qu'il ébranlait en ce moment même les fondations solides de la préfecture de police.

Carl s'assit lourdement sur son siège en face de son assistant.

« Ça sent très bon, Assad, mais ici, on est à la préfecture de police, pas dans un gril libanais de Vanløse.

– Goûtez ça, chef, et félicitations monsieur le commissaire », répliqua-t-il en lui tendant un triangle de pâte feuilletée fourrée. « C'est de la part de ma femme. Mes filles ont découpé les papiers. »

Carl suivit le geste de son bras qui embrassait la pièce et aperçut le papier de soie bariolé qui drapait les étagères et les plafonniers.

La situation n'était pas facile à gérer.

« J'ai aussi apporté quelque chose à Hardy hier. Maintenant, je lui ai lu la plus grande partie de l'affaire.

– OK. » Carl imagina la tête de l'infirmière quand elle l'avait vu nourrir Hardy de pâtisseries orientales. « Tu es allé dire bonjour à Hardy pendant ton jour de congé ?

– Il réfléchit à l'affaire. C'est un type bien, celui-là. »

Carl hocha la tête et mordit dans la pâtisserie. Il irait voir Hardy demain.

« J'ai mis tous les papiers concernant l'accident de voiture sur votre bureau, chef. Je vous parlerai un peu de ce que j'ai lu, si vous voulez. »

Carl acquiesça de nouveau. Il ne manquait plus que ce type se charge aussi de rédiger le rapport quand ils en auraient fini avec cette affaire.

Ailleurs dans le pays, le 24 décembre 1986, il faisait à peu près six degrés au-dessus de zéro, mais au Sjælland, on n'avait pas eu cette chance et toutes les routes étaient verglacées. Dix personnes étaient décédées dans des accidents de la circulation. Cinq d'entre elles sur une petite route de campagne qui traversait un bois, à Tibirke. Les parents de Merete et d'Oluf Lynggaard se trouvaient parmi ces cinq-là.

Ils avaient doublé une Ford Sierra à un endroit où s'était formée une congère, et les choses avaient mal tourné. Personne n'avait été reconnu coupable et l'on n'avait pas exigé d'indemnités. Il s'agissait d'un simple accident, si ce n'est que les conséquences en avaient été désastreuses.

La voiture qu'ils avaient doublée s'était écrasée contre un arbre et brûlait tranquillement quand les pompiers étaient arrivés. Celle des parents de Merete avait atterri sur le toit cinquante mètres plus loin. Sa mère, projetée à travers le pare-brise, gisait dans les fourrés, tuée sur le coup par une fracture des vertèbres cervicales. Son père n'avait pas eu cette chance. Il avait mis dix minutes à mourir, avec la moitié du bloc moteur dans le ventre et la poitrine transpercée par une branche de sapin cassée. Oluf n'avait perdu connaissance à aucun moment, pensait-on, car lorsqu'on les avait dégagés de la voiture avec des chalumeaux, il avait suivi toute l'opération de ses grands yeux effarés. Sans jamais lâcher la main de sa sœur. Même quand ils avaient traîné Merete sur la route pour lui donner les premiers soins, il était resté agrippé à elle.

Le rapport de la police était simple et concis, rien à voir avec les comptes rendus des journalistes pour qui c'était un sujet en or.

Dans la deuxième voiture, une petite fille et son père avaient été tués sur le coup. C'était une tragédie, car seul le grand garçon s'en était sorti à peu près sans dommage. La mère, enceinte, était sur le point d'accoucher ; ils se rendaient à l'hôpital. Pendant que les pompiers se battaient pour éteindre le feu sous le capot de la voiture, elle avait donné naissance à des jumeaux, la tête posée sur le corps sans vie de son mari et les jambes broyées sous le siège de la voiture. Malgré des efforts acharnés des équipes de sauvetage pour les sortir du véhicule, l'un des bébés était mort et la presse avait trouvé ses gros titres pour le lendemain de Noël.

Assad lui montra les articles des feuilles de chou locales et des grands quotidiens nationaux. Ils avaient tous compris la valeur journalistique de la nouvelle. Les photos étaient atroces. La voiture dans l'arbre, la route défoncée, l'accouchée entrant dans l'ambulance avec un préadolescent en larmes à côté d'elle. Merete Lynggaard au milieu de la route sur une civière, le masque à oxygène sur la tête, et Oluf assis sur la mince couverture de neige, la peur dans les yeux, refusant de lâcher la main de sa sœur inconsciente.

« Regardez », lui dit Assad en sortant du dossier deux pages de *Gossip*, le journal à scandale qu'il était allé chercher sur la table de travail de Carl. « Lis a découvert que les journaux ont aussi publié plusieurs de ces photos au moment où Merete Lynggaard est entrée au Folketing. »

Le photographe qui, par hasard, s'était trouvé dans la région de Tibirke cet après-midi-là et avait consacré quelques minutes à prendre ces clichés, avait vraiment été largement payé pour sa peine. C'était lui, également, qui avait immortalisé l'inhumation des parents de Merete, en couleurs cette fois. Des photos de presse nettes, bien composées, de Merete Lynggaard adolescente, tenant par la main son frère hébété, pendant qu'on posait les urnes dans la tombe. On n'avait pas fait de photos de l'autre enterrement. Il avait eu lieu dans la plus stricte intimité.

« Mais qu'est-ce qui se passe, nom de Dieu ? » s'écria quelqu'un en entrant. « C'est à cause de vous que ça sent comme si c'était la veille de Noël, ici ? »

Sigurd Harms, un des agents du premier étage, découvrait avec stupéfaction l'orgie de couleurs des guirlandes accrochées aux lampes.

« Goûte ça, Sigurd au nez fin », rétorqua Carl en lui tendant l'un des plus épicés parmi les rouleaux de pâte feuilletée. « Tu peux te réjouir d'avance, parce que pour Pâques, on allumera aussi des bâtonnets d'encens. »

Un message arrivé d'en haut avait appris à Carl que le chef de la criminelle souhaitait le voir dans son bureau avant le déjeuner. Marcus Jacobsen, l'air sombre, se concentrait sur les pièces d'un dossier posé devant lui et invita Carl à s'asseoir.

Carl était sur le point d'excuser Assad et d'expliquer à son supérieur qu'au sous-sol, la friture touchait à sa fin et qu'il contrôlait la situation. Mais il fut pris de court par l'arrivée de deux des nouveaux enquêteurs qui s'assirent contre le mur.

Il leur adressa un sourire en coin. Ils n'étaient certainement pas venus l'arrêter à cause de deux samosas, si c'était bien le nom de ces trucs épicés en triangle dont il venait de se régaler.

Quand Lars Bjørn et le deuxième adjoint de la criminelle, Terje Ploug, à qui l'on avait confié l'affaire du pistolet à clous, entrèrent à leur tour dans la pièce, le patron ferma le dossier et s'adressa directement à Carl :

« Il faut que tu saches que je t'ai appelé ici parce que deux nouveaux crimes ont été commis ce matin. On a trouvé deux jeunes assassinés dans un atelier de mécanique de la banlieue de Sorø. »

Sorø, pensa Carl. En quoi est-ce que cela les concernait ?

« On les a trouvés avec chacun un clou de quatre-vingt-dix millimètres planté dans la tête par un pistolet à clous. Ça te rappelle peut-être quelque chose ? »

Carl tourna la tête vers la fenêtre et contempla un vol d'oiseaux au-dessus des immeubles en face. Le patron le regardait avec obstination, mais il perdait son temps. Ce qui s'était passé à Sorø hier n'avait pas nécessairement un rapport avec l'affaire d'Amager. Le pistolet à clous était à la mode actuellement, comme arme de crime, même dans les séries télévisées.

« Tu veux bien poursuivre, Terje ? dit Marcus Jacobsen.

– Eh bien, nous sommes plus ou moins convaincus que ce sont les mêmes assassins qui ont tué Georg Madsen dans la baraque d'Amager. »

Carl tourna la tête vers lui :

« Pourquoi ?

– Georg Madsen était l'oncle d'une des deux victimes de Sorø. »

Carl leva de nouveau la tête pour regarder les oiseaux.

« Nous sommes à peu près certains d'avoir le signalement d'une des personnes qui se trouvaient sur le lieu du crime, au moment où ces deux gars ont été tués. C'est pourquoi l'inspecteur Stoltz et son équipe, à Sorø, te demandent de t'y rendre aujourd'hui pour pouvoir comparer ce signalement avec le tien.

– Je n'ai rien vu du tout ce jour-là. J'étais inconscient. »

Terje Ploug lança à Carl un regard qui ne lui plut pas. Pourquoi lui adressait-il cette demande idiote, alors qu'il avait dû, lui le premier, éplucher le rapport de A à Z ? Il se souvenait forcément que Carl avait affirmé qu'il était resté inconscient depuis l'instant où la balle l'avait frôlé à la tempe jusqu'au moment où on lui avait mis le goutte-à-goutte à l'hôpital ? Pourquoi refusait-on de le croire ?

– D'après le rapport, tu as vu une chemise à carreaux rouges avant que les coups ne soient tirés. »

La chemise ? On l'avait fait venir à cause d'une chemise ?

« Vous voulez que j'aille identifier une chemise ? s'exclama-t-il. Pourquoi est ce que vous ne m'envoyez pas une photo par courriel ?

– Ils savent ce qu'ils font, Carl, intervint Marcus. C'est dans l'intérêt de tout le monde que tu y ailles. Surtout dans le tien.

– Je n'en ai pas très envie. » Il regarda sa montre. « En plus, il est déjà tard.

– Tu n'en as pas très envie. Dis-moi Carl, c'est quand ton rendez-vous avec la psychologue ? »

Carl se renfrogna. Était-il vraiment nécessaire de le claironner devant tout le service ?

« Demain.

– Alors, je te conseille d'aller à Sorø aujourd'hui. Comme ça, tu pourras parler à Mona Ibsen de la réaction que tu auras eue, pendant qu'elle sera toute fraîche dans ta mémoire. » Marcus sourit légèrement et prit sur son bureau quelques papiers au sommet de la plus grande pile. « Ah au fait, voici une copie du dossier d'Hafez al-Assad. Le service de l'immigration vient de me l'envoyer ! »

Assad prit le volant. Il avait emporté en guise de pique-nique quelques rouleaux et autres triangles épicés et il roulait pied au plancher sur l'autoroute E 20. Il était heureux. Cela se voyait à sa tête hilare qui dodelinait au rythme des tubes diffusés par la radio.

« L'Immigration m'a fait passer ton dossier, Assad, mais je ne l'ai pas encore lu. Tu ne pourrais pas me dire ce qu'il y a dedans ? »

Son chauffeur le regarda longuement d'un air grave pendant qu'ils doublaient à toute vitesse un convoi de poids lourds. Il répondit :

« Ma date de naissance, l'endroit où je suis né et ce que je faisais avant. C'est ce que vous voulez savoir, chef ?

– Pourquoi est-ce qu'on t'a donné un permis de séjour illimité, Assad ? Est-ce que c'est aussi expliqué là-dedans ? »

Assad acquiesça :

« Si je retourne là-bas, on me tuera, chef, c'est comme ça. Le gouvernement syrien ne m'aimait pas beaucoup, vous comprenez.

– Pourquoi ?

– On ne pensait pas la même chose, ça suffit.

– Ça suffit à quoi ?

– La Syrie est grande. Les gens disparaissent, tout simplement.

– OK. Tu es sûr que si tu retournes là-bas, tu seras assassiné ?

– C'est comme ça que ça se passe là-bas, chef.

– Tu travaillais pour les Américains ? »

Assad tourna la tête brutalement :

« Pourquoi vous dites ça ? »

Carl détourna la sienne :

« Aucune idée, Assad, je pose la question, c'est tout. »

La dernière fois qu'il était venu ici, l'ancien commissariat de police de Sorø faisait partie de la seizième circonscription qui dépendait de la police de Ringsted. Maintenant, il faisait partie de la circonscription du Sjælland méridional et des îles de Lolland et de Falster. Le bâtiment était toujours en briques rouges, les agents avaient toujours les mêmes tronches, derrière le comptoir, et le travail ne semblait pas avoir diminué. Il ne voyait pas l'intérêt d'avoir transféré les gens d'une administration à une autre. C'était la question à un million de dollars.

Il s'attendait à ce que l'un des agents de la criminelle lui demande de décrire encore une fois la chemise à carreaux. Mais non, ils avaient des méthodes plus sophistiquées que ça. Quatre hommes, pas un de moins, l'attendaient dans un bureau de la taille de celui d'Assad et, à en croire la tête qu'ils faisaient, ils devaient tous avoir perdu un être cher, tant ils semblaient traumatisés par l'incident de la nuit.

« Jørgensen », se présenta l'un d'eux en lui tendant une main gelée. Il ne faisait aucun doute que ce même Jørgensen avait regardé dans les yeux, deux heures plus tôt, les deux gaillards tués avec un pistolet à clous. Et il n'avait probablement pas fermé l'œil de la nuit.

« Tu veux voir le lieu du crime ? demanda l'un d'eux.

– C'est indispensable ?

– Ça ne ressemble pas tout à fait à ce qui s'est passé à Amager. Ils ont été tués dans l'atelier de mécanique. Le premier dans le hall, l'autre dans le bureau. Les clous étaient complètement enfoncés, il a fallu fouiller pour les trouver ; autrement dit, les coups ont été tirés à bout portant. »

Un des autres agents tendit à Carl deux photos de la taille d'un feuillet A4. C'était exact. On distinguait tout juste la tête du clou dans le cuir chevelu, l'hémorragie n'était même pas importante.

« Comme tu vois ils étaient tous les deux en plein boulot. Ils avaient les mains sales et portaient leurs cottes de mécanos.

– Il manquait quelque chose ?

– Que dalle. »

Il y avait des années que Carl n'avait pas entendu cette expression.

« Sur quoi travaillaient-ils ? Ça ne s'est pas passé dans la nuit ? Ils bossaient au noir, ou quoi ? »

Les agents se regardèrent. Apparemment, la question ne les avait pas effleurés.

« Il y avait des centaines de traces de pas. Ils ne devaient jamais faire le ménage, là-dedans », dit Jørgensen, visiblement dépassé par les évènements. « Tu vas regarder très attentivement ce qu'on va te montrer maintenant, Carl », poursuivit-il en prenant par un coin la nappe qui recouvrait la table. « Et tu ne diras rien avant d'être tout à fait sûr. »

Il ôta la nappe et découvrit quatre chemises de bûcheron à gros carreaux rouges posées côte à côte, comme des forestiers faisant la sieste dans le sous-bois.

« Y en a-t-il une, ici, qui ressemble à celle que tu as vue sur le lieu du crime à Amager ? »

C'était la confrontation la plus étrange à laquelle il ait jamais participé. Laquelle de ces chemises était la coupable ? Ça ressemblait à une plaisanterie. Il n'avait jamais été un spécialiste en matière de chemises, il ne connaissait même pas les siennes.

« Je sais que c'est difficile, Carl, si longtemps après », dit Jørgensen avec lassitude, « mais si tu faisais un effort, ça nous aiderait énormément.

– Mais qu'est-ce qui vous fait croire que ces salauds restent habillés pareil pendant des mois, bon sang ? Vous vous changez bien de temps en temps, vous, même si vous habitez dans cette cambrousse ? »

Jørgensen ignora la provocation.

« Nous examinons toutes les pistes.

– Et comment pouvez-vous être sûrs qu'un témoin qui a vu les coupables à distance, et de nuit par-dessus le marché, peut se souvenir d'une chemise à carreaux rouges avec une telle précision que cela serve de point de départ à votre enquête ? Pour moi, elles se ressemblent comme quatre gouttes d'eau, ces chemises-là ! Elles ne sont pas totalement identiques, j'en conviens, mais il y en a des milliers comme celles-là.

– Notre témoin travaille dans un magasin de confection. Nous le croyons. Le dessin qu'il a fait de la chemise est très précis.

– Il aurait dû dessiner le type qui l'avait sur le dos ! Ç'aurait été plus pratique !

– C'est ce qu'il a fait. Il ne s'en est pas trop mal tiré d'ailleurs, mais pas très bien non plus. Dessiner une personne, c'est quand même autre chose que de dessiner une chemise. »

Carl examina le portrait qu'ils avaient posé sur les chemises. Un type tout à fait ordinaire. Pour quelqu'un qui n'était pas au courant, il aurait pu passer pour le représentant en photocopieuses d'une petite ville de province. Des lunettes rondes, un visage bien rasé, des yeux confiants et un air gamin.

« Il ne me dit rien. Quelle taille faisait-il, d'après le témoin ?

– Au moins un mètre quatre-vingt-cinq. »

Ils reprirent le dessin et lui demandèrent à nouveau de comparer les chemises. Il les observa minutieusement. À première vue, elles se ressemblaient sacrément.

Alors, il ferma les yeux et tâcha de se remémorer la chemise du tueur d'Amager.

« Alors, qu'est-ce qui s'est passé ? questionna Assad sur le chemin du retour à Copenhague.

– Rien. Pour moi, elles se ressemblaient toutes. Je n'ai aucun souvenir précis de cette foutue chemise.

– Ils ne vous ont pas laissé emporter une photo ? »

Carl ne lui répondit pas. Pour l'instant, plongé dans ses souvenirs, il revoyait Anker gisant, mort, à côté de lui, et

Hardy haletant, couché sur lui. Pourquoi n'avait-il pas tiré tout de suite ? Si seulement il s'était retourné en entendant ces hommes entrer dans la baraque, rien de tout cela ne serait arrivé. Anker serait assis au volant à côté de lui, à la place de ce drôle de bonhomme qu'était Assad. Et Hardy ! Hardy ne serait pas condamné à passer le reste de ses jours couché dans un lit, bordel de merde !

« Ils n'auraient pas pu aussi bien vous envoyer les photos par e-mail, chef ? »

Il regarda son chauffeur. Parfois, les yeux d'Assad exprimaient tant d'innocence, sous ses épais sourcils.

« Bien sûr qu'ils auraient pu le faire. »

Il contempla les panneaux routiers.

« Tu vas tourner ici, Assad.

– Pourquoi ? » demanda ce dernier en prenant le virage à la corde.

« Parce que j'aimerais voir l'endroit où Daniel Hale a été tué.

– Qui ?

– Le type qui s'intéressait à Merete Lynggaard.

– Comment vous savez ça, Carl ?

– C'est Bak qui me l'a dit. Hale a été tué dans un accident de voiture. J'ai apporté le rapport de police. »

Assad siffla doucement, comme si les accidents de voiture n'étaient réservés qu'à des gens réellement, profondément malchanceux.

Carl regarda le compteur. Assad ferait peut-être bien de lever un peu le pied avant qu'ils ne rentrent eux-mêmes dans les statistiques.

Bien que cinq ans se soient écoulés depuis que Daniel Hale était passé de vie à trépas sur la route de Kappelev, on distinguait sans peine les traces de l'accident. Le bâtiment dans lequel la voiture s'était encastrée avait été réparé sommairement et on avait effacé presque toute la suie laissée par l'incendie, mais pour autant que Carl puisse en juger, c'était ailleurs qu'on avait dépensé la majeure partie des indemnités versées par l'assureur.

Il observa la route : un assez long tronçon à découvert. Quelle malchance pour cet homme d'avoir embouti cette vilaine maison. Dix mètres de moins ou de plus et sa voiture aurait atterri dans les champs.

« Vraiment pas de chance. Hein, Carl ?

– Pas de chance du tout. »

Assad décocha un coup de pied à une souche toujours debout devant les traces encore visibles sur le mur. « Alors, il est rentré dans l'arbre, l'arbre s'est cassé comme un bâton, il a percuté le mur et la voiture s'est mise à brûler ? »

Carl confirma. Il savait qu'il y avait un chemin de traverse un peu plus loin. C'était de là que venait la seconde voiture, s'il se souvenait bien du rapport de la brigade mobile.

Il pointa le doigt en direction du nord :

« Daniel Hale arrivait de Tåstrup dans sa Citroën ; d'après le deuxième automobiliste et les mesures qu'ils ont prises, la collision a eu lieu exactement là. » Il montrait une des deux lignes continues du milieu de la route. Hale s'était peut-être endormi. En tout cas, il avait traversé la ligne continue, accroché le second véhicule et sa voiture avait été projetée en arrière, directement sur l'arbre et la maison. Tout s'était déroulé en quelques dixièmes de seconde.

« Qu'est-ce qui est arrivé à celui qui l'a embouti ?

– Il a atterri là-bas », répondit Carl en montrant un terrain resté en friche depuis des années à la suite des directives de l'Union européenne.

Assad siffla doucement.

« Et lui, il n'a rien eu ?

– Non, il conduisait un énorme 4×4 d'une marque quelconque. On est à la campagne, Assad.

– On a aussi beaucoup de 4×4 en Syrie. »

Carl hocha la tête, mais il pensait à autre chose.

« C'est curieux, tu ne trouves pas, Assad ?

– Quoi, qu'il soit rentré dans la maison ?

– Qu'il meure le lendemain de la disparition de Merete Lynggaard. Ce type que Merete venait de rencontrer et qui était peut-être amoureux d'elle. Très curieux.

– Est-ce que vous croyez qu'il s'est suicidé ? Parce que ça lui faisait tellement de chagrin qu'elle ait disparu en mer ? » Assad changea un peu d'expression pendant que Carl le regardait. « Il s'est peut-être suicidé parce qu'il avait assassiné Merete Lynggaard ? Ça arrive quelquefois, chef.

– Un suicide ? Non, il se serait jeté volontairement sur la maison ? Non, ce n'était certainement pas un suicide. Et ce n'est pas possible qu'il l'ait tuée, parce qu'il était dans un avion quand Merete Lynggaard a disparu.

– OK. » Assad tâta les éraflures du mur. « Alors, ça ne peut pas être lui non plus qui a apporté la lettre qui disait : "Bon voyage à Berlin" ? »

Carl hocha la tête et regarda vers l'ouest où le soleil entamait sa descente.

« C'est vrai, ça ne peut pas être lui.

– Alors, qu'est-ce qu'on fait ici, Carl ?

– Ce qu'on fait ? » Il contempla les champs où les mauvaises herbes printanières faisaient déjà leur apparition. « Je vais te le dire, Assad, on cherche des indices, voilà ce qu'on fait. »

25

2007

« Merci beaucoup d'avoir organisé cette réunion et d'avoir accepté de me revoir aussi rapidement », commença Carl en tendant à Birger Larsen sa main grande ouverte. « Ce ne sera pas très long. » Il jeta un coup d'œil circulaire sur la rangée de visages familiers réunis dans le bureau du sous-secrétaire des démocrates.

« Vous voyez, monsieur Mørck. J'ai réuni ici tous ceux qui travaillaient avec Merete Lynggaard juste avant sa disparition. Peut-être connaissez-vous déjà plusieurs d'entre eux ? »

Carl acquiesça en les regardant. Oui, il en connaissait plusieurs. Il avait sous les yeux une brochette d'hommes politiques capables de renverser le gouvernement lors des prochaines élections. On pouvait toujours espérer. La porte-parole politique en minijupe, deux des membres les plus influents du Folketing ainsi que quelques personnes du secrétariat, dont Marianne Koch. Celle-ci lui adressa un regard aguichant et Carl se souvint que, dans trois heures seulement, il serait entre les mains de Mona Ibsen.

« Birger Larsen vous a certainement expliqué que je mène une ultime investigation sur la disparition de Merete Lynggaard, avant que l'affaire ne soit définitivement classée. C'est pour cette raison que je dois savoir tout ce qui pourrait m'aider à comprendre les faits et gestes de Mlle Lynggaard pendant les deux jours qui ont précédé sa disparition, et dans quel état d'esprit elle était. J'ai l'impression qu'à l'époque où l'enquête a été menée, la police en est arrivée assez vite à la conclusion qu'elle était tombée à l'eau à la suite d'un accident. À juste titre sans doute, et si c'est le cas, nous n'arriverons jamais à aucune certitude à ce sujet. Après avoir passé cinq ans dans la mer, le corps n'existerait plus depuis longtemps. »

Ils hochèrent tous affirmativement la tête. Sérieux et, d'une certaine manière, désolés. Tous ces gens avaient été des compagnons de route pour Merete Lynggaard, à l'exception peut-être de la princesse héritière nommée récemment.

« Beaucoup d'indices, dans notre enquête, plaident effectivement pour un accident. Il faut donc être maniaque pour croire à autre chose. Mais nous sommes de satanés sceptiques, au département V, c'est certainement pour ça qu'on nous a désignés pour accomplir cette mission. » Ils eurent un petit sourire, ce qui signifiait qu'au moins, ils l'écoutaient.

« Je vais vous poser une série de questions et, si vous avez une réponse, n'hésitez pas à réagir. »

De nouveau, tous hochèrent la tête.

« Est-ce que quelqu'un parmi vous se souvient que Merete Lynggaard, peu avant sa disparition, a eu une réunion avec un groupe de scientifiques travaillant dans la recherche sur l'utilisation thérapeutique du placenta humain ?

– Oui je me souviens, répondit l'une des secrétaires. La délégation était conduite par Bille Antvorskov, le directeur de BasicGen.

– Bille Antvorskov ? Le célèbre milliardaire ?

– Lui-même. Il a réuni ce comité et a obtenu un rendez-vous avec Merete Lynggaard. Ils ont fait un tour ensemble.

– Un tour avec Merete Lynggaard ?

– Oui en quelque sorte, répliqua la secrétaire avec un sourire. C'est ce qu'on dit ici quand un groupe d'intérêt rencontre chaque parti l'un après l'autre. Ces gens-là s'efforçaient de rallier tous les partis du Folketing à leur cause.

– Peut-on trouver quelque part un compte rendu de cette réunion ?

– Certainement. Je ne sais pas s'il a été imprimé, mais nous pourrions peut-être chercher dans l'ordinateur de l'ancienne secrétaire de Merete Lynggaard.

– Il existe encore ? » s'étonna Carl – il avait peine à y croire.

La secrétaire sourit :

« Quand nous changeons de programme, nous conservons toujours les anciens logiciels. Lorsque nous sommes passés à Windows XP, on nous a remplacé au moins dix logiciels.

– Vous n'avez pas de réseau, ici ?

– Si, mais à l'époque, la secrétaire de Merete et plusieurs autres n'étaient pas branchées dessus.

– Par souci de confidentialité, peut-être ?

– Peut-être.

– Et vous allez essayer de me trouver ce compte rendu ? » La secrétaire lui fit un signe affirmatif.

Il se tourna vers les autres.

« L'un des participants à cette réunion s'appelait Daniel Hale, et il paraît que Merete et lui avaient manifesté de l'intérêt l'un pour l'autre. Est-ce que quelqu'un, ici, est en mesure de confirmer ou d'approfondir cela ? »

Plusieurs de ses auditeurs se regardèrent. Et, de nouveau, quelqu'un mordit à l'hameçon. Il s'agissait de savoir qui voulait bien répondre.

« J'ignore comment il s'appelait, mais je l'ai vue parler avec un étranger au restaurant du Folketing. » C'était la porte-parole politique qui avait pris la parole, une femme énervante, mais coriace, qui présentait bien à la télé. On lui confierait sûrement quelque ministère, tôt ou tard. « Elle avait l'air très heureuse de le voir et n'était pas très concentrée quand elle a parlé avec les porte-parole de la santé des socialistes et des radicaux centristes. Je crois que beaucoup l'ont remarqué, conclut-elle avec un sourire.

– Parce que c'était un comportement inhabituel chez Merete ?

– Je crois que c'était la première fois, ici, qu'on voyait Merete ainsi. Oui, c'était très inhabituel.

– Est-ce qu'il pourrait s'agir de ce Daniel Hale dont je vous ai parlé ?

– Je l'ignore.

– Est-ce que d'autres personnes savent quelque chose à ce sujet ? »

Ils secouèrent négativement la tête.

« Comment décririez-vous cet homme ? demanda-t-il à la porte-parole politique.

– Il était un peu caché derrière un pilier, mais il était mince et élégant, et bronzé, si je me souviens bien.

– Quel âge ? »

Elle haussa les épaules.

« Un peu plus âgé que Merete, je crois. »

Mince, élégant, un peu plus âgé que Merete. À part le bronzage, tous les hommes, au palais, répondaient à cette description, y compris lui, sauf qu'il avait cinq ou dix années de trop.

« Vous avez sans doute pas mal de documents datant de l'époque de Merete. On n'a pas donné tout cela à la personne qui lui a succédé, sans un tri préalable, j'imagine. » Il fit un signe de tête en direction de Birger Larsen. « Des agendas, des carnets de notes, des notes manuscrites, ce genre de choses. Est-ce que tout cela a été jeté, tout simplement ? On ne pouvait pas savoir si Merete Lynggaard reviendrait, n'est-ce pas ? »

De nouveau, ce fut une des secrétaires qui réagit :

« La police en a emporté une partie, et une partie a été jetée. Je ne crois pas qu'on ait gardé quoi que ce soit ici.

– Et son agenda, qu'est-il devenu ? »

La secrétaire haussa les épaules

« Il n'était pas là en tout cas.

Marianne Koch intervint ·

« Merete emportait toujours son agenda chez elle. » Ses sourcils levés exprimaient la certitude. « Toujours, répéta-t-elle.

– Comment était-il ?

– Un TimeSystem tout à fait ordinaire. Dans une couverture de cuir brun-rouge usée. Un modèle tout-en-un : semainier, planning, notes personnelles et répertoire téléphonique.

– Il n'a jamais été retrouvé. Nous devons donc admettre qu'il a disparu en mer avec elle.

– Ça, je ne crois pas, rétorqua immédiatement la secrétaire.

– Et pourquoi ?

– Parce que Merete avait toujours un petit sac avec elle, et que son agenda était trop grand pour tenir dedans. Elle le mettait presque toujours dans son attaché-case, et celui-là, je suis sûre qu'elle ne l'avait pas sur le pont supérieur du ferry. Pourquoi l'aurait-elle emporté puisqu'elle était en congé ? Il ne se trouvait pas non plus dans sa voiture, n'est-ce pas ? »

Il secoua négativement la tête. Pas pour autant qu'il s'en souvienne, en tout cas.

Il y avait un moment que Carl attendait la psychologue au joli cul, et il commençait à avoir le trac. Si elle avait été là à l'heure prévue, il aurait eu confiance en son charme naturel, mais à présent, après avoir répété dix fois ce qu'il allait lui dire et s'être entraîné à sourire pendant plus de vingt minutes, il était en train de se dégonfler.

Quand elle lui annonça enfin son arrivée au deuxième étage, elle n'avait pas l'air désolé du tout, mais elle s'excusa tout de même. C'était ce genre d'assurance qui plaisait tant à Carl et la raison pour laquelle Vigga l'avait séduit, en son temps. Ça, et son rire communicatif.

Mona Ibsen s'assit en face de lui, à contre-jour par rapport à la lumière du dehors qui formait une auréole autour de sa tête. Ses fines rides se dessinaient dans cette douce clarté, elle avait des lèvres sensuelles d'un rouge profond. Elle avait de la classe. Il la regarda dans les yeux pour ne pas céder à l'envie de s'attarder sur ses seins généreux. Il ne souhaitait pour rien au monde briser ce moment exceptionnel.

Elle lui posa des questions sur l'affaire d'Amager. Elle voulait qu'il lui explique en détail quand et comment les évènements s'étaient produits et les conséquences qu'ils avaient eus. Elle lui posa des questions sur un tas de choses sans importance. Et Carl lui en mit plein la vue. Il ajouta un peu de sang ; décrivit des coups de feu un peu plus assourdissants, le tout ponctué de soupirs exagérés. Elle le regardait intensément et notait les grandes lignes de son récit. Au moment où il lui racontait ce qu'il avait ressenti en voyant ses deux amis, l'un mort et l'autre blessé, et que depuis, il dormait mal la nuit, elle éloigna sa chaise de la table et se mit à ranger ses affaires.

« Qu'est-ce qui se passe ? » demanda-t-il lorsqu'elle glissa son bloc-notes dans sa serviette.

« Je vous le demande ! Quand vous serez disposé à me dire la vérité, vous reprendrez rendez-vous. »

Il la regarda en fronçant les sourcils.

« Qu'est-ce que ça veut dire ? Je viens de vous raconter très exactement tout ce qui s'est passé. »

Elle tint sa serviette contre son ventre bombé qu'on devinait sous sa jupe collante.

« Premièrement, je vois à votre visage que vous dormez tout à fait bien. Deuxièmement, vous avez exagéré les faits. Vous vous doutez bien que j'avais lu le rapport avant de venir. »

Il allait réagir, mais elle leva la main.

« Troisièmement, je vois dans vos yeux, lorsque vous parlez de Hardy Henningsen et Anker Høyer, que vous avez un gros problème avec ce qui leur est arrivé. En évoquant vos deux collègues qui n'ont pas eu la chance de s'en tirer sains et saufs, vous êtes extrêmement affecté. Le jour où vous serez prêt à m'en parler, je reviendrai. Jusque-là, je ne peux rien pour vous. »

Il émit un petit son qui se voulait une protestation, mais qui mourut dans sa gorge. Alors, il la regarda avec cette concupiscence masculine que les femmes devinent sans doute, mais dont elles ne sont jamais sûres.

« Une seconde », s'empressa-t-il de dire avant qu'elle ne claque la porte derrière elle. « Vous avez sûrement raison, je ne m'en rendais pas compte. »

Il se demandait fébrilement ce qu'il pourrait lui dire pendant qu'elle lui tournait le dos pour partir.

« Nous pourrions peut-être en parler en dînant tous les deux un soir ? » lança-t-il étourdiment.

Il vit qu'il avait raté la cible de plusieurs kilomètres. Sa phrase était si bête qu'elle ne prit même pas la peine de refuser son invitation. Ce qu'il lut dans son regard ressemblait plutôt à de l'inquiétude.

Bille Antvorskov, qui venait d'avoir cinquante ans, apparaissait régulièrement dans l'émission de TV 2, *Bonjour le Danemark*, ainsi que dans divers débats télévisés. C'était ce qu'on appelle « une tête », en vertu de quoi on supposait qu'il était capable d'apporter ses lumières sur n'importe quel sujet. Rien d'étonnant, d'ailleurs. Quand les Danois prennent les gens au sérieux, il n'y a plus de limites. De plus, l'homme était photogénique. Autoritaire et responsable, des yeux bruns un peu bridés, un menton volontaire et une aura qui combinait la malice de Gavroche avec le charme discret de la bourgeoisie. Sans compter le fait indéniable qu'en un temps record il s'était bâti une fortune qui figurerait bientôt parmi les plus grosses du pays et, par-dessus le marché, en lançant des projets médicaux à haut risque dans l'intérêt général. Il suscitait donc une admiration et un respect sans bornes chez les téléspectateurs danois.

Personnellement, Carl ne l'aimait pas.

Dès l'antichambre, on lui fit comprendre que son temps était compté et que Bille Antvorskov était un homme pressé. Quatre messieurs, dont aucun ne paraissait avoir quoi que ce soit à faire avec les autres, étaient assis le long du mur. L'attaché-case entre les jambes et le portable sur les genoux, ils étaient tous tendus et chacun semblait redouter ce qui l'attendait derrière la porte.

La secrétaire adressa à Carl un sourire sans conviction. Il s'était permis de s'introduire sans façon dans son agenda de rendez-vous, elle espérait que cela ne se reproduirait pas.

Le chef de cette dame le reçut avec un de ses sourires en coin caractéristiques et il lui demanda poliment s'il était déjà venu dans ces nouveaux immeubles de bureaux construits dans l'ancien port de Copenhague. Puis il ouvrit largement les bras devant la vitre panoramique qui montrait, comme une mosaïque de verre, toute la diversité du monde : des bateaux, un port, des grues, la mer et le ciel qui, dans toute leur majesté, se disputaient l'attention du visiteur.

Carl ne pouvait certes pas se vanter de jouir d'une vue comparable.

« Vous vouliez me parler de la réunion qui a eu lieu à Christiansborg le 20 février 2002 ? Je l'ai ici », dit Antvorskov en tapant sur son ordinateur. « Tiens, mais c'est vrai, c'était un palindrome, comme c'est drôle !

– Quoi ?

– 20-02 2002. La date ! Identique qu'on la lise dans un sens ou dans l'autre. Et je vois que j'étais chez mon ex-femme à 20 heures 02. Nous avons fêté ça en buvant un verre de champagne. Ça n'arrive qu'une fois dans la vie ! » dit-il avec un sourire qui marqua la fin de la partie récréative de la réunion. « Vous vouliez savoir quel était l'objet de cette réunion avec Merete Lynggaard ?

– Oui s'il vous plaît, mais d'abord, je voudrais que vous me donniez quelques renseignements sur Daniel Hale. Quel rôle jouait-il dans cette réunion ?

– Bon, c'est drôle que vous en parliez, car, en fait, il n'y jouait aucun rôle. Daniel Hale était un innovateur en matière de techniques de recherche. Sans son laboratoire et ses excellents collaborateurs, plusieurs de nos projets auraient été obsolètes.

– Il ne participait donc pas au développement de vos projets ?

– Pas au développement politique et financier, non. Seulement à leur aspect technique.

– Alors, pourquoi s'était-il joint à cette réunion ? »

Antvorskov se mordit un peu la joue, ce qui le rendit plus sympathique.

« Pour autant que je m'en souvienne, il avait appelé pour demander à venir. Je ne me rappelle pas quelle raison il a invoquée, mais je crois qu'il avait l'intention d'investir beaucoup d'argent dans de nouveaux appareils. Il avait besoin, par conséquent, de savoir où il mettait les pieds sur le plan politique. C'était un bosseur, c'est peut-être pour ça que nous nous entendions aussi bien dans le travail. »

Carl remarqua qu'il n'hésitait pas à se glorifier. Certains hommes d'affaires tiennent à faire preuve de modestie. Bille Antvorskov n'appartenait pas à cette catégorie-là.

« Quel genre d'homme était Daniel Hale, d'après vous ?

– Aucune idée. Scrupuleux et digne de confiance en tant que sous-traitant, mais, en dehors du travail, je ne sais pas du tout quel genre de type il était.

– Vous n'aviez donc rien à faire avec lui en privé ? »

C'est là que Bille Antvorskov émit le fameux grognement qui lui tenait lieu de rire.

« En privé ? Je ne l'avais jamais vu avant cette réunion à Christiansborg. Ni lui ni moi n'avions assez de temps pour ça. De plus, Daniel Hale ne tenait pas en place. Il prenait l'avion sans arrêt. Un jour dans le Connecticut, le lendemain à Aalborg. Des allers et retours incessants. Si moi, j'ai amassé pas mal de points de bonus aériens, Daniel Hale devait avoir cumulé assez de miles pour envoyer toute une classe de lycéens faire le tour du monde plusieurs fois.

– Vous ne l'aviez donc jamais rencontré avant cette réunion ?

– Non, jamais.

– Il doit pourtant y avoir eu des tours de table, des discussions et des accords budgétaires, ce genre de choses, non ?

– Écoutez, j'ai des gens qui travaillent pour moi et qui se chargent de ce genre de détails. Je connaissais Daniel Hale de réputation, nous avons eu une ou deux conversations téléphoniques, et nous nous sommes lancés. Le reste de notre collaboration avait lieu entre le personnel de Hale et le mien.

– OK. J'aimerais bien parler avec quelqu'un, dans votre société, qui travaillait avec Hale. Est-ce possible ? »

Bille Antvorskov respira si profondément qu'il fit gémir son fauteuil de cuir.

« Je ne sais pas s'il reste quelqu'un actuellement. Il y a cinq ans de ça. Il y a beaucoup de turn-over dans notre secteur. Tout le monde est à la recherche de nouveaux défis.

– Aha ! » Cet idiot allait-il vraiment admettre devant lui qu'il n'arrivait pas à garder son personnel ? Quand même pas. « Vous ne pourriez pas, par hasard, me donner l'adresse de son entreprise ? »

L'homme fit une grimace. C'était le rôle du petit personnel de connaître ce genre de détails.

Bien que les bâtiments aient été construits six ans plus tôt, ils paraissaient dater de la semaine précédente. Le nom de la firme : Interlab A/S, figurait en lettres d'un mètre de haut sur le panneau dressé au milieu des jets d'eau aménagés devant le parking. Le navire tenait le cap sans son capitaine.

Les réceptionnistes regardèrent la carte de police de Carl comme s'il l'avait achetée dans un magasin de jouets, mais, au bout de dix minutes d'attente, une secrétaire descendit tout de même à sa rencontre. Il lui dit qu'il souhaitait poser des questions de caractère privé et on le conduisit dans une pièce meublée de sièges en cuir, de tables en bouleau et de plusieurs armoires en verre contenant des boissons. C'était sûrement là que les visiteurs étrangers mesuraient pour la première fois l'efficacité d'Interlab. Partout s'étalaient des preuves de l'importance internationale du laboratoire. Des prix et des diplômes du monde entier couvraient un mur et l'on voyait, sur les deux autres, des photos de projets et des graphiques sur divers processus de laboratoire. Seul le mur donnant sur le parking du groupe était d'inspiration japonaise et entièrement vitré. Le soleil y entrait à flots.

Apparemment, c'était le père de Daniel qui avait fondé la société, mais depuis, à en juger d'après les photos, beaucoup d'eau avait coulé sous les ponts. Daniel avait su parfaitement gérer son héritage pendant la courte durée de son mandat de directeur et sans doute avec enthousiasme. De toute évidence, il avait également été aimé et préparé à cette tâche. Une seule photo montrait le père et le fils enlacés, souriant gaiement. Le père, avec un gilet sous son veston, symbolisait déjà le passé, et le fils, pas encore majeur, mais visiblement prêt à reprendre les rênes, arborait un large sourire.

Il entendit des pas derrière lui.

« Que puis-je faire pour vous ? » lui demanda une femme bien enveloppée chaussée de souliers à talons plats. Elle se présenta comme étant le chef de la communication et son nom était épinglé sur le revers de sa veste : Aino Huurinainen. Amusants, quand même, ces noms finlandais.

« J'aimerais rencontrer une personne qui aurait travaillé en étroite collaboration avec Daniel Hale avant sa disparition. Quelqu'un qui connaisse vraiment sa vie privée. Un ami à qui il aurait pu confier ses rêves et ses projets. »

Elle le regarda comme s'il l'avait violentée.

« Pourriez-vous me mettre en contact avec une telle personne ?

– Je pense qu'il n'existe probablement personne qui le connaissait mieux que le directeur des ventes, Niels Bach Nielsen. Mais je crains qu'il ne souhaite pas parler avec vous de la vie privée de Daniel Hale.

– Pourquoi ? Il avait quelque chose à cacher ? »

Elle le regarda de nouveau comme s'il l'avait provoquée outrageusement.

« Ni Niels ni Daniel n'avaient rien à cacher. Mais Niels ne s'est jamais remis de la mort de Daniel. »

Il saisit le sous-entendu :

« Vous pensez qu'ils formaient un couple ?

– Oui, Niels et Daniel étaient inséparables, aussi bien dans la vie privée qu'au travail. »

Il fixa un instant les yeux bleus de cette femme et ça ne l'aurait pas étonné de la voir prise tout à coup de fou rire. Mais il n'en fut rien. Ce qu'elle venait de dire n'était pas une plaisanterie.

« Je l'ignorais, répondit-il donc.

– Ah, fit-elle.

– Vous n'auriez pas, par hasard, une photo de Daniel Hale dont vous pouvez vous passer ? »

Elle tendit le bras de dix centimètres sur la droite et prit une brochure posée sur le comptoir en verre, à côté de quelques bouteilles d'eau minérale.

« Tenez. Vous devriez en trouver une dizaine là-dedans. »

Il dut d'abord discuter avec la secrétaire fort peu aimable de Bille Antvorskov pour avoir ce dernier au bout du fil.

« Je viens de scanner une photo que j'aimerais vous envoyer par e-mail. Pouvez-vous me consacrer encore quelques minutes ? » lui demanda-t-il.

Antvorskov accepta, lui donna son adresse e-mail et Carl procéda à l'envoi du cliché en suivant l'opération sur l'écran.

C'était une excellente photo de Daniel Hale, qu'il avait scannée sur la brochure offerte par la responsable des relations publiques. L'homme qu'on y voyait était mince, blond, sûrement grand, bronzé et élégant, comme on l'avait remarqué au restaurant de Christiansborg. À première vue, rien d'un homosexuel, mais il avait apparemment aussi d'autres penchants. « Il était peut-être sur le point de découvrir qu'en fait il était hétéro », pensa Carl en l'imaginant, écrasé et brûlé vif sur la route de Kappelev Landevej.

« Bon, votre mail est arrivé, dit Bille Antvorskov à l'autre bout du fil. Je viens d'ouvrir la pièce jointe. » Il y eut une pause d'une seconde. « Que voulez-vous que j'en fasse ?

– Pouvez-vous me confirmer qu'il s'agit d'une photo de Daniel Hale ? Est-ce cet homme qui a participé à la réunion à Christiansborg ?

– Cet homme-là ? Je ne l'ai jamais vu de ma vie. »

26

2005

Le jour de ses trente-cinq ans, l'océan de lumière diffusé par les néons du plafond la submergea à nouveau et noya les visages derrière les hublots.

Cette fois-ci, plusieurs des néons contenus dans les caissons de verre armé restèrent éteints. « Un beau jour, il faudra qu'ils viennent les changer, sinon cela finira par une nuit sans fin, pensa-t-elle. Ils me voient et ne voudront plus s'en passer. Un jour, ils entreront pour changer les tubes. Ils baisseront progressivement la pression atmosphérique et je les attendrai. »

Pour ses trente-quatre ans, ils avaient encore augmenté d'une atmosphère, mais cela ne l'inquiétait plus. Puisqu'elle supportait quatre bars, elle en supporterait bien cinq. Elle ne connaissait pas sa limite, mais elle sentait qu'elle ne l'avait pas encore atteinte. Comme l'année précédente, elle avait eu des hallucinations pendant deux jours, le fond de la pièce semblait tourner tandis que le reste, immobile, se détachait nettement. Elle avait chanté et s'était senti le cœur léger. La réalité ne comptait plus. Néanmoins, deux jours plus tard, lorsque ses oreilles se mirent à siffler, cette même réalité la frappa de plein fouet. Au début, le son était très faible, elle bâilla, régula la pression du mieux qu'elle put, mais au bout de quinze jours, le son était devenu permanent. Une note parfaitement nette, un peu comme celle de la mire de la télévision mais plus aiguë, plus pure, cent fois plus énervante. « Le sifflement va disparaître, Merete, tu t'y habitueras ; sois patiente, à ton réveil, il aura cessé. Il aura cessé, il aura cessé », se promettait-elle. Mais on est toujours déçu par les promesses basées sur l'ignorance. Au bout du troisième mois, se sentant devenir folle par manque de sommeil et par le rappel constant de sa situation sans issue dans cet espace clos, à la merci de son bourreau, elle commença à réfléchir à la façon dont elle allait mettre fin à ses jours.

Elle savait bien qu'un jour viendrait où elle commencerait à espérer la mort. Du visage de la femme, rien n'avait émané qui lui permette d'espérer. Ses yeux perçants le lui avaient bien fait comprendre : ils ne la laisseraient pas s'échapper. Jamais de la vie. Alors, plutôt périr de sa propre main, décider elle-même de quelle façon elle mourrait.

En dehors du seau hygiénique et du seau alimentaire, de la lampe de poche et des deux baguettes de nylon dont la plus courte était devenue un cure-dents, ainsi que des vêtements qu'elle portait, la pièce était totalement vide. Les murs étaient lisses. Il n'y avait rien sur quoi elle aurait pu enrouler la manche de sa veste, aucun endroit où suspendre son corps pour délivrer son âme. Elle n'avait qu'une seule possibilité : se laisser mourir de faim. Refuser d'ingérer cette nourriture insipide, de boire les quelques gorgées d'eau qu'ils lui accordaient. C'était peut-être ce qu'ils attendaient. Elle était peut-être l'enjeu d'un pari pervers. L'homme s'est distrait de tout temps en contemplant les souffrances de ses semblables. Dans chaque strate de l'histoire humaine, on découvre une couche désespérément constante d'absence de compassion. Et aujourd'hui, les sédiments de nouvelles couches ne cessaient de s'accumuler, elle l'éprouvait dans son propre corps, et elle en avait assez.

Elle poussa de côté le seau alimentaire, se plaça devant l'un des hublots et déclara qu'elle ne mangerait plus. Que cela suffisait comme ça. Puis elle s'allongea par terre, s'enroula dans ses vêtements en lambeaux et dans ses rêves. Elle avait calculé qu'aujourd'hui devait être le 6 octobre et elle comptait pouvoir tenir une semaine. Dans sept jours, elle aurait trente-cinq ans, trois mois et une semaine. Elle calcula, sans pouvoir en être certaine, que lorsqu'elle mourrait, elle aurait vécu en tout douze mille huit cent soixante-douze jours. On ne lui érigerait pas de stèle. On ne verrait nulle part la date de sa naissance, pas plus que celle de sa mort. Aucun objet, après sa disparition, ne pourrait la relier à la longue période pendant laquelle elle avait vécu dans sa cage. Ses assassins mis à part, elle seule connaîtrait la date de sa mort. Et elle était la seule à la connaître d'avance, et à peu près précisément. Elle mourrait approximativement le 13 octobre 2005.

Le lendemain du début de sa grève de la faim, ils lui crièrent d'échanger les seaux, mais en vain. Que pouvaient-ils faire si elle ne leur obéissait pas ? Ils n'avaient que le choix entre laisser le seau dans le sas ou le reprendre. Cela lui était égal.

Ils laissèrent le seau dans le sas et recommencèrent leur manège les deux jours suivants. Ils enlevaient le seau de la veille et en envoyaient un nouveau. Ils l'insultaient, la menaçaient d'augmenter la pression et de faire ensuite s'échapper l'air de la cellule d'un seul coup. Mais à quoi bon la menacer de mort puisque c'était la mort qu'elle souhaitait ? Peut-être rentreraient-ils dans sa cage, peut-être pas, peu lui importait. Elle laissait les pensées, les images, les souvenirs s'emballer pour oublier les acouphènes, et le cinquième jour, tout se mélangea dans sa tête. Ses rêves de bonheur, son travail politique, Oluf seul sur le bateau, l'amour qu'elle avait rejeté, les enfants qu'elle n'avait jamais eus, Mr Bean et les soirées tranquilles devant la télé. Elle sentit de quelle manière l'emprise de ses frustrations abandonnait graduellement son corps. Elle se sentait de plus en plus légère sur le sol, une immobilité étrange s'empara d'elle, et le temps passa tandis que le contenu du seau alimentaire, à côté d'elle, commençait à moisir.

Tout se passait comme prévu quand elle sentit soudain des ondes de choc dans sa mâchoire.

Dans sa torpeur, elle crut d'abord qu'il s'agissait d'une vibration venue de l'extérieur. Juste assez pour lui faire entrouvrir les yeux, pas davantage. « Est-ce qu'ils vont pénétrer ici, que se passe-t-il ? » Cette pensée fugitive lui traversa l'esprit, puis elle retomba dans son assoupissement tranquille jusqu'à ce qu'elle soit réveillée, deux heures plus tard, par une douleur aussi vive que si on lui avait planté un couteau dans la figure.

Sans avoir aucune idée de l'heure qu'il était, sans se préoccuper de savoir s'il y avait quelqu'un derrière le hublot, elle hurla comme elle ne l'avait encore jamais fait dans cette pièce déserte. Il lui semblait que sa figure avait été coupée en deux. Une rage de dents tapait comme un trépan dans sa bouche et elle était impuissante. Oh, mon Dieu, me châties-tu ainsi parce que j'ai voulu mettre fin à ma vie ? Cinq jours seulement s'étaient écoulés pendant lesquels elle s'était laissée sombrer, et maintenant cette punition ! Elle se passa prudemment un doigt dans la bouche et sentit l'abcès, sous sa dernière molaire. Cette dent avait toujours été son point faible. Une rente pour son dentiste, la cavité maudite que son cure-dents fait maison avait dû nettoyer chaque jour. Elle appuya délicatement sur la gencive tuméfiée et sentit la douleur exploser jusqu'au tréfonds d'elle-même. Elle tomba en avant, ouvrit la bouche comme une folle en geignant. Son corps, qui depuis quelques jours s'était assoupi, se réveillait maintenant dans un enfer de douleur. Comme la bête qui se ronge la patte pour échapper au piège du chasseur. Si avoir mal était une défense contre la mort, Merete était à présent plus vivante qu'elle ne l'avait jamais été.

Elle pleurait et gémissait tant elle souffrait. Elle prit son cure-dents et l'introduisit lentement dans sa bouche, pour essayer de sentir si quelque chose, sous sa gencive, avait provoqué l'abcès, mais à la seconde même où la pointe piqua la chair, la douleur atroce explosa une fois de plus.

« Il faut que tu le perces, Merete, allons », sanglota-t-elle en faisant une nouvelle tentative. Elle faillit vomir le reste infime de liquide que contenait son estomac. Il fallait qu'elle vide l'abcès, mais c'était au-dessus de ses forces. Elle en était tout simplement incapable.

Alors, elle rampa jusqu'au sas pour voir ce que le seau contenait ce jour-là. Peut-être y avait-il quelque chose qui la soulagerait. Et si elle versait un peu d'eau directement sur l'abcès, cela calmerait peut-être un peu l'inflammation.

Elle regarda dans le seau et y découvrit des tentations qu'elle n'aurait pas pu imaginer quelques jours plus tôt. Deux bananes, une pomme, un morceau de chocolat. C'était totalement absurde. Ils essayaient de ranimer sa faim. Ils pensaient pouvoir la forcer à manger, mais c'était impossible. Elle ne le pouvait pas et elle ne le voulait pas.

L'élancement suivant faillit la faire basculer, un rictus découvrit ses dents. Alors, elle sortit tous les fruits et les posa par terre, glissa la main dans le seau et prit le bidon. Elle trempa son doigt dans l'eau et le passa sur l'abcès, mais ce froid glacial n'eut pas l'effet attendu. Il y avait d'un côté la douleur, de l'autre l'eau, et ces deux choses n'avaient absolument rien en commun. L'eau ne pouvait même pas étancher sa soif.

Alors, elle s'écarta pour se coucher sous les miroirs en position fœtale, faisant une prière pour que Dieu lui pardonne. À un moment donné, son corps lâcherait prise, elle le savait. Elle allait vivre ses derniers jours dans la souffrance.

La douleur aussi s'arrêterait.

Les voix lui parvinrent comme si elle était en transe. Elles l'appelaient par son nom. Elles lui ordonnaient de leur répondre. Elle ouvrit les yeux et remarqua instantanément que la névralgie s'était calmée et que son corps sans forces gisait toujours sous les miroirs, à côté du seau hygiénique. Elle fixa le plafond où l'un des tubes de néon s'était mis à clignoter faiblement, loin au-dessus d'elle, derrière son vitrage incassable. Avait-elle entendu des voix ? Ou avait-elle rêvé ?

« C'est vrai, elle a pris un peu de fruit », dit une personne qu'elle ne connaissait pas.

C'est bien une voix, pensa-t-elle mais elle était beaucoup trop faible pour réagir.

C'était une voix d'homme, d'un homme qui n'était pas jeune, mais pas vieux non plus.

Elle leva la tête, mais pas suffisamment pour qu'on puisse la voir du dehors.

« Je vois les fruits de l'endroit où je suis », dit une voix de femme. « Ils sont là, par terre. » C'était la femme qui lui parlait une fois par an, cette voix-là, elle la reconnaîtrait entre mille. Ceux qui l'appelaient parfois du dehors avaient oublié de débrancher le micro.

« Elle s'est cachée entre les vitres. J'en suis sûre, poursuivit la femme.

– Tu crois qu'elle est morte ? Ça fait une semaine maintenant, non ? » demanda la voix d'homme.

Il parlait sur un ton dégagé alors que la situation n'avait rien de normal. C'était d'elle qu'il s'agissait.

« Il ne manquerait plus que ça, cette petite truie.

– Est-ce qu'on réduit la pression pour pouvoir aller voir ?

– Tu imagines ce que ça va lui faire ? Toutes ses cellules sont adaptées à la pression de cinq atmosphères. Il faudrait des semaines pour ramener son corps à la normale. Si on ouvre maintenant, non seulement elle aura le choc des plongeurs, mais son corps explosera instantanément. Tu as vu ses excréments, la façon dont ils se dilatent, et son urine qui bouillonne et qui s'évapore. Ça fait trois ans qu'elle vit sous pression, ne l'oublie pas.

– On ne pourrait pas, tout simplement, remettre la pression quand on aura vu si elle est toujours en vie ? »

La femme ne répondit pas, mais il était évident qu'il n'en était pas question.

Merete respirait de plus en plus difficilement. Ces voix étaient diaboliques. Ils la découperaient en morceaux et la recoudraient éternellement s'ils le pouvaient. Elle était dans l'antichambre de l'enfer où les supplices ne prennent jamais fin.

Je vous attends, bande de salopards, pensa-t-elle en sortant prudemment sa lampe de poche tandis que le son augmentait dans ses oreilles. Elle la planterait dans l'œil du premier qui s'approcherait d'elle. Elle aveuglerait l'être infâme qui se risquerait à entrer dans sa chambre sacrée. Même si cela devait être la dernière chose qu'elle ferait avant de mourir.

« On ne fera rien avant que Lasse soit revenu, compris ? déclara la femme sur un ton sans réplique.

– On ne peut pas l'attendre. Elle sera morte bien avant qu'il revienne. Qu'est-ce qu'on décide, putain ? Lasse va être furieux. »

Le silence qui suivit fut nauséeux et pesant, comme si les murs de sa cellule se rétrécissaient et menaçaient de l'écraser, tel un pou entre deux ongles.

Elle serra la lampe de poche convulsivement et attendit. Soudain, telle une massue, la douleur retomba sur elle. Elle ouvrit les yeux tout grands et respira à fond pour hurler sa souffrance, mais elle ne cria pas. Elle se contrôla. Elle eut l'impression d'étouffer et l'envie de vomir déclencha un spasme, mais elle se tut. Elle rejeta la tête en arrière et laissa couler les larmes sur ses lèvres sèches.

Je les entends, mais il ne faut pas qu'ils m'entendent, se répétait-elle en silence, inlassablement. Elle se tenait la gorge, caressait sa joue enflée en se balançant d'avant en arrière, fermant et ouvrant sa main libre de façon compulsive. Tous les nerfs de son corps semblaient réunis en un seul point.

Finalement, le cri sortit. Un cri qui avait sa vie propre. Commandé par son corps et non par sa tête. Un cri profond, abyssal, qui dura, dura, dura.

« Elle est là, tu entends ? Je le savais. » Il y eut un déclic. « Montre-toi qu'on puisse te voir », commanda l'horrible voix féminine. Ce fut à cet instant seulement qu'ils s'aperçurent que quelque chose n'allait pas.

« Regarde, dit-elle, c'est bloqué. »

Elle entendit que la femme se mettait à taper sur le bouton, sans succès.

« Tu as entendu tout ce qu'on disait, hein, salope ? » Elle avait une voix animale, rude, éraillée par des années de haine et de froideur.

« Lasse le réparera quand il arrivera, dit l'homme. C'est pas grave. »

Cette fois, Merete crut que sa mâchoire allait se fendre. Elle aurait voulu ne rien faire, mais elle ne put s'en empêcher. Il fallait qu'elle se lève, qu'elle réponde au signal d'alarme de son corps. Elle s'appuya sur ses genoux, prit la mesure de son immense faiblesse, se souleva pour s'accroupir, sentit le feu se rallumer dans sa bouche, leva un genou et se mit presque debout.

« Mon Dieu ! Regarde un peu de quoi tu as l'air, ma pauvre fille ! » dit la voix mauvaise, dehors, avant d'éclater de rire, d'un rire qui la fouetta comme une volée de bois vert. « Mais tu as mal aux dents ! Cette garce a mal aux dents, regarde-la. »

Merete se retourna brusquement vers les vitres. Le seul fait d'écarter les lèvres lui faisait souffrir le martyre :

« Un jour, je me vengerai », chuchota-t-elle en approchant la figure tout près d'un hublot. « Je me vengerai, vous pouvez y compter, vous ne perdez rien pour attendre.

– Si tu ne manges pas, tu ne vas pas tarder à brûler en enfer sans avoir cette satisfaction », siffla la femme.

Mais dans sa voix on sentait autre chose : le chat qui jouait avec la souris et qui n'avait pas encore fini de jouer. Il fallait que sa proie reste vivante, qu'elle vive exactement aussi longtemps qu'il l'avait décidé, et pas plus longtemps.

« Je ne peux pas manger, gémit Merete.

– C'est un abcès ? » s'enquit la voix masculine.

Elle fit un signe affirmatif.

« Débrouille-toi », répondit l'homme d'un ton glacial.

Elle vit son reflet dans l'un des hublots. La malheureuse qui lui faisait face avait les joues creuses et des yeux qui semblaient sortir de leurs orbites. Le haut du visage était déformé par la rage de dents et les cernes sous ses yeux en disaient long sur son état général. Elle ressemblait tout simplement à ce qu'elle était : une moribonde.

Elle s'adossa à la vitre et se laissa lentement glisser par terre où elle s'assit, pleurant de colère et se rendant compte, tout à coup, que son corps pourrait vivre et le voulait. Il fallait qu'elle se force à manger ce qu'il y avait dans le seau. La douleur aurait raison d'elle ou pas, l'avenir le dirait. Elle ne se rendrait pas sans se battre, en tout cas, car la promesse qu'elle venait de faire à l'abominable mégère, là-haut, elle avait l'intention de la tenir. Un jour, cette femme répugnante aurait la monnaie de sa pièce.

L'espace d'une seconde, elle se sentit aussi tranquille qu'un terrain dévasté dans l'œil du cyclone, mais la douleur revint. Cette fois, elle hurla sans chercher à se retenir, aussi fort que possible. Elle sentit le pus de la dent couler sur sa langue et la douleur lancinante de sa mâchoire se propager jusqu'à sa tempe.

Elle entendit un déclic dans le sas et un nouveau seau apparut, accompagné par la voix de la femme :

« Tiens, voilà de quoi te soigner. Sers-toi. »

À quatre pattes, Merete s'approcha du sas, en tira le seau et regarda son contenu.

Tout au fond, elle vit un objet posé sur un morceau de tissu, comme un outil chirurgical.

C'était une grosse pince, une grosse pince rouillée.

27

2007

Carl avait passé une matinée pénible. Son énergie avait d'abord été sapée par les cauchemars, puis par les récriminations de Jesper pendant le petit déjeuner, après quoi il s'était affalé dans sa voiture de service pour s'apercevoir qu'il n'avait plus d'essence. Les trois quarts d'heure qu'il avait passés ensuite sur une autoroute encombrée pour faire les quelques kilomètres qui séparaient Nymølle de Værløse finirent par venir à bout de son charme naturel, sa bonne humeur et sa patience.

Quand il fut enfin installé à son poste, dans son sous-sol de la préfecture de police, et qu'il vit l'énergie qui émanait du visage matinal et satisfait d'Assad, il eut envie de monter au bureau de Marcus Jacobsen et de casser une ou deux chaises pour qu'on l'envoie quelque part où l'on s'occuperait gentiment de lui sans qu'il ait à se préoccuper de tous les malheurs du monde, sauf quand on allumerait la télé pour le laisser regarder les infos.

Il hocha la tête avec lassitude pour saluer son assistant. S'il parvenait à le faire taire pendant quelques secondes, peut-être qu'il trouverait de quoi recharger ses propres batteries. Il jeta un regard sombre au verseur vide de l'antique machine à café et accepta la tasse minuscule que lui tendait Assad.

« Je ne comprends pas très bien, chef, commença Assad.

Vous me dites que Daniel Hale est mort, mais que ce n'était pas lui qui assistait à la réunion de Christiansborg. Qui était-ce, alors ?

– Aucune idée, Assad. En tout cas, Hale n'a rien à voir avec Merete Lynggaard. C'est le type qui s'est fait passer pour Hale qu'elle a rencontré. »

Il but une gorgée du thé à la menthe d'Assad. Avec quatre ou cinq cuillerées de sucre en moins, il aurait été buvable.

« Mais comment ce type-là pouvait-il savoir que le milliardaire, qui dirigeait la délégation à Christiansborg, n'avait jamais vu Daniel Hale ?

– Oui, comment ? Peut-être que ce type et Hale se connaissaient d'une manière ou d'une autre. »

Il posa sa tasse sur son bureau et leva la tête pour étudier le tableau sur lequel il avait piqué la brochure d'Interlab S.A. avec le portrait de l'impeccable Daniel Hale.

« Alors, ce n'est pas Hale non plus qui a remis la lettre, n'est-ce pas ? Et ce n'est pas non plus avec lui que Merete Lynggaard a dîné au restaurant Banquerât ?

– D'après les collaborateurs de Hale, il n'était même pas au Danemark à ce moment-là. » Il se tourna vers son assistant. « Qu'y a-t-il dans le rapport de police concernant la voiture de Hale après l'accident, tu t'en souviens ? Est-ce qu'on lui a trouvé des défauts techniques qui auraient pu provoquer l'accident ?

– Vous voulez savoir si les freins étaient bons ?

– Les freins, la direction, n'importe quoi. Y avait-il des traces de sabotage ? »

Assad haussa les épaules :

« C'était difficile à dire parce que la voiture a brûlé. Mais à en croire le rapport, c'était un accident tout à fait ordinaire. »

Oui, c'était aussi ce dont il se souvenait. Rien de suspect.

« Et il n'y avait aucun témoin pour le contester, n'est-ce pas ? »

Ils se regardèrent.

« Je sais, Assad, je sais.

– Seulement le type qui l'a percuté.

– Exactement. »

Carl prit sans y penser une gorgée du thé à la menthe, ce qui provoqua chez lui un violent frisson. Jamais il ne s'habituerait à cette boisson-là.

Il envisagea d'allumer une cigarette ou de prendre une pastille de Läkerol dans son tiroir, mais il n'en eut même pas le courage. Quelle histoire. Il était sur le point de classer l'affaire, et voilà que ce revirement lui donnait un nouvel éclairage. Des tonnes de travail s'amoncelaient tout à coup au-dessus de sa tête, et encore, il ne s'agissait que d'une seule affaire. Une cinquantaine d'autres l'attendaient sur son bureau.

« Qu'est-ce que le témoin de l'autre voiture a vu à votre avis, chef ? On ne devrait pas parler avec ce type que Daniel Hale a percuté ?

– J'ai chargé Lis de retrouver sa trace. »

Pendant un instant, Assad eut l'air très déçu.

« J'ai une autre mission pour toi, Assad. »

Un spectaculaire changement d'humeur fendit le visage d'Assad d'un large sourire.

« Tu vas prendre la voiture et tu iras à Holtug, à Stevns, parler encore une fois avec Helle Andersen, l'aide-ménagère. Demande-lui si elle reconnaît Daniel Hale comme étant celui qui a remis la lettre personnellement chez Merete Lynggaard. Emporte une photo de lui, poursuivit-il en montrant le tableau.

– Oui mais ce n'était pas lui, puisque c'était l'autre qui… »

D'un geste, il arrêta Assad :

« Attends ! Toi tu le sais et moi je le sais, mais si elle répond que ce n'est pas lui, comme nous nous y attendons, tu lui demanderas si Daniel Hale ressemblait un peu au gars de la lettre. Il faut déterminer les caractéristiques de cet homme, non ? Autre chose encore : tu lui demanderas si Oluf était là et s'il a vu celui qui a remis la lettre. Et pour finir, tu lui demanderas si elle se souvient où Merete Lynggaard avait l'habitude de poser sa serviette quand elle arrivait chez elle. Dis-lui que c'est une serviette noire avec une grosse éraflure. C'était la serviette de son père, il l'avait dans la voiture au moment de l'accident, et Merete y tenait sûrement beaucoup. »

Assad voulut intervenir, mais Carl leva de nouveau la main :

« Ensuite, tu iras chez les antiquaires qui ont acheté la maison de Merete Lynggaard à Magleby et tu leur demanderas s'ils ont vu cette serviette quelque part. Et on parlera de tout ça demain, d'accord ? Tu n'auras qu'à rentrer chez toi avec la voiture, aujourd'hui. Je prendrai un taxi pour aller voir Hardy et, ce soir, je rentrerai en train. »

Cette fois, Assad leva les bras au ciel.

« Qu'est-ce qu'il y a, Assad ?

– Un moment, OK ? Je vais juste chercher un bloc pour écrire. Vous ne voudriez pas me redire tout ça, s'il vous plaît ? »

Hardy avait été plus mal en point qu'aujourd'hui. Sa tête, qui jusque-là aurait pu se confondre avec l'oreiller, se soulevait suffisamment pour qu'on distingue la fine pulsation de ses veines temporales. Les yeux fermés, il paraissait plus serein que Carl ne l'avait vu depuis longtemps, et il se demanda s'il devait repartir. Bien que l'appareil respiratoire soit toujours en marche, une partie des autres machines avaient disparu de sa chambre. C'était peut-être bon signe.

Il fit discrètement demi-tour et il approchait de la porte, quand la voix de Hardy l'arrêta.

« Pourquoi t'en vas-tu ? Tu ne supportes pas de voir un homme couché ? »

Il se retourna et constata que Hardy avait toujours les yeux fermés.

« Si tu veux que les gens restent, Hardy, signale que tu es réveillé. En ouvrant les yeux, par exemple.

– Non, pas aujourd'hui. Aujourd'hui, je n'ai pas envie d'ouvrir les yeux. »

Carl lui demanda de répéter sa phrase.

« Si je veux qu'il y ait une différence entre aujourd'hui et demain, il faut bien que j'invente des trucs comme ça, OK ?

– D'accord.

– Demain, je pense que je regarderai toute la journée vers la droite.

– D'accord, dit à nouveau Carl », mais la phrase de son coéquipier le blessa jusqu'au fond du cœur. « Tu as parlé avec Assad une ou deux fois, Hardy. Est-ce que j'ai bien fait de te l'envoyer ?

– Non, répondit Hardy en ouvrant à peine la bouche.

– Bon. Mais je l'ai fait quand même. Et j'ai l'intention de l'envoyer ici aussi souvent qu'il le faudra. Tu as des objections ?

– Seulement s'il m'apporte de ces trucs grillés épicés, tu vois ce que je veux dire.

– Je lui ferai la commission. »

Quelque chose que l'on pouvait interpréter comme un rire sortit du corps de Hardy. « Ça m'a donné une chiasse pas possible. Les infirmières ne savaient plus quoi faire. »

Carl essaya de ne pas imaginer la scène. Elle n'avait rien d'appétissant.

« Je dirai à Assad de t'apporter des trucs grillés un peu moins épicés la prochaine fois.

– Il y a du nouveau dans l'affaire Lynggaard ? » questionna Hardy.

C'était la première fois, depuis sa paralysie qu'il exprimait de la curiosité pour quelque chose. Carl se sentit rougir, sa gorge n'allait pas tarder à se serrer.

« Oui, il s'est passé pas mal de choses. » Il lui fit part des derniers développements concernant Daniel Hale.

« Tu sais ce que je crois, Carl ? demanda Hardy.

– Tu crois que l'affaire a pris un nouveau tournant.

– Exactement. Tout cela sent très mauvais. » L'espace d'un instant, il souleva les paupières, regarda au plafond et referma les yeux. « Tu as essayé de fouiller du côté politique ?

– Non.

– Tu as parlé avec des journalistes ?

– Pourquoi tu dis ça ?

– Tu aurais pu rencontrer un des journalistes parlementaires de Christiansborg. Ils fouinent toujours partout. Ou ceux des journaux à scandale. Pelle Hyttested, de *Gossip*, par exemple. Depuis qu'ils l'ont viré d'*Aktuelt*, ce petit saoulard s'amuse à creuser dans la fange de Christiansborg, c'est un vieux de la vieille. Questionne-le, tu en sauras plus long après qu'avant. »

Hardy fit un petit sourire qui s'effaça tout de suite après.

C'est maintenant que je vais le lui dire, pensa Carl, et il raconta très lentement, de manière que Hardy comprenne bien la nouvelle du premier coup, qu'il y avait eu un assassinat à Sorø. Commis sans doute par les mêmes assassins qu'à Amager.

Hardy ne broncha pas. « Et alors ? dit-il enfin.

– Mêmes circonstances, même arme, même chemise à carreaux rouges, vraisemblablement, même milieu, même…

– J'ai dit : et alors ?

– C'est pour ça que je t'ai répondu.

– Et moi je t'ai dit : "Et alors ? Et alors ? En quoi est-ce que ça me concerne moi personnellement ?" »

La rédaction de *Gossip* était dans l'état d'hébétude qui suit un bouclage quand le nouveau journal est en train de prendre forme. Quand Carl traversa l'espace ouvert dévolu à la rédaction, deux paparazzi l'observèrent sans manifester d'intérêt On ne le reconnaissait pas, apparemment. Tant mieux.

Il trouva Pelle Hyttested en train de gratter sa barbe rousse, taillée de près mais peu fournie, dans un coin où les journalistes d'un certain âge semblaient avoir trouvé le repos éternel Carl le connaissait bien de renom. C'était un fouille-merde et un salopard qu'on n'arrêtait qu'avec de l'argent. Un nombre inimaginable de Danois adoraient lire sa prose logorrhéique et surexcitée, ce qui n'était pas le cas de ses victimes. Il collectionnait les procès, mais le rédacteur en chef protégeait son suppôt de Satan. Hyttested faisait vendre et le rédacteur en chef en profitait, ce qui pouvait se comprendre. Il importait donc peu à ce dernier d'être obligé de faire face, de temps à autre, à quelques pénalités pour diffamation.

Le type jeta un coup d'œil distrait à l'insigne de Carl, puis se tourna vers ses collègues.

Carl lui mit une main sur l'épaule :

« J'ai quelques questions à vous poser. »

Le type se retourna à nouveau et regarda Carl comme s'il était transparent :

« Vous ne voyez pas que je suis au boulot ? À moins que vous ne vouliez m'emmener au poste ? »

Carl sortit de son portefeuille, pour l'agiter sous son nez, le seul billet de mille couronnes qu'il ait eu sur lui depuis des mois.

« De quoi s'agit-il ? » demanda l'homme en dévorant le billet des yeux. Il calculait peut-être combien de nuits blanches il allait pouvoir passer au Harry's Bar grâce à lui.

« Je mène une enquête sur la disparition de Merete Lynggaard. Mon collègue Hardy Henningsen pense que vous pourriez peut-être nous dire si Merete Lynggaard avait des raisons de craindre quelqu'un dans le milieu des politiciens ?

– De craindre quelqu'un ? Quelle drôle de formule ! » répliqua le journaliste sans cesser de frotter les poils presque invisibles de son menton. « Et pourquoi me demandez-vous ça ? Il y aurait du nouveau dans cette affaire ? »

Voilà que l'interrogatoire s'inversait, à présent.

« Du nouveau ? Non, mais l'affaire en est arrivée à un stade où nous devons élucider définitivement certaines questions. »

Hyttested hocha la tête sans paraître impressionné.

« Cinq ans après sa disparition ? Inutile d'essayer de me rouler dans la farine. Dites-moi plutôt ce qu'il en est, et je vous dirai ce que je sais. »

Carl agita une fois de plus son billet de mille, afin que le bonhomme se concentre sur l'essentiel.

« Cela veut donc dire que vous ne connaissez personne en particulier qui ait eu une dent contre Merete Lynggaard à l'époque ?

– Tout le monde la détestait, cette garce. Sans ses nénés sensationnels, ils l'auraient virée depuis longtemps. »

Carl en déduisit sans surprise que Hyttested ne faisait pas partie de l'électorat des démocrates.

« OK, donc, vous ne savez rien. » Se tournant vers les autres, il poursuivit : « Y a-t-il quelqu'un parmi vous qui sache quelque chose ? N'importe quoi, pas nécessairement en rapport avec Christiansborg. Des rumeurs qui courent, des gens qu'on a remarqués en sa compagnie, quand vos paparazzi la chassaient pour prendre des photos d'elle. Des impressions. Y a-t-il quoi que ce soit à fouiller là-dedans ? » Il jeta un regard circulaire sur les collègues de Hyttested, dont la moitié frisaient la mort cérébrale. Le regard vague, ils étaient complètement indifférents.

L'un des jeunes journalistes avait-il par hasard quelque chose à dire ? S'ils ne disposaient pas d'une info de première main, au moins par ouï-dire. Il était quand même au paradis des ragots.

« Vous dites que c'est Hardy Henningsen qui vous a envoyé ici ? » Hyttested lui posait la question en se rapprochant du billet de mille. « Ça ne serait pas vous qui l'avez mis dans la panade ? Je me souviens plutôt bien d'un certain Carl Mørck, c'est pas votre nom ? C'est vous qui vous êtes mis à couvert derrière un collègue. Ce type qui faisait semblant d'être mort, sous Hardy Henningsen, ça n'était pas vous, par hasard ? »

Carl sentit un courant glacé dans son dos. Comment avait-il pu arriver à cette conclusion ? Toutes les auditions internes restaient inaccessibles au public. Jamais personne n'avait évoqué les conclusions qu'en avait tirées ce satané scribouillard.

« Tu veux que je te prenne par le colback, que je t'aplatisse et que je te glisse sous un tapis, comme ça tu auras enfin quelque chose à raconter dans ta feuille de chou la semaine prochaine ? » Carl vint suffisamment près de Hyttested pour que ce dernier préfère regarder à nouveau le billet. « Hardy Henningsen était le meilleur des équipiers. J'aurais donné ma vie pour lui si ç'avait été possible, tu piges ? »

Hyttested adressa un regard victorieux à ses collègues. Quelle merde, la nouvelle allait faire la une de leur prochain numéro et c'était Carl qui en ferait les frais. Il ne manquait plus qu'un photographe pour immortaliser la scène. Il valait mieux qu'il s'en aille.

« Vous me donnez le fric si je vous donne le nom du photographe qui suivait Merete Lynggaard ?

– À quoi ça me servirait ?

– J'en sais rien. Ça vous sera peut-être utile. Je croyais que vous étiez de la police ? Vous avez les moyens d'ignorer un indice ?

– Qui est-ce ?

– Vous pourriez essayer de voir Jonas.

– Jonas qui ? »

Il ne restait plus que quelques centimètres entre le billet de mille et les doigts cupides de Hyttested.

« Jonas Hess.

– Jonas Hess, bien, bien. Et où le trouve-t-on ? Il est ici, au journal ?

– On n'embauche pas des gens comme Jonas Hess chez nous, qu'est-ce que vous croyez ? Vous n'avez qu'à regarder dans l'annuaire. »

Il retint le nom et glissa le billet dans sa poche. Backchich ou pas, cet idiot ferait un papier sur lui dans le prochain numéro. De plus, il n'avait jamais, de sa vie, payé pour obtenir ses informations, et pour que ça change, il faudrait qu'il ait affaire à quelqu'un d'un tout autre calibre que Hyttested.

« Tu aurais donné ta vie pour lui ? » cria Hyttested derrière lui tandis qu'il passait entre les rangées de bureaux. « Alors, pourquoi tu l'as pas fait, Carl Mørck ? »

On lui donna l'adresse de Jonas Hess à la réception et le taxi l'amena à Vejlands Allé, devant une minuscule maison délabrée qui disparaissait sous les détritus de la société de consommation : de vieilles bicyclettes, des aquariums brisés, des alambics, témoins des brassages de bière à domicile à une époque révolue, des bâches moisies qui ne dissimulaient plus les planches pourries, un bataillon de bouteilles et d'autres déchets de toute sorte. Le propriétaire de cette maison aurait été un client tout désigné pour les mille et un programmes de relogement qu'on diffusait sur toutes les chaînes de télé. Même le plus mauvais des paysagistes aurait trouvé de l'inspiration à cet endroit.

Un vélo renversé devant la porte d'entrée et le grésillement d'un poste de radio, derrière les fenêtres crasseuses, informèrent Carl qu'il y avait quelqu'un dans la maison. Il appuya sur la sonnette jusqu'à en avoir mal au doigt.

« T'arrêtes de faire tout ce boucan », entendit-il finalement à l'intérieur.

Un homme rougeaud qui présentait les signes flagrants d'une gueule de bois carabinée ouvrit la porte et essaya de concentrer son regard sur Carl sous la lumière vive du soleil.

« Quelle heure est-il, bordel ? » demanda-t-il en lâchant la poignée de la porte et en retournant à l'intérieur. Carl n'avait guère besoin d'un mandat de perquisition pour le suivre.

La pièce était de celles qu'on voit dans un film catastrophe lorsque la comète a fendu la planète en deux. Le maître de céans se laissa tomber sur un canapé effondré en son milieu avec un soupir de satisfaction, et il but à la bouteille une bonne rasade de whisky, tout en essayant de localiser Carl du coin de l'œil.

S'il en croyait son expérience, ce type n'avait pas le profil du témoin idéal.

Il le salua de la part de Pelle Hyttested en espérant faire fondre la glace.

« Il me doit de l'argent », répondit Jonas Hess.

Carl envisagea de lui montrer sa carte de police, mais décida finalement de la remettre dans sa poche.

« Je fais partie d'un département spécial au sein de la police. Nous essayons de résoudre un certain nombre d'énigmes impliquant des pauvres gens », expliqua-t-il. Voilà qui ne devrait pas effrayer qui que ce soit.

Le photographe lâcha sa bouteille un instant, la phrase de Carl avait peut-être été trop longue, vu son état.

« Je viens à propos de Merete Lynggaard, hasarda Carl. Je sais que vous vous étiez plus ou moins spécialisé dans sa personne. »

Hess essaya de sourire, mais des spasmes l'en empêchèrent.

« Il y a peu de gens qui le savent. Et puis qu'est-ce que vous lui voulez d'abord ?

– Vous avez des photos d'elle qui n'ont pas été publiées ? »

Hess se plia en deux pour contenir un fou rire :

« Tu parles, quelle question ! J'en ai au moins dix mille.

– Dix mille, c'est beaucoup.

– Écoutez. » Il leva la main en l'air. « Deux ou trois rouleaux de pellicule tous les deux jours pendant deux ou trois ans, ça fait combien de photos en tout ?

– Plus de dix mille, sans doute. »

Une heure plus tard, Jonas Hess était suffisamment réveillé, grâce aux calories contenues dans le whisky pur, pour être capable de montrer à Carl, sans chanceler, le chemin de sa chambre noire, située derrière la maison, dans un petit bâtiment en béton.

L'intérieur était totalement différent de celui de la maison. Carl était entré dans de nombreuses chambres noires, mais jamais il n'en avait vu une aussi nette, et ordonnée. La différence entre cet homme chez lui et cet homme dans sa chambre noire était presque effrayante.

Hess sortit un tiroir métallique et plongea dedans.

« Tenez », dit-il en tendant à Carl un classeur intitulé : *Merete Lynggaard : 13/11-2001 – 1/3-2002.* « Ce sont les négatifs des dernières photos que j'ai prises d'elle. »

Carl ouvrit le classeur par la fin. Chaque poche en plastique contenait les négatifs de tout un rouleau de pellicule, mais dans la dernière, il n'y avait que cinq clichés. La date était très nette, notée en chiffres calligraphiés : *1/3-2002 Merete Lynggaard.*

« Vous avez pris des photos d'elle la veille de sa disparition ?

– Oui. Rien d'extraordinaire. Juste un ou deux clichés dans la cour du Parlement. J'attendais souvent sous le portail.

– Vous l'attendiez, elle ?

– Pas seulement elle. Tous les politiciens du Folketing. Si vous saviez le nombre de rencontres amusantes que j'ai faites sur cet escalier. Il suffit d'attendre et un jour, ça arrive.

– Ce jour-là, ce n'était pas très amusant, apparemment. »

Carl sortit la poche en plastique du classeur et la plaqua sur la table lumineuse. Les photos avaient été prises le vendredi, juste avant que Merete Lynggaard rentre chez elle, la veille de sa disparition.

Il baissa la tête pour regarder de plus près.

Oui, c'était très net, elle avait sa serviette sous le bras.

Carl secoua la tête. Incroyable. La toute première photo, et il tenait déjà un indice. La preuve était là, noir sur blanc. Merete avait emporté son attaché-case. Une vieille mallette usée, avec sa déchirure et tout le reste.

« Vous me permettez d'emprunter ce négatif ? »

Le photographe but une rasade et s'essuya la bouche. « Je ne prête pas mes négatifs. Je ne les vends même pas. Mais on peut en faire une copie, je vais la scanner. La qualité n'a pas besoin d'être aussi nette que si c'était pour la reine. » Il prit une goulée d'air et se racla la gorge en ricanant.

« Oui, merci, ça me ferait très plaisir d'avoir une copie. Vous enverrez la facture à mon service », répondit Carl en lui tendant une carte.

Le type regarda les négatifs. « Non, c'est vrai, ce jour-là n'avait rien de spécial. Dans l'ensemble, il n'y avait jamais grand-chose, avec Merete Lynggaard. C'était surtout s'il faisait froid, en été, et qu'on voyait ses mamelons pointer sous son corsage. Ces photos-là, on me les payait assez bien. »

Il rit de nouveau, de son rire grasseyant, en se dirigeant vers un petit réfrigérateur rouge. Il trébucha sur deux bidons de produits chimiques puis sortit du frigo une bouteille de bière, et fit le geste d'en offrir à Carl, mais la but avant que Carl ait eu le temps de réagir.

« Le scoop, c'était d'arriver à faire un cliché d'elle avec un amoureux quelconque, vous comprenez ? » ajouta Hess en cherchant autre chose à boire. « J'ai cru que j'avais réussi quelques jours plus tôt. »

Il referma le réfrigérateur, prit le classeur et le feuilleta rapidement en commençant par la fin.

« Ah oui, il y a aussi celles-ci, avec Merete en train de discuter devant la salle du Folketing avec deux membres du parti populaire danois. J'en ai même fait des planches-contacts, de ces négatifs. » Il rit malicieusement. « C'est pas pour la discussion que je les ai prises, c'est à cause de la fille qui est derrière elle. » Il désigna une personne debout près de Merete. « Ça ne se voit peut-être pas très bien à cause du format, mais vous allez comprendre quand on l'agrandit. Elle était folle de Merete Lynggaard, celle-là, sa nouvelle secrétaire. »

Carl se baissa pour mieux voir. Mais oui, c'était bien Søs Norup, une femme rayonnante, très différente de celle qu'il avait rencontrée dans son antre de dragon.

« J'ignore s'il y avait quelque chose entre elles ou si c'était seulement la secrétaire qui était du mauvais côté. Mais qu'est-ce que ça peut faire ? Pourtant, je me demande si cette photo aurait pu me rapporter quelque chose, à un moment donné », poursuivit Hess en passant aux négatifs de la page suivante. « La voilà ! » s'exclama-t-il en introduisant un doigt humide dans la pochette plastique. « Je sais que c'était le 25 février, parce que c'est l'anniversaire de ma sœur. Je me rappelle m'être dit que je pourrais lui faire un beau cadeau si cette photo s'avérait être une mine d'or. La voilà. »

Il sortit les clichés de la pochette et les posa sur la table lumineuse.

« Tenez, c'était à ces clichés-là que je pensais. Elle parle avec un gars, sur l'escalier du palais », et il montra la photo juste au-dessus. « Regardez cette photo-là. Elle a l'air troublé, je trouve. Il y a quelque chose, dans ses yeux, elle semble mal à l'aise. » Il tendit une loupe à Carl.

Comment pouvait-on voir cela sur un négatif ? Ses yeux n'étaient que deux taches blanches.

« Elle m'a vu pendant que je prenais les photos, alors, j'ai filé. Je crois qu'elle n'a jamais su à quoi je ressemblais physiquement. J'ai essayé de photographier le gars, mais je ne l'ai eu que de dos, parce qu'il est parti en sens inverse en sortant de la cour, il a pris la direction du pont, mais je crois que c'était un type quelconque qui l'a abordée comme ça, en passant. Il y en avait plein qui le faisaient, quand ils y arrivaient.

– Vous avez aussi des contacts de cette série-là ? »

Hess réprima deux rots ; il avait la gorge en feu. « Des contacts ? OK, je vous les donne si vous descendez me chercher deux bières au kiosque. »

Carl acquiesça.

« J'ai juste une question à vous poser d'abord. Si ça vous intéressait tant d'avoir cette photo de Merete Lynggaard avec un amoureux, vous l'avez sûrement photographiée devant sa maison de Stevns ? »

Hess ne leva pas la tête, concentré sur son étude méthodique des photos précédentes.

« Évidemment. J'y suis allé des tas de fois.

– Alors, quelque chose m'échappe. Vous devez aussi l'avoir vue avec Oluf, son frère handicapé ?

– Bien sûr, souvent. » Il fit une croix sur la pochette en plastique sur l'un des négatifs. « Voilà une très bonne photo d'elle et de ce type. Je peux vous en donner une copie. Vous savez peut-être qui c'est ? Vous me le direz après, hein ? »

Carl hocha de nouveau la tête.

« Pourquoi n'avez-vous pas pris de vraiment bonnes photos d'elle avec son frère, pour que tout le monde sache pourquoi elle était toujours si pressée de quitter Christiansborg ?

– Je ne l'ai pas fait parce qu'il y a une handicapée dans ma famille. Ma sœur est handicapée physique et mentale.

– C'est quand même votre boulot de vivre de vos photos ? »

Hess le regarda d'un air blasé. Si Carl n'allait pas chercher ces bières tout de suite, il n'aurait pas ses copies.

« Vous savez », répondit le photographe en regardant Carl dans les yeux, « même quand on est une merde, on garde quand même un peu de dignité. Pas vrai ? »

Il passa par la rue piétonne en rentrant à pied chez lui de la gare d'Allerød, constatant avec regret qu'elle se dégradait de jour en jour. Des immeubles en béton maquillés en appartements de luxe se dressaient déjà au-dessus du supermarché et les vieilles maisons basses, de l'autre côté de la rue, ne tarderaient pas à disparaître aussi. La rue principale, qui avait eu du charme autrefois, se transformait en un tunnel de béton tagué. Quelques années plus tôt, il aurait juré que sa petite ville y échapperait, mais le mal l'avait gagnée. Grâce à Erhard Jakobsen à Bagsværd, à Urban Hansen à Copenhague et à Dieu sait qui à Charlottenlund, on détruisait des paysages urbains inestimables, des maires et des conseils municipaux sans aucun goût sévissaient partout. Des horreurs comme celles qu'il avait sous les yeux en témoignaient.

Chez lui, à Rønneholtparken, les préposés au barbecue étaient en pleine action. Il faut dire que le beau temps s'était invité à la fête. Il était 18 h 24, le 22 mars 2007, c'était le premier jour du printemps.

Pour cette fête, Morten Holland s'était affublé d'une gandoura qu'il avait marchandée pendant un voyage au Maroc. Dans cet uniforme, il aurait pu facilement, en un rien de temps, fonder une nouvelle secte. « Tu arrives juste à temps, Carl », lui dit-il en posant deux côtelettes sur son assiette.

Sa voisine, Sysser Petersen, paraissait déjà un peu éméchée, mais elle restait digne. « Je commence à en avoir assez, lui confia-t-elle, je vais vendre tout ce bazar et déménager. » Elle prit une bonne lampée de vin rouge et poursuivit : « Dans les bureaux de l'administration, on passe plus de temps à remplir des formulaires idiots qu'à aider nos concitoyens, tu savais ça, Carl ? Je voudrais bien y voir les prétentieux qui nous gouvernent. S'ils étaient obligés de remplir des formulaires pour avoir leurs dîners gratuits, leurs chauffeurs gratuits, leur logement gratuit, leurs indemnités journalières, leurs voyages gratuits, leur secrétaire gratuite et tout le tremblement, ils n'auraient le temps ni de manger, ni de dormir, ni de voyager, ni de rouler en voiture, ni de faire quoi que ce soit. Imagine un peu : si notre Premier ministre, avant les réunions, était obligé de mettre une croix devant le sujet qu'il allait aborder avec ses ministres ! En trois exemplaires, imprimés à partir d'un ordinateur qui ne fonctionne qu'un jour sur deux. Et si on le forçait à faire valider son texte par un fonctionnaire quelconque avant d'en parler. Je suis sûre qu'il en mourrait ! » Elle fut prise de fou rire rien qu'en y pensant.

Carl approuva. Bientôt, ils discuteraient du pouvoir qu'avait le ministre de la Culture de museler les médias. Ils se demanderaient si quelqu'un, par hasard, se souvenait des arguments utilisés par le système pour détruire les préfectures, ou les hôpitaux, ou le système fiscal. Et ces discussions dureraient jusqu'à ce que la dernière goutte soit bue et le dernier os nettoyé.

Il embrassa Sysser sur la joue, tapa sur l'épaule de Kenn et emporta son assiette dans sa chambre. Ils étaient tous entièrement d'accord, en quelque sorte. Plus de la moitié des citoyens danois auraient aimé se débarrasser du Premier ministre, et il en serait de même demain, après-demain, et jusqu'au jour où l'on aurait remédié à tous les maux qu'il avait déversés sur le pays et sur les citoyens. Cela prendrait des décennies.

28

2007

À trois heures, Carl ouvrit les yeux. Il se souvenait vaguement de chemises à carreaux rouges et de pistolets à clous et avait l'idée très nette qu'une des chemises de Sorø avait le motif voulu. Son cœur battait la chamade, il était déprimé et il se sentait mal. Il n'avait aucune envie de penser à cette affaire, mais comment oublier son cauchemar et comment se calmer ?

Et si ce fumier de Pelle Hyttested remettait tout ça sur le tapis ? Devait-il s'attendre à trouver un gros titre, dans le prochain numéro de *Gossip*, sur un agent de la criminelle pris en défaut ?

Quelle saloperie ! Les muscles de sa poitrine se durcirent rien que d'y penser, et cela dura le reste de la nuit.

« Tu as l'air fatigué », remarqua le patron quand il arriva au boulot.

Carl eut un geste de dénégation.

« Tu as convoqué Bak ?

– Il arrive dans cinq minutes », dit Marcus en se penchant en avant. « J'ai noté que tu ne t'es pas inscrit à ton cours pour passer commissaire. Tu sais que le délai va expirer.

– Alors, ce sera pour la prochaine fois, pas vrai ?

– Tu sais que nous avons un plan général, n'est-ce pas,

Carl ? Puisque ton service a des résultats, ce serait tout naturel que tu bénéficies de l'aide de tes anciens collègues. Cela ne servirait à rien, en l'occurrence, que tu sois privé de l'autorité que te donnerait le titre de commissaire de police, n'est-ce pas ? En fait, tu n'as pas le choix, Carl. Il *faut* que tu suives ce cours.

– Ce n'est pas en taillant des crayons dans une salle de classe que je deviendrai un meilleur enquêteur.

– Tu diriges un nouveau service ici, et ce titre fait partie de ta fonction. Tu suis ce cours, ou tu te trouves un autre lieu d'investigation. »

Carl regarda par la fenêtre la tour dorée de Tivoli, que deux ouvriers étaient en train de fourbir en vue de la nouvelle saison. S'il avait pu faire monter et descendre le patron quatre ou cinq fois dans ce manège diabolique, Marcus Jacobsen l'aurait supplié de lui faire grâce.

« J'y réfléchirai, patron. »

L'ambiance était un peu tendue quand Børge Bak entra, sa veste de cuir noir posée sur ses épaules.

Carl n'attendit pas que son chef ait effectué les manœuvres préliminaires.

« Dis-donc, Bak ! Ce que tu as fait de l'affaire Lynggaard, à l'époque, c'est de la merde. Tu croulais sous les indices qui prouvaient que tout n'était pas normal. Toute la brigade avait attrapé la maladie du sommeil, ou quoi ? »

Quand leurs regards ne purent éviter de se rencontrer, celui de Bak était d'acier, mais il ne s'en tirerait pas comme ça, bon Dieu.

« J'aimerais bien savoir s'il reste encore quelque chose, dans cette affaire, que tu aurais gardé pour toi, insista Carl. Y a-t-il quelqu'un ou quelque chose qui a freiné en chemin votre extraordinaire enquête, Børge ? »

Là, le chef de la criminelle envisagea visiblement de chausser ses demi-lunes pour se cacher derrière, mais la figure sombre de Bak nécessitait qu'il intervienne.

« Si l'on fait abstraction des deux dernières remarques si typiques de son tempérament », dit-il en haussant les sourcils en direction de Carl, « on comprend Carl. Il vient d'apprendre que feu Daniel Hale n'est pas l'homme que Merete Lynggaard a rencontré à Christiansborg, ce que vous auriez peut-être dû découvrir lors de la première enquête, il faut le lui accorder. »

Deux plis se formèrent devant les épaules de la veste de cuir de Bak, mais ce fut le seul signe extérieur de la tension suscitée par l'information qu'il venait de recevoir.

Carl ne lâcha pas sa prise :

« Et ce n'est pas tout, Børge. Savais-tu, par exemple, que Daniel Hale était homosexuel et, de plus, en voyage, pendant la période où l'on supposait qu'il avait contacté Merete Lynggaard ? Tu aurais peut-être dû te donner la peine de montrer une photo de Hale à Søs Norup, la secrétaire de Merete Lynggaard, ou à Bille Antvorskov, le chef de la délégation, et tu aurais su tout de suite que quelque chose ne collait pas. »

Bak s'assit lentement. Visiblement, la tête lui tournait. Bien entendu, c'était de l'histoire ancienne, il y avait eu cent mille affaires depuis, et son service ne savait plus où donner de la tête, mais cette fois il allait devoir s'incliner.

« Tu continues à penser qu'on peut totalement exclure l'hypothèse d'un acte criminel, Børge ? » Carl se tourna vers le patron :

« Qu'en dis-tu, Marcus ?

– Eh bien, nous comptons sur toi pour enquêter sur les circonstances de la mort de Daniel Hale, Carl.

– Nous avons déjà commencé. » Il se tourna de nouveau vers Bak. « À Hornbæk, à la clinique spécialisée dans les lésions de la moelle épinière, nous avons un vieux collègue qui est encore capable de réfléchir. » Il lança les photos sur la table de Marcus. « Sans Hardy, je n'aurais pas pensé à contacter un photographe du nom de Jonas Hess, et je n'aurais pas obtenu deux photos qui prouvent, primo, que Merete Lynggaard a emporté son attaché-case chez elle le dernier jour, en quittant Christiansborg, secundo, que la secrétaire qui fait preuve d'un très vif intérêt pour sa patronne est lesbienne, et tertio, que Merete Lynggaard a échangé quelques mots avec un homme, sur l'escalier de Christiansborg deux jours avant sa disparition. Et qu'apparemment, cette rencontre l'a troublée. » Il montra le gros plan du visage de Merete et ses yeux inquiets. « Nous n'avons qu'une photo de ce type vu de dos, c'est vrai, mais compte tenu de la chevelure, du maintien et de la taille, il présente une certaine ressemblance avec Daniel Hale, bien que ce ne soit pas lui », ajouta-t-il en posant à côté des autres une photographie de Hale tirée de la brochure d'Interlab.

« Et maintenant, je te pose la question, Børge Bak : tu ne trouves pas assez étrange que cette mallette disparaisse entre Christiansborg et Stevns ? Car vous n'avez jamais mis la main dessus, n'est-ce pas ? Tu ne trouves pas étrange aussi que Daniel Hale meure le lendemain de la disparition de Lynggaard ? »

Bak haussa les épaules. Bien sûr qu'il trouvait ça étrange, mais cet idiot refusait de le reconnaître.

« Les attachés-cases disparaissent, rétorqua-t-il. Elle a pu l'oublier en chemin, dans une station-service, n'importe où. On a cherché chez elle, dans la voiture restée sur le ferry. Nous avons fait notre possible.

– Ah, à propos. Tu dis qu'elle a pu l'oublier dans une station-service, mais dans quelles circonstances ? Autant que je sache, d'après le relevé de son compte bancaire, elle n'a pas fait de détours en rentrant chez elle ce jour-là. Vous n'avez pas fait votre travail très sérieusement, n'est-ce pas, Bak ? »

L'inspecteur adjoint Bak semblait proche de l'apoplexie.

« On a beaucoup cherché cette serviette, je t'assure.

– Je crois que nous avons compris, aussi bien Bak que moi, que nous avions du pain sur la planche », risqua Jacobsen.

Il avait dit NOUS ? Est-ce qu'ils allaient mettre tout le monde sur cette affaire à présent ?

Carl détourna la tête. Non, la formule de Marcus Jacobsen ne signifiait rien. Il n'avait aucune aide à attendre de là-haut. Carl savait comment fonctionnait la boutique.

« Je te pose la question une fois de plus, Bak. Crois-tu qu'à présent nous détenons tous les éléments ? Tu n'as pas cité Hale dans ton rapport, il n'y avait rien non plus sur les observations de l'assistante sociale Karen Mortensen concernant Oluf Lynggaard. Est-ce qu'il manque autre chose dans ce rapport, Børge ? J'ai besoin qu'on m'aide en ce moment, tu comprends ? »

Bak baissait les yeux en se frottant le nez. Dans quelques instants, il lèverait l'autre main pour ramener sa perruque vers l'avant. Il aurait pu bondir, faire un scandale terrible, après cette avalanche d'insinuations et d'accusations, on l'aurait compris, mais Bak était un Enquêteur avec un E majuscule et, pour l'instant, il était paumé.

D'un regard, le patron enjoignit à Carl de se calmer et Carl la boucla. Marcus et lui étaient d'accord : maintenant, Bak avait besoin d'un peu de répit.

Une minute s'écoula ainsi, puis Bak porta la main à sa perruque.

« Les traces de freinage, déclara-t-il. Les traces de freinage de l'accident de Daniel Hale.

– Oui, qu'est-ce qu'elles ont ? »

Bak leva la tête :

« C'est dans le rapport, il n'y avait aucune trace de freinage sur la chaussée, ni du premier, ni du second véhicule. Il n'y avait pas l'ombre d'une trace. Hale avait été distrait et il était tout simplement passé de l'autre côté de la route. Booouummmm ! » Il frappa fort dans ses mains. « Personne n'a eu le temps de réagir avant que la collision se produise, c'est l'hypothèse qui a été retenue.

– Effectivement, c'est ce que dit le rapport de la police de la route. Où veux-tu en venir ?

– Je suis repassé par hasard dans le secteur quelques semaines plus tard, et je suis retourné sur les lieux de l'accident.

– Bon.

– Il n'y avait, comme c'est écrit dans le rapport, aucune trace de freinage, mais il n'y avait absolument aucun doute quant à l'endroit où cela s'était passé. Ils n'avaient même pas enlevé l'arbre cassé et à moitié brûlé, ni réparé le mur, et on voyait toujours les traces de la deuxième voiture dans le champ.

– Mais ? Il y a un mais, non ? »

Bak hocha la tête.

« Mais j'ai quand même découvert des traces, vingt-cinq mètres plus loin, sur la route qui mène à Tåstrup. Il n'en restait pas grand-chose, elles étaient très courtes, elles faisaient cinquante centimètres, à tout casser. Et je me suis demandé si ces traces ne provenaient pas du même accident. »

Carl essayait de suivre son raisonnement. Ça l'agaça quand Marcus le devança :

« Des traces d'évitement par freinage ?

– C'est possible, oui, répondit Bak.

– Tu penses que Hale a failli entrer en collision avec quelque chose, et qu'il a freiné pour l'éviter, continua Marcus.

– Oui.

– Autrement dit, la seconde voie n'était pas libre ? »

Marcus Jacobsen hocha la tête. Le scénario était plausible.

Carl leva le doigt.

« D'après le rapport, la collision a eu lieu sur la voie opposée. Tu suggères que ça n'a pas nécessairement été le cas. Que la collision peut s'être produite au milieu de la route et que la voiture arrivant en sens inverse n'avait rien à faire là ? C'est ça ? »

Bak respira profondément.

« Je l'ai pensé pendant une seconde, et puis je l'ai oublié. Maintenant, rétrospectivement, je me rends compte que c'est une possibilité, oui. Un obstacle ou quelqu'un a pu s'avancer sur la chaussée, Hale s'est déporté pour l'éviter et un véhicule arrivant en sens inverse à toute vitesse l'a percuté à peu près au milieu de la route. Peut-être même délibérément. Oui, on aurait peut-être trouvé des traces d'accélération sur la voie opposée, si on avait examiné la chaussée cent mètres plus loin dans cette direction. Il se peut que le véhicule qui arrivait en sens inverse ait accéléré pour le percuter de plein fouet, sachant que Hale avait pris le virage très à gauche et qu'il se trouvait au milieu de la route pour éviter un obstacle ou quelqu'un.

– Si cet obstacle est une personne qui s'avance sur la chaussée, et que cette personne est de mèche avec celui qui percute Hale, alors, il ne s'agit plus d'un accident, mais d'un meurtre. Et si c'est le cas, on peut avoir lieu de soupçonner que la disparition de Merete Lynggaard est un maillon de la même chaîne », conclut Marcus Jacobsen en notant quelque chose sur son bloc.

« C'est une hypothèse. » Bak avait l'air penaud. Il était mal à l'aise, à présent.

Carl se leva.

« Il n'y avait aucun témoin, nous n'en saurons pas plus pour l'instant. En ce moment, nous cherchons le chauffeur du 4×4. »

Il se tourna vers Bak qui avait presque disparu dans sa carapace de cuir noir.

« Je soupçonnais ce que tu viens de nous dire, Bak, alors, je tiens à ce que tu saches que malgré tout, c'est une aide appréciable. Si tu penses à d'autres trucs, tu n'oublies pas de m'en parler, d'accord ? »

Bak acquiesça. Il avait le regard grave. À présent, il ne s'agissait plus de sa réputation, mais d'un boulot à faire correctement. Il fallait lui rendre cette justice-là.

On aurait presque eu envie de lui donner une petite tape sur l'épaule.

« J'ai de bonnes et de mauvaises nouvelles, après mon voyage à Stevns, chef », annonça Assad.

Carl soupira :

« Donne-les-moi – dans l'ordre que tu veux, Assad. Je t'écoute. »

Assad s'assit sur le bord de son bureau. Il finirait sur ses genoux.

« OK. D'abord les mauvaises nouvelles. » S'il trouvait normal d'accompagner ses mauvaises nouvelles d'un tel sourire, il allait s'esclaffer quand il en viendrait aux bonnes. « Celui qui a percuté Daniel Hale est mort lui aussi », annonça-t-il, guettant avec impatience la réaction de Carl. C'est Lis qui m'a téléphoné pour me le dire. Je l'ai écrit là-dessus. » Il montrait une série de caractères arabes qui auraient aussi bien pu signifier qu'il neigerait après-demain sur l'archipel des Lofoten.

Carl ne prit même pas la peine de réagir. C'était si évident et si contrariant. Bien sûr que l'homme était mort, qu'est-ce qu'il espérait ? Qu'il était bien vivant et qu'il reconnaîtrait tout de suite qu'il s'était fait passer pour Hale, avait assassiné Lynggaard pour tuer Hale immédiatement après ? Quelle connerie !

« Lis a dit que c'était une petite frappe de banlieue, chef. Elle a dit qu'il avait fait de la prison plusieurs fois pour "infractions au code de la route". Vous savez ce que ça veut dire, une petite frappe de banlieue ? »

Carl hocha la tête avec lassitude.

« Bon », poursuivit Assad en lisant ses hiéroglyphes à haute voix. À l'occasion, il faudrait qu'il lui rappelle d'écrire en danois. « Il habitait à Skævinge, au Nord-Sjælland. Ils l'ont trouvé mort dans son lit avec plein de vomi dans la trachée-artère et un taux d'alcool maximal dans les veines. Il avait aussi pris des cachets.

– Ah ah. Quand est-ce arrivé ?

– Peu de temps après l'accident. Dans le rapport, ils pensent que c'était à cause de l'accident.

– Qu'il se saoulait à mort à cause de l'accident ?

– Oui, à cause du stress post-dramatique.

– On dit du stress post-TRAU-matique, Assad. »

Carl tambourina quelques secondes sur le bord de sa table et ferma les yeux. Il y avait peut-être eu trois personnes sur la route, au moment de la collision, et il s'agissait vraisemblablement d'un assassinat. Et si c'en était un, le voyou de Skævinge avait toutes les raisons de se saouler à mort. Mais où était la troisième personne, celui, ou celle, qui s'était avancé devant la voiture de Daniel Hale, si les choses s'étaient réellement passées comme ça ? Cet individu, homme ou femme, s'était-il également noyé dans l'alcool ?

« Comment s'appelait-il ?

– Dennis. Dennis Knudsen. Quand il est mort, il avait vingt-sept ans.

– Et sais-tu où habitait ce Dennis Knudsen ? Tu as son adresse. Il a de la famille ?

– Oui. Il habitait chez son père et sa mère. » Assad ajouta avec un sourire : « Il y en aussi beaucoup, à vingt-sept ans, qui vivent chez leurs parents, à Damas. »

Carl haussa les sourcils. L'expérience moyen-orientale d'Assad aurait pu espérer meilleur auditoire.

« Tu avais aussi une bonne nouvelle ? »

Là, comme prévu, son visage s'illumina. De fierté, sans doute.

« Regardez », fit-il en tendant à Carl un sac en plastique noir qu'il avait posé par terre à côté de lui.

« Très bien. Qu'est-ce qu'il y a dedans, Assad ? Vingt kilos de graines de sésame ? »

Carl se leva, glissa la main à l'intérieur et sentit immédiatement la poignée. Il frissonna d'excitation en devinant ce qu'il allait trouver et il tira.

C'était, comme il l'avait deviné, un attaché-case usé avec une grosse égratignure, comme sur la photo de Jonas Hess, pas uniquement devant mais également au dos.

« Nom de Dieu, Assad ! » fit Carl en s'asseyant lentement. « Son agenda est dedans ? » Son bras se mit à fourmiller quand Assad acquiesça. Il avait l'impression d'avoir le Saint-Graal entre les mains.

Il dévorait la mallette des yeux.

Calme-toi, Carl, se dit-il en ouvrant les fermetures et en faisant basculer le rabat. Tout y était. L'agenda TimeSystem à couverture de cuir marron. Du matériel pour écrire, le téléphone portable Siemens et son chargeur, des notes manuscrites sur du papier ligné et un paquet de Kleenex. C'*était* le Saint-Graal.

« Comment… ? » Il n'en dit pas plus et se demanda s'il devait d'abord faire examiner de plus près la mallette par les techniciens.

Il entendait Assad parler dans le lointain.

« Je suis d'abord allé chez Helle Andersen, et elle n'était pas là, mais son mari lui a téléphoné. Il était couché, il avait mal au dos et il se plaignait. Quand elle est arrivée, je lui ai montré la photo de Daniel Hale, et elle ne se souvenait pas l'avoir déjà vu. »

Carl avait les yeux fixés sur l'attaché-case et sur son contenu. Patience, pensa-t-il. Assad finirait bien par arriver à la mallette à un moment donné.

« Est-ce qu'Oluf était là quand l'homme a apporté la lettre ? Tu as pensé à le lui demander ? » s'enquit Carl pour remettre Assad sur les rails.

« Oui, elle dit qu'il est resté tout le temps à côté d'elle. Il était très intéressé. Comme chaque fois que quelqu'un sonnait à la porte.

– A-t-elle trouvé que l'homme de la lettre ressemblait à Hale ? »

Assad fit une petite grimace. Une imitation parfaite :

« Pas beaucoup, mais un peu. Le type de la lettre était peut-être un peu moins vieux, il avait des cheveux un peu plus bruns et il avait l'air un peu plus masculin. Elle a parlé du menton et des yeux, quelque chose comme ça, mais elle n'a rien pu dire de plus.

– Et tu lui as parlé de l'attaché-case, ou pas ? »

Assad retrouva son sourire du début :

« Oui, elle ne savait pas où il était. Elle se souvenait bien de l'attaché-case, mais elle ne pouvait pas savoir si Merete Lynggaard l'avait avec elle le dernier soir. Vous vous rappelez qu'elle n'était pas là quand Merete est rentrée ?

– Assad, peu importe. Où l'as-tu trouvé ?

– Près du poêle à mazout, dans leur buanderie.

– Tu es allé chez l'antiquaire de Magleby ? »

Assad hocha la tête.

« Helle Andersen m'a dit que tous les jours, Merete Lynggaard faisait tout de la même façon. Elle l'avait remarqué depuis plusieurs années. Toujours de la même façon. Elle laissait ses chaussures dans la buanderie, mais elle regardait toujours dans la maison par la fenêtre, pour voir comment allait Oluf. Elle enlevait toujours tout de suite ses habits pour les mettre devant le lave-linge. Pas parce qu'ils étaient sales, seulement parce qu'elle les laissait toujours là. Elle mettait aussi toujours sa robe de chambre. Et elle et son frère regardaient toujours le même DVD.

– Et sa mallette, qu'est-ce qu'elle en faisait ?

– L'aide-ménagère ne savait pas, en fait. Elle n'avait jamais vu où Merete la posait, mais elle pensait que c'était soit dans l'entrée, soit dans la buanderie.

– Comment diable as-tu pu la trouver près du poêle à mazout, alors que toute la bande de la brigade mobile l'a cherchée en vain ? Elle n'était pas visible ? Comment peut-elle être resté là tout ce temps ? Ces antiquaires m'ont eu l'air du genre assez méticuleux ! Comment as-tu fait ?

– Les antiquaires m'ont laissé me promener partout tout seul, alors il m'a suffi de tout rejouer dans ma tête. » Il se tapa la tête avec son poing fermé. « Je suis allé dans la buanderie.

J'ai jeté mes souliers, j'ai mis mon manteau sur le portemanteau. J'ai fait semblant, parce que le portemanteau n'y est plus. Mais j'ai joué dans ma tête qu'elle avait peut-être les deux mains occupées. Des papiers dans une et la mallette dans l'autre, alors, j'ai pensé qu'il fallait d'abord qu'elle pose ce qu'elle avait dans les mains avant d'enlever son manteau.

– Et le plus près, c'était le poêle à mazout ?

– Oui, chef. Il était juste à côté.

– Pourquoi n'a-t-elle pas repris la mallette pour l'emporter dans le séjour ou à son bureau ?

– J'y arrive, chef, juste une minute. J'ai regardé sur le dessus du poêle, et la mallette n'y était pas, bien sûr. Et alors, vous savez ce que j'ai vu, chef ? »

Carl se contenta de regarder Assad attentivement. Il le laisserait répondre à sa propre question.

« J'ai vu qu'entre le poêle et le plafond, il y avait un espace d'au moins un mètre.

– Extraordinaire, commenta Carl, sans conviction.

– Alors j'ai pensé qu'elle ne l'avait pas posée sur ce poêle dégoûtant, parce qu'elle lui venait de son père, et qu'elle devait en prendre soin.

– Je ne te suis pas très bien.

– Elle ne l'a pas posée *couchée* sur le poêle, chef, elle l'a posée *debout*, comme quand on la pose par terre. Parce qu'il y avait assez de place.

– C'est donc ce qu'elle a fait, et la mallette est tombée derrière le poêle à mazout. »

Le sourire d'Assad suffit à lui donner raison.

« La rayure de l'autre côté est plus récente, regardez. »

Carl ferma l'attaché-case et le retourna. À ses yeux, l'égratignure n'avait pas l'air si récente que ça.

« J'ai essuyé la mallette parce qu'elle était pleine de poussière, alors peut-être que, maintenant, la rayure a un peu noirci. Mais quand je l'ai trouvée, elle avait l'air toute fraîche. Je ne vous mens pas, chef.

– Bon sang, Assad, ce n'est pas vrai que tu as épousseté la mallette ! Ça veut dire que tu as aussi touché ce qu'il y a dedans ? »

Assad acquiesça encore, mais il était moins surexcité.

« Assad. » Carl respira profondément pour ne pas le réprimander trop durement. « La prochaine fois que tu trouveras quelque chose d'important dans une affaire, tu te contenteras de toucher avec les yeux, OK ?

– Avec les yeux ?

– Mais nom de Dieu, Assad. En faisant des trucs comme ça, tu peux détruire des indices importants, tu comprends ? »

Assad baissa la tête. Son entrain était retombé.

« J'avais mis la main dans la manche de ma chemise, chef.

– OK. Bonne idée, Assad. Alors, tu crois que pour l'autre égratignure, ça s'est aussi passé comme ça ? »

Il retourna une fois de plus la mallette, les deux égratignures se ressemblaient, indéniablement. La plus ancienne ne provenait donc pas de l'accident de voiture survenu en 1996.

« Oui, ce n'était pas la première fois qu'elle avait basculé derrière le poêle. Je l'ai trouvée toute coincée entre les tuyaux. Il a fallu que je tire très fort pour la sortir. Et c'est aussi arrivé à Merete, ça, j'en suis sûr.

– Et pourquoi n'est-elle pas tombée beaucoup plus souvent, cette mallette ?

– Elle est sûrement tombée, parce qu'il y avait pas mal de courants d'air dans la buanderie, quand on ouvrait la porte, mais elle n'était jamais restée coincée comme ça.

– Je reviens juste à ma question : pourquoi ne l'a-t-elle pas emportée dans la maison ?

– Elle voulait être tranquille quand elle était chez elle. Elle n'avait peut-être pas envie d'entendre sonner son portable. » Il leva les sourcils et ses yeux s'arrondirent : « Vous ne croyez pas que c'est pour ça ? »

Carl examina le contenu de l'attaché-case. Merete Lynggaard l'emportait chez elle, ce qui était logique. Son agenda et peut-être ses notes pouvaient parfois lui être utiles. Mais normalement elle aurait dû emporter un tas de documents à étudier à la maison, elle devait avoir beaucoup de travail. Elle avait un téléphone fixe, qu'utilisaient quelques personnes triées sur le volet. Le portable servait à un cercle plus vaste, c'était le numéro indiqué sur sa carte de visite.

« Tu crois qu'elle n'entendait pas sonner son portable quand il était dans son sac, à la buanderie ?

– *No way.* »

Carl ne savait pas qu'Assad parlait l'anglais.

« Ah, vous êtes là tous les deux à prendre du bon temps », dit soudain une voix derrière eux.

Ni l'un ni l'autre n'avaient entendu Lis arriver.

« Je vous apporte encore deux affaires. C'est la circonscription du Sud-Est Sjælland qui vous les envoie. » Le parfum de Lis pouvait rivaliser avec l'encens d'Assad, mais l'effet était tout différent. « Ils sont désolés, mais ils ont eu des gens en congé maladie. »

Elle tendit les classeurs à Assad qui les réceptionna d'un geste solennel, et elle adressa à Carl un coup d'œil à faire damner un saint.

Il contempla les lèvres humides de Lis en essayant de se souvenir depuis combien de temps il n'avait pas eu de contact avec le sexe faible et revit nettement en pensée les teintes roses d'une parure de dentelle portée par une femme divorcée. Elle avait mis des brins de lavande dans une coupe, allumé des bougies et recouvert sa lampe de chevet d'un voile rouge sang, mais il avait oublié son visage.

« Qu'est-ce que tu as dit à Bak, Carl ? » demanda Lis.

Carl sortit de sa rêverie érotique et la regarda droit dans ses yeux bleu clair, un peu plus foncés à présent :

« Bak ? Il pleurniche là-haut ?

– Non. Il est rentré chez lui. Mais d'après ses collègues, il était tout pâle après sa visite chez le patron. »

Carl brancha le téléphone portable de Merete Lynggaard sur le chargeur. Les doigts zélés d'Assad – avec ou sans manche de chemise – ayant tout touché dans la mallette, il renonça à la faire examiner par les techniciens. Le mal était probablement fait.

Merete n'avait rempli que trois pages de son cahier de brouillon, les autres étaient vierges. Ses notes avaient trait au système des aides-ménagères dans les communes et à leurs heures de travail. Très décevantes, elles reflétaient sûrement assez bien la réalité que Merete Lynggaard avait quittée.

Il glissa la main dans une poche latérale dont l'élastique était distendu et en sortit trois ou quatre papiers froissés. Le premier était la facture d'une veste Jack & Jones datant du 3 avril 2001, les autres des feuilles A4 en accordéon comme celles qu'on peut trouver dans le fond du cartable de n'importe quel collégien désordonné. Écrites au crayon, presque illisibles et non datées, naturellement.

Il dirigea la lampe de bureau sur la première et la lissa un peu. Elle ne comportait qu'une dizaine de mots : « Pourrait-on se parler après mon intervention sur la loi fiscale ? » signés T.B. Les initiales offraient pas mal de possibilités, mais la meilleure option n'était-elle pas de penser qu'il s'agissait de Tage Baggesen ? C'est ce qu'il décida de croire, en tout cas.

Il sourit. Très bien. Tage Baggesen voulait parler avec Merete Lynggaard, il le voulait vraiment. Et ça ne le menait nulle part.

Carl lissa la feuille suivante, la lut rapidement et son opinion changea radicalement. Le ton était beaucoup plus personnel. Dans ce message-là, Baggesen était aux abois :

« Je ne sais pas ce qui se passera si tu divulgues cela, Merete. Je te supplie de ne pas le faire. T.B. »

Alors, Carl prit la dernière feuille. Elle était presque effacée, comme si on l'avait sortie maintes fois de la mallette. Il la tourna et la retourna et déchiffra les phrases mot par mot :

« Je croyais que nous nous comprenions, Merete. Toute cette histoire me blesse profondément. Encore une fois, je t'en supplie, garde cela pour toi. Je suis en train de me défaire de tout. »

Cette fois, il n'y avait pas de signature, mais aucun doute n'était permis, l'écriture était la même.

Il attrapa le téléphone et forma le numéro de Kurt Hansen.

Ce fut une secrétaire du secrétariat de la droite qui lui répondit. Elle était aimable et regrettait qu'en ce moment Kurt Hansen soit occupé. Voulait-il attendre un moment ? Sauf erreur, la réunion serait terminée dans deux minutes.

Carl regardait les papiers étalés sur sa table, le combiné coincé contre son oreille. Ces messages se trouvaient dans la mallette depuis mars 2002 et ils y étaient probablement déjà un an avant cette date. Il s'agissait peut-être d'une bagatelle, ou peut-être pas. Si Merete Lynggaard les avait conservés, elle devait considérer qu'ils avaient leur importance, mais comment en être sûr ?

Après deux minutes de bavardages vaguement audibles, il entendit un déclic et la voix caractéristique de Kurt Hansen.

« Que puis-je faire pour toi, Carl ? demanda le parlementaire sans autre cérémonie.

– J'ai besoin de savoir à quand remonte l'intervention de Tage Baggesen sur la réforme fiscale ?

– Qu'est-ce que tu veux faire de ça, Carl ? » Il se mit à rire. « Je ne connais rien de moins intéressant que l'opinion des radicaux centristes sur la réforme fiscale.

– J'ai besoin d'une date précise.

– Alors, ça ne va pas être facile. Tage Baggesen présente des propositions de loi toutes les deux minutes. » Il rit. « Non, blague à part. Il y a au moins cinq ans que Tage Baggesen est coordinateur pour la circulation. J'ignore pourquoi il a renoncé à son portefeuille aux questions fiscales, mais... une seconde s'il te plaît. » Kurt Hansen éloigna le combiné pour écouter ce qui se disait dans le bureau. « Nous pensons que c'était au début de 2001, sous l'ancien gouvernement. Là, il avait un peu plus de place pour ce genre de singeries, d'une certaine manière. Je dirais mars-avril 2001. »

Carl hocha la tête, satisfait.

« OK, Kurt. Cela cadre parfaitement avec ce que je crois. Merci mon vieux. Tu ne pourrais pas par hasard me passer Tage Baggesen ? »

Il entendit plusieurs déclics avant de joindre une secrétaire qui le renseigna : Tage Baggesen était à l'étranger, en voyage d'étude en Hongrie, en Suisse et en Allemagne, pour se renseigner sur les réseaux de tramways. Il serait de retour au Danemark lundi

Un voyage d'étude ? Sur les réseaux de tramways ? On ne la lui faisait pas. Carl appelait ça des vacances, point final.

« J'ai besoin de son numéro de portable. Voulez-vous être assez aimable pour me l'indiquer ?

– Je ne crois pas avoir le droit de vous le communiquer.

– Écoutez. Je ne suis pas un paysan de Fionie. On peut me fournir ce numéro en quatre minutes en appelant les Renseignements généraux, s'il le faut. Mais je me demande si ça n'ennuierait pas Tage Baggesen d'apprendre que votre secrétariat m'a imposé cette démarche ? »

La communication n'était pas bonne, mais on entendait quand même que la voix de Tage Baggesen manquait d'enthousiasme.

« J'ai ici d'anciens messages que j'aimerais que vous m'expliquiez », commença Carl d'une voix douce, sachant maintenant comment le type était capable de réagir. « Rien de spécial, simple routine.

– Qu'est-ce que c'est ? »

La voix tendue, Baggesen avait pris ses distances, sans doute à cause de la conversation qu'ils avaient eue trois jours auparavant.

Carl lui lut les messages, l'un après l'autre. Quand il arriva au dernier, à l'autre bout du fil, Baggesen ne respirait plus.

« Tage Baggesen ? Vous êtes là ? »

La tonalité retentit. Baggesen avait raccroché.

Pourvu qu'il ne se jette pas dans le fleuve, pensa Carl en décrochant de son tableau la feuille qui portait le nom des suspects et en tâchant de se souvenir du nom du fleuve qui traverse Budapest. En face du 4 : Collègues de Christiansborg, il ajouta les initiales de Tage Baggesen.

Il venait de reposer le combiné quand son téléphone sonna.

« Beate Lunderskov », se présenta-t-elle. Le nom ne disait rien à Carl. « Nous venons d'examiner l'ancien PC de Merete

Lynggaard, et j'ai le regret de vous dire que les données ont été très efficacement effacées. »

La mémoire lui revint. C'était une des filles du secrétariat des démocrates.

« Je croyais que vous conserviez les disques durs, justement parce que vous teniez à préserver les informations.

– C'est vrai, mais personne, apparemment, n'en a informé Søs Norup, la secrétaire de Merete.

– Comment ça ?

– C'est elle qui a effacé les données. Elle l'a noté très soigneusement au dos du disque : Formaté le 20/3/2002, Søs Norup. Je l'ai dans la main.

– C'était presque trois semaines après la disparition de Merete.

– Je crois, oui. »

Ce satané Børge Bak et tous ses sbires. N'y avait-il donc rien dans cette enquête, qui ait été fait dans les règles ?

« Mais on pourrait l'envoyer quelque part pour le faire analyser avec des techniques plus pointues. Il y a des gens capables de dénicher des données effacées au fin fond d'un ordinateur.

– Vous avez raison mais je crois que ça a déjà été tenté. Une seconde. » Elle fouilla un peu et revint en ligne pour lui dire d'une voix satisfaite : « Oui, j'ai le certificat. Ils ont essayé de récupérer les données chez Down Under, à Store Kongensgade, début avril 2002. Ils expliquent en détail pourquoi ils n'ont pas pu le faire. Voulez-vous que je vous le lise ?

– Ce n'est pas nécessaire, répliqua Carl. Søs Norup était très consciencieuse, apparemment.

– Il semblerait, oui. Cette fille faisait les choses très à fond. »

Il la remercia et reposa le combiné.

Il fixa le téléphone pendant un instant, puis il alluma une cigarette, prit l'agenda usé de Merete Lynggaard et l'ouvrit presque religieusement. Ce sentiment, il l'éprouvait chaque fois qu'il avait l'occasion de se relier directement aux derniers jours d'un être décédé.

L'écriture de Merete, qui n'était pas plus lisible dans son agenda que dans ses notes, était à l'image de sa vie stressée. Des majuscules tracées à la hâte, des N et les G inachevés, des mots qui se cognaient les uns aux autres. Il commença par la réunion du groupe sur l'étude du placenta, le mercredi 20 février 2002. « Banqueråt 18 h 30 », lut-il un peu plus bas sur la même page. Rien de plus.

Le lendemain, presque toutes les lignes étaient noircies, un agenda archiplein, mais rien qui puisse donner le moindre indice sur sa vie privée.

Quand il arriva au dernier jour de travail de Merete, il commença à désespérer. Il n'avait absolument rien trouvé qui puisse le faire avancer. Il tourna la dernière page : vendredi 1er mars 2002, deux réunions de comité et une réunion de groupe, c'était tout. Tout le reste se trouvait dans la tête de la disparue.

Il repoussa l'agenda et regarda l'attaché-case vide. Avait-il réellement passé cinq ans derrière le poêle à mazout pour rien ? Carl reprit l'agenda et le feuilleta à nouveau d'un bout à l'autre. Merete Lynggaard, comme la plupart des gens, n'utilisait que l'agenda proprement dit et le répertoire téléphonique des dernières pages.

Il lut tous les numéros de téléphone du début à la fin. Il aurait pu passer directement à D ou à H, mais il voulait retarder sa déception. Parmi les A, B et C, il reconnut quatre-vingt-dix pour cent des noms de la liste, une liste qui n'avait pas grand-chose à voir avec son répertoire à lui, où dominaient des noms comme ceux de Jesper et de Vigga ainsi que ceux d'un tas de gens de son quartier de Rønneholt. On déduisait sans peine de cette liste que Merete avait peu d'amis personnels. Peut-être pas un seul. Une belle femme qui avait un frère handicapé et un travail fou, voilà ce qu'elle était. Arrivé à la lettre D, il savait que le numéro de téléphone de Daniel Hale n'y serait pas. Merete Lynggaard n'indexait pas, à la différence de Vigga, ses correspondants téléphoniques à leur prénom. Qui aurait eu l'idée de chercher dans l'annuaire le numéro du Premier ministre de la Suède à partir de son prénom : G pour Göran ? Personne, à part Vigga, bien entendu.

Et enfin il trouva ce qu'il cherchait. À l'instant où il arriva à la lettre H, il sut que toute l'affaire allait prendre un nouveau tournant. On avait parlé d'accident, de suicide, et finalement, on s'était retrouvé à zéro. Des indices avaient suggéré, en cours de route, que l'affaire Lynggaard n'était pas tout à fait aussi simple qu'elle en avait l'air, mais cette page en était la preuve criante. Toutes les pages de l'agenda présentaient des notes écrites à la hâte, des lettres et des chiffres que même Jesper aurait pu rédiger de façon plus lisible et qui ne lui disaient absolument rien. Elle n'avait pas une belle écriture, en tout cas pas celle qu'on aurait attendue de la part d'une star de la politique aussi ordonnée. Merete Lynggaard ne revenait jamais sur ce qu'elle avait écrit dans son agenda. Aucune correction, aucun mot biffé. Quand elle écrivait quelque chose, elle savait ce qu'elle faisait. Elle était réfléchie, infaillible. À part ici, dans la page H de cette liste téléphonique. Ici, il y avait une différence. Il ne pouvait pas être sûr qu'elle concernait Daniel Hale, mais tout au fond de lui-même, là où l'enquêteur va chercher ses dernières ressources, il savait qu'il avait mis dans le mille. Elle avait biffé des mots à l'aide d'un gros stylo-bille. On ne le voyait pas, mais le nom de Daniel Hale et un numéro de téléphone avaient figuré sous ces ratures. Il le savait, tout simplement.

Il sourit. Il aurait donc besoin des techniciens malgré tout. Il exigerait qu'ils fassent scrupuleusement leur boulot, et sans perdre de temps.

« Assad, cria-t-il, viens ici. »

Il entendit du boucan dans le couloir et Assad parut sur le pas de sa porte, armé d'un seau et de gants de caoutchouc.

« J'ai du travail pour toi. Il faut que les techniciens essaient de trouver quel était ce numéro. » Il montra la ligne raturée. « Lis pourra t'indiquer la procédure à suivre. Dis-leur de se dépêcher. »

Il frappa doucement à la porte de Jesper et personne ne répondit, naturellement. « Il doit traîner dehors, comme d'habitude », se dit-il, se rappelant les cent douze décibels qui faisaient généralement vibrer les murs. Mais aujourd'hui, Carl se trompait, et il s'en rendit compte dès qu'il ouvrit la porte.

La fille dont Jesper caressait les seins sous son tee-shirt poussa un cri perçant et, d'un regard foudroyant, Jesper souligna le sérieux de la situation.

« Pardon », dit Carl à contrecœur tandis que Jesper se dégageait et que les joues de la fille prenaient la couleur du fond de l'affiche de Che Guevara collée au mur derrière eux.

Carl la connaissait. Elle avait au maximum quatorze ans mais elle en faisait vingt et elle habitait à Cedervangen. Sa mère, qui avait sûrement été comme elle autrefois, devait reconnaître amèrement, ces temps-ci, que ce n'est pas toujours un avantage de faire plus vieux que son âge.

« Merde, qu'est-ce que tu fous là, Carl » ? lui cria Jesper en se relevant d'un bond.

Carl s'excusa une fois de plus, signalant qu'il avait frappé avant d'entrer, comme il se doit, cependant qu'il sentait le fossé des générations fendre la maison de part en part.

« Reprenez où vous en étiez… Juste une question, Jesper ? Tu ne saurais pas par hasard où tu as mis tes vieux Playmobil ? »

Son beau-fils eut l'air d'être sur le point de l'assassiner. Il faut dire que sa question tombait mal, il en avait bien conscience.

Carl fit un signe d'excuse en direction de la fille.

« J'en ai besoin pour mon enquête. Ça peut paraître un peu bizarre, je sais », insista-t-il, tandis que Jesper le fusillait du regard. « Tu les as toujours, ces figurines en plastique, Jesper ? J'aimerais bien te les acheter.

– Allez, casse-toi maintenant, Carl. Va voir Morten. Tu pourras peut-être lui en acheter mais je te préviens, ça va te coûter la peau des fesses. »

Carl fronça les sourcils. Qu'est-ce que la peau de ses fesses avait à voir avec cette histoire ?

Il y avait au moins deux ans que Carl n'avait pas frappé à la porte de Morten Holland. Bien que son locataire se comporte dans la maison comme s'il était chez lui et bien qu'il fasse partie de la famille, sa vie privée, au sous-sol, avait toujours été inviolable. Comme il payait, malgré tout, une partie du loyer tout à fait considérable, Carl n'avait aucune envie de savoir quoi que ce soit sur Morten et sur ses habitudes qui aurait pu le déstabiliser. Il ne s'approchait donc jamais de son territoire.

Mais il n'avait aucun souci à se faire, chez Morten, tout était d'une sobriété inhabituelle et, abstraction faite de deux malabars aux larges épaules et de filles à la poitrine rebondie qui ornaient des affiches de plus d'un mètre de haut, on aurait tout aussi bien pu se trouver dans un appartement pour personnes âgées de l'allée Prins Valdemar.

Interrogé sur le sort des Playmobil de Jesper, Morten attira Carl vers le sauna dont l'architecte avait doté, au départ, toutes les maisons de Rønneholt. Quatre-vingt-dix pour cent de ces saunas avaient été soit démolis, soit transformés en remises où les gens conservaient leur bric-à-brac.

« Fais-moi le plaisir de venir voir », lui dit-il en ouvrant fièrement la porte du sauna, équipé de haut en bas d'étagères bourrées des jouets dont les marchés aux puces n'arrivaient pas à se débarrasser seulement quelques années plus tôt. Des personnages des chocolats Kinder, de *La Guerre des étoiles*, des tortues Ninja et des Playmobil. La moitié de tout ce que la maison contenait d'objets en plastique se trouvait sur ces rayons.

« Regarde, voilà deux des figurines originales de la série présentée à Nuremberg, au Salon du jouet de 1974 », dit Morten en sortant fièrement de leur étagère deux petits personnages casqués. « Le 3219 avec sa pioche et le 3220 avec le bâton d'agent de la circulation intact. C'est dingue, non ? ? »

Carl hocha la tête. Il n'aurait pas pu trouver d'adjectif plus approprié.

« Le seul qui me manque, c'est le 3218 et j'aurai la série des artisans au complet. Jesper y a ajouté les boîtes 3201 et 3203. Regarde, c'est pas fantastique ? On pourrait croire qu'il ne s'en est jamais servi. »

Carl secoua la tête. Ça sautait aux yeux. Il avait, là aussi, gaspillé de l'argent.

« Et il me les a laissés pour deux billets de mille. Très cool de sa part, je trouve. »

Carl contempla les rayons. S'il en avait eu l'énergie, il aurait gratifié Morten et Jesper d'un sermon bien senti en évoquant l'époque où il gagnait deux couronnes de l'heure pour épandre du fumier, et où une saucisse et deux petits pains coûtaient une couronne quatre-vingts, après la montée des prix.

« Est-ce que tu en as deux que je pourrais emprunter jusqu'à demain ? J'aimerais bien ceux-là », dit-il en montrant une petite famille avec un chien et tout ce qui allait avec.

Morten Holland le regarda comme si on voulait lui faire avaler des clous.

« Tu as perdu la tête, Carl ? C'est la boîte 3965 de l'année 2000. J'ai toute la boîte, avec la maison, le balcon et tout. » Il montra le rayon du haut.

C'était vrai, la maison était là, dans toute sa splendeur de plastique.

« En aurais-tu d'autres que je puisse emprunter ? Jusqu'à demain soir seulement ? »

Morten eut l'air complètement désorienté.

Si Carl lui avait demandé la permission de lui décocher un coup de pied dans les couilles, il aurait vraisemblablement eu la même expression.

29

2007

Ils allaient avoir de quoi s'occuper, ce vendredi-là. Le matin, Assad avait rendez-vous au Service de l'immigration, le nouveau nom que le gouvernement avait donné à son centre de tri appelé dans le temps Direction des étrangers, dans le but non déguisé d'atténuer les réalités. Pendant ce temps, Carl avait des tas de visites à faire à droite à gauche.

La veille au soir, profitant de ce que Morten assurait sa permanence au vidéoclub local, Carl avait kidnappé discrètement la petite famille Playmobil, et alors qu'il s'enfonçait peu à peu dans la campagne du Sjælland, les figurines posées sur le siège, à côté de lui, le fixaient de leurs yeux froids et réprobateurs.

Comme toutes les maisons le long de cette route, la maison de Skævinge, où Dennis Knudsen, le responsable de l'accident de voiture, était mort étouffé dans son vomi, ne se distinguait pas par sa beauté. Pourtant, elle dégageait une certaine harmonie, dans le genre artisanal un peu rafistolé, avec ses terrasses décrépites, ses moellons en béton et son toit en fibrociment, qui se mariaient parfaitement, en termes de matériaux et de durabilité, avec les fenêtres opaques promises à la décharge publique.

Carl s'était attendu à voir la porte s'ouvrir sur un terrassier robuste ou sur son pendant féminin, or il se trouva devant une femme à la trentaine finissante, dont le physique était si inclassable et délicat qu'on pouvait se demander si elle fréquentait les couloirs des directions d'entreprises ou si elle servait d'escort dans les bars des hôtels de luxe.

Oui, il pouvait entrer, il était le bienvenu, et non, malheureusement, ses parents étaient morts, tous les deux.

Elle se présenta : Camilla, et l'accueillit dans un séjour où l'essentiel du décor était constitué par les objets qu'on vénérait dans les provinces danoises durant les années 1940 : assiettes de Noël, étagères d'Amager et tapis Rya.

« Quel âge avaient vos parents quand ils sont morts ? » questionna Carl en s'efforçant d'ignorer la laideur ambiante.

Elle comprit le sens de sa question. Tout, dans cette maison, datait d'une époque révolue.

« Ma mère a hérité cette maison de sa mère, ce sont surtout les affaires de ma grand-mère, que vous voyez. » Son appartement à elle devait être très différent. « C'est moi qui ai hérité de tout et je viens de divorcer. Je suis supposée remettre la maison en état, si je réussis à embaucher des ouvriers. Vous avez de la chance de me trouver là. »

Il prit une photo encadrée posée sur un secrétaire en plaqué, le plus beau meuble de la pièce. Elle représentait toute la famille : Camilla, Dennis et leurs parents, et elle devait dater d'au moins dix ans ; les parents étaient tout sourires devant leur porte décorée à l'occasion de leurs noces d'argent : « 25 ans, Félicitations, Grete et Henning. » Camilla portait un jean collant qui ne laissait guère de place à l'imagination et Dennis une veste de cuir noir et une casquette de base-ball portant la marque Castrol Oil. Dans l'ensemble, l'image souriante de jours heureux typiquement danois à Skævinge.

Sur le manteau de la cheminée, il vit deux autres photos. Il demanda qui elles représentaient et devina, à sa réponse, que la famille n'avait pas eu beaucoup de relations.

« Dennis était un accro de la vitesse sous toutes ses formes », dit Camilla en l'entraînant dans la chambre qui avait été celle de son frère, autrefois.

Les deux lampes en lave, le set de haut-parleurs massifs étaient prévisibles, mais pour le reste, la pièce contrastait avec le reste de la maison. Les meubles de couleur claire étaient assortis. La garde-robe neuve et pleine de vêtements de qualité soigneusement posés sur des cintres. Sur les murs, une quantité de diplômes bien encadrés et, au-dessus, sur des étagères de bouleau fixées non loin du plafond, trônaient toutes les coupes que Dennis avait remportées au cours des années. Carl les compta rapidement : il y en avait une centaine, davantage, peut-être. C'était assez renversant.

« Oui, expliqua Camilla, Dennis gagnait toutes les courses qu'il voulait : le Speedway pour motocyclettes, les stock-cars, les courses de tracteurs, les rallyes, tous les genres de courses motorisées. Il avait un don. Il était doué pour presque tout ce qui l'intéressait, même pour écrire et compter, et toute sorte d'autres choses. C'est très triste qu'il soit mort. » Elle hocha la tête et son regard alla se perdre dans le vide. « Sa disparition a tué mon père et ma mère. Dennis était vraiment bien, croyez-moi, comme fils et comme petit frère. »

Carl lui jeta un coup d'œil compatissant, mais il ne comprenait pas grand-chose. S'agissait-il réellement du Dennis Knudsen dont Lis avait parlé à Assad ?

« Je suis heureuse que vous vous occupiez de cette affaire, seulement, j'aurais aimé que ça se fasse du vivant de mes parents. »

Il la regarda et essaya de deviner le sens caché de sa phrase :

« Que voulez-vous dire par “cette affaire” ? Vous pensez à l’accident de voiture ? »

Elle acquiesça :

« Oui, à ça et à la mort de Dennis peu de temps après. Il arrivait à Dennis de prendre une cuite carabinée de temps en temps, mais il ne s’était jamais drogué, on l’a dit à la police, d’ailleurs, à ce moment-là. C’était tout à fait impensable, en fait. Il avait travaillé avec des jeunes et il les mettait en garde contre la drogue, mais la police ne s’en est pas souciée. Ils se sont contentés de regarder son casier judiciaire, et le nombre de ses amendes pour excès de vitesse. Alors, quand ils ont trouvé ces affreux cachets d’ecstasy dans son sac de sport, ils l’ont condamné d’avance. » Elle plissa les yeux : « Mais ça ne tenait pas debout, Dennis ne touchait pas à ces trucs-là. Ça l’aurait empêché de réagir assez vite quand il conduisait. Il détestait cette saloperie.

– Il a peut-être été tenté par de l’argent facile et servi de revendeur. Ou il a juste voulu essayer la drogue par curiosité. Si vous saviez tout ce qu’on voit, à la préfecture de police ! »

La bouche de la jeune femme se durcit :

« Quelqu’un l’a obligé à les prendre, et je sais bien qui. Je l’ai déjà dit, à l’époque. »

Il sortit son bloc : « Vraiment ? » Le limier en Carl levait la tête et humait le vent. Il sentait là une piste inattendue. D’un seul coup, il fut totalement concentré.

« Et qui était-ce, alors ? »

Elle s’approcha du mur dont il ne faisait aucun doute que le papier peint datait de la construction de la maison, au début des années soixante, et décrocha une photographie. Le père de Carl en avait pris une semblable, quand il avait gagné une coupe de natation à Brønderslev : elle montrait un père fier de son fils devenu grand et excellent sportif. Dennis devait avoir dix à douze ans au plus, sur cette photo, il était superbe dans son costume de kart et fier comme Artaban du petit bouclier en argent qu'il tenait dans la main.

« Celui-là », dit Camilla en montrant un garçon blond debout derrière Dennis, un bras autour de ses épaules. « Ils l'appelaient Atomos, je ne sais pas pourquoi. Ils s'étaient rencontrés sur un circuit de cross. Dennis était fou d'Atomos et Atomos était une ordure.

– Ils étaient restés en contact, tous les deux, depuis l'enfance ?

– Je ne sais pas vraiment. Je crois qu'ils s'étaient éloignés l'un de l'autre quand Dennis avait seize-dix-sept ans, mais je sais qu'ils s'étaient revus les dernières années avant sa mort, parce que maman s'en plaignait toujours.

– Et pourquoi croyez-vous que cet Atomos pourrait avoir un rapport avec la mort de votre frère ? »

Elle regarda tristement la photo :

« C'était un fumier, c'est tout, une âme damnée.

– C'est une drôle d'expression, que voulez-vous dire par là ?

– Tout était détruit dans sa tête. Dennis trouvait idiot de dire ça, mais c'était vrai.

– Et pourquoi votre frère était-il son ami ?

– Parce que Atomos était toujours celui qui l'encourageait à conduire. Et puis il avait quelques années de plus. Dennis l'admirait.

– Votre frère est mort étouffé par son vomi. Il avait pris cinq cachets et son taux d'alcoolémie était de 4,1. Je ne sais pas combien il pesait, mais de toute façon, il avait vraiment mis le paquet. Savez-vous s'il avait une raison de boire ? Est-ce qu'il venait de se mettre à boire ? Était-il particulièrement déprimé après l'accident ? »

Elle le regarda tristement :

« Oui, mes parents disaient que l'accident lui pesait beaucoup. Dennis était fantastique au volant. C'était son premier accident, et un homme était mort.

– D'après mes renseignements, Dennis avait fait deux fois de la prison pour conduite irresponsable, il n'était peut-être pas si fantastique que ça.

– Ha ! » Elle le toisa d'un air méprisant : « Jamais il ne conduisait en irresponsable. Quand il faisait une course sur l'autoroute, il savait exactement sur combien de mètres la voie était libre, devant lui. La dernière chose qu'il aurait voulue, c'était de mettre en jeu la sécurité et la vie d'autrui. »

Carl avait entendu cela cent fois : mon frère, mon fils, mon mari est innocent.

Combien de drames n'aurait-on pas évités si les familles avaient été un peu plus en alerte ? Dieu sait combien de criminels ont profité des liens du sang.

« Vous avez une très haute opinion de votre frère, ce n'est pas un peu naïf ? »

Elle lui saisit le poignet et approcha sa figure si près de la sienne qu'il sentit sa frange lui chatouiller le nez.

« Si vous êtes aussi mou dans vos enquêtes que dans votre jean, vous pouvez vous casser », siffla-t-elle.

Son attaque était étonnamment vive et provocante. Ce n'était donc pas dans les couloirs des directions d'entreprises qu'elle évoluait le plus souvent, pensa-t-il en reculant un peu la tête.

« Mon frère était un type bien, vous comprenez ? poursuivit-elle. Et si vous voulez avancer dans votre petit boulot, je vous conseille de ne pas l'oublier. » Puis elle lui décocha une légère tape entre les jambes et fit un pas en arrière. Sa métamorphose lui fit un choc. Elle était redevenue avenante, d'une douceur féline, et on lui aurait donné le bon Dieu sans confession. Quel sale métier je fais, pensa Carl.

Il fronça les sourcils et fit un pas vers elle :

« La prochaine fois que tu touches à mes couilles, je te dégonfle tes nénés en silicone et je dirai que c'est parce que tu as refusé qu'on t'arrête après m'avoir menacé avec une des vilaines coupes de ton frère. Tu regretteras de m'avoir donné cette tape-là, quand tu seras au poste de Hillerød, les menottes aux poignets, en attendant le docteur devant un mur blanc. On continue ou tu as encore quelque chose à dire sur mes attributs ? »

Elle était cool. Elle ne sourit même pas :

« Je ne dis qu'une chose, c'est que mon frère était OK, et vous pouvez me faire confiance. »

Carl se résigna. Elle était coriace.

« Très bien. Mais comment je trouve cet Atomos ? » lui demanda-t-il en s'éloignant d'un pas de ce caméléon. « Vous ne pouvez rien me dire d'autre sur lui ?

– Écoutez, il avait cinq ans de moins que moi. Je ne m'intéressais pas plus à lui qu'à ma première culotte, à ce moment-là. »

Il fit un sourire en coin. On évolue avec le temps.

« Des signes particuliers ? Des cicatrices, les cheveux, les dents ? Personne d'autre qui le connaisse dans le coin ?

– Je ne crois pas. Il venait d'une institution pour enfants du Nord-Sjælland, à Tisvildeleje. »

Elle réfléchit un instant en détournant les yeux.

« Écoutez, je crois que ça s'appelle Godhavn. » Elle prit la photo et la lui tendit. « Si vous me promettez de me la rapporter, essayez de la leur montrer, là-haut, dans cette maison. Ils pourront peut-être répondre à vos questions. »

La voiture était garée devant un carrefour brûlé par le soleil et Carl réfléchissait. Il pouvait partir vers le nord, à Tisvildeleje, pour discuter avec les gens d'une institution pour enfants et demander si quelqu'un, par hasard, se souvenait d'un gamin qu'on appelait Atomos, vingt ans plus tôt. Ou vers le sud pour jouer à explorer le passé avec Oluf. Enfin, il pouvait aussi garer son carrosse au bord de la route, se mettre à réfléchir et faire un somme de deux heures. Cette dernière possibilité était particulièrement tentante.

Par contre, il savait très bien que s'il ne remettait pas les figurines Playmobil de Morten Holland à temps sur leur rayon, il courait le risque de perdre son locataire et, dans la foulée, une partie considérable de son loyer.

Il desserra donc le frein à main et vira à gauche, en direction du sud.

À Egely, c'était l'heure du déjeuner et quand il gara sa voiture, l'odeur du thym et de la sauce tomate flottait dans l'air. Il trouva le directeur assis seul devant une longue table en teck, sur la terrasse qui longeait son bureau. Comme la dernière fois, il était tiré à quatre épingles. Chapeau de soleil sur la tête et serviette glissée sous le col, il picorait les lasagnes disposées au bord de son assiette. Cet homme ne vivait pas pour les joies terrestres. Ce n'était pas tout à fait le cas de ses collaborateurs à l'administration et des deux infirmières : assis à dix mètres de lui, ils bavardaient devant des assiettes débordantes.

Ils le virent arriver et, soudain, le silence se fit. Il entendait nettement, à présent, les oiseaux étourdis par le printemps voleter dans les buissons en faisant leur nid et le bruit des assiettes qui s'entrechoquaient dans la salle à manger.

« Bon appétit », fit Carl en s'asseyant à la table du directeur sans attendre qu'il l'y invite. « Je suis venu pour vous demander si vous saviez qu'Oluf Lynggaard avait revécu, en jouant, l'accident qui a fait de lui un handicapé. Karen Mortensen, une assistante sociale de Stevns, l'a vu faire peu de temps avant la mort de Merete Lynggaard. Vous étiez au courant ? »

Le directeur acquiesça lentement et se remit à manger. Carl regarda l'assiette. Il allait apparemment devoir attendre que les dernières bouchées soient avalées avant que le souverain incontesté d'Egely s'abaisse à se tourner vers le pauvre prolétaire qu'il était.

« C'est inscrit dans le journal d'Oluf ? » demanda Carl.

De nouveau, le directeur hocha la tête tout en continuant à mâcher lentement.

« Cela s'est-il reproduit depuis ? »

Le directeur secoua les épaules.

« C'est arrivé oui ou non ? »

Le directeur secoua la tête.

« J'aimerais être seul avec Oluf aujourd'hui. Pas plus de dix ou quinze minutes. C'est possible ? »

Le directeur ne répondit pas.

Alors, Carl attendit que le directeur ait fini, se soit essuyé la bouche avec sa serviette en tissu et nettoyé les dents avec la langue, ait bu une unique gorgée de son eau glacée, pour enfin lever les yeux vers lui.

« Non, vous ne pouvez pas être seul avec Oluf.

– Puis-je vous demander pourquoi ? »

Le directeur le regarda avec mépris :

« Je pense que vous et moi faisons des métiers très différents ? » Il n'attendit pas la réponse de Carl. « Nous ne pouvons pas courir le risque que vous retardiez Oluf dans son développement, c'est tout.

– Ah, parce qu'il se développe ? Je l'ignorais. »

Il vit une ombre se dessiner sur la table et se retourna vers l'infirmière en chef qui le salua aimablement de la tête en éveillant immédiatement le souvenir d'un meilleur traitement que celui que le directeur était en mesure de lui réserver.

Elle regarda son supérieur avec autorité :

« Je vais m'en occuper. De toute façon, nous devons aller faire un tour maintenant, Oluf et moi. J'accompagnerai M. Mørck. »

C'était la première fois qu'il marchait à côté d'Oluf Lyngaard, et il s'aperçut qu'Oluf était grand. De longs membres efflanqués et une démarche qui laissait à penser qu'il devait passer sa vie assis, penché sur une table.

L'infirmière en chef l'avait pris par la main mais, à première vue, cela ne lui plaisait pas. Quand ils atteignirent la lande qui les séparait du fjord, il la lâcha et s'assit sur l'herbe.

« Il aime regarder les cormorans, n'est-ce pas Oluf ? » expliqua-t-elle en montrant une colonie de ces oiseaux antédiluviens dans des bosquets à moitié morts et couverts de fientes.

« J'ai apporté quelque chose que j'aimerais montrer à Oluf », annonça Carl.

Elle regarda, vigilante, les quatre figurines Playmobil et la voiture assortie qu'il sortit de leur sac en plastique. Elle avait l'esprit rapide, il l'avait vu dès la première fois, et elle ne serait peut-être pas aussi conciliante qu'il l'avait espéré.

Elle porta la main à son emblème d'infirmière, vraisemblablement pour donner plus de poids à son commentaire.

« Je connais l'épisode que Karen Mortensen a décrit. Je ne crois pas que ce soit une bonne idée de le répéter.

– Pourquoi ?

– Vous voulez essayer de reproduire l'accident pendant qu'il regarde, n'est-ce pas ? Vous espérez que cela réveillera quelque chose en lui ?

– Oui.

– C'est bien ce que je pensais, mais sincèrement, je ne sais pas si c'est une bonne idée. » Elle fit mine de vouloir se lever, mais hésita malgré tout.

Carl posa doucement sa main sur l'épaule d'Oluf et s'accroupit à côté de lui. Oluf regardait avec bonheur les reflets des vagues, là-bas, et Carl le comprenait. Qui n'aurait pas aimé tout oublier et se fondre dans cette belle journée de mars, plus limpide et plus bleue que jamais ?

Il posa la voiture Playmobil sur l'herbe devant Oluf, prit les figurines l'une après l'autre et les plaça sur les sièges. Le père et la mère sur les sièges avant, la fille et le fils sur la banquette arrière.

L'infirmière suivait chacun de ses mouvements. Peut-être allait-il être obligé de revenir un autre jour pour renouveler l'expérience. Maintenant, il voulait au moins essayer de la convaincre qu'il savait que cela ne servirait à rien d'abuser de sa confiance et qu'il la considérait comme une alliée.

« Brroouummm », fit-il doucement en faisant rouler la voiture en avant et en arrière sur l'herbe devant Oluf, dérangeant deux bourdons qui dansaient autour des fleurs.

Carl lui sourit en effaçant les traces de la voiture. De toute évidence, c'était l'herbe aplatie et redressée qui intéressait le plus Oluf.

« C'est maintenant qu'on part avec Merete, et papa et maman, Oluf. Ouh, regarde, on est là tous ensemble. Regarde, on traverse le bois. Regarde comme c'est bien. »

Il leva les yeux sur la femme en blanc. Elle était tendue et son visage était plein d'appréhension. Il devait éviter de se laisser entraîner par son jeu. S'il se mettait à crier, elle tressaillerait. Elle participait infiniment plus au jeu qu'Oluf qui restait simplement là, les reflets du soleil dans les yeux, sans se soucier de ce qui se passait autour de lui.

« Attention, papa », prévint Carl d'une voix claire de femme. « La route est glissante, tu vas déraper. » Il fit reculer un peu la voiture. « Attention à la voiture, elle dérape aussi. Au secours, on rentre dedans. »

Il imita le bruit des freins et le fracas du métal qui râpait le sol. Oluf regardait la scène, à présent. Alors, Carl renversa la voiture et les figurines roulèrent par terre. « Attention Merete, attention Oluf ! » cria-t-il d'une voix féminine, et l'infirmière en chef se pencha vers lui et lui posa la main sur l'épaule.

« Je ne crois pas… », intervint-elle en secouant la tête. Dans une seconde, elle attraperait Oluf et le mettrait debout.

« Bang ! » dit Carl en faisant rouler la voiture dans l'herbe, mais Oluf ne réagit pas.

« Je crois qu'il est ailleurs », dit Carl en montrant d'un geste à l'infirmière que la représentation était terminée. « J'ai ici une photo que j'aimerais faire voir à Oluf, je peux ? » continua-t-il. « Et après, je promets de vous laisser tranquilles pour cette fois.

– Une photo ? » s'inquiéta l'infirmière tandis qu'il sortait toutes celles qu'il avait rangées dans son sac en plastique. Puis il posa les clichés qu'il avait empruntés à la sœur de Dennis Knudsen sur l'herbe, prit la brochure de la société de Daniel Hale et la plaça devant Oluf.

Visiblement, la curiosité d'Oluf était éveillée. Comme celle d'un singe dans sa cage qui voit enfin quelque chose de nouveau après avoir vu des milliers de visages grimaçants

« Tu connais cette personne, Oluf ? » lui demanda-t-il en observant attentivement sa réaction. Une crispation infime pourrait être le seul signal qu'il obtiendrait. S'il existait un seul chemin qui permette de pénétrer dans l'esprit apathique d'Oluf, Carl ne devait pas le rater.

« Est-ce que ce monsieur est venu chez vous, à Magleby, Oluf ? Est-ce qu'il vous a apporté une lettre à toi et à Helle ? Tu te souviens de lui ? » insista-t-il en montrant les yeux clairs et les cheveux blonds de Daniel Hale. « C'était lui ? »

Oluf regardait sans rien voir. Puis il baissa un peu les yeux et découvrit les photos étalées sur l'herbe, devant lui.

Carl suivit son regard et enregistra la manière dont, soudain, les pupilles d'Oluf se rétractèrent et sa bouche s'ouvrit. Sa réaction dépassait ce à quoi il s'attendait. Elle était aussi réelle et visible que possible.

« Et celui-ci, tu l'as déjà vu, Oluf ? » dit-il en brandissant rapidement devant ses yeux la photo des noces d'argent avec Dennis Knudsen. « Tu l'as vu ? » Il sentit que l'infirmière se levait derrière lui, mais il s'en moquait. Il voulait voir les pupilles d'Oluf se rétracter encore une fois. Il sentait qu'il détenait une clé, il savait qu'elle ouvrait quelque chose mais il ignorait quoi.

Mais Oluf leva les yeux et se mit à regarder tranquillement dans le vide.

« Je crois qu'il faut arrêter », intervint l'infirmière en prenant doucement l'épaule d'Oluf. Carl n'aurait eu besoin que de quelques secondes supplémentaires. Peut-être y serait-il arrivé s'ils avaient été seuls.

« Vous n'avez pas vu sa réaction ? »

Elle secoua la tête. Merde.

Alors il posa la photo par terre, à côté de celle qu'il avait empruntée à Skævinge.

Oluf se mit à trembler. Cela commença par le torse, sa poitrine se contracta, puis son bras droit qu'il posa à angle droit devant son estomac.

L'infirmière essaya de le calmer, mais il l'ignora. Puis il se mit à respirer par saccades et superficiellement. L'infirmière et Carl l'entendirent et elle se mit à protester à voix haute. Mais Carl et Oluf étaient seuls, ensemble, à cet instant-là. Oluf sortait de sa bulle, entrait dans celle de Carl qui vit ses yeux s'ouvrir lentement. Comme l'obturateur d'une ancienne caméra, attirant à lui tout ce qui l'entourait.

Oluf baissa de nouveau les yeux et, cette fois, Carl suivit son regard. Oluf était tout à fait présent, maintenant.

« Alors, tu le connais ? » demanda Carl en replaçant la photo de Dennis Knudsen et de ses parents le jour de leurs noces d'argent, mais Oluf l'écarta comme un enfant mécontent et se mit à émettre des sons qui ne ressemblaient pas aux plaintes d'un enfant, mais à celles d'un asthmatique qui manque d'air. Sa respiration devint presque sifflante et l'infirmière se mit à crier pour chasser Carl.

Une fois de plus, il suivit le regard d'Oluf et, cette fois-ci, il n'eut aucun doute. Oluf fixait la deuxième photo. Celle de Dennis Knudsen et de son ami Atomos, debout derrière lui, le bras autour des épaules de Dennis.

« C'est comme ça qu'il faut le voir ? » demanda-t-il en montrant Dennis jeune en costume de kart.

Mais Oluf regardait derrière Dennis. Jamais Carl n'avait vu personne fixer quelque chose de cette façon. On eût dit que le garçon de la photo avait atteint Oluf au plus profond de son être, que ses yeux brûlaient Oluf en même temps qu'ils le faisaient irradier d'une vie plus intense.

Et, soudain, Oluf hurla. L'infirmière renversa Carl dans

l'herbe par réflexe et prit Oluf dans ses bras. Oluf continua à hurler. Il hurla à faire crier tous les patients d'Egely, hurla jusqu'à ce que tous les cormorans aient déserté les arbres alentour.

30

2005-2006

Merete avait mis trois jours à arracher sa dent, trois jours de cauchemar. Chaque fois qu'elle approchait les mâchoires de la pince de la dent malade, quand les vagues de douleur dues à l'inflammation drainaient ses forces, elle devait faire un effort extrême pour se maîtriser. Un geste maladroit et tout son organisme se tétanisait. Pendant quelques secondes, son cœur battait d'appréhension avant la torsion suivante, et la torture semblait ne jamais vouloir s'arrêter. Plusieurs fois, elle avait essayé, mais ses forces et son courage l'abandonnaient dès l'instant où le métal rouillé tintait contre sa dent.

Quand elle fut enfin arrivée au stade où le pus coula et où la pression s'atténua momentanément, le soulagement la brisa.

Elle savait qu'ils la regardaient, là-haut. Celui qu'ils appelaient Lasse n'était pas encore arrivé et le bouton de l'interphone était toujours bloqué. Ils ne disaient rien, mais elle entendait leurs mouvements et leur respiration. Plus elle souffrait, plus ils respiraient fort, on eût dit que cela les excitait sexuellement, et la haine de Merete allait en s'amplifiant. Aussitôt qu'elle aurait arraché sa dent malade, elle se tournerait vers l'avenir. Elle se vengerait, quoi qu'il arrive. Mais d'abord, il fallait qu'elle soit en état de réfléchir.

Elle continuait donc sans relâche à faire bouger sa molaire

avec ces mâchoires métalliques répugnantes, sans douter une seconde qu'elle en viendrait à bout. Cette dent lui avait fait assez mal, elle voulait en finir.

Une nuit où ils n'étaient pas là, elle réussit à l'arracher. Elle n'avait pas entendu de signes de vie venant de l'extérieur depuis plusieurs heures. Elle n'eut à partager avec personne son rire de soulagement et les échos qu'il éveilla dans la pièce. Même le goût du pus dans sa bouche était un soulagement. Les élancements qui à présent faisaient couler son sang librement étaient comme autant de caresses.

Crachant dans sa main toutes les vingt secondes, elle macula d'abord une vitre, puis l'autre avec le liquide sanglant et, quand enfin elle ne saigna plus, son travail était terminé. Seul un petit carré de vingt centimètres sur vingt restait libre dans le hublot de droite. Elle réduisait ainsi le plaisir qu'ils avaient à la regarder quand bon leur semblait. À présent, c'était elle qui déciderait du moment où elle apparaîtrait dans leur champ visuel.

Lorsqu'ils mirent sa nourriture dans le sas le lendemain matin, elle fut réveillée par les injures de la femme.

« Elle a sali les vitres, cette petite garce. Regarde ! Elle a tartiné de la merde partout sur la vitre, cette salope. »

Elle entendit l'homme lui répondre que ça ressemblait plutôt à du sang et la femme siffla :

« C'est pour nous remercier de t'avoir donné la pince ? Tu as tout souillé avec ton sang répugnant. Si c'est comme ça que tu nous remercies, tu vas le payer. On va éteindre la lumière, et on va voir l'effet que ça te fait, ordure. Tu nettoieras peut-être cette saleté. En tout cas, tu n'auras rien à manger jusqu'à ce que ce soit fait. »

Elle entendit qu'ils s'apprêtaient à retirer du sas le seau alimentaire, mais elle bondit et coinça la pince dans le mécanisme. Cette dernière portion, ils ne la lui voleraient pas. Elle tira le seau au dernier moment, juste avant que le moteur hydraulique n'entraîne la pince. Un court sifflement se fit entendre et le mécanisme s'inversa ; la porte du sas se referma.

« Ce truc-là a marché une fois, mais demain il ne marchera pas », lui cria la femme. Sa colère la consola. « On t'enverra des plats avariés jusqu'à ce que tu nettoies tes saletés, c'est compris ? » poursuivit-elle, et les néons du plafond s'éteignirent.

Merete fixa un moment les taches brunes des vitres qui luisaient faiblement et la lumière un peu plus forte du petit espace qu'elle n'avait pas sali. Elle sentit que la femme essayait de se hisser pour pouvoir regarder à travers, mais Merete l'avait volontairement placé trop haut. Depuis combien de temps n'avait-elle pas éprouvé cette savoureuse impression de victoire ? Sa jubilation serait de courte durée, elle le savait, mais son temps étant ce qu'il était, des instants comme celui-ci étaient devenus sa seule raison de vivre.

Cela, et les vengeances qu'elle imaginait et, enfin, ses rêves d'une vie en liberté et de retrouvailles avec Oluf, un jour.

La même nuit, elle alluma la lampe de poche pour la dernière fois. Elle alla jusqu'au petit espace propre de la vitre et inspecta sa bouche. Le trou dans sa gencive était énorme, mais la plaie semblait saine, pour autant qu'elle puisse en juger, compte tenu des circonstances. Le bout de sa langue le lui confirmait. La cicatrisation était en cours.

Quelques minutes plus tard, la lumière de la lampe de poche faiblit, elle se mit à genoux et examina le mécanisme de fermeture autour du sas. Elle l'avait regardé mille fois auparavant mais à présent, elle allait devoir le mémoriser pour de bon. Comment savoir s'ils rallumeraient jamais les plafonniers ?

La porte du sas était incurvée, et vraisemblablement

conique, de façon à fermer hermétiquement la pièce. Le bas de la porte, c'est-à-dire le clapet du sas, faisait à peine soixante-quinze centimètres de hauteur et, là aussi, il était presque impossible de sentir les bords de l'orifice. Sur le devant du clapet, on avait soudé un butoir métallique qui bloquait la porte du sas quand elle s'ouvrait largement. Elle l'examina soigneusement avant que la lampe de poche ne s'éteigne.

Après quoi, elle s'assit dans le noir et se demanda ce qu'elle allait faire.

Trois choses dépendaient d'elle seule. D'abord, ce que les autres pouvaient voir d'elle. Ce problème-là, elle venait de le résoudre. Autrefois, il y a très longtemps, au moment de sa capture, elle avait minutieusement tâté toutes les surfaces et tous les murs pour découvrir ce qui aurait pu ressembler à une caméra cachée. Les monstres qui la tenaient prisonnière s'étaient contentés des hublots. Ils avaient eu tort puisqu'elle pouvait, à présent, aller et venir sans être vue.

Ensuite, elle ferait en sorte de ne pas perdre la raison. Certains jours, certaines nuits, elle avait lâché prise, elle avait vécu des semaines pendant lesquelles ses pensées tournaient en rond, mais elle n'avait jamais baissé les bras tout à fait. Chaque fois qu'elle se rendait compte de l'abîme où cela pouvait l'entraîner, elle s'obligeait à penser à d'autres gens qui s'en étaient sortis avant elle. Des gens restés en isolement pendant des décennies sans avoir été jugés. Les exemples ne manquaient pas dans l'histoire et la littérature mondiales : Papillon, le comte de Monte-Cristo, beaucoup d'autres. S'ils avaient réussi, elle réussirait aussi. Elle s'était ressaisie, s'était efforcée de penser à des livres, à des films, aux meilleurs souvenirs de sa vie, et elle avait repris pied.

Parce qu'elle voulait rester elle-même, Merete Lynggaard, jusqu'au jour où elle sortirait. Cette promesse qu'elle s'était faite, elle avait bien l'intention de la tenir.

Et quand le jour arriverait enfin, c'est elle qui déciderait de sa mort. C'était sa troisième résolution. La femme avait dit que c'était ce Lasse qui prenait les décisions, mais en cas de besoin, cette hyène prendrait certainement les choses en main. Elle avait déjà cédé à la haine et cela pouvait se reproduire. Il suffirait d'un instant de folie pour qu'elle ouvre le sas pour de bon et qu'elle rétablisse la pression d'un seul coup. Cet instant arriverait tôt ou tard.

Depuis bientôt quatre années que Merete était dans sa cage, le temps qui passe avait dû marquer cette femme comme il l'avait marquée. Ses yeux étaient peut-être plus enfoncés, sa voix différente. Merete avait du mal à se faire une idée de son âge, mais elle était assez vieille pour ne pas avoir peur de ce que la vie pouvait lui réserver, ce qui la rendait dangereuse.

D'autre part, ses deux bourreaux, à l'extérieur, ne semblaient pas très bricoleurs. S'ils n'étaient même pas capables de réparer un bouton coincé, ils ne sauraient pas rétablir la pression autrement qu'en laissant la porte du sas ouverte, c'était ce qu'elle espérait en tout cas. Autrement dit, si elle faisait en sorte qu'ils ne puissent pas ouvrir le sas sans qu'elle le veuille, elle aurait le temps de se suicider. S'ils décidaient soudain de réduire la pression de la pièce, elle utiliserait la pince. Elle parviendrait sûrement à pincer les veines de son poignet et à les arracher. Elle ne savait pas grand-chose à propos de ce qui arriverait si la pression baissait brusquement, mais la femme l'avait prévenue qu'elle imploserait et cette idée était abominable. Aucune mort ne pouvait être pire. Elle choisirait donc elle-même le jour de son décès et la manière dont elle mourrait.

Au cas où ce Lasse arriverait et déciderait autre chose, elle ne se faisait aucune illusion. Naturellement, il y avait d'autres moyens de modifier la pression que d'utiliser le va-et-vient du sas. Peut-être utilisait-on aussi la climatisation. Elle ignorait dans quel but cette cellule avait été construite, mais son aménagement avait dû coûter cher. Elle en concluait que le dessein qu'elle devait servir à l'origine avait dû revêtir une certaine importance. Il existait forcément des équipements de secours. Elle avait vu le départ de petites buses métalliques sous les armatures des tubes de néon du plafond. Elles n'étaient pas plus grandes que le petit doigt, mais n'était-ce pas suffisant ? C'était peut-être de là que venait l'air frais qu'on lui envoyait, elle n'en savait rien ; ces appareils étaient-ils prévus pour maintenir ou modifier la pression atmosphérique ? Une chose était sûre, si ce Lasse lui voulait du mal, il saurait faire fonctionner le mécanisme.

Jusque-là, elle essayerait simplement de se concentrer sur son combat contre les menaces les plus immédiates. Elle dévissa le cul de la petite lampe de poche, en sortit les piles et constata avec satisfaction que le métal de la lampe était dur, solide et tranchant.

Il n'y avait que deux centimètres entre le bord du sas et le sol, si bien qu'en creusant un trou très précisément en face du butoir soudé qui servait d'arrêt à la porte du sas, elle pourrait ficher la lampe dans le trou et coincer le mécanisme.

Elle serra la petite lampe contre son cœur. Elle disposait d'un outil qui lui donna le sentiment de pouvoir diriger quelque chose dans sa vie, et cette impression lui faisait un bien immense. Comme la première fois qu'elle avait pris la pilule. Comme le jour où elle avait bravé sa famille adoptive pour partir, emmenant Oluf avec elle.

Creuser le béton était un travail infiniment plus dur qu'elle ne se l'était imaginé. Les premiers jours, quand elle avait encore de quoi manger et boire, cela alla vite, mais lorsque le seau contenant la nourriture saine fut vide, la force de ses doigts diminua rapidement. Ses réserves étaient minimes, elle le savait, mais ce qu'on lui avait envoyé ces derniers jours était immangeable. Ils s'étaient vraiment vengés. La puanteur suffisait à l'éloigner des seaux. Ils avaient l'odeur des charognes d'animaux pourrissants. Chaque nuit, elle passait cinq à six heures à creuser le sol devant le sas avec les bords de la lampe de poche, et ce travail l'épuisait. En même temps, elle ne pouvait pas se permettre de bâcler le travail, c'était là son problème. Le trou ne devait pas être trop grand puisque la lampe devait y rester coincée et, la lampe elle-même étant son outil, il fallait qu'elle puisse la visser dans le trou. Pour que le diamètre soit le bon, elle devait entamer le béton par lamelles fines comme du papier.

Le cinquième jour, elle avait creusé moins de deux centimètres et son estomac la brûlait.

Tous les jours, exactement à la même heure, la sorcière avait répété ses conditions. Si Merete ne nettoyait pas les vitres, la vieille n'allumerait pas la lumière et ne lui enverrait rien de mangeable. L'homme avait essayé de s'interposer, sans succès. De nouveau, ils étaient là et ils la sommaient d'obéir. L'obscurité, elle s'en moquait, mais son estomac criait famine. Si elle ne mangeait pas, elle tomberait malade, ce qu'elle voulait à tout prix éviter.

Elle regarda la couche rosâtre qui luisait faiblement, là-haut sur les vitres.

« Je n'ai rien pour nettoyer, si c'est si important pour vous, cria-t-elle enfin.

– Sers-toi de ta manche et de ta pisse, alors on allumera et on te donnera à manger, lui répondit la femme.

– Eh bien, envoyez-moi une autre veste. »

Là, la femme éclata de son rire grinçant qui la transperça jusqu'aux os. Elle ne prit même pas la peine de lui répondre, se contenta de rire jusqu'à perdre le souffle, puis le silence retomba.

« Pas question », murmura Merete, mais elle s'exécuta tout de même.

La corvée ne lui prit pas longtemps, mais elle en garda un sentiment de défaite.

Ils revenaient se poster de temps à autre derrière les hublots, mais ils ne voyaient pas ce qu'elle faisait. Quand elle restait tout près de la porte, elle était dans un angle mort, comme lorsqu'elle restait par terre, sous les vitres. Si par hasard ils arrivaient de nuit, elle les entendrait tout de suite, mais ils ne venaient pas. C'était l'avantage de leur surveillance systématique. Elle savait que la nuit lui appartenait.

Quand elle eut creusé un trou de presque quatre centimètres, son existence par ailleurs si prévisible se transforma radicalement. Assise sous les tubes de néon clignotants, elle attendait son repas et calculait que ce serait bientôt l'anniversaire d'Oluf. Ils étaient déjà en mai, en tout cas. Mai, pour la cinquième fois depuis le début de sa captivité. Mai 2006. Assise à côté du seau hygiénique, elle s'était curé les dents, avait pensé à Oluf et avait imaginé le soleil dansant dans un ciel bleu. « *Happy Birthday to you* », chanta-t-elle d'une voix enrouée en s'imaginant la joie d'Oluf. Quelque part, dehors, il allait bien, elle le savait. Bien sûr qu'il allait bien, elle se l'était dit si souvent.

« Tiens, Lasse, c'est ce bouton-là », dit soudain la voix de la femme. « Il est resté coincé, elle a entendu tout ce qu'on disait. »

L'image du ciel disparut sur-le-champ et son cœur se mit à battre plus fort. Elle entendait pour la première fois la femme s'adresser à celui qu'ils appelaient Lasse.

« Depuis combien de temps ? répondit une voix assourdie qui lui coupa la respiration.

– Depuis ton dernier départ. Il y quatre ou cinq mois.

– Et vous avez dit des choses qu'elle ne devait pas entendre ?

– Bien sûr que non. »

Le silence dura un instant. « Bientôt, ça n'aura plus d'importance. Laissons-la donc entendre ce qu'on dit. Jusqu'à ce que je change d'avis, en fait. »

La phrase tomba comme une hache. « Ça n'aura bientôt plus d'importance. » Qu'est-ce qui n'aurait bientôt plus d'importance ? Que voulait-il dire ? Qu'allait-il se passer ?

« Elle nous a fait des vacheries en ton absence. Elle a essayé de faire la grève de la faim, un jour, elle a bloqué le sas et, pour finir, elle a salopé les vitres avec son sang pour qu'on ne puisse pas la surveiller.

– Le frangin me dit qu'elle a eu mal aux dents, à un moment donné. J'aurais bien voulu voir ça », dit Lasse.

La femme éclata d'un rire sec. Ils savaient qu'elle entendait tout. Qu'est-ce qui les avait rendus aussi cruels ? Qu'est-ce qu'elle leur avait fait ?

« Qu'est-ce que je vous ai fait, espèces de monstres ? » cria-t-elle aussi fort que possible en se levant. « Éteignez la lumière que je vous voie. Éteignez la lumière que je voie vos yeux quand vous parlez. »

De nouveau, le rire de la femme retentit :

« Tu rêves, ma petite, rétorqua-t-elle à voix haute.

– Tu veux qu'on éteigne ? » Lasse eut un rire bref. « Pourquoi pas ? Puisque c'est maintenant que nous allons passer aux choses sérieuses. Voilà qui devrait nous offrir quelques journées intéressantes avant la fin. »

La phrase était atroce. La femme voulut protester, mais l'homme la fit taire avec quelques mots cinglants et, soudain, les lampes clignotantes s'éteignirent.

Elle resta un moment sans bouger, le cœur battant, essayant de s'habituer à la faible lueur qui filtrait du dehors. Tout d'abord, elle ne vit les monstres au-dehors que sous forme d'ombres mais, progressivement, ils lui apparurent avec plus de netteté. Les contours de la femme se dessinaient en bas d'un des hublots, ceux de l'homme beaucoup plus haut. Elle se dit que ce devait être Lasse. Lentement, elle s'approcha. Sa silhouette floue s'affirma. Il avait de larges épaules, un corps bien proportionné. Il ne ressemblait pas à l'autre, qui était long et maigre.

Elle avait envie à la fois de les maudire, d'en appeler à leur compassion, de faire n'importe quoi pour qu'ils lui disent pourquoi ils la traitaient ainsi. Il était là, celui qui décidait. Elle le voyait pour la première fois et, d'une manière troublante, cela l'excitait. C'était lui seul qui détenait le pouvoir de dire si elle avait le droit d'en savoir plus, elle en avait la conviction, et elle avait l'intention de réclamer son dû. Mais quand il fit un pas de plus et qu'elle le vit enfin, cette vision figea les mots sur ses lèvres.

Sous le choc, elle regarda sa bouche, elle vit son sourire en coin se dessiner, découvrant lentement ses dents blanches. Alors le puzzle s'assembla et ce fut comme si elle s'était électrocutée.

Elle savait maintenant qui était Lasse.

31

2007

Sur la pelouse d'Egely, Carl s'empressa de s'excuser auprès de l'infirmière pour l'incident qui venait de se produire avec Oluf, il fourra les photos et les figurines Playmobil dans le sac en plastique et partit à grands pas en direction du parking, pendant qu'Oluf continuait à crier derrière lui. Ce ne fut qu'en démarrant qu'il aperçut le personnel soignant qui descendait la pente ventre à terre – une scène assez chaotique. L'épisode marquerait la fin de ses investigations sur le terrain d'Egely. C'était de bonne guerre !

Oluf avait réagi violemment. Carl savait maintenant que, d'une manière ou d'une autre, Oluf vivait dans le même monde qu'eux. Oluf avait regardé dans les yeux Atomos, le garçon de la photo, et cela l'avait bouleversé, de toute évidence. Cela représentait un immense pas en avant.

Il arrêta la voiture à l'entrée d'un chemin de terre et écrivit le nom de l'institution Godhavn sur le relais internet de son véhicule de service. Le numéro apparut rapidement.

Les présentations furent de courte durée. Le personnel était habitué, apparemment, aux demandes de la police et il n'eut pas besoin de tourner autour du pot.

« Soyez tranquille, dit-il. Vos pensionnaires n'ont rien fait de mal. Mon appel concerne un garçon qui était chez vous au début des années quatre-vingt. Je ne sais pas son nom, mais il se faisait appeler Atomos. Cela vous dit-il quelque chose ?

– Au début des années quatre-vingt », répondit la garde de service. « Non, il n'y a pas longtemps que je travaille ici. Mais nous avons des dossiers concernant tous les pensionnaires, enfin, peut-être pas sous ce nom-là. Vous êtes sûr de ne pas en avoir un autre qui nous permettrait de faire des recherches ?

– Malheureusement non. » Il balaya du regard les champs qui puaient le lisier. « Il n'y a absolument personne chez vous qui soit dans la maison depuis aussi longtemps ?

– Oh là là, pas parmi les employés permanents, j'en suis à peu près sûre. Mais, euh, si… il y a John, un collaborateur à la retraite. Il vient deux fois par semaine. Il ne peut pas se passer des garçons et eux ne peuvent pas se passer de lui. Je suis sûre qu'il travaillait déjà ici à l'époque.

– Il ne serait pas là aujourd'hui, par hasard ?

– John ? Non. Il est en vacances. Parti aux Canaries pour mille deux cent quatre-vingt-quinze couronnes. Un prix irre sistible, n'est-ce pas ? Mais il rentre lundi, je verrai si je peux le faire venir, si vous voulez. Il vient surtout pour tenir compagnie aux gamins. Ils l'aiment bien. Essayez d'appeler lundi, on verra.

– Vous pourriez peut-être me donner son numéro privé ?

– Non, je regrette. Notre politique nous interdit de com muniquer les coordonnées personnelles de nos collaborateurs On ne sait jamais qui on a au bout du fil, n'est-ce pas ?

– Je ne viens pas de vous dire que je m'appelle Carl Mørck ? Il me semble que si. Vous vous souvenez peut-être que je suis un agent de la criminelle ? »

La garde se mit à rire.

« Si vous êtes aussi fort que ça, vous pourrez sûrement trouver son numéro vous-même, mais je vous conseille d'attendre lundi et de nous rappeler, OK ? »

Il se cala plus confortablement sur son siège et regarda l'heure. Il était un peu plus de treize heures. Il avait encore le temps de passer au bureau et de contrôler le portable de Merete Lynggaard, si la batterie était toujours en état de marche. Après cinq ans de non-utilisation, on était en droit d'en douter. Sinon, il faudrait qu'il s'en procure une autre.

Dans les champs, derrière les collines, des mouettes s'envolaient en criant. Puis il vit paraître le sommet d'une cabine. C'était un tracteur, un gros Landini avec une cabine bleue, qui avançait tranquillement dans les labours. On savait ces choses-là quand on avait grandi avec du fumier sur ses bottes à semelles de bois. « Il va étaler de l'engrais ici aussi », se dit-il en mettant le moteur en marche pour démarrer avant que l'odeur du lisier n'empuantisse sa voiture.

Il aperçut le cultivateur, derrière les vitres en Plexiglas. Sa casquette sur la tête, il se concentrait totalement sur son travail et sur la perspective de battre tous les records de récolte l'été prochain. Il était rougeaud et portait une chemise à carreaux. Une vraie chemise à carreaux de bûcheron.

« Merde ! » pesta-t-il. Il avait oublié d'appeler ses collègues de Sorø pour leur dire quelle était la chemise à carreaux dont il croyait se souvenir. Cette chemise que portait l'auteur du crime d'Amager. Il soupira en y pensant. Si seulement ils ne l'avaient pas mêlé à toute cette histoire. Il risquait d'être obligé d'aller à Sorø encore une fois pour désigner cette chemise.

Il forma le numéro et joignit l'agent en faction, qui lui passa le responsable de l'enquête, celui qu'ils appelaient Jørgensen.

« Carl Mørck, de Copenhague. Je crois que je peux confirmer qu'une des chemises présentées était identique à celle que portait l'un des auteurs du crime d'Amager. »

Jørgensen ne réagit pas. Pourquoi ne se raclait-il pas la gorge par exemple, pour qu'on sache qu'il n'avait pas eu d'attaque entre-temps, à l'autre bout du fil ?

« Hummm », fit Carl en espérant que la contagion allait gagner son correspondant, mais l'autre ne dit rien. Peut-être qu'il avait débranché le micro. « J'ai rêvé, ces dernières nuits, tu vois », poursuivit Carl, « plusieurs scènes de la fusillade me sont revenues. Même le moment où j'ai vu la chemise. J'en ai une idée assez précise, maintenant.

– Ah ah », fit enfin Jørgensen, après un moment de silence tonitruant, à l'autre bout du fil.

Il aurait plutôt dû se réjouir, non ? Au moins un petit peu.

« Tu ne veux pas savoir où, sur la table, se trouvait la chemise à laquelle je pense ?

– Et tu crois que tu peux t'en souvenir ?

– Si je me souviens de cette chemise alors que j'avais une balle dans la tête, que j'étais coincé sous un corps de cent cinquante kilos, et qu'un litre et demi du sang de mes meilleurs copains me coulait dessus, tu ne crois pas que je suis capable de me souvenir comment vous aviez disposé ces maudites chemises quatre jours plus tard ?

– Ça ne paraît pas tout à fait normal. »

Carl compta jusqu'à dix. Il était très possible que ça ne paraisse pas normal dans la grand-rue de Sorø. C'était probablement pour cette raison que lui avait atterri dans un département où on résolvait vingt fois plus de crimes que dans celui de Jørgensen, n'est-ce pas ?

« Je suis bon aussi au Memory », ajouta-t-il.

Jørgensen marqua une pause, il fallait d'abord qu'il comprenne.

« Vraiment ? Alors, je veux bien le savoir », conclut-il.

Quel crétin, bon Dieu !

« C'était la chemise qui était le plus à gauche. Celle qui se trouvait le plus près de la fenêtre.

– OK, répondit Jørgensen. C'est aussi celle que le témoin a identifiée.

– Bon, j'en suis ravi. Alors, c'est tout. Je vous envoie un e-mail pour que vous ayez ça par écrit. »

Le tracteur s'était rapproché de façon inquiétante. Les jets de lisier sortaient par à-coups des tuyaux qui traînaient par terre avec une telle régularité que c'en était un bonheur.

Il leva la vitre de la portière de droite et s'apprêta à raccrocher.

« Ah, au fait, ajouta Jørgensen. On a arrêté un suspect. Et comme on est entre collègues, je peux même te dire qu'on est tout à fait sûrs d'avoir mis la main sur un des coupables. Quand crois-tu que tu pourras venir ici pour une confrontation ? Demain matin ?

– Une confrontation ? Non, je ne peux pas.

– Comment ça ?

– Demain, c'est samedi, et mon jour de congé est le samedi. Quand j'aurai fini de dormir, je me ferai une tasse de café et je retournerai me coucher. Et je suis capable de continuer à faire ça toute la journée, si ça se trouve ! De plus, les coupables d'Amager, je ne les ai jamais vus, je l'ai déjà dit pas mal de fois, si ça t'arrive de lire les rapports. Et comme je n'ai pas eu la vision de ce type dans un rêve, je ne l'ai toujours pas vu. Voilà pourquoi je ne viendrai pas, c'est OK. pour toi, Jørgensen ?

– C'est à toi de voir si tu trouves ça OK, rétorqua Jørgensen. Ce sont tes copains que le type a estropiés. En tout cas, on a fait une perquisition au domicile du suspect, et plusieurs des objets qu'on a trouvés chez lui indiquent qu'il y a des liens entre les épisodes d'Amager et de Sorø.

– C'est bien, Jørgensen, alors bonne chance. Tu peux être sûr que je suivrai l'affaire dans les journaux.

– Tu sais qu'il faudra que tu témoignes quand la procédure sera engagée ? Le première chose qui relie les deux crimes, c'est le fait que tu as reconnu cette chemise.

– Bon, d'accord, je témoignerai. Bonne chasse. »

Il raccrocha. Il se sentait mal à l'aise. Sa poitrine lui faisait de plus en plus mal. Peut-être à cause de la puanteur incroyable qui avait soudain envahi l'habitacle ? Il se pouvait aussi que ça annonce quelque chose d'autre.

Il attendit une minute que la sensation diminue. Puis il répondit au salut du cultivateur, dans sa cabine de Plexiglas, et mit la voiture en marche. Quand il eut fait cinq cents mètres, il ralentit et ouvrit la vitre. Il suffoquait. Il s'étreignit la poitrine avec ses deux bras et se recroquevilla autant qu'il le put pour réduire l'oppression. Puis il gara le véhicule sur le bas-côté et respira profondément. Il avait vu d'autres personnes avoir des crises de panique de ce type, mais c'était tout à fait surréaliste de le vivre soi-même. Il baissa la poignée de la portière, se ferma la bouche des deux mains pour réduire l'effet d'hyperventilation et ouvrit largement la portière.

« Merde alors », cria-t-il en se penchant en avant. Il se dirigea en chancelant vers le fossé, tandis que ça pompait dur, comme un piston derrière ses bronches. Au-dessus de lui, les nuages tournoyaient et le ciel se rétrécissait. Alors, il se laissa tomber par terre, au bord du fossé, les jambes sur le côté, et tâtonna dans sa poche pour trouver son portable. Il ne mourrait pas d'une crise cardiaque sans avoir son mot à dire, bordel.

Sur la route, une voiture ralentit. Ils ne le voyaient pas puisqu'il était derrière sa propre voiture, au bord du fossé, néanmoins il les entendit.

« C'est bizarre », dit une voix, mais ils continuèrent leur chemin sans s'arrêter.

« Si j'avais leur numéro d'immatriculation, je leur apprendrais à vivre à ces connards », eut-il le temps de penser avant de perdre connaissance.

Quand il se réveilla, il avait son portable collé à l'oreille et de la terre plein la bouche. Il se mouilla les lèvres, cracha et regarda autour de lui, désorienté. Il porta la main à sa poitrine où la pression n'avait pas encore complètement disparu et vit qu'il s'en était tiré à bon compte. Il se remit debout et s'appuya sur le siège avant. Il n'était même pas treize heures trente. La crise n'avait pas duré très longtemps.

« Qu'est-ce qui t'est arrivé, Carl ? » Il se posa la question parce qu'il se sentait la bouche sèche et la langue deux fois plus épaisse que d'ordinaire. Il avait les jambes gelées alors que son torse était baigné de sueur. Quelque chose, dans son organisme, était complètement détraqué.

« Tu perds les pédales, mon vieux », mugit une voix intérieure quand il s'affala derrière le volant. Soudain son portable sonna.

Assad ne lui demanda pas comment il allait, ce qui n'avait d'ailleurs rien d'étonnant.

« Cette fois, on a un problème, chef », dit-il simplement, tandis que Carl jurait intérieurement. « Les techniciens n'osent pas enlever les ratures du numéro de l'agenda téléphonique de Merete Lynggaard, continuait Assad imperturbablement.

Ils disent qu'elles sont faites avec le même stylo à bille et que même si elles ont séché différemment, on court trop le risque que les deux couches disparaissent. »

Carl appuya sur sa poitrine. À présent, c'était comme s'il avalait de l'air. Ça faisait sacrément mal. Était-ce réellement une crise cardiaque ou seulement les symptômes ?

« Ils disent qu'il faut tout envoyer en Angleterre. Qu'ils combinent l'un ou l'autre de leurs processus numériques avec une solution chimique, ou je ne sais quoi. »

Il attendait que Carl le corrige, sans doute, mais Carl n'était pas en état de corriger quoi que ce soit, nom de Dieu. Il avait assez à faire à serrer les paupières et à se débarrasser de ces spasmes écœurants qui lui soulevaient la poitrine.

« Je trouve que ça va prendre trop de temps, tout ça. Ils disent qu'on n'aura pas le résultat avant trois ou quatre semaines. Vous n'êtes pas d'accord ? »

Il essaya de se concentrer, mais Assad était d'une nature impatiente.

« Je ne devrais peut-être pas vous le dire, chef, mais je sens que je peux vous faire confiance, alors, je vous le dis quand même. Je connais quelqu'un qui peut s'en occuper. » Là, Assad attendait probablement un signe de lui, mais il en fut pour ses frais : « Vous êtes toujours là, chef ?

– Je suis là, putain ! », fit Carl dans un sifflement, suivi d'une profonde respiration qui lui ouvrit complètement les poumons. Il eut atrocement mal, l'espace d'une seconde, le temps que l'oppression se relâche. « Qui est-ce ? questionna-t-il en essayant de se relaxer.

– Je ne vous le dirai pas, chef. Mais il travaille bien, il vient du Moyen-Orient. Je le connais très bien, il fait du très bon travail. Est-ce que je lui donne le boulot ?

– Juste une seconde, Assad, il faut que je réfléchisse. »

Il sortit en chancelant de la voiture et resta un instant penché en avant, la tête pendante et les mains sur les genoux. Il sentit que le sang lui montait à la tête, il rougit et la pression de sa poitrine se relâcha. Ça faisait un bien fou. Malgré l'odeur pestilentielle qui flottait sur les lieux comme une maladie, l'air qui traversait les haies lui sembla presque rafraîchissant.

Il se redressa et s'aperçut qu'il se sentait tout à fait bien.

« Oui, Assad », répondit-il dans le portable. « Je suis là maintenant. On ne peut pas faire travailler un type qui fabrique des faux papiers, tu comprends ?

– Qui dit qu'il fabrique des faux papiers ? Pas moi, en tout cas.

– Alors quoi ?

– C'est juste qu'il a appris à faire ce genre de trucs, là d'où il vient. Il sait enlever les cachets tellement bien que ça ne se voit pas. C'est sûr qu'il pourra aussi enlever un peu d'encre. Il travaille vite, Carl, et ça ne coûte rien. Il me doit des services.

– Combien de temps ça lui prendra ?

– On l'aura lundi, si on veut.

– Alors, donne-lui le boulot, Assad, vas-y. »

Assad murmura quelque chose à l'autre bout du fil. OK en arabe, vraisemblablement.

« Juste encore une chose, chef. Il faut que je vous dise de la part de Mme Sørensen, de la criminelle, que le témoin de l'assassinat du cycliste a commencé à parler un peu. Il paraît qu'elle…

– Assad, arrête un peu. Ça ne nous concerne pas. » Il se rassit dans la voiture. « On a assez à faire avec notre propre affaire.

– Mme Sørensen ne voulait pas me le dire directement, mais je crois qu'au deuxième étage, ils voudraient bien avoir votre avis, sans le demander comme ça, directement.

– Sonde-la pour savoir ce qu'elle sait, Assad. Et va voir Hardy lundi matin pour lui raconter tout ça. Ça l'amusera plus que moi, j'en suis sûr. Vas-y en taxi. On se verra à la préfecture après, OK ? Maintenant, tu peux rentrer chez toi, prends un jour de liberté. Profites-en pour t'amuser. Tu salueras bien Hardy et tu lui diras que j'irai le voir un jour de la semaine prochaine. »

Il coupa la communication et regarda à travers le pare-brise qui semblait mouillé comme après une légère averse. Mais ce n'était pas la pluie, ça se sentait jusque dans la voiture. C'était de la pisse de porc à la carte. Le menu de la campagne au printemps.

Une sorte de monstrueux samovar luxueusement décoré trônait et bouillait sur le bureau de Carl. Si Assad avait espéré que son thé à la menthe resterait chaud et buvable jusqu'au retour de Carl grâce à la flamme de l'appareil, il s'était trompé. Toute l'eau s'était évaporée et le fond de la bouilloire craquait sous l'effet de la chaleur. Il souffla la flamme, s'assit pesamment sur sa chaise et sentit de nouveau la pression dans sa poitrine. C'était un symptôme connu : un avertissement suivi d'un soulagement. De nouveau, peut-être, un bref avertissement et après, bang, la mort. Une perspective agréable pour un type qui avait encore des années de service à tirer avant la retraite.

Il prit la carte de visite de Mona Ibsen et la soupesa. S'il avait passé vingt minutes en contact avec son corps doux et chaud, il se sentirait sûrement mieux. La question était de savoir si ça lui ferait le même effet d'être en contact avec son regard doux et chaud.

Il souleva le combiné et forma son numéro, et pendant que le téléphone sonnait, la pression revint. Était-ce un battement de cœur optimiste ou une mise en garde ? Comment le savoir ?

Il cherchait sa respiration quand elle répondit.

« Carl Mørck, dit-il bêtement. Je suis prêt à vous faire une confession totale, maintenant.

– Adressez-vous à la basilique Saint-Pierre, rétorqua Mona sèchement.

– Non, sincèrement. Je crois que j'ai eu une crise d'angoisse aujourd'hui. Je ne vais pas bien.

– Alors, nous nous verrons lundi à onze heures. Voulez-vous une ordonnance téléphonique pour un tranquillisant ou vous débrouillerez-vous tout seul pendant le week-end ?

– Je me débrouillerai », assura Carl, sans se sentir très sûr de lui quand il raccrocha.

L'heure avançait implacablement. Il restait à peine deux heures avant que Morten Holland rentre du vidéo-club.

Il détacha le portable de Merete Lynggaard de son chargeur alluma l'appareil et lut : « Tapez votre code. » La batterie fonctionnait. Ces bons vieux Siemens, on pouvait compter dessus décidément.

Il tapa 1-2-3-4 et l'appareil afficha « code faux ». Puis il essaya 4-3-2-1 avec le même résultat. Il ne lui restait plus qu'un essai avant d'être obligé d'envoyer ce truc aux experts. Il ouvrit le classeur du dossier et trouva la date de naissance de Merete Lynggaard. Elle avait pu aussi choisir la date de naissance d'Oluf. Il feuilleta le dossier et la trouva également. Ou une combinaison des deux pourquoi pas ? Ou un numéro sorti de son imagination ? Il choisit de combiner les deux premiers chiffres de leurs dates de naissance, en commençant par celle d'Oluf, et tapa le numéro.

Quand l'image d'un Oluf souriant tenant Merete par le cou apparut, la pression de sa poitrine se relâcha sensiblement. D'autres auraient poussé un cri de victoire, Carl n'en avait pas la force. Il posa les jambes sur son bureau.

Gêné par cette position inconfortable, il ouvrit le journal d'appels et parcourut la liste des coups de fil reçus et envoyés sur le portable entre le 15 février 2002 et le jour où Merete Lynggaard avait disparu. Il y en avait beaucoup. Il allait devoir faire des recherches dans les archives de la compagnie pour retrouver les abonnés de certains numéros. Ils avaient probablement été attribués à des personnes différentes depuis lors. Cela paraissait compliqué de prime abord, mais une heure plus tard, il y voyait déjà plus clair : durant toute cette période, Merete Lynggaard n'avait communiqué qu'avec des collègues et des porte-parole de syndicats ou de groupes d'intérêts. Trente appels provenaient de son propre secrétariat, notamment le tout dernier, le 1er mars.

Autrement dit, si elle avait reçu des appels du faux Daniel Hale, elle les avait reçus sur sa ligne fixe à Christiansborg.

Il soupira et poussa du pied une pile de papiers sur le côté de son bureau. Il mourait d'envie de donner à Børge Bak un bon coup de pied au cul. Si son ancien service avait fait une liste des appels reçus sur le téléphone fixe du bureau de Merete Lynggaard, elle avait été perdue, car elle ne figurait pas au dossier.

Enfin, il demanderait à Assad de s'en occuper lundi, pendant son entretien avec Mona Ibsen.

Le choix de modèles de Playmobil dont disposait le magasin de jouets d'Allerød n'était pas mauvais, au contraire, mais leur prix était astronomique. Il se demanda comment ses concitoyens avaient les moyens de mettre des gosses au monde. Il choisit ce qu'il y avait de meilleur marché parmi les boîtes contenant plus de deux figurines : une voiture de police et deux agents pour 269,75 couronnes et demanda la facture, certain que Morten Holland viendrait les échanger.

Dès qu'il vit Morten à la cuisine, il passa aux aveux. Il sortit ce qu'il avait emprunté de son sac en plastique et lui tendit la boîte qu'il venait d'acheter. Il lui dit qu'il était affreusement désolé, qu'il ne le referait jamais, et que jamais au grand jamais il ne pénétrerait dans le domaine privé de Morten en son absence. La réaction de Morten était absolument prévisible, mais il fut tout de même surpris de voir à quel point cet exemple vivant des dégâts causés par un régime trop gras et le manque d'exercice était capable de sortir de ses gonds sous l'effet de la colère ; à quel degré un être humain pouvait se sentir offensé et combien d'expressions différentes pouvait prendre un visage sous l'effet de la déception. Carl n'avait pas seulement marché sur les immenses pieds de Morten, il les avait complètement broyés.

Carl contemplait d'un air désolé la petite famille en plastique, sur la table de la cuisine, souhaitant pouvoir revenir en arrière, quand sa poitrine se serra d'une manière tout à fait nouvelle.

Trop occupé à jurer à Carl, en postillonnant, qu'il faudrait qu'il se trouve un nouveau locataire, Morten ne s'aperçut de rien jusqu'à ce que Carl s'effondre sous ses yeux, en proie à des convulsions qui le secouaient du cou au nombril. C'était plus violent que les douleurs qu'il avait ressenties dans la poitrine. Sa peau lui semblait trop étroite, ses muscles bouillaient sous l'afflux du sang, les spasmes de ses muscles abdominaux poussaient tous ses organes contre la colonne vertébrale. Il n'avait pas vraiment mal, mais il étouffait.

Morten se précipita sur lui, ses petits yeux écarquillés, et lui demanda s'il avait besoin d'un verre d'eau.

Un verre d'eau ? Pour quoi faire ? pensa-t-il d'abord, sentant les palpitations affolées de son cœur. Est-ce qu'il avait l'intention de le lui jeter à la figure pour lui rappeler une dernière fois les averses estivales, ou comptait-il injecter l'eau entre ses dents serrées au travers desquelles ne passait qu'un sifflement émis par son soufflet intérieur qui, pour l'instant, manquait surtout d'air ?

« Oui, merci Morten », se força-t-il à répondre, prêt à tout pour qu'ils arrivent à un compromis tous les deux, là, sur le sol de la cuisine.

Quand il se fut un peu remis, et qu'il fut installé dans le coin le moins taché du canapé, la frayeur de Morten avait fait place au pragmatisme.

Si quelqu'un d'aussi posé que Carl pouvait accompagner ses excuses d'une déconfiture aussi éclatante, il fallait sûrement les prendre au sérieux.

« OK. On est d'accord pour oublier ça, hein, Carl ? » proposa-t-il en baissant les paupières.

Carl acquiesça. N'importe quoi pourvu qu'il ait la paix chez lui et qu'il puisse se reposer pendant des heures et des heures en attendant que Mona Ibsen vienne sonder son âme.

32

2007

Au rez-de-chaussée, derrière les livres de la bibliothèque du séjour, Carl avait caché une bouteille de gin et une bouteille de whisky à moitié vides que Jesper n'avait pas encore dénichées pour les offrir généreusement lors de ses fêtes improvisées.

Il dut boire presque tout leur contenu avant de retrouver son calme et passa un interminable week-end dans un sommeil très profond. Il ne se leva que trois fois en deux jours pour effectuer quelques prélèvements dans le réfrigérateur. Jesper était absent et Morten parti voir ses parents à Næstved. Il n'y avait donc personne pour se soucier des dates de péremption indiquées sur les aliments qu'il ingurgita et de la composition bancale de ses menus.

Le lundi finit par arriver et ce fut au tour de Jesper de secouer Carl.

« Lève-toi, Carl, qu'est-ce que t'as ? J'ai besoin de fric pour acheter à bouffer. Y a rien dans le frigo. »

Il regarda son beau-fils d'un œil qui refusait de comprendre, voire même d'accepter la lumière du jour.

« Quelle heure est-il ? bredouilla-t-il sans réaliser tout de suite quel jour on était.

– Tu viens, Carl. Je vais être vachement en retard, là. »

Carl regarda le réveil que Vigga avait eu la grâce de lui

laisser. Elle se fichait royalement de la durée de ses nuits, de toute façon.

Il ouvrit les yeux, bien réveillé tout à coup. Il était dix heures dix. Dans moins de cinquante minutes, il devait être sur sa chaise, soumis à la pureté du regard professionnel de Mona Ibsen.

« Vous avez de la peine à vous lever, en ce moment » ? constata Mona Ibsen en jetant un bref coup d'œil à sa montre. « Je vois que vous continuez à mal dormir », poursuivit-elle comme si elle avait correspondu avec son oreiller.

Il était vexé. Il se serait peut-être senti mieux s'il avait eu le temps de prendre une douche avant de sortir en coup de vent.

Pourvu que je ne pue pas ! pensa-t-il en baissant imperceptiblement la tête vers ses aisselles.

Elle le regardait tranquillement, les mains sur les genoux, croisant les jambes dans son pantalon noir. Avec sa coiffure faite de mèches en désordre, plus courtes que la dernière fois, ses sourcils très noirs, elle était terriblement intimidante.

Il lui décrivit sa crise, au bord du champ qui empestait le lisier, s'attendant à ce qu'elle montre un minimum de sympathie.

« Avez-vous le sentiment d'avoir trahi vos collègues lors de la fusillade ? » répondit-elle, allant droit au but.

Carl avala sa salive une ou deux fois et broda un peu sur un pistolet qu'il aurait dû sortir plus vite et sur son instinct, peut-être émoussé par les nombreuses années passées à côtoyer des assassins.

« Vous vous sentez coupable, j'en suis convaincue. En tout cas, vous allez continuer à en souffrir si vous n'admettez pas que les choses auraient pu se passer différemment.

– Les choses peuvent toujours se passer différemment. »

Elle ne releva pas.

« Il faut que vous sachiez que j'ai aussi Hardy Henningsen en traitement. Comme je vois l'affaire de deux côtés, j'aurais dû me déclarer incompétente. Cependant, il n'y a pas de règle formelle qui m'y oblige, alors, je vous pose la question : maintenant que vous êtes au courant, désirez-vous toujours parler avec moi ? Vous devez savoir que je ne pourrai pas vous dire ce que Hardy Henningsen me raconte, et que mon devoir de discrétion m'interdit également de lui rapporter ce que vous me confierez.

– OK », répliqua-t-il sans conviction.

Si ses joues n'avaient pas été aussi veloutées et ses lèvres aussi séduisantes, il se serait levé et l'aurait priée d'aller se faire voir ailleurs.

« Mais j'en parlerai avec Hardy. Nous ne pouvons pas avoir de secrets l'un pour l'autre, Hardy et moi, ce n'est pas possible. »

Elle acquiesça et se redressa.

« Vous êtes-vous jamais retrouvé coincé dans une situation que vous ne maîtrisiez pas ?

– Bien sûr.

– Quand ?

– Juste maintenant », dit-il avec un coup d'œil éloquent.

Elle ne releva pas non plus. Quelle froideur !

« Que donneriez-vous pour qu'Anker et Hardy soient encore ici, avec vous ? » lui demanda-t-elle avant de passer rapidement à quatre autres questions qui déclenchèrent en lui un sentiment de chagrin étrange. À chacune, elle le regardait dans les yeux et notait les réponses sur son bloc. Il avait l'impression qu'elle voulait l'amener jusqu'au bord du gouffre, comme s'il fallait qu'il tombe pour de bon avant qu'elle puisse attraper sa main pour le relever.

Elle remarqua avant lui que son nez coulait. Elle leva les yeux et vit les larmes qui lui montaient aux yeux.

Si tu clignes des yeux, tu vas pleurer, bon sang, se dit-il sans comprendre ce qui le bouleversait à ce point. Il n'avait pas peur de pleurer et il se fichait aussi qu'elle le voie, mais il ne comprenait pas pourquoi cela se produisait maintenant.

« Ne vous retenez pas, pleurez », dit Mona Ibsen, comme une mère expérimentée qui fait faire son rot à un bébé trop glouton.

Quand la consultation fut terminée, vingt minutes plus tard, Carl en avait assez de se mettre à nu. Mona Ibsen, en revanche, semblait satisfaite, elle lui tendit la main et lui fixa un nouveau rendez-vous. Elle lui répéta que les conséquences de la fusillade étaient dues à la malchance uniquement et qu'il se sentirait mieux au bout de deux séances.

Il hocha la tête ; il se sentait déjà mieux, d'une certaine manière. Peut-être parce que le parfum de la psychologue couvrait son odeur à lui et que sa poignée de main était légère, douce et chaude.

« Contactez-moi si vous avez quelque chose à me dire, Carl. Quoi que ce soit. Cela pourrait nous aider à mieux travailler ensemble dans l'avenir, qui sait ?

– Alors, j'ai déjà une question », dit-il, essayant de mettre en évidence ses mains noueuses et réputées sexy.

Les femmes l'avaient beaucoup complimenté sur ces mains, au fil des années.

Elle remarqua son manège et sourit pour la première fois. Derrière ses lèvres, apparurent des dents plus blanches que celles de Lis, du deuxième étage. C'était rare à notre époque où le vin rouge et la caféine ternissent le sourire de la plupart des gens.

« Je vous écoute ? »

Il prit son courage à deux mains. C'était le moment de tout risquer.

« Y a-t-il quelqu'un dans votre vie ? »

Il fut effrayé lui-même en comprenant la maladresse de sa question, mais c'était trop tard.

« Excusez-moi », il secoua la tête, il avait du mal à continuer. « Je voulais simplement savoir si, un jour, vous accepteriez une invitation à dîner ? »

Son sourire se figea. Les dents blanches disparurent ainsi que la douceur de son visage.

« Je crois qu'il faut d'abord vous remettre avant d'entreprendre ce genre d'offensives, Carl. Et vous devriez choisir plus soigneusement vos victimes. »

Sentant le dépit l'envahir tout entier tandis qu'elle lui tournait le dos et ouvrait la porte, il éclata :

« Si vous ne trouvez pas que vous êtes de celles qu'on choisit très soigneusement, c'est que vous ignorez l'effet que vous faites sur le sexe opposé », gronda-t-il dans son dos.

Elle se retourna et leva une main sur laquelle brillait une alliance.

« Non, je ne l'ignore pas », répliqua-t-elle en sortant à reculons.

Il resta penaud, effondré. Lui qui se considérait comme un des meilleurs enquêteurs que le Danemark ait jamais engendrés ! Il se demanda comment un détail aussi élémentaire avait pu lui échapper.

On l'appela de l'institution Godhavn pour lui dire que l'on avait joint John Rasmussen, le pédagogue à la retraite, qui devait justement se rendre à Copenhague le lendemain pour voir sa sœur. Il avait toujours souhaité visiter la préfecture de police et, par conséquent, si cela convenait à Carl, il se présenterait très volontiers à son bureau entre dix heures et dix heures et demie du matin. Carl ne pouvait pas lui téléphoner, à cause du règlement de Godhavn, mais il pouvait rappeler l'institution si le rendez-vous ne lui convenait pas.

Ce ne fut qu'en raccrochant qu'il revint à la réalité. Sa bourde avec Mona Ibsen l'avait complètement déboussolé et il commençait seulement à recoller les morceaux. Le pédagogue de Godhavn qui rentrait des îles Canaries allait donc venir. Il aurait été judicieux de s'assurer que cet homme connaissait le garçon qu'on appelait Atomos avant que Carl ne s'offre pour lui servir de guide à la préfecture de police. Mais tant pis.

Il respira très profondément et tâcha de se défaire de l'image de Mona Ibsen et de ses yeux félins. Il devait relier ensemble une quantité de petits fils qui restaient en suspens dans l'affaire Lynggaard, il ferait mieux de poursuivre l'enquête au lieu de s'apitoyer sur son propre sort.

L'une des premières choses à faire était de montrer à l'aide-ménagère, Helle Andersen, à Stevns, les photos que lui avait confiées la sœur de Dennis Knudsen. Peut-être pourrait-on aussi la convaincre de venir visiter la préfecture, guidée par un futur commissaire de la criminelle. Tout plutôt que de devoir traverser à nouveau la rivière de Tryggevælde.

Il l'appela et ce fut son mari qui répondit. Il était toujours en arrêt maladie avec un mal de dos incroyable, bien qu'il parût par ailleurs étonnamment bien portant. « Salut, Carl », lui dit-il

Cet homme parlait comme s'ils avaient été scouts ensemble et avaient mangé dans la même marmite. Oui, oui, il aurait été ravi d'appeler Helle, si elle avait été à la maison, s'entend. Non, elle restait toujours chez ses clients jusqu'à pas d'heure... ! Ah, mais c'était peut-être justement sa voiture qu'il entendait arriver. « Parce qu'elle a une nouvelle voiture, figurez-vous. » On entendait bien la différence entre une 1,3 litre et une 1,6 litre, pas vrai ? C'était vrai ce qu'il avait dit, ce type à la télé, que ce modèle de Suzuki tenait ses promesses, bon sang ! Enfin, c'était super d'avoir tiré un bon prix de la vieille Opel, dégoisait le moulin à paroles quand sa femme annonça son arrivée en lançant d'une voix retentissante :

« Oooole ! Tu es là ? Tu as rangé tout le bois ? »

Heureusement pour Ole, ce n'étaient pas les services sociaux qu'il avait au bout du fil.

Une fois que Helle Andersen eut repris sa respiration, elle se montra très coopérative ; Carl la remercia pour la façon dont elle avait accueilli Assad l'autre jour et lui demanda si elle serait en mesure de recevoir par courriel deux photos qu'il venait de scanner.

« Maintenant ? » demanda-t-elle, et elle se mit à lui expliquer d'un trait pourquoi ce n'était pas vraiment le bon moment. « Parce que j'apporte deux pizzas à la maison, et Ole les préfère avec de la salade. C'est qu'elles ne sont pas aussi bonnes quand la salade est toute flétrie par le fromage. »

Vingt minutes s'écoulèrent avant qu'elle rappelle et, au son de sa voix, elle n'avait pas fini de mâcher sa dernière bouchée.

« Vous avez ouvert votre messagerie ?

– Oui », confirma-t-elle.

Elle avait les trois fichiers sous les yeux.

« Cliquez sur le premier. Que voyez-vous ?

C'est Daniel Hale, dont votre assistant m'a montré la photo dernièrement. Celui que je n'ai jamais vu.

– Alors, cliquez sur le deuxième. Et celui-là ?

– Qui est-ce ?

– C'est ce que je vous demande. Il s'appelle Dennis Knudsen. L'avez-vous déjà vu ? Peut-être avec quelques années de plus que sur cette photo ? »

Elle se mit à rire :

« Pas avec cette casquette ridicule, en tout cas. Non, je ne l'ai jamais vu, j'en suis presque sûre. Il me rappelle mon cousin Gorm, mais Gorm est au moins deux fois plus gros. »

C'était sûrement de famille.

« Et la troisième photo ? C'est celle d'une personne qui parle avec Merete devant Christiansborg, peu de temps avant sa disparition. C'est vrai qu'on ne le voit que de dos, mais est-ce que ça vous dit quelque chose ? Ses vêtements, ses cheveux, son attitude, sa taille, sa corpulence, n'importe quoi ? »

Il y eut un petit silence prometteur à l'autre bout de la ligne.

« Je ne sais pas, on ne le voit que de dos. Mais je l'ai peut-être déjà vu. Où pensez-vous que j'aie pu le voir ?

– C'est vous, en fait, qui devriez me le dire. »

Allons, Helle, pensa-t-il. À quoi pouvait-il bien faire allusion ?

« Je sais bien que vous pensez à celui qui a apporté la lettre. Je l'ai aussi vu de dos, c'est vrai, mais il était vêtu très différemment, ce n'est pas facile. Beaucoup de choses correspondent, seulement, je n'en suis pas sûre.

– Alors, ne dis rien mon chou », intervint à l'arrière-plan l'amateur de pizzas souffrant soi-disant du dos.

Carl eut toutes les peines du monde à retenir un gros soupir.

« OK, reprit-il. Alors, j'ai une dernière photo que je voudrais vous envoyer. »

Il cliqua sur son ordinateur.

« Je l'ai reçue, annonça Helle Andersen à l'autre bout du fil dix secondes plus tard.

– Alors, dites-moi ce que vous voyez.

– Je vois une photo du gars qui était sur la photo numéro deux, je crois, qui s'appelait Dennis Knudsen, non ? Ce n'est qu'un enfant, ici, mais on le reconnaîtra toujours à cause de sa drôle d'expression. Quelles joues bizarres. Il conduisait sûrement des karts quand il était petit. Comme mon cousin Gorm, c'est quand même marrant. »

Carl aurait aimé ajouter que c'était certainement avant que Gorm ne pèse cinq cents kilos.

« Regardez l'autre garçon, derrière Dennis Knudsen. Est-ce qu'il vous dit quelque chose ? »

Le silence se fit à l'autre bout du fil. Même l'équilibriste du dos la bouclait. Carl attendit. Il paraît que la patience est la principale qualité d'un bon enquêteur. Il n'y avait donc plus qu'à attendre.

« En fait, c'est un peu effrayant », remarqua-t-elle enfin. Helle Andersen avait soudain une toute petite voix. « C'est lui. Oui, je suis tout à fait sûre que c'est lui.

– Celui qui vous a apporté la lettre, chez Merete, c'est ça ?

– Oui. » De nouveau, il y eut une pause, comme si elle devait d'abord modeler l'image du garçon des années plus tard. « C'est lui que vous recherchez ? Vous croyez qu'il est pour quelque chose dans ce qui est arrivé à Merete ? Est-ce qu'il faut avoir peur de lui ? »

Elle avait l'air sincèrement inquiète. Et elle aurait peut-être eu de bonnes raisons de l'être, à l'époque.

« Il y a cinq ans que tout cela est arrivé, vous n'avez rien à craindre, Helle. Tranquillisez-vous. » Il l'entendit soupirer. « Vous êtes en train de me dire que vous croyez que c'est la même personne que celle qui a apporté la lettre. En êtes-vous tout à fait sûre ?

– C'est lui. Oui, absolument. Il a des yeux tellement caractéristiques, vous voyez ce que je veux dire ? Oh là là, c'est au point que je me sens toute drôle. »

Ce doit être la pizza, pensa Carl. Il la remercia, raccrocha et se recala dans sa chaise.

Il contempla le portrait de Merete Lynggaard sur papier glacé, découpé dans un hebdomadaire et posé sur le dessus de son dossier. Il sentait plus que jamais depuis qu'il avait commencé cette enquête qu'il était le maillon entre la victime et l'assassin. Pour la première fois, il était sûr de lui. Cet Atomos avait tourné le dos à l'innocence pour grandir avec le diable, pour employer une expression forte. Sa méchanceté l'avait mis sur la route de Merete Lynggaard, la question était simplement de savoir où, comment et pourquoi. Carl ne répondrait peut-être jamais à ces questions, mais cela ne l'empêcherait pas de continuer à essayer.

En attendant, Mona Ibsen n'avait qu'à continuer à astiquer son alliance.

Il envoya également les photos à Bille Antvorskov. Moins de cinq minutes plus tard, il avait la réponse sur sa boîte e-mail. Oui, l'un des garçons sur ces photos lui rappelait l'homme qui l'avait accompagné à Christiansborg. Mais il n'en était pas assez sûr pour signer un témoignage dans ce sens.

Carl n'en demandait pas plus, car il avait la certitude que Bille Antvorskov ne signait jamais rien sans l'avoir examiné en long en large et en travers.

Son téléphone sonna. Ce n'était ni Assad ni le retraité de Godhavn, comme il l'avait cru, c'était Vigga, autrement dit la personne qu'il s'attendait le moins à avoir au bout du fil.

« Alors tu arrives, Carl ? » demanda-t-elle d'une voix vibrante.

Il se demanda ce qui n'allait pas, mais il ne réussit pas à endiguer le torrent de paroles qui se déversa sur lui :

« La réception a commencé il y a une demi-heure et personne n'est encore là. Nous avons dix bouteilles de vin et vingt sachets d'amuse-gueules. Si tu ne viens pas non plus, je ne sais pas ce que je vais faire.

– Dans ta galerie, tu veux dire ? »

Elle renifla une ou deux fois, ce qui signifiait qu'elle était sur le point de pleurer.

« De quelle réception parles-tu ?

– Hugin a envoyé cinquante invitations avant-hier. » Elle renifla une dernière fois et son naturel revint au galop. « Pourquoi est-ce que je ne peux pas au moins compter sur toi ? Tu as investi de l'argent dans cette affaire quand même !

– Pose la question à ton spectre ambulant !

– Qui est-ce que tu traites de spectre ? Hugin ?

– Tu en as d'autres qui ressemblent à ça dans tes jupes ?

– Ça intéresse Hugin au moins autant que moi que cette affaire marche. »

Il n'en doutait pas. Où pourrait-il trouver à exposer ailleurs ses lambeaux déchirés de réclames de dessous féminins et de personnages de chez McDonald's maculés de la peinture la moins chère de chez Bilka ?

« Tout ce que je te dis, Vigga, c'est que si ton Einstein n'a pas oublié de mettre les lettres à la boîte samedi, comme il l'affirme, les destinataires ne les auront pas avant ce soir, quand ils rentreront du travail.

– Ah oui, merde, t'as raison ! »

Le type en noir ne se la taperait pas ce soir, c'était sûr.

Bien fait pour lui.

Tage Baggesen frappa à la porte de son bureau à l'instant où Carl allumait la cigarette dont il avait envie depuis des heures.

« Oui », dit-il, les poumons pleins de fumée, et il vit entrer cet homme presque gris qui portait admirablement sa demi-cuite et répandait dans la pièce un parfum de cognac et de bière.

« Écoutez, je m'excuse d'avoir interrompu brusquement notre conversation téléphonique l'autre jour. Mais j'avais besoin de réfléchir, maintenant que l'affaire va éclater au grand jour. »

Carl l'invita à s'asseoir et lui demanda s'il voulait quelque chose à boire, mais le parlementaire refusa d'un geste en avançant une chaise avec assurance. C'est vrai qu'il avait assez bu.

« À quoi faites-vous allusion ? » Carl chargea sa voix de sous-entendus laissant croire qu'il savait un tas de choses qu'il ignorait en réalité.

« Je démissionnerai demain de mon poste au Folketing », dit Baggesen en examinant tristement la pièce. « Après notre conversation, j'irai voir le président. Merete m'avait prévenu de ce qui se passerait si je ne l'écoutais pas, mais je ne l'ai pas crue. Et j'ai fait ce que je n'aurais jamais dû faire. »

Carl plissa les yeux.

« C'est bien que nous mettions les choses à plat, tous les deux, avant que vous ne vous confessiez en place publique. »

L'homme, qui n'était plus un gamin, hocha la tête d'un air contrit puis la baissa :

« J'ai acheté des actions en 2000 et 2001 et j'ai gagné le gros lot.

– Quelles actions ?

– Toutes sortes de conneries. Ensuite, j'ai changé de courtier et celui-là m'a suggéré d'investir dans des usines d'armement aux États-Unis et en France. »

Ce n'était pas le conseiller de la banque d'Allerød qui aurait eu l'idée de proposer à Carl de placer ses économies là-dedans. Il inhala profondément la fumée et écrasa sa cigarette. Un membre éminent du parti des radicaux centristes n'avait pas intérêt à faire ce genre de placements s'il voulait garder les mains propres, Carl l'imaginait sans peine.

« J'ai aussi loué deux de mes immeubles à des instituts de massage. Au départ, je ne le savais pas, je l'ai appris par la suite. Ils se trouvaient à Strøby Egede, non loin de l'endroit où habitait Merete, et les gens jasaient, là-bas. Ça marchait bien pour moi à cette époque. Malheureusement, je me suis vanté de mes affaires devant Merete. J'étais si amoureux d'elle et elle faisait si peu attention à moi. J'espérais peut-être l'intéresser un peu plus en jouant les grands seigneurs, sans succès, naturellement. » D'une main, il se massa la nuque. « Elle n'était pas ce genre de fille. »

Carl suivit des yeux les volutes de la fumée de sa cigarette jusqu'à ce qu'elles aient disparu.

« Elle vous a conseillé d'arrêter ?

– Non, elle ne m'a pas présenté les choses comme ça. Elle m'a dit qu'elle risquait d'en parler par mégarde à la secrétaire qu'elle avait à l'époque, Marianne Koch. J'ai très bien compris. Avec cette secrétaire-là, tout le monde aurait été au courant en un rien de temps. Merete m'a seulement mis en garde.

– Mais comment se fait-il qu'elle se soit intéréssée à vos affaires ?

– Justement, elle ne s'y intéressait pas. C'est bien le problème. » Il soupira et se prit la tête dans les mains. « Je la draguais depuis tellement longtemps qu'à la fin elle ne voulait plus qu'une chose : se débarrasser de moi. En agissant ainsi, elle y réussissait. Si j'avais continué à la harceler, je suis sûr qu'elle aurait divulgué ces renseignements sur moi. Je ne le lui reproche pas. Que vouliez-vous qu'elle fasse ?

– Alors, vous l'avez laissée tranquille mais, par contre, vous avez continué vos affaires ?

– J'ai résilié le bail des salons de massage, mais j'ai conservé mes actions. Je ne les ai vendues qu'après le 11 Septembre. »

Carl hocha la tête. Il savait que l'attentat avait rapporté gros à pas mal de gens.

« Ça vous a rapporté combien ? »

Baggesen leva la tête :

« Un peu plus de dix millions. »

Carl fit la grimace :

« Et vous avez tué Merete pour qu'elle ne parle pas de vos magouilles ? »

Le parlementaire eut un choc. Carl reconnut l'effroi qui s'était peint sur sa figure la dernière fois qu'il l'avait accusé directement.

« Non, non ! Pour quelle raison l'aurais-je fait ? Je n'avais rien fait d'illégal. Il ne me serait rien arrivé d'autre que ce qui m'arrive aujourd'hui.

– C'est-à-dire que vous démissionniez pour éviter que votre groupe parlementaire ne vous y oblige ? »

Les yeux du politicien balayaient la pièce sans parvenir à se fixer et ne s'arrêtèrent qu'en voyant ses initiales sur la liste des suspects du tableau blanc.

« Celles-là, vous pouvez les barrer », conclut-il en se levant.

Assad n'arriva au travail que vers trois heures. Nettement plus tard qu'on aurait pu s'y attendre de la part d'un homme dont les qualifications étaient aussi modestes et la position aussi exposée. Carl pesa un instant l'utilité d'une remontrance, mais la figure joyeuse et l'enthousiasme d'Assad n'invitaient pas à des reproches.

« Qu'as-tu fait pendant tout ce temps ? lui demanda Carl en montrant l'horloge.

– Vous avez le bonjour de Hardy, chef. C'est vous qui m'avez envoyé le voir.

– Tu es resté chez Hardy pendant sept heures ? »

Il indiqua de nouveau l'horloge.

Assad secoua la tête :

« Je lui ai raconté ce que je savais sur l'assassinat du cycliste, et vous savez ce qu'il m'a dit ?

– Il a dû te dire qui était l'assassin ? »

Assad eut l'air stupéfait.

« Vous le connaissez vraiment bien, chef. Oui, c'est ce qu'il a fait.

– Il n'a pas donné son nom, j'imagine.

– Son nom ? Non, mais il a dit qu'il fallait sans doute chercher quelqu'un qui avait de l'importance pour les enfants du témoin. Que ce n'était sans doute pas un instituteur ou un animateur de crèche, mais quelqu'un dont ils dépendaient vraiment beaucoup. L'ex-mari de la mère ou en tout cas quelqu'un que les enfants admiraient. Un maître de manège dans un centre équestre ou quelque chose comme ça. Mais que ça devait être quelqu'un de proche des deux enfants. Je viens d'ailleurs de le leur dire, au deuxième étage.

– Ah bon. » Carl fit la grimace.

C'était incroyable ce qu'Assad formulait bien ses phrases, tout à coup.

« J'imagine que Bak a été aux anges ?

Aux anges ? » Il retourna les mots plusieurs fois dans sa bouche. « Peut-être. À quoi ressemble-t-on quand on y est ? »

Carl haussa les épaules. Là il le reconnaissait mieux.

« Qu'est-ce que tu as fait d'autre ? » D'après la mimique d'Assad, il devinait que son assistant avait encore quelque chose dans sa manche :

« Regardez ce que j'ai là, Carl. » Assad sortit de son sac en plastique l'agenda au cuir patiné qui avait appartenu à Merete et il le posa sur la table. « Regardez, est-ce que ce type n'est pas incroyable ? »

Carl ouvrit l'agenda à la lettre H et vit la transformation. Effectivement, c'était extraordinaire. Là où le numéro de téléphone avait été rayé, on voyait maintenant, un peu effacés, mais tout à fait distincts, les mots Daniel Hale et le numéro 25772060. C'était un travail sensationnel. Plus remarquable encore que le rythme de sa frappe sur le clavier de l'ordinateur pour consulter l'annuaire inversé.

Il fallait qu'il découvre toutes affaires cessantes à qui appartenait ce numéro. Sa recherche n'aboutit pas, bien entendu.

« Ils disent que le numéro n'existe pas. Appelle Lis et demande-lui de vérifier tout de suite. Dis-lui qu'il est possible qu'il ait été résilié il y a cinq ans. Nous ne savons pas qui était l'opérateur de ce portable, mais je suis sûre qu'elle va se débrouiller. Dépêche-toi, Assad », dit-il en lui donnant une tape sur l'épaule.

Carl alluma une cigarette, se cala contre son dossier et résuma la situation.

Merete Lynggaard avait rencontré le faux Daniel Hale à Christiansborg. Il était possible qu'elle ait flirté avec lui, avant de le plaquer quelques jours plus tard. La suppression du nom de Hale dans son agenda téléphonique semblait, chez elle, inhabituelle, comme si elle avait accompli un geste exceptionnel sous l'influence d'une émotion ponctuelle. Quelle qu'en soit la raison, la rencontre avec le soi-disant Daniel Hale avait été un évènement important dans la vie de Merete.

Carl essaya de se l'imaginer en chair et en os. Cette belle politicienne qui avait la vie devant elle et qui avait fait une mauvaise rencontre. Un imposteur, un homme malintentionné. Plusieurs personnes avaient mené ce garçon qu'on appelait Atomos vers elle. D'après l'aide-ménagère de Magleby, selon toute vraisemblance, c'était le même homme qui avait apporté la lettre contenant le message « Bon voyage à Berlin », et, d'après Bille Antvorskov, Atomos était l'homme qui s'était fait passer pour Daniel Hale. Ce garçon, dont la sœur de Dennis Knudsen affirmait qu'il avait eu beaucoup d'ascendant sur son frère pendant son enfance et qui, des années plus tard, selon toutes les apparences, avait incité son ami à emboutir la voiture du véritable Daniel Hale, provoquant la mort de ce dernier. C'était compliqué et, pourtant, ça tenait la route.

De nombreux éléments s'étaient progressivement ajoutés aux indices dont ils disposaient déjà : la mort étrange de Dennis Knudsen peu de temps après l'accident de voiture. La réaction spectaculaire d'Oluf devant la photo d'Atomos jeune, ce qui laissait à penser que ce dernier avait effectivement rencontré Merete Lynggaard sous le nom usurpé de Daniel Hale, rencontre qu'il semblait s'être donné du mal pour provoquer.

Et, pour finir, la disparition de Merete Lynggaard.

Carl sentit de l'acidité remonter de son estomac et eut presque envie d'une gorgée de l'infusion d'Assad.

Il détestait attendre. Pourquoi ne pouvait-il donc pas parler tout de suite avec ce pédagogue de Godhavn à la noix ? Cet Atomos devait bien avoir un nom et un numéro national d'identité. Quelque chose qui permettrait de le retrouver dès aujourd'hui. Il lui fallait cette information. Tout de suite !

Il écrasa sa cigarette, détacha les anciennes listes de son tableau blanc et les parcourut.

SUSPECTS :
1) Oluf
2) Messager inconnu. Lettre concernant Berlin
3) L'homme/la femme du Café Banqueråt
4) Collègues de Christiansborg – TB + ?
5) Crime crapuleux après attaque pour vol. Combien d'argent avait-elle dans son sac ?
6) Attaque sexuelle

À VÉRIFIER :
L'assistante sociale de Stevns
Le télégramme
Les secrétaires de Christiansborg
Les témoins du ferry *Schleswig-Holstein*

La famille d'accueil après l'accident/ses anciens camarades de la fac. Était-elle dépressive ?

Était-elle enceinte ? Amoureuse ?

En face de « Messager inconnu », il écrivit entre parenthèses : « Atomos, alias Daniel Hale ». Puis il raya les initiales de Baggesen ainsi que le mot « Enceinte ? » parmi les questions du bas de la page.

En plus du troisième point, il restait encore les points cinq et six de la première liste. Même une petite somme d'argent pourrait avoir tenté l'esprit malade d'un criminel crapuleux, en revanche, les motifs sexuels de l'option numéro six ne tenaient plus, vu les circonstances dans lesquelles les choses s'étaient passées sur le ferry.

En ce qui concernait les éléments de la seconde liste, il lui manquait toujours les témoins du ferry, la famille d'accueil et les camarades d'études. Aucun rapport ne mentionnait les premiers et, désormais, le reste n'avait plus d'importance. Une certitude : ce n'était pas un suicide.

Décidément, ces listes ne me servent à rien. Il les relut une ou deux fois et les jeta dans la corbeille à papier. Il fallait bien y mettre quelque chose.

Il prit l'agenda de Merete Lynggaard et l'examina à la loupe. C'était vraiment du bon travail. Les ratures avaient complètement disparu. Réellement impressionnant.

« Tu me diras qui a fait ça », cria-t-il à travers le corridor, mais Assad passa la tête dans son bureau et lui intima le silence d'un geste. Carl vit son assistant hocher la tête à plusieurs reprises, son téléphone collé à l'oreille. Il n'avait pas l'air content. Il ne devait pas être possible de retrouver un ancien abonné correspondant au numéro de téléphone inscrit dans l'agenda sous le nom de Hale.

« Il a téléphoné avec une mobicarte ? » lui demanda Carl quand Assad lui apporta un bout de papier en chassant la fumée d'un air contrarié.

« Oui, le portable appartenait à une élève de l'école de Tjørnelys, à Greve. Elle a dit qu'on le lui avait volé le lundi 18 février 2002. L'appareil était dans son manteau, accroché à un portemanteau devant sa salle de classe. Le vol n'a été déclaré que quelques jours plus tard et personne ne sait qui est le voleur. »

Carl hocha la tête, ils connaissaient donc l'abonnée, mais pas celui qui avait volé et utilisé le portable. Bien entendu. À présent, il avait la certitude que tout cela était lié. La disparition de Merete Lynggaard n'était pas accidentelle. Un homme l'avait approchée dans un but malveillant et avait provoqué une série d'évènements qui aboutissaient à la disparition de la belle politicienne. Plus de cinq ans s'étant écoulés, on pouvait craindre le pire, naturellement.

« Lis demande si elle doit poursuivre sa recherche ? demanda Assad.

– De quelle manière ?

– Elle veut savoir si elle doit essayer de relier les appels de l'ancien téléphone fixe du bureau de Merete avec ce numéro-là ? »

Assad montrait le morceau de papier sur lequel se trouvaient les coordonnées de la fille : « 25772060, Sanne Jønsson, Tværager 90, Greve Strand », avait-il écrit en majuscules appliquées. Assad était donc capable d'écrire dans une langue lisible.

Carl secoua la tête, furieux contre lui-même. Il avait oublié de demander que l'on compare les listes d'appels ! Le moment était venu pour lui de se servir d'un bloc-notes, avant que les effets de l'Alzheimer ne se fassent vraiment sentir.

« Évidemment », répliqua-t-il avec son autorité naturelle. Cette recherche inscrirait peut-être le développement et la fin des relations entre Merete Lynggaard et le faux Daniel Hale dans le vecteur temps.

« Mais vous savez, Carl, cela va prendre deux jours. Lis n'a pas beaucoup de temps en ce moment et elle dit que c'est assez difficile parce que ça remonte assez loin. Peut-être même qu'elle n'y arrivera pas. » Assad avait l'air tout triste.

« Allons Assad, donne-moi le nom du gars qui est capable d'exécuter un travail pareil », demanda Carl en lui collant sous le nez l'agenda de Merete.

Assad resta muet.

Carl allait lui expliquer que garder ce genre de secret n'augmenterait pas ses chances de conserver son job, mais le téléphone se mit à sonner.

C'était le directeur d'Egely et sa répugnance envers Carl transpirait littéralement à travers le combiné.

« Vous devez savoir qu'Oluf Lynggaard a quitté l'institution peu après votre agression totalement insensée de vendredi. Nous ignorons où il se trouve en ce moment. La police de Frederikssund est prévenue, mais s'il lui est arrivé quelque chose de grave, à partir de maintenant, je me charge d'empoisonner votre carrière, Carl Mørck. »

Et il raccrocha brutalement, laissant Carl dans un silence assourdissant.

Deux minutes plus tard, le chef de la criminelle l'appelait pour le convoquer dans son bureau. Il n'avait pas besoin de pimenter son propos, Carl connaissait par cœur les nuances de sa voix.

Il fallait y aller, et tout de suite.

33

2007

Le cauchemar avait commencé au kiosque de la gare d'Allerød. Le grand numéro que *Gossip* publiait pour Pâques sortait un jour ouvrable plus tôt que d'ordinaire et tous ceux qui connaissaient Carl, même de très loin, savaient à présent qu'une photo de lui, l'inspecteur Carl Mørck, figurait sur un côté de la une, en dessous du scoop du prochain mariage du prince avec sa petite amie française.

Gênés, deux de ses voisins qui achetaient des sandwiches et des fruits baissèrent la tête en le voyant. « Un inspecteur de police menace un journaliste », claironnait Hyttested, le sous-titre en petites lettres précisait : « La vérité sur les coups de feu mortels ».

Le kiosquier eut l'air très déçu quand il vit que Carl n'avait pas l'intention de mettre la main à la poche pour lire l'article. Mais, nom de Dieu, il n'allait pas en plus contribuer à faire grossir le salaire de Pelle Hyttested.

Dans le train, les voyageurs l'ayant pas mal dévisagé, Carl sentit sa poitrine se serrer de nouveau.

À la préfecture de police, la situation ne s'améliora pas. La veille, il avait fini sa journée en rendant des comptes au patron à cause de la fugue d'Oluf Lynggaard et voilà qu'il allait devoir retourner dans son bureau.

« Qu'est-ce que vous avez à me regarder, bande de cons ? »

gronda-t-il en chemin à l'intention de deux agents qui n'avaient pas du tout l'air de le prendre en pitié.

« Eh bien, Carl. La question est de savoir ce que je vais bien pouvoir faire de toi, commença Marcus Jacobsen. La semaine prochaine, j'ai tout lieu de craindre des manchettes annonçant que tu as terrorisé psychiquement un retardé mental. Tu sais ce que la presse pourrait inventer si jamais Oluf Lynggaard mourait, n'est-ce pas ? » Il faisait allusion au cliché d'un Carl renfrogné qu'un photographe avait pris sur le lieu d'un crime quelques années auparavant. Carl se souvenait parfaitement qu'il avait chassé la presse de la scène de crime et provoqué la colère des journalistes.

« Je voudrais ton avis, Carl, qu'allons-nous faire de toi ? »

Carl attira l'hebdomadaire à lui et parcourut à contrecœur le texte publié au milieu des vilaines taches jaunes et rouges de la mise en pages. Ils savaient vraiment s'y prendre pour traîner les gens dans la boue, ces scribouillards de bas étage.

« Je n'ai pas fait la moindre déclaration sur cette affaire, et encore moins à *Gossip*, répliqua-t-il. Tout ce que j'ai dit, c'est que j'aurais donné ma vie pour Hardy et Anker. Ignorez cet article, Marcus, ou bien envoyez-leur un de vos avocats. »

Il jeta le magazine sur le bureau et se leva. Il venait de dire la stricte vérité. Marcus en ferait ce qu'il voudrait. Allait-il le licencier ? Le cas échéant, ça ne manquerait pas de faire couler de l'encre.

Le patron le regarda d'un air résigné :

« Le magazine d'actualités de la 2 a appelé pour t'interviewer. Je leur ai dit qu'il n'en était pas question.

– OK. »

Marcus n'osait probablement rien faire d'autre.

« Ils m'ont demandé si l'histoire de *Gossip* à propos des coups de feu d'Amager avait un fondement.

– D'accord. Et qu'est-ce que tu leur as répondu ?

– Je leur ai dit que c'était du vent.

– Super. Et toi, qu'est-ce que tu en penses ?

– Carl, écoute-moi. Ça fait un moment que tu fais ce métier. Combien de fois t'est-il arrivé, dans ta carrière, de voir un collègue le dos au mur ? Rappelle-toi la toute première fois où tu patrouillais de nuit à Randers, ou je ne sais où, quand tu t'es trouvé en face d'une bande de paysans bourrés à mort, à qui ton uniforme ne plaisait pas. Tu te souviens de l'effet que ça fait ? Avec les années, on a tous eu à affronter des situations cent fois pire que ça. Moi, Lars Bjørn, Bak, et un tas d'autres qui ont quitté la police aujourd'hui. On les a menacés de mort avec des haches, des massues, des barres de fer, des poignards, des culs de bouteilles de bière, des fusils de chasse et autres armes à feu. Combien de fois est-on capable de supporter ça dans une vie de flic et quand est-ce qu'on n'en peut plus, tu as une idée, toi ? Personne ne le sait ! On a tous été dans la panade à un moment donné. Sinon, ça voudrait dire qu'on ne vaut pas tripette ! De temps à autre, on est obligé d'avancer jusqu'où l'on n'a pas pied, c'est tout, c'est notre boulot. »

Carl hocha la tête et il sentit sa poitrine se serrer d'une façon différente.

« Alors, qu'est-ce que tu vas faire de ça ? » dit-il en désignant l'hebdomadaire.

Le chef de la criminelle regarda Carl tranquillement et, sans un mot, il se leva, ouvrit la fenêtre qui donnait sur Tivoli, se pencha, prit le magazine, fit le geste de s'essuyer le derrière avec, se retourna et le jeta par la fenêtre.

On ne pouvait pas être plus explicite.

Carl esquissa un sourire en pensant au passant qui allait bénéficier d'un programme télé gratuit.

Il fit un signe de tête à son chef. En fait, il était ému.

« Je vais bientôt pouvoir annoncer un nouveau développement dans l'affaire Lynggaard », dit-il en guise de remerciement, attendant que Marcus l'autorise à sortir.

Le chef de la criminelle hocha plusieurs fois la tête, d'un air appréciateur. C'était dans ce genre de circonstances qu'on comprenait pourquoi il était aimé par ses hommes et pourquoi son mariage avec une belle femme durait depuis plus de trente ans.

« Et rappelle-toi que tu ne t'es toujours pas inscrit à ce cours de management, Carl. Et que la date limite est après-demain, tu vois où je veux en venir ? »

Carl acquiesça, mais cela ne signifiait rien. Si le patron insistait pour qu'il poursuive sa formation, il lui faudrait d'abord s'adresser à son syndicat.

Les quatre minutes de marche qui séparaient du sous-sol le bureau du chef de la criminelle furent jalonnés de coups d'œil méprisants et d'attitudes réprobatrices de la part de ses collègues. Tu fais honte à toute la profession, lisait-il dans certains regards – j'en ai autant à votre service, pensait-il. S'il avait pu discerner chez eux un peu de compassion, il ne se serait pas senti comme un homme sur le point d'être encorné par un taureau furieux.

Même Assad, au sous-sol, avait vu l'article. Lui, au contraire, le gratifia d'une petite tape amicale dans le dos. Il trouvait la photo de la une très nette, mais le magazine trop cher. C'était rafraîchissant d'entendre un nouveau point de vue à ce sujet.

À dix heures précises, on l'appela de l'accueil. Quelqu'un venait le voir, lui annonça froidement la standardiste. Attendait-il un nommé John Rasmussen ?

« Oui, envoyez-le-moi. »

Cinq minutes plus tard, il entendit des pas hésitants approcher dans le couloir et une voix appeler prudemment :

« Hello, il y a quelqu'un ? »

Carl fit l'effort de sortir sur le pas de sa porte et se trouva nez à nez avec un anachronisme vivant vêtu d'un pull islandais, d'un pantalon de velours, bref de toute la panoplie du pédagogue post-soixante-huitard.

« John Rasmussen. C'est moi qui étais éducateur à Godhavn. Nous avons rendez-vous. » Il lui tendit une main accompagnée d'un coup d'œil inquisiteur et chafouin. « Dites-moi, ce n'est pas vous qui êtes sur la couverture d'un hebdo aujourd'hui ? »

Il y avait de quoi devenir fou. Carl pensait qu'au moins les gens accoutrés comme Rasmussen ne s'abaissaient pas à lire ce genre de torchons.

John Rasmussen confirma qu'il se souvenait d'Atomos, et ils convinrent d'en parler avant de visiter l'immeuble. Ainsi Carl pourrait se contenter de lui faire faire un petit tour au rez-de-chaussée suivi d'un coup d'œil rapide dans les cours.

L'homme était gentil, mais bavard ; Carl se dit qu'il n'était pas le genre de type avec qui les jeunes en difficulté devaient avoir la patience de discuter. Mais il est vrai qu'il avait encore beaucoup à apprendre sur les jeunes délinquants.

« Je vous faxerai tous les renseignements que nous avons à l'institution, je me suis déjà arrangé avec le bureau pour vous obtenir ça. Le dossier d'Atomos avait disparu il y a quelques années de cela, et quand nous l'avons retrouvé par hasard, derrière une étagère, la moitié des documents manquaient. »

Il secoua la tête, ce qui fit trembler la peau flasque de son cou, sous le menton.

« Dans quelles circonstances Atomos est-il arrivé chez vous ? »

Rasmussen haussa les épaules.

« Vous savez ce que c'est, des problèmes dans la famille, suivis d'un placement dans une famille d'accueil qui n'était peut-être pas la mieux choisie. Le sujet réagit mal et, parfois, il dépasse les bornes. Je crois que c'était un assez bon garçon mais qu'on n'exigeait pas assez de lui alors qu'il était très intelligent. Le pire cocktail qui soit. On voit ça partout, dans les barres HLM de travailleurs immigrés. Ils pètent d'énergie inutilisée, ces jeunes.

– C'était un délinquant ?

– En un certain sens, oui, mais rien de grave, je crois. Bon, OK, il pouvait être très violent, mais je ne me souviens pas qu'il soit venu à Godhavn pour cause de violences. Non, je ne me souviens de rien de ce genre, mais il y a plus de vingt ans de cela, n'est-ce pas ? »

Carl sortit son bloc-notes :

« Je vais vous poser une série de questions rapides, et j'apprécierais que vous me répondiez simplement. Si vous ne pouvez pas répondre, nous passerons à la question suivante. Vous pourrez toujours y revenir si vous trouvez la réponse ultérieurement. d'accord ? »

D'un signe de tête, l'homme remercia Assad qui lui offrait son breuvage poisseux et brûlant dans une jolie petite tasse ornée de fleurs dorées. Il l'accepta avec un sourire, ce qu'il allait sûrement regretter.

Il se tourna de nouveau vers Carl :

« D'accord.

– Le vrai nom de ce garçon ?

– Je crois qu'il s'appelait Lars Erik ou Lars Henrik, quelque chose comme ça. Son nom de famille était tout à fait banal, Petersen, je crois, mais je vous le faxerai.

– Pourquoi l'appelait-on Atomos ?

– C'était à cause de je ne sais quoi que son père avait fabriqué. Je crois qu'il avait beaucoup d'admiration pour lui. Il l'avait perdu quelques années auparavant. C'était un ingénieur qui avait fabriqué quelque chose pour la station d'essais nucléaires de Risø, ou un truc du genre. Mais vous pourrez le vérifier assez facilement quand vous aurez le nom de ce garçon et son numéro d'immatriculation personnel.

– Vous avez toujours son numéro d'immatriculation ?

– Oui, il avait pourtant disparu avec les autres documents, mais nous avions un système spécial, à la comptabilité, relatif au versement des subventions des communes et de l'État, ce qui fait que son numéro a été retrouvé et remis dans son dossier.

– Combien de temps est-il resté chez vous ?

– Trois ou quatre ans, si ma mémoire est bonne.

– C'est long vu son âge, non ?

– À la fois oui et non. Cela se passe comme ça, quelquefois. On ne pouvait pas lui faire suivre la filière normale. Il ne voulait pas aller dans une nouvelle famille d'accueil et sa propre famille n'était pas en mesure de s'en occuper.

– Avez-vous eu des nouvelles de lui depuis cette époque ? Savez-vous ce qu'il est devenu ?

– Je l'ai vu par hasard, plusieurs années après. Il semblait s'être bien débrouillé. C'était à Helsingør, je crois. Il travaillait comme steward ou pilote, un truc comme ça. Il portait un uniforme, en tout cas.

– Vous pensez qu'il travaillait sur un bateau ?

– Probablement. Quelque chose dans ce goût-là. »

Il faudra que je demande la liste du personnel du ferry *Schleswig-Holstein* à la compagnie Scandlines, pensa Carl. La leur avait-on jamais demandée ? Carl revit, une fois de plus, la figure contrite de Bak dans le bureau du chef jeudi dernier.

« Une seconde », dit-il à son visiteur, et il cria à Assad de monter voir Bak pour lui demander s'ils avaient pensé à réclamer la liste du personnel du ferry sur lequel Merete Lynggaard avait disparu, et si oui, où elle se trouvait maintenant.

« Merete Lynggaard ? C'est d'elle qu'il s'agit, là ? » demanda l'homme.

Carl lui adressa un sourire qui exprimait le plaisir inouï que lui faisait cette question. Puis il revint à son questionnaire sans répondre.

« Est-ce que ce garçon avait des tendances psychopathes ? Était-il capable d'empathie ? Vous vous en souvenez peut-être ? »

Assoiffé, le pédagogue regardait le fond de sa tasse vide. Il faisait apparemment partie de ceux qui s'étaient endurci les papilles à l'époque du macrobio. Il leva ses sourcils gris :

« Bien des garçons qu'on nous envoie sont perturbés sur le plan affectif. Bien entendu, certains d'entre eux font l'objet d'un bilan psychiatrique. Je ne me souviens pas que cela ait été le cas pour Atomos, mais je pense qu'il était capable d'empathie. Lui, il était inquiet pour sa mère.

– Avait-il des raisons de l'être ? Se droguait-elle, avait-elle un problème ?

– Non, non, elle ne se droguait pas. Je crois me souvenir qu'elle était assez malade. C'est la raison pour laquelle il est resté si longtemps chez nous avant de retourner dans sa famille. »

Carl fit son possible pour écourter la visite. John Rasmussen s'avéra un visiteur insatiable qui commentait tout ce qu'il voyait. S'il n'avait tenu qu'à lui, il aurait arpenté chaque mètre carré de la préfecture. Aucun détail n'était insignifiant pour lui. Carl dut prétendre que son portable, dans sa poche, bipait de façon continue :

« Malheureusement, c'est le signal qui m'annonce qu'un crime a eu lieu », expliqua-t-il avec le plus grand sérieux. « J'ai bien peur que nous soyons obligés de nous quitter. Merci pour cette rencontre, John Rasmussen. J'attends un fax de votre part dans les deux heures qui viennent, d'accord ? »

Dans l'ensemble, la paix était revenue dans le bureau de Carl. Devant lui, il vit un message indiquant que, comme il fallait s'y attendre, Bak ne savait rien d'une quelconque liste du personnel.

Un murmure tranquille venait du tapis de prière placé dans le coin du réduit d'Assad, mais à part cela tout était calme. Carl avait le sentiment d'avoir essuyé une grosse tempête. Le téléphone avait sonné pendant plus d'une heure à cause de cette saleté d'article. Ça allait du préfet en personne qui lui exprimait son soutien jusqu'aux radios locales, en passant par les rédacteurs de sites internet, les écrivaillons de périodiques et autre vermine de tout poil qui grouillaient dans le monde des médias.

Apparemment cela amusait beaucoup Mme Sørensen du deuxième étage de lui passer tout ce beau monde et il avait finalement coupé sa sonnerie et activé la fonction « afficher le numéro ». Le problème était qu'il n'avait jamais réussi à mémoriser un numéro de téléphone. Enfin, il échappait quand même à quelques appels importuns.

Le fax de l'éducateur de Godhavn fut le seul à le sortir de sa léthargie volontaire.

Comme il s'y attendait, John Rasmussen était un homme bien élevé qui remerciait Carl de l'avoir reçu et d'avoir pris le temps de lui servir de guide. Les pages suivantes étaient les documents promis, des informations qui, bien que concises, valaient leur pesant d'or.

Celui qu'ils appelaient Atomos se nommait en réalité Lars Henrik Jensen. Numéro d'immatriculation : 020172-0619. S'il était encore de ce monde il avait aujourd'hui trente-cinq ans. Merete Lynggaard et lui avaient donc à peu près le même âge.

Un nom terriblement ordinaire, Lars Henrik Jensen, pensa-t-il avec fatalisme. Comment se faisait-il que ni Bak ni les autres crétins qui avaient mené la première enquête n'aient été assez dégourdis pour demander la liste du personnel du ferry *Schleswig-Holstein* ? Il se demanda s'il serait possible maintenant de retrouver les horaires du personnel aussi loin en arrière.

Il sifflota. Quel bond en avant ce serait si ce type avait travaillé sur le *Schleswig-Holstein* à l'époque. Il espéra que la compagnie serait capable de répondre à cette question. Il relut les télécopies et décrocha son téléphone pour appeler le siège de Scandlines.

Avant d'avoir le temps de composer le numéro, il entendit une voix, il crut d'abord que c'était Lis, du deuxième étage, puis il retint sa respiration car c'était Mona Ibsen qui s'adressait à lui, de sa voix douce.

« Que s'est-il passé ? Je n'ai même pas entendu sonner ? » lui dit-elle.

Il aurait bien aimé le savoir. Le standard avait dû lui passer la communication à l'instant où il soulevait le combiné.

« J'ai vu le *Gossip* d'aujourd'hui », annonça-t-elle.

Il jura à voix basse. Elle aussi. Si cet hebdomadaire immonde apprenait combien de lecteurs il leur avait valus cette semaine, ils voudraient en permanence avoir sa tronche sous le logo de leur couverture.

« C'est une situation un peu difficile pour vous, Carl. Comment vous sentez-vous ?

– Je ne prétendrais pas que je nage dans le bonheur !

– Il faudra sans doute que nous nous revoyions bientôt. »

D'une certaine manière, son offre ne lui semblait plus aussi attrayante qu'auparavant. À cause de l'alliance qu'elle avait brandie sous son nez, sans doute.

« Je soupçonne que vous ne serez pas délivrés psychiquement, Hardy et vous, avant que les assassins soient arrêtés. Je me trompe, Carl ? »

Il sentit que la distance entre eux grandissait :

« Oui, vous vous trompez. Ça n'a rien à voir avec ces connards. Le danger fait partie intégrante de notre métier. » Il essaya de se remémorer le discours du patron, un peu plus tôt dans la journée, mais la respiration de cette allumeuse, à l'autre bout du fil, l'empêchait de se concentrer. « Nous avons déjà été exposés à d'innombrables épisodes, dans notre vie professionnelle, où les choses se sont bien terminées, ne l'oubliez pas. On ne peut pas toujours avoir de la chance.

– Heureuse de vous l'entendre dire », répliqua Mona Ibsen. Hardy lui avait sans doute fait à peu près la même réflexion. « Mais franchement, Carl, c'est une vraie crasse qu'on vous a fait là ! Je pense que nous devrions nous voir de temps en temps pour parler de ce genre de choses. La semaine prochaine, il n'y aura rien dans les hebdomadaires, nous serons tranquilles. »

L'employé de Scandlines fut très aimable ; comme pour tous les cas de personnes disparues, il y avait un dossier dans les archives sur Merete Lynggaard, dossier qu'il retrouva sans difficulté, de sorte qu'il put lui dire séance tenante que la liste du personnel de cette triste journée avait été imprimée de longue date et qu'une copie avait été transmise à la brigade mobile. On avait interrogé tout le personnel sur le pont et sous le pont, et personne n'avait malheureusement rien pu dire qui puisse éclairer la police sur ce qui avait pu arriver à Merete Lynggaard pendant cette traversée.

Carl eut envie de se taper la tête contre les murs. Où cette liste était-elle passée ? Quelqu'un l'avait-il utilisée pour s'en faire un filtre à café ? Le diable emporte Bak et compagnie et tous leurs semblables.

« J'ai ici un numéro d'immatriculation, avança-t-il. Pourriez-vous voir s'il correspond à un membre de votre personnel ?

– Pas aujourd'hui, malheureusement. Nos comptables sont en stage de formation professionnelle.

– D'accord. Cette liste se présentait-elle par ordre alphabétique ? »

Non. Le capitaine et ses plus proches collaborateurs y figuraient en premier, c'était la règle. À bord d'un navire, tout le monde a sa place dans la hiérarchie.

« Pouvez-vous vérifier si vous y trouvez un employé qui s'appelle Lars Henrik Jensen ? »

Son interlocuteur poussa un soupir excédé, apparemment cette liste était un sacré pavé.

Dans le même temps qu'il fallut à Assad pour se relever de sa prière, pour se rafraîchir la figure avec l'eau de son petit bol, posé dans l'angle de son cagibi, pour se moucher avec un bruit éloquent et remettre à bouillir un verre de son eau sucrée, l'employé du bureau de Scandlines avait terminé sa recherche.

« Non, il n'y avait pas de Lars Henrik Jensen », lui dit-il en prenant congé.

Et merde ! Il y avait vraiment de quoi se décourager.

« Pourquoi vous êtes triste, chef ? dit Assad en souriant. Il faut arrêter de penser à cette photo idiote dans ce magazine idiot. Il vaut mieux penser que ça serait plus grave si vous vous étiez cassé les bras et les jambes. »

C'était vraiment une drôle de consolation.

« On m'a donné le nom du jeune Atomos, Assad, lui dit-il. Je pensais qu'il travaillait sur le bateau à bord duquel Merete Lynggaard a disparu, mais ce n'était pas le cas. C'est pour ça que j'ai cet air-là. »

Carl eut droit à une grande tape dans le dos.

« Alors, vous avez quand même trouvé la liste du personnel du bateau. Bravo, chef », s'écria Assad avec enthousiasme, comme s'il félicitait un enfant qui a fait dans son pot.

« Je ne suis pas beaucoup plus avancé, mais on fera avec. Dans le fax de Godhavn, il y avait aussi le numéro d'immatriculation de Lars Henrik Jensen, avec ça on finira par le retrouver. On a tous les registres qu'il faut, Dieu merci. »

Il rentra le numéro dans son moteur de recherche. Assad attendait, derrière son dos, aussi impatient qu'un enfant qui va ouvrir un cadeau de Noël. Le moment où l'on découvre l'identité du principal suspect est un moment privilégié pour un agent de la Crime.

Et ce fut la déception.

« Qu'est-ce que ça veut dire, chef ? » demanda Assad en montrant l'écran.

Carl lâcha la souris et leva les yeux vers son assistant :

« Cela signifie que ce numéro n'existe pas. Il n'y a pas une seule personne, dans tout le royaume du Danemark, qui correspond à ce numéro-là.

– Vous ne vous êtes pas trompé en l'écrivant ? Le numéro est bien lisible sur le fax ? »

Carl vérifia. Oui, c'était le même.

« Peut-être que ce n'est pas le bon numéro, alors ? »

Bien vu.

« Peut-être qu'il a été corrigé ? » Assad attrapa le fax et regarda le numéro d'identité en fronçant les sourcils.

« Regardez, Carl, je crois qu'on a corrigé un ou deux chiffres. Qu'en dites-vous ? Est-ce que là et là, on n'a pas gratté le papier ? » Il lui montrait deux des quatre derniers chiffres. C'était difficile à voir, mais sur la copie du fax, il semblait qu'il y eût une légère ombre sur ces deux chiffres dactylographiés.

« Même si on ne corrige que deux chiffres, il y a des centaines de combinaisons possibles, Assad.

– Oui, et alors ? Mme Sørensen pourrait taper ces numéros d'immatriculation en une petite demi-heure si on lui envoyait des fleurs. »

Incroyable de voir à quel point il s'était entiché de cette bonne femme.

« Il peut y avoir une infinité de possibilités, Assad. Quand on corrige deux chiffres, on peut aussi en corriger dix. Il faut d'abord qu'on nous envoie l'original de Godhavn pour qu'on l'examine avant de commencer à dénombrer les combinaisons possibles. »

Il appela l'institution pour leur demander d'envoyer l'original par coursier à la préfecture de police, mais ils refusèrent.

Ils ne laisseraient pas des documents originaux sortir de chez eux.

Carl leur expliqua pourquoi c'était si important.

« Vous avez vraisemblablement travaillé avec de fausses informations pendant toutes ces dernières années. »

La suggestion fut immédiatement réfutée.

« Non, je ne crois pas. Nous nous en serions aperçus en transmettant ces éléments aux autorités compétentes pour qu'on nous verse nos remboursements, lui rétorqua-t-on avec assurance.

– D'accord. Mais si la falsification a eu lieu longtemps après que votre client vous a eu quittés, personne ne s'en serait aperçu, n'est-ce pas ? N'oubliez pas que ce numéro d'immatriculation a réapparu dans vos registres au moins quinze ans après le départ d'Atomos.

– Quoi qu'il en soit, je crains que nous ne puissions vous transmettre ce document.

– Tant pis, nous emploierons les moyens légaux, mais je trouve que ce n'est pas très gentil à vous de refuser de nous aider. C'est peut-être sur un crime que nous enquêtons, pensez-y. »

Ni cette dernière phrase ni la menace d'une décision de justice ne les feraient changer d'avis, Carl le savait par avance. Il était beaucoup plus efficace d'en appeler à la vanité. Qui apprécierait sans réagir de se faire traiter de minable ? Pas les gens des services sociaux. Les mots « pas très gentil » étaient si peu agressifs qu'ils produisirent l'effet inverse. Il avait employé « l'autorité doucereuse », comme un de ses professeurs de l'école de police aimait la qualifier.

« Je vais vous demander de nous adresser un e-mail, dans lequel vous exigerez l'original », lui proposa son interlocuteur.

C'était dans la poche.

« Au fait, c'était quoi le vrai nom d'Atomos, chef ? Est-ce qu'on sait d'où lui venait ce surnom ? » demanda Assad, le pied posé sur l'unique tiroir de Carl.

« Lars Henrik Jensen, d'après eux.

– Lars Henrik Jensen, quel drôle de nom. Il ne doit pas y en avoir beaucoup qui s'appellent comme ça. »

Non, probablement pas dans le pays d'origine d'Assad, pensa Carl. Il allait le taquiner là-dessus quand il s'aperçut qu'Assad était en pleine réflexion et que son expression était différente de toutes celles que Carl lui avait vues jusque-là. Il était plus concentré encore qu'à l'ordinaire, empreint d'une sorte de gravité.

« À quoi penses-tu, Assad ? »

On aurait dit que ses yeux changeaient de couleur. Il fronça les sourcils et attrapa le classeur Lynggaard. Un instant plus tard, il avait trouvé ce qu'il cherchait.

« Est-ce que ça pourrait être un hasard ? » questionna-t-il en montrant une des lignes du tout premier document.

Carl lut un nom imprimé et c'est à ce moment-là qu'il vit quel rapport Assad venait d'extraire du dossier.

En un instant, Carl récapitula toute l'affaire et le déclic se produisit. Quelque part en lui, à cet endroit du cerveau humain où les déductions logiques et l'explication ne viennent pas perturber l'intime conviction, à cet endroit au fond de soi-même où l'on réfléchit librement et sur un mode contradictoire, exactement à cet endroit-là, plusieurs pièces du puzzle vinrent prendre leur place et tout devint cohérent.

34

2007

Le plus dur pour Merete ne fut pas de croiser le regard de Daniel, cet homme qui l'avait tant attirée, ni d'apprendre que Daniel et Lasse étaient une seule et même personne, même si cette découverte lui laissait les jambes en coton. Non, le pire fut de découvrir sa véritable identité. Cette découverte la vida de toute son énergie. Et il ne subsista plus en elle que la culpabilité qui avait pesé sur sa conscience durant toute sa vie d'adulte.

Parce que ce n'étaient pas ses yeux qu'elle avait reconnus, mais la douleur qu'ils exprimaient. La douleur, le désespoir et la haine qui, en un dixième de seconde, s'étaient emparés de la vie de cet homme, ou plutôt de ce jeune garçon, elle le savait désormais.

Lasse n'avait que quatorze ans quand il avait vu, à travers la vitre de la voiture de ses parents, une fille pleine de vie qui taquinait si bien son frère, sur le siège arrière, que l'attention de son père s'était relâchée, durant les millièmes de seconde où il aurait dû se concentrer pour juger la situation et maîtriser son volant. Ces précieuses secondes d'attention, qui auraient pu sauver la vie de cinq êtres humains et éviter que trois autres soient handicapés. Seuls Lasse et Merete s'étaient tirés de l'accident sains et saufs, la facture devait donc se régler entre eux deux.

Elle le comprit et s'abandonna à son sort.

Les mois suivants, celui qui l'avait attirée autrefois sous le nom de Daniel et qu'elle détestait à présent sous celui de Lasse vint la contempler chaque jour à travers les hublots. Parfois, il la regardait sans bouger, comme si elle était une civette promise sous peu à une lutte à mort contre des cobras, d'autres fois, il lui parlait. Il ne lui posait presque jamais de questions, c'était inutile. On aurait dit qu'il savait d'avance ce qu'elle répondrait.

« Quand tu m'as regardé dans les yeux, depuis le siège arrière de votre voiture, à l'instant où ton père nous doublait, je me suis dit que tu étais la plus belle fille que j'aie jamais vue », lui dit-il un jour. « Et quand tu m'as ri au nez, la seconde d'après, sans te soucier des effets de ton insouciance, je savais déjà que je te haïssais. Avant même que notre voiture se renverse et que ma petite sœur, à côté de moi, vienne se briser la nuque contre mon épaule. J'ai entendu son cou se fracturer, tu te rends compte de ça ? »

Il la regardait longuement pour l'obliger à baisser les yeux, mais elle s'y refusait. Elle avait honte, mais c'était tout. La haine était réciproque.

Ensuite, il lui avait raconté sa version des instants où son univers avait basculé. Il lui avait décrit sa mère luttant pour mettre ses jumeaux au monde dans la voiture accidentée, il lui avait parlé de son père qu'il aimait et admirait intensément, et qui l'avait regardé tendrement en mourant, la bouche ouverte, et aussi des flammes qui avaient attaqué les jambes de sa mère, coincées sous le siège. Il lui avait dit l'adoration qu'il avait pour sa petite sœur, si mignonne et drôle, qu'il avait écrasée sous lui. Il avait dépeint pour elle le dernier jumeau, si mal placé que le cordon ombilical l'étranglait, et l'autre qui hurlait, gisant contre la vitre, tandis que les flammes approchaient.

C'était un récit atroce. Elle ne se souvenait que trop bien de leurs cris désespérés.

« Ma mère ne peut plus marcher, elle n'a jamais remarché après l'accident. Mon frère n'est pas allé à l'école, il n'a pas eu le droit de vivre comme les autres enfants. Nous avons tous perdu notre vie à cause de toi. Quel effet crois-tu que ça fait, d'avoir un jour un père, une gentille petite sœur et la promesse de deux petits frères, et de se retrouver sans rien le lendemain ? Ma mère était fragile, mais il lui arrivait quand même de rire de bon cœur, avant que ne tu sois entrée dans notre vie et qu'elle ait tout perdu. Tout ! »

À ce moment-là, sa mère s'était approchée, visiblement bouleversée par son récit. Peut-être pleurait-elle, Merete n'en était pas sûre.

« Comment crois-tu que j'aie vécu, les premiers mois, tout seul dans une famille d'accueil où on me battait ? Moi qui n'avais jamais connu autre chose que l'amour et la sécurité ? Pas une seconde ne s'écoulait sans que je brûle de me venger de ce salaud qui voulait que je l'appelle papa et je te voyais devant moi sans arrêt, Merete. Toi et tes beaux yeux irresponsables, toi qui avais anéanti tout ce que j'aimais. » Puis il fit une pause si longue que ce qui suivit fut d'une clarté saisissante : « Merete, je me suis promis de me venger de toi et de tous ceux qui m'ont fait souffrir. À n'importe quel prix. Et tu vois, aujourd'hui, je suis heureux. Ma vengeance vous a tous frappés, vous, les salauds qui nous avez volé notre existence. Il faut que tu saches que j'ai envisagé de tuer ton frère. Mais, un jour où je vous espionnais, j'ai découvert la façon dont il te tenait prisonnière, combien tu te sentais coupable quand tu étais avec lui. À quel point il te coupait les ailes. Allais-je alléger ton fardeau en le tuant lui aussi ? N'était-il pas une de tes victimes, lui aussi ? Alors, je l'ai laissé vivre, mais pas mon père adoptif, ni toi, Merete, ni toi. »

On l'avait envoyé dans un foyer pour enfants lorsqu'il avait essayé pour la première fois de tuer son père adoptif. La famille n'avait pas dit aux autorités ce qu'il avait fait, ni que la profonde blessure que son père avait au front était due à un coup de bêche. Ils s'étaient bornés à dire que le gamin était un malade mental et qu'ils ne pouvaient plus en assumer la responsabilité. On leur avait confié un autre garçon qui leur rapportait de l'argent à sa place.

Mais la bête sauvage qui dormait en Lasse était réveillée. Personne n'aurait jamais plus de pouvoir ni sur lui ni sur sa vie.

Ensuite, cinq ans, deux mois et treize jours s'étaient écoulés avant que la question des indemnités ne soit réglée et que sa mère se sente suffisamment bien pour laisser un Lasse, presque adulte maintenant, revenir auprès d'elle et de son frère. Les brûlures de l'autre jumeau étaient telles qu'on n'avait pas pu le sauver. Le survivant était celui qui avait failli être étranglé par le cordon ombilical.

Pendant que la mère était hospitalisée puis en maison de repos, le petit jumeau avait été mis en nourrice, et on le lui avait rendu le jour de ses trois ans. Les cicatrices de sa figure et de sa poitrine venaient de ses brûlures. Ayant manqué d'oxygène à la naissance, de toute manière, il resterait attardé et handicapé moteur, mais il avait été une consolation pour leur mère pendant les deux années où elle rassemblait des forces pour permettre à Lasse de revenir aussi à la maison. On leur avait versé un million et demi de couronnes pour la perte de leur père, la perte de sa belle entreprise, que personne ne pouvait plus gérer, la perte d'une petite sœur et du bébé, sans compter l'état de sa mère et la destruction de leur famille. Un misérable petit million et demi. Lorsque Merete ne mobiliserait plus leur attention quotidienne, sa vengeance se tournerait aussi contre les agents d'assurances et les avocats qui les avaient privés des indemnités qu'ils étaient en droit d'exiger. Lasse l'avait promis à sa mère.

Merete avait beaucoup de fautes à expier.

La fin approchait, elle le savait, l'angoisse et le soulagement grandissaient en elle simultanément. Un emprisonnement cruel, de près de cinq ans, l'avait entièrement consumée, il fallait que son calvaire prenne fin. C'était dans l'ordre des choses.

La veille du jour de l'an 2007, la pression de sa cellule était depuis longtemps de six atmosphères et un seul des tubes de néon brillait en continu. Un Lasse en tenue de soirée apparut de l'autre côté des vitres, accompagné de sa mère et de son frère. Il lui souhaita une bonne année en ajoutant que c'était le dernier nouvel an qu'il lui serait donné de vivre.

« Nous savons toi et moi quel sera le jour de ta mort, n'est-ce pas, Merete ? C'est d'une telle évidence. Si tu fais l'addition des années et des jours où j'ai été privé de ma famille jusqu'au jour où je t'ai capturée comme l'animal que tu es, tu sauras quand tu mourras. Tu devras supporter ta solitude exactement aussi longtemps que j'ai dû le faire, et pas un jour de plus. Fais le calcul, Merete. Le moment venu, nous ouvrirons le sas. Tu auras mal, mais pas longtemps. L'azote s'est accumulé dans tes tissus adipeux. Tu es très maigre, c'est vrai, mais n'oublie pas que partout, dans notre organisme, il existe des cellules qui contiennent de l'air. Quand tes os se dilateront et que leurs débris se mettront à éclater dans tes tissus, quand la pression fera sauter tes plombages dans ta bouche, quand tu sentiras la douleur exploser entre tes épaules et tes hanches, tu sauras que l'heure est venue. Fais le calcul. Cinq ans, deux mois et treize jours à partir du deux mars 2002, et tu connaîtras la date de ta mort. Tu peux espérer que les hémorragies de tes poumons et de ton cerveau te paralyseront, ou que tes poumons éclateront et que tu perdras connaissance ou que tu mourras le plus vite possible, mais n'y compte pas trop. Je ne souhaite pas que tu meures trop vite. »

Elle mourrait le 15 mai 2007, dans quatre-vingt-onze jours à partir d'aujourd'hui, puisqu'on était le 13 février exactement quarante-quatre jours après le nouvel an. Elle vivait chaque soir, depuis la Saint-Sylvestre, en sachant qu'elle se suiciderait avant d'arriver à la date fatidique. En attendant, elle essayait de s'abstenir de sombrer dans la tristesse et de cultiver, à la place, les meilleurs de ses souvenirs.

C'est ainsi qu'elle se préparait mentalement à faire ses adieux à la vie ; souvent, elle s'emparait de la pince pour contempler ses mâchoires tranchantes, ou bien elle se demandait si elle allait casser la plus longue de ses baguettes de nylon pour en faire une aiguille en la limant sur le béton du sol. Elle ne disposait que de ces deux outils pour se suicider. Elle s'allongerait, dans l'angle mort des hublots, et elle se percerait les veines ; on les voyait très nettement, Dieu merci, tant ses bras étaient maigres.

Forte de cette certitude, elle se reposait jusqu'au jour fatal. Après avoir reçu sa pitance, elle entendit de nouveau les voix de Lasse et de sa mère. Tous deux paraissaient énervés, et le ton montait.

Ce fumier et cette mégère n'ont pas toujours partie liée, se dit-elle, ragaillardie.

« Tu n'arrives pas à avoir le dessus sur ta maman, mon petit Lasse ? » cria-t-elle. Elle savait que ce genre de provocation entraînerait des représailles, elle commençait à savoir comment réagissait la sorcière.

Elle la connaissait, oui, mais pas assez encore. Elle s'était attendue à ce qu'ils diminuent sa ration alimentaire pendant deux jours, mais pas à ce qu'ils lui enlèvent la possibilité de se supprimer.

« Fais attention, Lasse », siffla la vieille, de l'autre côté des vitres. « Elle essaye de nous monter l'un contre l'autre. Et elle trouvera un moyen de t'embobiner, tu peux en être sûr. Méfie-toi d'elle. Elle a une pince, là-dedans, et je suis convaincue qu'à la première occasion, elle s'en servira contre elle-même. Tu veux que ce soit elle qui rie la dernière, c'est ça que tu veux, Lasse ? »

Il y eut une pause de deux secondes pendant laquelle elle sentit l'épée de Damoclès suspendue au-dessus de sa tête.

« Tu as entendu ce qu'a dit ma mère, n'est-ce pas, Merete ? » ajouta-t-il froidement à travers les haut-parleurs.

À quoi bon lui répondre ?

« Désormais, tu resteras éloignée des vitres. Il faut que je puisse te voir constamment, tu m'entends ? Tire le seau hygiénique jusqu'au mur du fond. Tout de suite ! Si tu essaies d'une manière quelconque de faire la grève de la faim ou de te cacher, ou de te mutiler, tu peux être sûre que je décompresserai la pièce avant que tu aies le temps de réagir. Si tu te piques quelque part, ton sang jaillira comme l'eau d'un geyser. Tu sentiras que tout éclate en toi avant de perdre connaissance, je t'assure. J'installe des caméras et, désormais, nous allons te surveiller vingt-quatre heures sur vingt-quatre. Nous dirigerons deux projecteurs sur les vitres, à la puissance maximale. Je peux décompresser la cabine avec une télécommande, figure-toi. Tu peux choisir la guillotine tout de suite ou attendre un peu. Mais qui sait, Merete ? Peut-être que nous serons tous morts demain ? Peut-être que nous serons empoisonnés par le délicieux saumon que nous allons manger ce soir ? Sait-on jamais ? Alors, patience. Peut-être qu'un beau jour, un prince viendra te chercher sur son cheval blanc ? Tant qu'il y a de la vie, il y a de l'espoir, pas vrai ? Alors, prends ton mal en patience, Merete. Mais respecte le règlement. »

Elle leva la tête pour regarder la vitre. Elle devinait très vaguement les contours estompés de Lasse. Un ange gris de la mort, voilà ce qu'il était. Elle le voyait flotter là-bas, dans la vraie vie, et elle espérait qu'il souffrirait éternellement, martyrisé par son esprit obscur et malade.

« Comment as-tu tué ton père adoptif ? D'une façon aussi bestiale que celle que tu emploies pour m'éliminer ? » lui cria-t-elle, et elle s'attendait à ce qu'il se mette à rire, mais pas à ce que les autres l'accompagnent. Ils étaient là tous les trois, alors.

« J'ai attendu dix ans, Merete. Et je suis revenu avec des muscles qui pesaient vingt kilos de plus et une telle insolence que je croyais presque que ça suffirait à le tuer.

– Et ça n'a pas suffi, il n'a pas été pétrifié de terreur ? » répliqua-t-elle, se moquant de lui.

Tout ce qui pouvait dégonfler en lui l'ivresse de sa victoire valait la peine qu'on le lui inflige.

« Je l'ai battu à mort, tu ne crois pas que ça lui a appris le respect ? La méthode n'était pas très raffinée, mais tant pis. Je l'ai écrabouillé en prenant mon temps. La seule chose qui pouvait me rassasier, c'était qu'il mange le même pain que moi. »

Elle eut envie de vomir. Cet homme était fou à lier.

« Tu es comme lui, espèce de malade ridicule », murmura-t-elle. « Dommage qu'ils ne t'aient pas coffré déjà à ce moment-là.

– Coffré ? Tu as dit coffré ? » Il se remit à rire. « Comment auraient-ils su que je l'avais tué ? C'était la moisson, sa vieille saleté de moissonneuse était garée dans le champ. Je n'ai eu aucun mal à le jeter dans la machine après l'avoir mise en marche. Il avait beaucoup d'idées bizarres, cet idiot, entre autres celle de moissonner la nuit. Ça n'a étonné personne qu'il soit mort comme ça. Et je peux te dire que nul ne l'a regretté.

– Mais oui, tu es un grand homme, Lasse. Qui d'autre as-tu assassiné ? Tu n'as la mort de personne d'autre sur la conscience ? »

Elle était sûre que la liste ne s'arrêtait pas là, mais elle fut quand même très choquée en apprenant de quelle façon il avait profité de la position de Daniel Hale pour s'approcher d'elle, comment il avait usurpé sa place et l'avait assassiné par la suite. Daniel Hale ne lui avait rien fait, mais il fallait le supprimer pour que personne ne tombe sur Lasse par hasard. Et le complice de Lasse, Dennis Knudsen, avait subi le même sort. Il fallait qu'il meure, lui aussi. Aucun témoin, il était sans pitié.

« Mon Dieu, Merete, murmura-t-elle. De combien de personnes as-tu fait le malheur sans le savoir ? »

« Pourquoi ne m'as-tu pas tout simplement tuée, salaud ? » cria-t-elle en direction de la vitre. « C'était facile puisque tu dis que tu nous surveillais, Oluf et moi. Pourquoi ne m'as-tu pas tuée d'un coup de couteau quand je sortais dans mon jardin ? Parce que tu y es venu, n'est-ce pas ? »

Il y eut une courte pause, et puis il expliqua, très lentement, pour bien lui faire comprendre la profondeur de son cynisme :

« Premièrement, c'était trop facile. Nous voulions te voir souffrir aussi longtemps que nous avions souffert. De plus, ma chère Merete, je voulais t'approcher de près. Je voulais te voir vulnérable. Je voulais bouleverser ta vie. Il fallait que tu aimes ce Daniel Hale et que tu apprennes à le craindre. Il fallait que ton dernier voyage avec Oluf soit gâché par le fait qu'à ton retour tu devrais affronter une situation que tu ne maîtrisais pas. Tu m'as donné une satisfaction qui a dépassé mes attentes, sache-le.

– Tu es dingue.

– Dingue ? Tu crois ça ? Je peux te dire que ce qui m'a rendu dingue, c'est quand j'ai appris que ma mère avait adressé une demande à la Fondation Lynggaard pour obtenir une aide de façon à pouvoir rentrer chez elle à la fin de son hospitalisation et qu'on la lui a refusée en alléguant que la Fondation n'aidait que les descendants directs de Lotte et d'Alexander Lynggaard. Elle avait demandé cent mille couronnes, une misère, à votre fondation pleine aux as, et ils ont refusé, alors qu'ils savaient fort bien qui elle était et ce qu'elle avait souffert. Il a fallu qu'elle reste encore plusieurs années dans des institutions. Tu comprends, maintenant, pourquoi elle te déteste autant, espèce de truie pourrie-gâtée ? » Le psychopathe pleurait, derrière la vitre. « Cent mille satanées couronnes. Qu'est-ce que ça signifiait pour toi et ton frère ? Rien ! »

Elle aurait pu répondre qu'elle n'en avait rien su, mais elle avait payé sa dette. Depuis longtemps.

Le même soir, Lasse et son frère installèrent les caméras et allumèrent les projecteurs. Deux machins dont la lumière crue l'éclairait de nuit comme de jour en exposant sa prison dont elle ne découvrait qu'à présent l'infinie laideur, les détails sordides. Cette confrontation avec sa propre déchéance était si épouvantable qu'elle décida de fermer les yeux pendant les premières vingt-quatre heures. On lui donnait en spectacle le lieu de sa mise à mort, mais la condamnée choisissait de ne pas le voir.

Plus tard, ils tendirent des fils électriques sur les deux vitres et les branchèrent à des prises de courant, afin de pouvoir faire sauter les vitres, soi-disant, en cas de besoin, et, pour finir, ils apportèrent des bouteilles d'oxygène et d'hydrogène comprimés ainsi que des « liquides inflammables », comme ils disaient, qu'ils positionnèrent dans divers endroits stratégiques à l'extérieur.

Lasse lui annonça que tout était prêt. Lorsqu'elle serait morte, après avoir implosé, ils emporteraient ses restes dans leur broyeur de compost, puis ils feraient sauter sa cellule. L'explosion s'entendrait à des kilomètres à la ronde. Cette fois, les assurances seraient bien obligées de payer. Les accidents fortuits de ce genre, il suffisait de les planifier soigneusement pour en faire disparaître définitivement toutes les traces.

Ça ne se passera pas comme ça, croyez-moi, se dit-elle en élaborant sa vengeance.

Deux jours plus tard, elle s'assit, le dos tourné aux vitres, et se mit à gratter le béton avec la pointe de la pince. Deux jours encore et elle aurait fini, et elle devrait aussi renoncer à la pince. Il faudrait qu'elle se serve de son cure-dents pour s'ouvrir les veines, mais peu importe. Il lui restait cela, et c'était déjà bien.

Il lui fallut presque une semaine pour terminer sa gravure, mais à ce moment-là les sillons étaient assez profonds pour résister à presque tout. Ensuite, elle avait recouvert une par une, avec de la poussière et des détritus ramassés dans tous les recoins de sa prison, les lettres qu'elle avait tracées. Quand les experts des assureurs arriveraient sur les lieux pour déterminer les circonstances du sinistre, elle était certaine qu'ils en découvriraient au moins une partie et qu'ils comprendraient le sens de son message. Elle avait écrit ceci :

Lasse, le propriétaire de ce bâtiment, a assassiné son père adoptif, Daniel Hale et un de ses amis, avant de m'assassiner moi aussi.

Prenez bien soin de mon frère Oluf et dites-lui que sa sœur a pensé à lui tous les jours, pendant plus de cinq ans.

Le 13-2-2007, Merete Lynggaard, enlevée et séquestrée dans ce lieu misérable depuis le 2 mars 2002.

35

2007

Assad avait exhumé les détails du rapport de la police de la route concernant l'accident mortel, survenu la veille de Noël 1986, qui avait coûté la vie aux parents de Merete Lynggaard. Le rapport mentionnait également trois autres victimes parmi les passagers de la seconde voiture : un nouveau-né, une fillette de huit ans et le conducteur de la voiture, Henrik Jensen, ingénieur et créateur d'une entreprise nommée « Jensen Industries », mais à ce sujet le rapport manquait de certitudes, comme l'indiquaient les points d'interrogation dans la marge. D'après une note manuscrite, il se serait agi d'« une entreprise florissante qui produisait des caissons d'acier étanches destinés aux gaz ». Sous cette note figurait une autre phrase entre guillemets, également prononcée par un témoin, fort probablement : « Un fleuron de l'industrie danoise. »

Assad ne s'était pas trompé. Le conducteur décédé s'appelait Henrik Jensen. Un nom extrêmement proche de celui de Lars Henrik Jensen. Assad n'était vraiment pas bête.

« Ressors les magazines, Assad. Peut-être qu'ils ont publié les noms des survivants. Je ne serais pas surpris que le garçon de la deuxième voiture se prénomme Lars Henrik, puisque son père s'appelait Henrik. Tu vois ce nom-là quelque part ? »

Se prenant à regretter cette répartition des rôles, Carl tendit la main :

« Donne-moi deux articles des magazines à scandale, oui, et aussi deux de ceux-là », ajouta-t-il en désignant les coupures de journaux.

Des photos horribles de l'accident, publiées à côté des portraits de gens insignifiants assoiffés de célébrité, accompagnaient un texte accrocheur. Les flammes avaient tout détruit autour de la Ford Sierra, comme le prouvait une photo de l'épave noircie. Cela tenait du miracle que deux employés de Falck qui passaient là par hasard aient pu libérer les corps des accidentés avant qu'ils ne soient tous brûlés vifs. Selon le rapport, les pompiers n'étaient pas arrivés aussi vite que d'ordinaire, les routes étant glissantes et trop dangereuses.

« Ici, ils écrivent que la mère s'appelait Ulla Jensen et qu'elle a eu les deux jambes abîmées, dit Assad. Je ne peux pas dire comment s'appelait le garçon, ils ne l'ont pas écrit, ils l'appellent seulement "l'aîné des enfants du couple", mais il avait quatorze ans. Ils le disent ici.

– Cela correspond à la date de naissance de Lars Henrik Jensen, s'il y a quelque chose de vrai dans le numéro d'identification falsifié de Godhavn », commenta Carl en épluchant deux coupures des tabloïds de la mi-journée.

Le premier n'indiquait rien de plus. Le reportage avait été placé à côté de rumeurs et de petits scandales politiques sans importance. Le journal s'était fait un nom en diffusant n'importe quelle nouvelle pourvu qu'elle fasse vendre et, apparemment, la recette n'avait jamais cessé de fonctionner. Si l'on échangeait le numéro publié cinq ans plus tôt avec celui de la veille, il fallait être très perspicace pour deviner lequel était le plus récent.

Il maudit la presse en feuilletant le journal suivant et s'arrêta enfin à une page sur laquelle apparaissait le nom du garçon

Il lui sauta presque aux yeux, exactement comme il l'avait espéré.

« Ça y est, Assad ! » s'écria-t-il, les yeux rivés sur l'article. À cet instant-là, il se sentit comme le faucon prêt à fondre sur sa proie. Un coup de filet fantastique. Carl se détendit et l'étau qui emprisonnait sa poitrine se relâcha. Un étrange soulagement se diffusa dans tout son corps.

« Écoute ce qu'ils disent, Assad : "Les survivants de la voiture percutée par celle du négociant Alexander Lynggaard sont l'épouse d'Henri Jensen, Ulla Jensen, quarante ans, l'un de ses jumeaux nouveau-nés, ainsi que l'aîné de leurs enfants, Lars Henrik Jensen, quatorze ans." »

Assad laissa tomber l'article qu'il avait entre les mains. Ses petits yeux marron disparurent dans les rides de son sourire.

« Passe-moi le compte rendu de l'accident qui est dans le rapport de police, Assad. »

Les numéros d'immatriculation des personnes impliquées dans l'accident y seraient peut-être. Il ne trouva que deux numéros, celui du père de Merete et celui du père de Lars Henrik.

« Maintenant que vous avez le numéro du père du garçon, vous ne pouvez pas trouver celui de son fils, chef ? Comme ça, on pourrait le comparer avec celui qu'on nous a donné du garçon de Godhavn. »

Carl hocha la tête. C'était une bonne idée.

« Je voudrais d'abord vérifier ce que je peux trouver sur Henrik Jensen, Assad. Pendant ce temps, tu peux demander à Lis de contrôler les numéros d'immatriculation. Tu lui diras que nous cherchons l'adresse de Lars Henrik Jensen. S'il n'habite pas au Danemark, dis-lui de chercher celle de sa mère. Et si Lis trouve son numéro, dis-lui aussi de nous imprimer les adresses de tous les endroits où il a séjourné depuis l'accident. Emporte le dossier là-haut, Assad. Fais vite. »

Il tapa « Jensen Industries » sur le moteur de recherche, ce qui ne donna rien. Puis il tapa « caissons en acier étanches aux gaz pour réacteurs nucléaires », ce qui lui fournit la liste de plusieurs entreprises, notamment en France et en Allemagne. Puis il ajouta les mots : « doublage de containers », ce qui correspondait à peu près, selon lui, à « caissons en acier étanches aux gaz pour réacteurs nucléaires ». Cela ne le mena nulle part.

Il allait abandonner sa recherche quand il trouva un document en format pdf à propos d'une entreprise de Køge, qui contenait la phrase « Un fleuron de l'industrie danoise », autrement dit, exactement l'expression qui figurait dans la marge du rapport de la police de la route. La citation venait certainement de là. Il adressa une pensée reconnaissante au flic de la police de la route qui s'était donné la peine de creuser l'affaire un peu plus que de coutume. Il devait avoir rejoint les rangs de la criminelle depuis, Carl en aurait mis sa main au feu.

L'appellation « Jensen Industries » ne l'avança pas davantage. Le nom n'était sans doute pas correct. Il appela le registre des sociétés qui l'informa qu'il n'existait aucune entreprise au nom d'un Henrik Jensen possédant ce numéro d'immatriculation. Carl affirma que c'était impossible et on lui proposa trois explications : l'entreprise pouvait avoir été acquise par des étrangers, ou enregistrée sous un autre nom par un autre groupe, ou encore faire partie d'un holding et être enregistré sous le nom du holding en question.

Il prit son stylo-bille et raya sur son bloc le nom de la société. Jensen Industries n'était plus qu'une tache blanche dans le paysage de la haute technologie.

Il alluma une cigarette et contempla la fumée qui montait vers la tuyauterie. Un jour, les détecteurs de fumée du couloir la capteraient et une sonnerie infernale chasserait dans la rue tout le personnel du bâtiment. Il sourit, aspira la fumée encore plus profondément et en souffla un nuage épais en direction de la porte. Cela mettrait un terme à sa petite distraction illégale, mais la vision de Bak, de Bjørn et de Marcus Jacobsen regardant avec désespoir leur bureau et leurs longs rayonnages bourrés d'archives monstrueuses, en vaudrait presque la peine.

Tout à coup, il se rappela ce que lui avait dit John Rasmussen, de Godhavn : que le père du jeune Atomos, alias Lars Henrik Jensen, avait peut-être travaillé pour la station d'essais nucléaires de Risø.

Carl chercha le numéro dans l'annuaire. C'était sans doute une impasse, mais si quelqu'un savait quelque chose quelque part sur les caissons en acier étanches aux gaz, il ne serait pas étonnant que ce soit à Risø.

L'employé de garde qui prit le téléphone fut aimable et passa la communication à un ingénieur du nom de Mathiasen, qui la passa à quelqu'un du nom de Stein, qui lui passa un dénommé Jonassen. Si l'on en croyait leur voix, plus il progressait, plus ses interlocuteurs étaient âgés. L'ingénieur Jonassen se présenta simplement comme « Mikkel » ; il était occupé, mais consacrerait volontiers cinq minutes à aider la police. De quoi s'agissait-il ?

Quand il entendit la question, il eut l'air particulièrement content : « Vous me demandez si je connais une entreprise qui fabriquait des doublures de containers, au Danemark au milieu des années quatre-vingt ? Je ne connais que ça ! HJ Industries était certainement l'une des premières du monde.

– HJ Industries » !

Carl n'en revenait pas d'avoir été si étourdi. HJ pour Henrik Jensen. HJ I-n-d-u-s-t-r-i-e-s, naturellement ! C'était aussi simple que ça. Les employés du registre des sociétés auraient quand même pu y penser.

« La société d'Henrik Jensen s'appelait en réalité Trabeka Holding, ne me demandez pas pourquoi, mais de nos jours, le nom de HJI est connu dans le monde entier. Leurs standards sont toujours valables. La mort brutale d'Henrik Jensen et la faillite qui en a découlé furent une bien triste histoire, mais sans lui pour diriger les vingt-cinq personnes qui composaient son équipe et sans son extraordinaire exigence en matière de qualité, l'entreprise n'a pas pu continuer, tout simplement. De plus, elle venait de subir de grands changements, un déménagement, des agrandissements, et la mort de Jensen est arrivée au pire moment. De grandes valeurs et beaucoup de savoir-faire ont disparu avec lui. Entre nous, je peux vous avouer que l'entreprise aurait pu être sauvée si nous étions intervenus, ici, à Risø, mais à l'époque, la direction n'y avait pas intérêt du point de vue politique.

– Pouvez-vous me dire où se trouvait le siège de la société HJI ?

– Oui, pendant longtemps l'usine se trouvait à Køge, j'y suis allé personnellement plusieurs fois, mais elle a déménagé ensuite pour s'installer au sud de Copenhague juste avant l'accident. Je ne suis plus très sûr de l'adresse. Je peux regarder si je trouve mon ancien répertoire téléphonique, il est ici, quelque part. Vous avez une minute ? »

Cinq minutes s'écoulèrent pendant lesquelles Carl entendit l'homme fouiller dans tous les coins de son bureau, tout en faisant appel à son imagination, visiblement sans limites, pour aller dénicher des jurons dans les recoins les plus vulgaires de la langue danoise. Il s'en voulait tellement de ne pas trouver ce qu'il cherchait que Carl en eut plein les oreilles.

« Malheureusement non », vint-il lui dire après avoir cessé de jurer. « Je ne le retrouve pas. Moi qui ne jette jamais rien ! C'est incroyable. Mais vous devriez essayer de contacter Ulla Jensen, sa veuve, je pense qu'elle vit toujours, elle ne doit pas être si vieille que ça. Elle vous dira tout ce que vous voulez savoir. C'est une très brave femme. Quel dommage qu'elle ait été si durement frappée.

– Oui, c'est dommage », l'interrompit Carl, prêt à poser une dernière question.

Mais l'ingénieur s'était échauffé :

« Parce que c'était vraiment génial, ce qu'ils faisaient à HJI. Rien que leurs méthodes de soudures pratiquement invisibles, même quand on les radiographiait avec les appareils les plus performants. Ils avaient aussi toutes sortes de moyens pour détecter les fuites, vous voyez. Pour effectuer les essais de résistance de leurs produits, ils avaient construit une chambre de compression qui pouvait atteindre soixante atmosphères. La plus grande chambre de compression que j'aie jamais vue. Avec des commandes de pointe fantastiques. Si ses caissons supportaient ça, on pouvait être certain que les centrales nucléaires bénéficieraient d'un équipement de première classe. C'était comme ça à HJI. Toujours à la pointe. »

On aurait presque dit qu'il avait eu des actions dans l'affaire, il était surexcité.

« Vous ne sauriez pas où habite Ulla Jensen aujourd'hui ? se hâta de demander Carl.

– Non, mais on devrait pouvoir la trouver dans l'annuaire. Je pense qu'elle vit là où l'entreprise s'était installée. Ils n'ont pas réussi à la déloger, pour autant que je sache.

– Quelque part au sud de Copenhague, vous dites ?

– Précisément. »

Comment pouvait-on dire « précisément » à propos d'un endroit aussi vague que « quelque part au sud de Copenhague » ?

« Si vous vous intéressez spécialement à ce genre de choses, je vous ferai visiter nos locaux avec plaisir, si le cœur vous en dit. »

Carl le remercia et s'excusa en disant que, malheureusement, il était très pris ces temps-ci. Il s'en serait voulu de gaspiller le temps précieux de son hôte, pour arpenter un centre de recherches nucléaires comme celui de Risø, qu'il avait, entre parenthèses, toujours eu envie de réduire en poussière.

Quand Carl reposa le combiné, Assad attendait déjà à la porte depuis deux minutes.

« Alors, Assad ? Tu as pu avoir les renseignements qu'il fallait ? Les filles ont vérifié les numéros ? »

Assad secoua la tête.

« Je crois qu'il faut monter leur parler vous-même, chef. Ils sont tout tourneboulés, aujourd'hui », ajouta-t-il en faisant tourner son index sur sa tempe.

Il s'approcha prudemment du secrétariat de Lis, en longeant le mur, comme un matou en chasse. C'était vrai, elle avait l'air inabordable aujourd'hui. Ses cheveux courts, si mutinement ébouriffés d'ordinaire, étaient comme aplatis par un casque de scooter. Mme Sørensen, derrière elle, la regardait d'un air furibond et les employés des bureaux étaient en train de se disputer. Une catastrophe.

« Qu'est ce qui ne va pas ? » demanda-t-il à Lis quand il eut réussi à capter son regard.

« Je n'en sais rien. Quand on appelle les Archives nationales, on nous refuse l'accès. On dirait que tous les codes ont été modifiés.

– Le Net fonctionne pourtant.

– Alors, essayez d'appeler le registre des numéros d'immatriculation ou le fisc, et vous verrez.

– Eh oui, vous allez être obligé d'attendre, comme tout le monde », lança Mme Sørensen d'une voix atone – elle triomphait.

Carl resta un moment immobile, essayant d'imaginer des solutions, mais il y renonça quand il vit les refus de connection s'afficher, les uns après les autres, sur l'écran de Lis.

Il haussa les épaules. *So what !* Cette affaire ne pressait pas tant que cela. Il était passé maître dans l'art de profiter d'une situation de crise. Puisque l'électronique avait décidé de faire grève, cela voulait probablement dire qu'il devait descendre au sous-sol, engager une conversation avec les tasses de café et mettre les pieds sur la table pendant une heure ou deux.

« Hé, Carl », fit une voix derrière lui. C'était le patron, en chemise blanche immaculée et cravate impeccable. « C'est bien que tu sois là. Tu pourrais venir à la cantine un instant ? » Carl comprit qu'il ne s'agissait pas d'une invitation. « Bak va faire un briefing qui devrait t'intéresser. »

Ils étaient une quinzaine à la cantine, Carl tout au fond, Marcus sur le côté avec deux agents de la section des stups et au milieu, dos aux fenêtres, l'inspecteur Lars Bjørn, Børge Bak et son adjoint. Les collaborateurs de Bak arboraient tous des mines satisfaites.

Lars Bjørn donna la parole à Bak et tout le monde devina ce qu'il allait dire :

« Nous avons procédé à une arrestation dans l'affaire de l'assassinat du cycliste. En ce moment même, le prévenu parle avec son avocat et nous sommes convaincus que nous disposerons d'aveux écrits avant la fin de la journée. »

Bak sourit et caressa sa perruque. C'était sa journée.

« Le principal témoin, Annelise Kvist, a fait une déclaration complète après s'être assurée que le suspect avait été arrêté, déclaration qui confirme notre thèse à cent pour cent. C'est un médecin ayant pignon sur rue, un spécialiste de Valby assez estimé qui a, non seulement assassiné le dealer dans le parc de Valby, mais également commandité le faux suicide d'Annelise Kvist et prononcé des menaces concrètes de mort à l'égard de ses enfants. »

Bak fit un signe à son assistant qui poursuivit :

« En perquisitionnant au domicile du suspect, nous avons trouvé plus de trois cents kilos de narcotiques différents que nos techniciens sont en train de répertorier. »

Il attendit un instant que les réactions se soient calmées.

« Ce médecin a très certainement organisé un vaste réseau avec plusieurs de ses confrères qui se sont assuré des revenus confortables en vendant sous le manteau toutes sortes de médicaments normalement délivrés uniquement sur ordonnance : de la méthadone, du Stesolid, du Valium, du gardénal et de la morphine. Il importait personnellement des anesthésiants tels qu'amphétamines, Imovane, cannabis et Nozinan. Sans compter de grosses quantités de neuroleptiques, de somnifères et d'hallucinogènes. Rien n'était trop gros ni trop petit pour notre suspect. Il avait apparemment des amateurs pour tous ces produits.

« La victime du parc de Valby était son principal revendeur. Il fournissait en particulier aux clients des discothèques. Nous pensons que la victime a essayé de faire chanter le médecin qui s'est débarrassé de lui, mais sans avoir prémédité son geste. Annelise Kvist a été le témoin du crime et comme il la connaissait, le meurtrier présumé n'a eu aucune peine à la retrouver et à l'obliger à se taire. »

Bak reprit la parole :

« Nous savons à présent qu'immédiatement après le crime, le médecin va voir Annelise Kvist chez elle. Les filles d'Annelise Kvist consultent ce spécialiste des voies respiratoires parce qu'elles sont asthmatiques toutes les deux, et très dépendantes de leurs médicaments. Ce soir-là, dans l'appartement d'Annelise Kvist, le docteur se montre extrêmement violent ; il l'oblige à administrer des cachets à ses enfants et menace de les laisser mourir. Ces cachets provoquent une rétractation potentiellement mortelle des alvéoles pulmonaires des fillettes. Puis, il leur fait une piqûre pour compenser l'effet du premier produit. La scène est particulièrement traumatisante pour la mère, puisqu'elle voit bleuir la figure de ses filles sans pouvoir faire quoi que ce soit. »

Il jeta un coup d'œil circulaire dans la pièce où tout le monde écoutait en hochant la tête.

« Le médecin a ensuite affirmé que la vie des fillettes dépendait désormais de visites régulières à son cabinet de consultations où il leur administrerait le contrepoison qui éviterait une rechute fatale. Le silence de la mère lui était donc acquis. Si nous avons réussi, malgré tout, à obtenir le témoignage de notre témoin visuel, c'est grâce à la mère d'Annelise. Elle ne sait rien de la scène qui s'est déroulée pendant la nuit, mais elle sait que sa fille a assisté au crime. Elle l'apprend le lendemain, quand elle la retrouve en état de choc. Mais Annelise refuse de lui révéler l'identité de l'assassin. Ce qui veut dire que, lorsque nous avons fait venir Annelise Kvist pour l'interroger, à la demande de sa mère, nous avions affaire à une femme en plein désarroi.

« Aujourd'hui, nous savons également que le médecin est venu voir Annelise Kvist deux jours plus tard. Il la prévient que si elle parle, il tue ses filles. Il lui dit qu'il va "les écorcher vives". Il la met dans un tel état qu'il réussit à lui faire ingérer d'elle-même un cocktail de cachets mortel.

« Vous connaissez la suite de l'histoire. Cette femme est hospitalisée, sauvée, et reste fermée comme une huître. Ce que vous ne savez pas, c'est que, durant notre investigation, nous avons bénéficié d'une aide importante de la part de notre nouveau département V, et de son responsable Carl Mørck. »

Bak se tourna vers Carl :

« Tu n'as pas participé à l'enquête, Carl, mais, en cours de route, tu as lancé des idées qui ont porté leurs fruits. Nous voudrions t'en remercier, moi et mon équipe. Et remercier aussi ton assistant, qui a servi de messager entre nous et Hardy Henningsen, qui nous a aidé, lui aussi, à mener à bien cette enquête. Vous devez savoir que nous lui avons envoyé des fleurs. »

Carl était sidéré. Deux de ses anciens collègues se tournèrent vers lui en faisant un gros effort pour lui adresser un sourire forcé, les autres ne bougèrent pas d'un pouce.

« Oui, reprit l'inspecteur Bjørn. Nombreux sont ceux qui ont contribué à résoudre cette affaire. Nous vous remercions tous, les gars », ajouta-t-il en désignant les deux agents des stups. « À vous maintenant de démanteler le réseau de ces médecins qui ne doivent pas avoir la conscience tranquille. C'est un travail énorme. En revanche, cela permettra aux agents de la criminelle que nous sommes de nous consacrer à d'autres affaires, Dieu merci. Ce n'est pas le boulot qui manque pour les gens qui travaillent, au deuxième étage comme ailleurs. »

Carl attendit que la cantine soit presque déserte. Il savait parfaitement ce qu'il en avait coûté à Bak de lui faire ce compliment. Il s'avança vers lui et lui tendit la main.

« Je ne l'avais pas mérité, mais je te remercie, Bak. »

Børge Bak regarda un instant sa main tendue et rangea ses papiers.

« Tu n'as pas à me remercier. Jamais je ne l'aurais fait si Marcus Jacobsen ne m'y avait pas forcé. »

Carl hocha la tête. Leurs sentiments réciproques n'avaient donc pas changé.

Dans le couloir, c'était la panique. Tous les administratifs s'étaient attroupés devant la porte du patron et tous se plaignaient.

« Du calme, du calme, nous ne savons pas encore ce qui se passe, leur répondit Marcus Jacobsen. D'après les informations fournies par le préfet, aucun registre public n'est accessible en ce moment. Les serveurs centraux sont victimes d'une attaque de hackers qui ont modifié tous les codes d'accès. Nous n'avons pas encore trouvé les responsables. Il n'y a pas grand monde qui soit capable de réaliser ce type de piratage, et nous travaillons d'arrache-pied pour trouver les coupables.

– Incroyable, dit un des employés. Comment peut-on faire une chose pareille ? »

Le chef de la criminelle haussa les épaules. Il déployait de gros efforts pour faire bonne figure, mais, en vérité, il n'en menait pas large.

Carl annonça à Assad que sa journée de travail était finie puisque, de toute façon, ils étaient coincés. Sans les renseignements du registre d'identification personnelle, ils n'avaient aucun moyen de suivre géographiquement les déplacements de Lars Henrik Jensen, ils n'avaient plus qu'à prendre leur mal en patience.

En roulant en direction de la clinique, il entendit à la radio que la presse avait reçu des lettres indiquant qu'un citoyen en colère avait introduit un virus dans les registres publics. On pensait qu'il s'agissait d'un employé des services publics qui avait perdu son emploi à la suite de la réforme communale, mais ce n'étaient pour l'instant que des suppositions. Les informaticiens tentaient d'expliquer comment il était possible de bloquer l'accès à des données aussi bien protégées et le Premier ministre traitait les coupables de « bandits de la pire espèce ». Les experts de la sécurité en matière de transmission des données étaient déjà sur la brèche. Tout recommencerait à fonctionner sous peu, affirmait le Premier ministre. Et le coupable encourait une peine extrêmement longue. Il faillit comparer sa faute avec les attaques du World Trade Center, mais il se retint.

C'était la première chose sensée qu'il faisait depuis un bon moment.

Il y avait effectivement des fleurs sur la table de nuit de Hardy, mais une station-service de la banlieue la plus reculée aurait été capable de livrer un plus joli bouquet que celui-là. De toute façon, Hardy s'en moquait, il ne pouvait pas le voir puisque, ce jour-là, on l'avait couché le visage tourné en direction de la fenêtre.

« Tu as le bonjour de Bak », lui dit Carl.

Hardy lui lança ce qu'on appelle un regard de travers parce qu'en réalité on a du mal à le définir.

« Qu'est-ce que j'en ai à foutre de ce connard ?

– Assad lui a transmis ton tuyau, et ils ont procédé à une arrestation qui tient la route.

– Je n'ai jamais donné de tuyau à Assad.

– Si, tu as dit que Bak devrait chercher dans l'entourage médical du témoin principal, Annelise Kvist.

– On parle de quelle affaire, là ?

– De l'assassinat du cycliste, Hardy. »

Ce dernier fronça les sourcils.

« Je n'ai pas la moindre idée de ce dont tu parles, Carl. Tu m'as mêlé à cette stupide affaire de disparition de Merete Lynggaard, et la psychologue n'arrête pas de me parler de la fusillade d'Amager. Il ne faut pas exagérer non plus. Je n'ai aucune idée de ce que c'est que cette histoire d'assassinat de cycliste. »

Hardy n'était plus le seul à froncer les sourcils.

« Tu es sûr qu'Assad ne t'a pas parlé de cette affaire ? Si tu as des problèmes de mémoire, Hardy, tu peux me le dire, je comprendrai.

– Ah, fous-moi le camp, Carl. Je n'ai pas envie d'entendre ces conneries. Ma mémoire est ma pire ennemie, si tu veux savoir ! » cracha-t-il. Il avait l'écume aux lèvres et l'œil noir.

Carl se défendit d'un geste.

« Excuse-moi, Hardy. Assad m'a sans doute mal renseigné. Ça lui arrive. »

Mais, en son for intérieur, il était beaucoup moins tranquille.

Ce genre de choses ne pouvait et ne devait tout simplement pas arriver.

36

2007

En prenant son petit-déjeuner, il eut des remontées acides dans l'œsophage et se sentit les épaules lourdes à cause du manque de sommeil. Ni Morten ni Jesper ne lui adressèrent la parole, ce qui n'avait rien d'étonnant venant de son beau-fils, mais était de très mauvais augure de la part de Morten.

Le journal du matin l'attendait tranquillement sur la table et l'histoire de la démission pour raisons de santé de Tage Baggesen, qui quittait son groupe parlementaire, faisait la une. Morten resta silencieux, la tête baissée sur son assiette, occupé à engloutir sa pitance en cadence jusqu'à ce que Carl découvre, bouche bée, à la page six, une photo de lui prise en assez basse résolution.

C'était une copie de celle que *Gossip* avait publiée la veille mais, cette fois, elle se trouvait à côté d'une photo d'extérieur pas très nette d'Oluf Lynggaard. Le texte était tout sauf flatteur : « Le chef du département V, chargé d'élucider les cas qualifiés par le parti du Danemark d'"affaires particulièrement sensibles", attire l'attention de la presse deux jours d'affilée, de la façon la plus déplorable. »

S'ils ne s'étaient pas appesantis sur l'histoire exploitée par *Gossip*, ils avaient, en revanche, interviewé le personnel d'Egely, et tout le monde s'était plaint de ses méthodes musclées, l'accusant d'être responsable de la disparition d'Oluf

Lynggaard. L'infirmière en chef, en particulier, qui était décrite dans l'article comme étant « folle de rage », employait des termes comme « abus de confiance, harcèlement moral et manipulation ». L'article se terminait sur la phrase suivante : « Il n'a pas été possible à la rédaction d'obtenir un commentaire de la part du chef de la police criminelle. »

Il aurait fallu chercher longtemps dans un western spaghetti pour trouver plus sombre canaille que Carl Mørck. Une performance, quand on savait ce qui s'était réellement passé.

« J'ai un examen trimestriel aujourd'hui », annonça soudain Jesper, le ramenant brusquement à la réalité.

Carl leva les yeux de son journal.

« En quelle matière ?

– En maths. »

Voilà qui ne promettait rien de bon.

« Tu as révisé ? »

L'adolescent haussa les épaules et se leva, sans accorder un regard, comme d'habitude, à ses couverts dégoulinants de beurre et de confiture, pas plus qu'aux autres saletés qu'il laissait derrière lui.

« Une seconde, Jesper, cria Carl dans son dos. Ça veut dire quoi ce haussement d'épaules ? »

Son beau-fils se retourna.

« Ça veut dire que si je le rate, ils ne me laisseront pas passer au lycée. *Too bad !* »

Carl imagina d'avance les reproches que Vigga ne manquerait pas de lui faire et laissa tomber le journal. Son acidité gastrique commençait sérieusement à le faire souffrir.

À peine arrivé sur le parking, il entendit les gens plaisanter à propos de la panne dont les services administratifs avaient fait les frais la veille. Deux d'entre eux ne savaient pas ce qu'ils allaient faire aujourd'hui au bureau. Le premier étant chargé des permis de construire, le second des remboursements des médicaments, ils passaient habituellement toute leur journée devant leur écran. Dans la voiture, il avait entendu à la radio plusieurs maires s'insurger contre la réforme communale, réforme qui, selon eux, était à l'origine de tous ces problèmes. Un tas de gens se plaignaient du surcroît de travail et du surmenage des fonctionnaires, un phénomène qui n'irait pas en s'arrangeant. Si le petit plaisantin qui avait bloqué l'accès aux registres de l'administration avait l'impudence de se présenter dans une des très nombreuses mairies si durement atteintes, le service d'urgence le plus proche aurait de quoi faire.

À la préfecture de police, on était plutôt serein. La personne qui avait déclenché ce marasme était déjà sous les verrous. Quand on aurait forcé l'accusée, une programmatrice assez âgée du ministère de l'Intérieur, à expliquer ce qu'il fallait faire pour réparer les dégâts, toute l'histoire serait rendue publique. Tout rentrerait dans l'ordre, ce n'était l'affaire que de quelques heures.

La fonction publique, dont tout le monde se plaignait, était rétablie.

La pauvre femme.

Contre toute attente, Carl réussit à rejoindre le sous-sol sans croiser personne en chemin, ce qui lui convenait très bien. Il était pourtant certain que la nouvelle publiée par les journaux du matin sur l'incident survenu entre Carl et un handicapé mental dans une institution du Nord-Sjælland s'était déjà répandue dans le plus petit bureau de cet énorme bâtiment.

Il n'espérait qu'une chose : que la réunion du mercredi entre Marcus Jacobsen, le commissaire divisionnaire et les autres commissaires aborderait d'autres sujets que sa petite personne.

Il trouva Assad à sa place habituelle et décida de s'en prendre à lui.

Quelques secondes plus tard, le pauvre assistant de Carl était complètement sonné. Lui qui avait un caractère si doux n'avait encore jamais eu l'occasion de découvrir chez son chef la facette qu'il lui montra ce matin-là.

« Tu m'as menti, Assad », disait Carl en le regardant dans les yeux. « Tu n'as jamais parlé à Hardy de l'assassinat du cycliste. Ce sont tes propres conclusions dont tu m'as fait part. Tu es très fort, mais tu es un menteur. Et ça c'est inacceptable, tu comprends ? Tu ne vas pas t'en tirer comme ça. »

Il vit qu'Assad réfléchissait. Que se passait-il ? Il avait mauvaise conscience, ou quoi ?

Il décida d'y aller carrément :

« Inutile de me répondre, Assad ! Tu ne me feras plus avaler n'importe quoi ! Qui es-tu en réalité ? J'aimerais bien le savoir. Et qu'est-ce que tu as fichu pendant toutes ces heures que tu prétends avoir passées avec Hardy ? » Assad voulut répondre, mais il l'arrêta d'un geste. « Je sais que tu y es allé, mais tu n'y es jamais resté très longtemps. Je t'écoute, Assad. Qu'est-ce que tu as à me dire ? »

Le silence d'Assad ne parvenait pas à dissimuler son trouble. Derrière son regard tranquille, des éclairs révélaient la bête traquée. S'ils avaient été ennemis, il lui aurait probablement sauté à la gorge.

« Attends », dit Carl en se tournant vers l'ordinateur et en pianotant sur le clavier pour accéder à Google. « Je vais te poser une ou deux questions. D'accord ? »

Pas de réponse.

« Tu m'écoutes ? »

Le murmure d'Assad, qui ne couvrait même pas celui de l'ordinateur, devait probablement être pris pour un oui.

« Je lis dans ton dossier que toi, ta femme et deux filles, vous êtes arrivés au Danemark en 1998. Vous avez séjourné dans le camp de Sandholm de 1998 à 2000. Ensuite, on vous a accordé l'asile politique. »

Assad acquiesça.

« Ça a été rapide, dis-moi !

– C'était plus facile à l'époque, chef. C'est différent maintenant.

– Tu viens de Syrie, Assad. De quelle ville ? Ce n'est pas dans le dossier. »

Il se retourna et vit que le visage d'Assad était plus sombre que jamais.

« C'est un interrogatoire, chef ?

– Exact. Tu as des objections ?

– Il y a beaucoup de choses que je n'ai pas envie de vous raconter. Il faut respecter ça. Ma vie m'a fait du mal. Mais c'est ma vie, pas la vôtre.

– OK. Mais tu peux me dire de quelle ville tu viens, quand même ? Je ne vois pas où est le problème.

– Je viens d'une banlieue de Sab'abar. »

Carl tapa ce nom sur son clavier.

« C'est au milieu de nulle part, ça, Assad.

– Je n'ai jamais dit le contraire, chef.

– Combien faut-il de temps pour aller de Sab'abar à Damas, à ton avis ?

– Une journée. C'est à plus de deux cents kilomètres.

– Une journée ?

– Les choses prennent du temps, là-bas. Il faut d'abord traverser la ville, et après, il y a les montagnes. »

Évidemment on ne pouvait pas voir ce genre de choses sur Google Earth. Il fallait bien chercher pour trouver un bled aussi paumé.

« Tu t'appelles Hafez al-Assad. C'est ce qui est écrit sur les papiers que les services de l'immigration ont établi à ton nom, en tout cas. »

Il tapa le nom sur Google et le trouva en quelques clics.

« Ça doit pas être facile de traîner un nom pareil ? »

Assad haussa les épaules.

« Le nom d'un dictateur qui a gouverné la Syrie pendant vingt-neuf ans ! Tes parents étaient membres du parti Baas ?

– Oui.

– C'est pour ça qu'ils t'ont donné son nom ?

– Je peux juste vous dire qu'on est plusieurs, dans la famille, à avoir ce nom-là. »

Il regarda les yeux noirs d'Assad, qui n'était pas dans son état normal.

« Qui a succédé à Hafez al-Assad ? » lui demanda Carl sans préambule.

Assad ne cligna même pas des yeux.

« Son fils Bachar. Si on arrêtait là, Carl ? Ça n'est pas bon pour nous.

– Non, peut-être pas. Et comment s'appelait son autre fils, celui qui est mort dans un accident de voiture en 1994 ?

– Je ne m'en souviens pas, là tout de suite.

– Ah bon ? C'est bizarre. Je vois ici qu'il était le chouchou de son père et celui qu'il avait choisi pour lui succéder. Il s'appelait Bassel. À mon avis, tous les Syriens de ton âge devraient être capables de me dire son nom sans hésiter.

– Oui, c'est vrai, il s'appelait Bassel. » Il hocha la tête. « Mais j'ai oublié tellement de choses, chef. Je ne VEUX pas m'en souvenir. Je l'ai... »

Il cherchait le terme exact.

« Tu l'as refoulé ?

– Oui, je crois que c'est ça. »

Bien. Si c'est sa stratégie de défense, je n'arriverai nulle part de cette façon-là, se dit Carl.

« Sais-tu ce que je crois, Assad ? Je crois que tu mens. Tu ne t'appelles pas du tout Hafez al-Assad, c'est juste le premier nom qui t'est venu à l'esprit quand tu as fait ta demande d'asile politique, n'est-ce pas ? J'imagine que ça a bien amusé celui qui a fait tes faux papiers, hein ? C'est peut-être justement celui qui nous a aidés à déchiffrer le nom sur le répertoire téléphonique de Merete Lynggaard, je me trompe ?

– Je trouve qu'on devrait s'arrêter maintenant, chef.

– D'où viens-tu réellement, Assad ? Maintenant que je me suis habitué à ce nom-là, ça ira, même si c'est ton nom de famille, en fait, n'est-ce pas, Hafez ?

– Je suis syrien et je viens de Sab'abar.

– C'est-à-dire d'une banlieue de Sab'abar ?

– Oui, au nord-est de la ville. »

Cela semblait plausible, mais Carl avait du mal à prendre ses réponses pour argent comptant. Peut-être en aurait-il été autrement dix ans auparavant et quelques centaines d'interrogatoires plus tôt. Mais plus maintenant. Son instinct regimbait. Les réactions d'Assad sonnaient faux quelque part.

« En fait, tu viens d'Irak, n'est-ce pas, Assad ? Et tu as quelques cadavres dans le placard qui risquent de te faire renvoyer là-bas, n'est-ce pas ? »

Assad changea de nouveau de visage. Les rides de son front s'effacèrent. Peut-être qu'il avait vu une porte de sortie ou qu'il disait la vérité, tout simplement.

« D'Irak ? Absolument pas, vous dites n'importe quoi, chef », répliqua-t-il, blessé. « Venez voir chez moi ce que je possède, Carl. Je suis parti de mon pays avec une valise et rien d'autre. Vous pouvez parler avec ma femme, elle comprend un peu l'anglais. Ou avec mes filles. Et vous verrez que je dis la vérité. Je suis un réfugié politique et j'ai vécu des choses terribles. Je n'ai pas du tout envie d'en parler, chef, alors, vous ne voulez pas me laisser tranquille, s'il vous plaît ? C'est vrai que je ne suis pas resté très longtemps chez Hardy, mais Hornbæk, ce n'est pas tout près. J'essaie d'aider mon frère à entrer au Danemark, ça prend aussi du temps, chef. Je suis désolé. Je vous promets de vous parler franchement à l'avenir. »

Carl se cala à nouveau contre son dossier. Il avait presque envie de noyer ses doutes dans une des boissons sucrées d'Assad.

« Je ne comprends pas qu'on t'ait mis aussi vite au service de la police, Assad. Je suis très content de ton aide. Tu es cocasse comme type, mais tu as des connaissances. D'où viennent-elles ?

– Cocasse ? Qu'est-ce que c'est ? Quelque chose de surnaturel ? »

Il regardait Carl avec des yeux innocents. Oui, il avait des connaissances. Peut-être avait-il tout simplement un talent naturel, peut-être que tout ce qu'il disait était vrai, que lui-même était devenu un emmerdeur.

« Il n'y a pas grand-chose à propos de ta formation dans ton dossier, Assad. Qu'est-ce que tu as fait comme études ? »

Assad haussa les épaules.

« Je n'ai pas fait beaucoup d'études, chef. Mon père avait une petite société qui vendait des conserves. Je sais tout sur la durée de validité d'une boîte de tomates pelées par cinquante degrés de chaleur. »

Carl essaya de sourire.

« Et tu n'as pas pu t'empêcher de faire de la politique, et le nom que tu portes a fini par te causer du tort. C'est ça ?

– Quelque chose comme ça.

– Et on t'a torturé ?

– Oui, chef, et je n'ai pas envie d'en parler. Vous ne m'avez encore jamais vu quand je suis vraiment triste. Je ne peux pas en parler, d'accord ? »

Carl hocha la tête.

« D'accord. Mais à partir de maintenant, je veux savoir tout ce que tu fais pendant tes heures de travail, compris ? »

Assad leva un pouce en l'air.

Carl relâcha la pression en détournant le regard.

Puis il leva la main en écartant les doigts et Assad y fit claquer sa propre paume.

Tout était dit.

« OK. On se remet au boulot. On a des choses à faire : il faut qu'on remette la main sur ce Lars Henrik Jensen. Dans pas trop longtemps, j'espère, nous pourrons consulter le registre de l'état civil, mais d'ici là on va essayer de retrouver sa mère. Elle s'appelle Ulla Jensen. Un type qui travaille à Risø… – il vit qu'Assad était sur le point de lui demander ce que c'était que Risø, mais cela attendrait – … m'a appris qu'elle habite au sud de Copenhague.

– Il y en a beaucoup des Ulla Jensen ? »

Carl acquiesça.

« Nous connaissons à présent le nom de la société de son mari, nous avons donc plusieurs approches possibles. Pour commencer, j'appelle le Registre des sociétés. On peut toujours espérer qu'il est accessible, celui-là. Pendant ce temps, cherche dans l'annuaire si tu trouves une Ulla Jensen. Commence à Brøndby et continue en descendant vers le sud, Vallensbæk et peut-être Glostrup, Tåstrup, Greve-Kildebrønde. Ne va pas jusqu'à Køge, c'est là que se trouvait autrefois la société de son mari. Ce sera plus au nord.

Assad eut l'air soulagé. Il allait quitter la pièce quand il revint en arrière et étreignit Carl. Les poils de sa barbe piquaient comme des aiguilles et sa lotion après-rasage sentait le parfum de supermarché, mais sa sincérité ne faisait aucun doute.

Ému, Carl resta un instant immobile après qu'Assad fut reparti dans son bureau. Il avait presque l'impression d'avoir retrouvé son ancienne équipe.

Ils eurent les deux renseignements en même temps. Le Registre des sociétés était resté en service pendant la panne et, en quelques clics sur le clavier, Carl avait trouvé les coordonnées de HJ Industries. En appelant le numéro indiqué, il apprit que la société appartenait désormais au Trabeka Holding, un groupe allemand sur lequel son interlocuteur pouvait chercher des informations en cas de besoin. Il ne savait pas qui était à la tête de ce holding, mais ses homologues allemands devraient être en mesure de le renseigner. Dès que ces derniers lui eurent fourni l'information, il cria à Assad qu'il pouvait s'arrêter, mais il lui répondit que lui aussi avait trouvé quelques pistes.

Ils comparèrent leurs résultats. Pas de doute. Ulla Jensen vivait sur la route de Strøhusvej, à Greve, dans la propriété acquise par HJI avant sa faillite.

Il consulta son plan. L'endroit se trouvait à quelques centaines de mètres seulement de Kappelev Landevej, l'endroit où Daniel Hale avait brûlé vif. Il se souvint d'avoir observé la route en question, en inspectant les environs avec Assad. C'était la route du moulin.

Il sentit une montée d'adrénaline. Ils avaient maintenant une adresse où ils pouvaient se rendre en vingt minutes.

« On ne téléphone pas d'abord, Carl ? » s'informa Assad en lui tendant le numéro qu'il avait noté sur une feuille.

Il regarda Assad sans le voir. Il n'y avait pas que des perles qui sortaient de la bouche de cet homme.

« Excellente idée, Assad, si nous voulons tomber sur une maison vide. »

L'endroit devait être à l'origine une ferme traditionnelle, avec un bâtiment d'habitation, une porcherie et une grange entourant une cour pavée. La maison était si proche de la route qu'on pouvait voir l'intérieur des pièces en passant. Derrière les dépendances blanchies à la chaux, on distinguait encore trois ou quatre grands bâtiments, dont deux n'avaient vraisemblablement jamais servi. Dans les murs de l'un d'eux, une construction de dix à douze mètres de haut, des trous béants s'ouvraient là où auraient dû se trouver les fenêtres. Que la municipalité ait pu autoriser la construction d'une telle horreur était incompréhensible. Cela détruisait complètement l'harmonie de la campagne environnante, où les étendues jaunes des champs de colza en fleur se mariaient avec des prés si verts qu'il aurait été impossible de reproduire leur couleur artificiellement.

Carl examina le paysage et ne détecta aucune trace d'un être vivant, y compris à proximité de la maison elle-même. Comme tout le reste, la cour semblait à l'abandon. La chaux s'écaillait sur les murs. Un peu plus loin à l'est, au bord de la route, il remarqua des monceaux de déchets et de gravats. À part les pissenlits et les arbres fruitiers en fleurs dont on apercevait les branches au-dessus du toit en fibrociment, tout respirait la désolation.

« Il n'y a pas de voiture dans la cour, chef, fit remarquer Assad. Peut-être que personne ne vit plus ici depuis longtemps. »

Carl serra les dents, essayant de ne pas céder à la déception. Lars Henrik Jensen n'était pas là, répétait une voix en lui. Merde, merde et merde.

« Entrons pour voir ça de plus près, Assad », proposa-t-il en garant la voiture sur le bas-côté, à cinquante mètres de la maison.

Ils avancèrent sans faire de bruit. Traversant la haie coupe-vent pour arriver par-derrière, ils pénétrèrent dans un jardin où les mauvaises herbes disputaient la place à des arbustes fruitiers. Les fenêtres en saillie sur la façade du corps d'habitation étaient grises de vieillesse et de poussière et tout paraissait mort.

« Regardez là », chuchota Assad en appuyant son nez contre une des fenêtres.

Carl suivit son conseil. Dans le séjour aussi, tout semblait abandonné. Si la maison avait été plus belle et dissimulée dans un fourré d'épines, on se serait presque cru chez la Belle au bois dormant. De la poussière sur les tables, les livres et les journaux, des papiers de toute sorte. Dans les coins, des cartons qu'on n'avait pas ouverts. Des tapis qu'on n'avait pas déroulés.

La vie de cette famille s'était visiblement interrompue à une époque plus heureuse qu'aujourd'hui.

« Je crois qu'ils étaient en train de déménager au moment de l'accident, Assad. C'est ce que m'a dit l'homme de Risø.

– Oui, mais regardez là-derrière. »

Il désignait du doigt une pièce qu'on apercevait par une porte ouverte, d'où sortait de la lumière et dont le sol luisait de propreté.

« C'est vrai, ça a l'air différent. »

Ils traversèrent un potager où les abeilles bourdonnaient autour des touffes de ciboulette en fleur et arrivèrent de l'autre côté de la maison, dans un angle de la cour.

Carl s'approcha des fenêtres qui étaient solidement fermées. À travers les vitres, on voyait une pièce aux murs nus et deux chaises contre le mur. Le front collé au carreau, il vit la pièce prendre vie sous ses yeux. Elle était habitée, cela ne faisait aucun doute. Il aperçut deux chemises jetées par terre, sur l'étroit matelas, les draps étaient tirés sur le côté et il remarqua un pyjama dont il était sûr d'avoir vu le modèle assez récemment dans le catalogue d'un grand magasin.

Il contrôla sa respiration et porta instinctivement la main à sa ceinture, où s'était trouvé son pistolet de service pendant des années. Depuis quatre mois, il ne portait plus d'arme.

« Quelqu'un a dormi dans ce lit récemment », chuchota-t-il en direction d'Assad qui inspectait les lieux, à deux fenêtres de là.

« Ici aussi, quelqu'un est venu récemment », répondit Assad. Carl vint le rejoindre et regarda. Effectivement, le ménage avait été fait dans la cuisine. À travers une porte ouverte située au milieu du mur, on distinguait le séjour poussiéreux qu'ils avaient découvert derrière la maison, une sorte de chambre mortuaire, un sanctuaire où personne ne devait entrer.

Par contre, la cuisine avait servi très peu de temps auparavant.

« Des congélateurs, du café sur la table, une bouilloire électrique. Et deux bouteilles de Coca-Cola pleines, là-bas, dans le coin », ajouta Carl.

Il se retourna pour regarder la porcherie et les bâtiments de derrière. Il se dit qu'ils pouvaient perquisitionner sans mandat et se faire engueuler après si cela se révélait infondé, mais aussi revenir à un autre moment. On ne pouvait pas prétendre que la visite présente avait un caractère d'urgence. Attendre demain serait aussi bien. Qui sait, il y aurait peut-être quelqu'un dans la maison à ce moment-là.

Il hocha la tête. Oui, le mieux était probablement d'attendre et de présenter leur requête en passant par les voies légales. Il respira profondément. En fait, il n'avait le courage de faire ni l'un ni l'autre.

Pendant qu'il réfléchissait, un démon s'empara tout à coup d'Assad. Il était d'une agilité surprenante, malgré son physique trapu. En quelques bonds, il traversa la cour et se planta sur la route, où il arrêta un cultivateur qui se promenait à bord de son tracteur.

Carl s'approcha d'eux et entendit les explications du fermier qui couvraient le bruit du moteur tournant au ralenti :

« Oui, la mère et le fils vivent toujours ici. C'est un peu particulier, mais je crois qu'elle s'est installée dans ce bâtiment-là », précisa-t-il en montrant la plus reculée des annexes. « Ils doivent être là d'ailleurs ! Je l'ai vue ce matin devant la maison. »

Carl lui montra son insigne de policier, et le paysan arrêta tout de suite son engin.

« Est-ce que son fils s'appelle Lars Henrik Jensen ? » questionna Carl.

Là, le cultivateur plissa un œil et réfléchit.

« Non, je ne crois pas que ce soit ce nom-là. C'est un drôle de type, long et maigre. Mais comment c'est qu'il s'appelle, déjà ?

– Ce n'est donc pas Lars Henrik ?

– Non, ce n'est pas ça. »

Il tournait en rond. Il approchait du but et s'en éloignait. Ce n'était pas la première fois que ça lui arrivait. Loin de là. C'était pour cette raison, entre autres, qu'il était si fatigué de ce boulot.

« Dans ce bâtiment là-bas ? »

Le cultivateur accompagna son hochement de tête d'un crachat qui alla s'écraser sur le capot de son Ferguson flambant neuf.

« De quoi vivent-ils ? lui demanda Carl en balayant les environs d'un geste du bras.

– Je n'en sais rien. Ils me louent un peu de terre. Ils en louent aussi à Kristoffersen, par là-bas. Et ils ont quelques terrains en friche qui leur rapportent une subvention, et elle a sûrement une petite pension. Il y a aussi une voiture qui vient de je ne sais où, deux fois par semaine, et qui apporte des trucs en plastique qu'ils doivent nettoyer, et je crois bien qu'on leur apporte aussi à manger, par la même occasion. Je crois qu'ils se débrouillent, là-dedans, la dame et son fils. C'est la campagne ici, il y a tout ce qu'il faut, ajouta-t-il en riant.

– C'est une voiture de la commune ?

– Sûrement pas, vieux. Plutôt d'un chantier naval, ou d'un endroit comme ça. Ça porte une marque qu'on voit de temps en temps à la télé, sur des bateaux. Je ne sais pas d'où ça vient. Ces histoires de mer et de bateaux, ça ne m'a jamais intéressé. »

Quand le cultivateur reprit sa route en direction du moulin, ils observèrent les bâtiments situés derrière la porcherie. Bizarre qu'ils ne les aient pas remarqués de la route car ils étaient d'une taille conséquente. Peut-être étaient-ils cachés par l'épaisse haie ; la végétation poussait vite cette année, avec cette chaleur.

En plus des trois bâtiments de la ferme et du grand hangar inachevé, ils comptèrent trois constructions à toit plat, décalées les unes par rapport aux autres, sur une aire de gravier qu'on avait probablement prévu d'asphalter, autrefois. À présent, les mauvaises herbes et les graminés sauvages avaient envahi les abords de tous les bâtiments et tout était vert, à part une allée assez large qui reliait les maisons.

Assad lui montra des marques de roues étroites qu'on distinguait dans l'allée. Carl les avait vues, lui aussi. Des traces parallèles, de la largeur de pneus de bicyclettes, un fauteuil roulant peut-être.

Quand ils arrivèrent à la hauteur du dernier bâtiment, celui dont le paysan avait dit qu'il était habité, le portable de Carl sonna, avec un bruit strident. Il remarqua le regard que lui lançait Assad tandis qu'il se reprochait de ne pas avoir pensé à mettre son téléphone sur silencieux.

C'était Vigga. Personne n'avait l'art, comme elle, de se manifester aux moments les moins opportuns. Elle lui avait téléphoné pour lui rappeler d'acheter de la crème pour le café un jour où il se trouvait en présence de cadavres en décomposition. Un autre jour, elle l'avait appelé alors qu'il roulait ventre à terre dans sa voiture de service pour effectuer une arrestation, et que son portable se trouvait dans sa veste, sous une serviette. C'était la spécialité de Vigga.

Il appuya sur la touche « refuser l'appel » et coupa la sonnerie.

Puis il leva la tête et se trouva nez à nez avec un grand homme maigre âgé d'une vingtaine d'années. Il avait la tête étrangement allongée, presque difforme, et un côté de sa figure était labouré par des sillons et des cicatrices dus à des brûlures.

« Vous ne pouvez pas rester ici », prononça-t-il d'une voix qui n'était ni celle d'un adulte ni celle d'un enfant.

Carl lui montra son insigne, mais le type ne comprenait apparemment pas ce qu'il signifiait.

« Je suis de la police, expliqua Carl avec courtoisie. Nous voudrions parler avec votre mère. Nous savons qu'elle habite ici. Pourriez-vous lui demander l'autorisation d'entrer un moment, cela me ferait grand plaisir. »

Le jeune homme n'eut l'air impressionné ni par l'insigne, ni par les deux hommes. Il n'était sans doute pas tout à fait aussi demeuré qu'il en avait l'air de prime abord.

« Vous allez me faire attendre pendant combien de temps ? » lui demanda Carl avec une brusquerie qui le fit sursauter. Il disparut enfin dans la maison.

Deux minutes s'écoulèrent ; Carl sentit que sa poitrine se serrait et se maudit de ne pas avoir récupéré son pistolet de service dans la salle d'armes de la préfecture de police, depuis son congé de maladie.

« Reste derrière moi, Assad », commanda-t-il. Il imaginait déjà les gros titres des journaux du lendemain : « Un policier sacrifie son assistant pendant une fusillade. Pour le troisième jour d'affilée, l'inspecteur de police Carl Mørck, du département V de la préfecture de police, crée le scandale. »

Il poussa Assad derrière lui pour souligner le sérieux de son ordre et se colla contre l'embrasure de la porte. S'ils surgissaient armés d'un fusil de chasse ou de quelque chose d'approchant, sa tête ne serait pas la première cible qu'ils trouveraient devant eux.

Le garçon revint et les pria d'entrer.

Elle était assise un peu en retrait, dans un fauteuil roulant, et elle fumait une cigarette. Difficile de deviner son âge tant elle était grise, ridée et usée, mais à en juger par celui de son fils, elle ne pouvait guère avoir plus de soixante-deux ans. Elle paraissait courbée sur ce fauteuil roulant. Ses jambes, étrangement torses, faisaient penser à des branches cassées qui se seraient ressoudées d'elles-mêmes tant bien que mal. L'accident de voiture avait vraiment laissé des traces. Quel spectacle pitoyable et attristant.

Carl regarda autour de lui. La pièce faisait au moins deux cent cinquante mètres carrés ; elle empestait le tabac, malgré les quatre mètres de hauteur de plafond. Il suivit les spirales de fumée de sa cigarette qui montaient vers les fenêtres de toit. Il n'y avait que dix Velux pour toute la maison, autrement dit, il faisait plutôt sombre.

Toute l'habitation était concentrée dans ce même volume. La cuisine près de la porte d'entrée, les portes des sanitaires sur le côté. Plus loin, le séjour, meublé chez Ikea, des tapis bon marché posés sur le sol bétonné, et quinze à vingt mètres plus loin, à l'extrémité du local, un espace réservé où elle dormait, apparemment.

À part l'air étouffant, tout était parfaitement en ordre. Ici, elle regardait la télé, lisait des hebdomadaires et passait probablement la plus grande partie de sa vie. Ayant perdu son mari, elle se débrouillait comme elle pouvait. Et elle avait son fils pour l'aider.

Carl remarqua qu'Assad faisait discrètement le tour des lieux du regard. Scannant l'ensemble et s'arrêtant de temps à autre pour se fixer sur un détail, ses yeux avaient une lueur diabolique. Il se concentrait, les bras ballants et les jambes solidement plantées sur le sol.

Elle les reçut avec amabilité, mais ne tendit la main qu'à Carl. Il fit les présentations et lui affirma qu'elle n'avait pas à s'inquiéter. Ils cherchaient son fils aîné, Lars Henrik, lui expliqua-il. Ils avaient quelques questions à lui poser, rien de grave, la routine, tout simplement. Pouvait-elle leur dire où il se trouvait ?

Elle sourit.

« Lasse est en mer. » Elle appelait donc son fils Lasse. « Il n'est pas à la maison en ce moment. Je le préviendrai quand il sera revenu à terre, dans un mois. Avez-vous une carte de visite que je pourrais lui donner ?

– Non, je regrette. »

Il lui fit le sourire le plus innocent du monde, mais la femme ne mordit pas à l'hameçon.

« Je vous enverrai ma carte dès que je serai de retour au bureau. Naturellement. » Il tenta un nouveau sourire, cette fois, le timing était meilleur. C'était la règle d'or pour paraître sincère. Commencer par dire quelque chose de positif, et sourire ensuite. L'inverse peut induire n'importe quoi : la flatterie, le flirt. Tout ce qui vous arrange. Cette femme n'était pas un perdreau de l'année.

Il fit mine de se retirer et prit le bras d'Assad.

« Je compte sur vous, madame Jensen. Ah, à propos, pour quelle compagnie de navigation travaille votre fils ? »

Elle connaissait aussi l'ordre de succession des répliques et des sourires :

« Ouh, si seulement je m'en souvenais. Parce qu'il travaille pour tant de compagnies différentes. » Ensuite, elle lui sourit.

Il avait déjà vu des dents jaunes, mais jamais aussi jaunes que les siennes.

« Il est pilote, n'est-ce pas ?

– Non, il est maître d'hôtel. Lasse est un bon cuisinier, il l'a toujours été. »

Carl essaya d'imaginer le garçon qui tenait Dennis Knudsen par l'épaule. Ce garçon qu'ils appelaient Atomos parce que son père décédé avait fabriqué des produits pour des centrales nucléaires. Quand avait-il acquis son savoir culinaire ? Dans la famille d'accueil où on le battait ? À Godhavn ? Quand il était petit, chez lui, auprès de sa mère ? Carl avait vécu pas mal de choses dans sa vie, mais il était incapable de se faire un œuf au plat. Sans Morten Holland, Dieu sait ce qu'il serait devenu.

« C'est bien quand vos enfants réussissent. Tu es impatient de revoir ton frère ? » demanda-t-il au jeune homme défiguré qui les regardait avec méfiance, comme s'ils étaient des cambrioleurs.

Il questionna sa mère du regard, mais elle resta impassible. Il ne répondrait pas, c'était couru d'avance.

« Où navigue votre fils en ce moment ? »

Elle le regarda et ses dents jaunes disparurent lentement derrière ses lèvres sèches.

« Lasse navigue beaucoup dans la Baltique, mais je pense qu'en ce moment, il est en mer du Nord. Il lui arrive de partir sur un bateau et de revenir sur un autre.

– Ce doit être une grande compagnie, vous ne vous souvenez pas de laquelle ? Vous ne pourriez pas décrire le logo de cette compagnie ?

– Non, malheureusement pas. Je ne suis pas très forte pour mémoriser ce genre de choses. »

Il regarda le jeune homme à nouveau. Ce garçon connaissait les réponses à toutes ses questions, cela se voyait sur sa figure. Il aurait été capable de le dessiner, ce maudit logo, si on le lui avait permis.

« Il est pourtant sur la voiture qui vient ici deux fois par semaine », intervint Assad. Mauvais timing. Le jeune homme eut l'air très inquiet et la femme prit une bouffée de sa cigarette et l'avala profondément. Son expression fut dissimulée par l'épais nuage de fumée qu'elle exhala d'un seul souffle.

« Ça, on n'en sait rien en fait », enchaîna Carl rapidement. « C'est juste un voisin qui pense l'avoir vu, mais il peut s'être trompé. »

Il tira Assad par le bras.

« Merci pour votre accueil. Demandez à votre fils Lasse de m'appeler quand il sera de retour. Et nous aurons vite fait de régler la question. »

Ils se dirigèrent vers la porte tandis que la femme roulait derrière eux.

« Emmène-moi dehors, Hans, j'ai besoin d'un peu d'air frais », dit-elle à son fils.

Carl savait qu'elle ne les lâcherait pas des yeux avant qu'ils ne soient partis. Si une voiture avait été garée dans la cour, ou ici, derrière la ferme, il aurait cru que c'était parce qu'elle voulait leur dissimuler le fait que Lars Henrik Jensen était caché dans l'un de ces bâtiments. Mais Carl savait intuitivement que son fils aîné était absent et qu'elle voulait juste qu'ils s'en aillent.

« C'est incroyable, le nombre de bâtiments que vous avez ici. C'était une usine ? »

Elle était juste derrière eux, une nouvelle cigarette au bec, dans son fauteuil roulant qui avançait dans l'allée. Son fils la poussait, les mains serrées sur les poignées. L'excitation était lisible sur sa figure abîmée.

« Mon mari avait une usine qui fabriquait des contenants de pointe pour les centrales nucléaires. Quand il est mort, nous venions de nous installer ici, à Køge.

– Oui, je me souviens de cette histoire. Je suis désolé. »

Il désigna les deux premiers bâtiments à toit plat :

« C'était là-dedans que la production devait avoir lieu ?

– Oui, là et dans le grand hangar. L'atelier de soudure ici, le laboratoire d'expérimentation sur la résistance des matériaux à la pression et la chaîne de montage dans le hangar. Le stock des containers prêts à livrer aurait dû se trouver dans le local où j'habite.

– Pourquoi ne vivez-vous pas dans la maison ? Elle a l'air bien, pourtant ? » demanda Carl. Au même instant, il découvrit, devant l'un des bâtiments, une série de seaux gris-noir qui juraient avec le décor. Peut-être dataient-ils de l'époque du précédent propriétaire. Dans des endroits semblables, le temps passe parfois avec une lenteur infinie.

« Oh, vous savez. Il y a tellement de vieilleries là-dedans. Sans parler des portes que j'ai du mal à franchir », répondit-elle en tapant sur l'un des accoudoirs de son fauteuil roulant.

Il sentit qu'Assad le tirait à part.

« Notre voiture est là-bas, Assad », lui rappela-t-il en lui montrant l'autre direction.

« J'aimerais mieux traverser la haie, par là. Après, je monterai sur la route », expliqua Assad, mais Carl vit que toute son attention se portait sur les monceaux de déchets abandonnés sur un socle de béton usé.

« Oui, ces saletés étaient déjà là à notre arrivée », dit Mme Jensen sur un ton d'excuse, comme si la moitié d'un container d'ordures pouvait ajouter à la tristesse de l'ensemble.

C'étaient des déchets difficiles à identifier. Au sommet du tas se trouvaient plusieurs de ces seaux de couleur anthracite. Ils ne portaient aucun signe distinctif et donnaient l'impression d'avoir contenu de l'huile ou des denrées alimentaires en grande quantité.

Il aurait stoppé Assad s'il avait deviné ce que son assistant voulait faire, mais avant de laisser à Carl le temps de réagir, Assad avait déjà sauté à travers les barres de métal, les cordes emmêlées et les tuyaux en plastique.

« Excusez-moi, mon collègue est un collectionneur incorrigible. Qu'est-ce que tu cherches, Assad ? » lui cria-t-il.

Mais, en cet instant, Assad n'était plus son équipier. Il suivait une piste, donnait des coups de pied dans des débris, en retournait d'autres et, finalement, il extirpa une mince plaque de métal d'environ cinquante centimètres de large sur au moins quatre mètres de long. Il la retourna et Carl lut l'inscription : Interlab A/S.

Assad leva la tête et Carl lui adressa un regard approbateur. Il avait vraiment de bons yeux. Interlab A/S, le grand laboratoire de Daniel Hale, domicilié actuellement à Slangerup. Il existait, par conséquent, une relation directe entre cette famille et Daniel Hale.

« La société de votre mari ne s'appelait pas Interlab, n'est-ce pas, madame Jensen ? interrogea Carl en souriant à l'infirme aux lèvres pincées.

– Non, c'était le nom de la firme qui nous a vendu le terrain et quelques-uns des bâtiments.

– Mon frère travaille à Novo. Il me semble l'avoir entendu parler de cette usine, autrefois. »

Il adressa en pensée des excuses à son frère aîné, qui élevait des visons à Frederikshavn, dans le Jútland.

« Interlab… ils ne produisaient pas des enzymes, ou quelque chose comme ça ?

– C'était un laboratoire expérimental.

– Hale, il s'appelait Daniel Hale, si je ne me trompe.

– Effectivement, l'homme qui a vendu cette propriété à mon mari s'appelait Hale. Mais il ne s'agissait pas de Daniel Hale, qui n'était qu'un enfant à l'époque. La famille a déménagé pour s'installer plus au nord et après la mort du vieux, ils ont déménagé à nouveau. Mais c'est ici qu'ils ont démarré leur affaire. »

Elle tendit la main vers le tas de détritus. Si la société avait fait ses débuts ici, Interlab s'était remarquablement développé.

Carl la regardait attentivement pendant qu'elle parlait. Tout en elle respirait la réserve et, pourtant, elle n'arrêtait pas de parler. Elle n'était pas nerveuse, bien au contraire. Elle semblait se contrôler à l'extrême. Elle maîtrisait ses nerfs à la perfection. Elle se faisait violence pour paraître normale, et c'était ce qui était tellement anormal.

« Ce n'est pas lui qui s'est tué en voiture pas très loin d'ici ? » intervint Assad.

Cette fois, Carl aurait pu lui donner un coup de pied dans les tibias. Cette manie de parler à tort et à travers ! Il allait falloir qu'ils en discutent quand ils rentreraient au bureau.

Il regarda, derrière lui, les bâtiments d'où émanait autre chose que la déchéance d'une famille. Ce tableau gris sur gris présentait aussi des nuances intermédiaires. On aurait dit que ces bâtisses lui envoyaient des signaux. Quand il les regardait, il avait l'impression que ses crampes d'estomac empiraient.

« Hale est mort ? Je l'ignorais. »

Carl adressa à Assad un coup d'œil furibond et se retourna vers la femme.

« En fait, cela me plairait bien de visiter l'endroit où Interlab a démarré son activité. Ça m'amuserait de pouvoir raconter ça à mon frère. Il a si souvent parlé de fonder sa propre entreprise. Vous pourriez peut-être nous permettre de voir les autres bâtiments. Simplement comme ça, en privé ? »

Elle lui fit un grand sourire. Il en déduisit qu'elle allait refuser. Elle voulait se débarrasser de lui. Il fallait qu'il s'en aille au plus vite.

« Ce serait avec plaisir. Malheureusement je ne peux pas vous faire entrer, mon fils a tout fermé à clé. Mais quand vous parlerez avec lui, vous en profiterez pour le lui demander Et puis vous pourrez amener votre frère par la même occasion. »

Assad garda le silence quand ils passèrent devant la maison à la façade abîmée où Daniel Hale avait perdu la vie.

« Il y a un truc qui pue dans cette ferme, dit Carl. On va y retourner avec un mandat de perquisition. »

Assad ne l'écoutait pas. Il regardait toujours droit devant lui quand ils eurent atteint la grande banlieue où les immeubles en béton commençaient à se multiplier. Il ne réagit même pas non plus quand le portable de Carl sonna et que celui-ci tâtonna pour trouver ses écouteurs.

« Allô », dit Carl, s'attendant à des reproches de la part de Vigga. Il savait pourquoi elle l'appelait. De nouveau, cela n'allait pas. Son vernissage qui avait été reporté avait lieu aujourd'hui. Au diable ce vernissage. Il se passerait volontiers de deux poignées de chips trop grasses et d'un verre de pinard premier prix acheté au supermarché discount du quartier, sans parler de l'avorton avec qui elle avait décidé de s'associer.

« Allô, c'est moi, Helle Andersen, de Stevns », dit la voix.

Il ralentit et devint très attentif.

« Oluf est revenu à la maison. J'étais en visite à domicile chez l'antiquaire et un chauffeur de taxi de Klippinge l'a conduit ici. Il avait transporté Merete et Oluf, autrefois, alors, quand il a vu Oluf errer au bord de l'autoroute, près de l'embranchement de Lellinge, il l'a reconnu. Oluf est mort de fatigue, il est dans la cuisine, il n'arrête pas de boire des verres d'eau. Qu'est-ce que je fais ? »

Carl regarda le croisement où ils étaient arrivés. Une vague d'inquiétude s'empara de lui. Il avait envie de faire demi-tour et de foncer en sens inverse, pied au plancher.

« Il va bien ? » demanda-t-il.

Helle Andersen semblait préoccupée, un peu moins brave paysanne insouciante qu'à l'ordinaire.

« Je ne sais pas vraiment. Il est très sale, on dirait qu'il est passé dans un égout, mais surtout, il n'est pas tout à fait lui-même.

– Comment ça ?

– On dirait qu'il réfléchit. Il regarde la cuisine comme s'il ne la reconnaissait pas.

– C'est normal ! »

Il imagina les casseroles de cuivre anciennes qui garnissaient un mur, de haut en bas, les coupes de cristal alignées, le papier peint couleur pastel, décoré de fruits exotiques. Bien sûr qu'il ne reconnaissait rien.

« Non, ce n'est pas à la décoration que je pense. Je ne peux pas vous l'expliquer. Il a l'air d'avoir peur d'être ici et, pourtant, il refuse de revenir avec moi dans ma voiture.

– Où pensiez-vous l'emmener ?

– Au commissariat de police. Je ne voudrais pas qu'il reparte, vous comprenez ? Mais il ne veut pas venir avec moi. Même quand l'antiquaire le lui demande gentiment.

– Il a dit quelque chose ? Ou émis un son quelconque ? »

Elle secouait la tête à l'autre bout du fil, il le devina sans le voir.

« Non, pas des sons. On dirait plutôt qu'il tremble. Comme notre premier gamin quand on ne lui donnait pas ce qu'il voulait. Je me rappelle qu'une fois, au supermarché...

– Helle, téléphonez à Egely. Il y a quatre jours qu'Oluf a disparu, il faut qu'ils sachent qu'il va bien. »

Il chercha le numéro de l'institution sur son portable. C'était la seule chose à faire. S'il s'en mêlait, cela tournerait mal. Les journalistes se frotteraient les mains, leurs sales mains noircies par l'encre d'imprimerie.

Ils arrivèrent aux premières maisons de Gammel Køge Landevej. Ils dépassèrent l'échoppe d'un ancien marchand de glaces, une boutique qui avait appartenu autrefois à un électricien, et où vivaient maintenant deux filles à la poitrine rebondie avec lesquelles la police des mœurs avait eu une quantité d'ennuis.

Il regarda Assad et faillit siffler très fort pour s'assurer que la bête n'était pas morte. On avait entendu parler de gens subitement décédés, les yeux ouverts, au beau milieu d'une phrase.

« Tu es là, Assad ? » demanda-t-il sans s'attendre à ce qu'il réponde.

Carl tendit la main devant lui, ouvrit la boîte à gants et y trouva un paquet de Lucky Strike à demi entamé.

« Ça vous ennuierait de ne pas fumer, chef ? Ça empeste dans la voiture. »

Assad était là et égal à lui-même, et si un peu de fumée devait l'incommoder, Carl allait lui suggérer de rentrer chez lui à pied.

« Arrêtez-vous-là », poursuivit Assad. Il avait peut-être eu la même idée.

Carl referma la boîte à gants et trouva une place pour se garer, sur le chemin menant à la plage.

« Tout est faux là-dedans, chef. »

Assad le regardait à présent, avec des yeux noirs.

« J'ai réfléchi à ce qu'on a vu là-bas. Tout était faux partout. »

Carl l'approuva, hochant la tête lentement. On ne pouvait vraiment rien lui cacher, à ce type.

« Dans le séjour de la vieille femme, il y avait quatre postes de télé.

– C'est vrai ? Je n'en ai vu qu'un.

– Il y en avait trois côte à côte. Pas très grands, tout en bas, au pied de son lit. Ils étaient sous une couverture, mais j'ai vu la lumière qui en sortait. »

Il devait avoir les yeux d'un aigle qui aurait fauté avec un hibou.

« Trois appareils télé sous une couverture. Et tu as vu ça depuis l'endroit où tu te trouvais, Assad ? Mais il faisait aussi sombre que dans une tombe.

– Ils étaient là, tout en bas à côté du lit, contre le mur. Pas très grands, presque comme des… (Il cherchait le mot juste…) comme des…

– Des moniteurs ? »

Il acquiesça brièvement.

« C'est de plus en plus clair dans ma tête, chef. Il y avait trois ou quatre moniteurs. On voyait une lueur grise ou verte à travers la couverture, par terre. À quoi servaient-ils ? Pourquoi étaient-ils allumés. Et pourquoi les avaient-ils couverts comme s'il ne fallait pas qu'on les voie ? »

Carl regarda la route sur laquelle les poids lourds roulaient lentement vers la ville. Oui, pourquoi ?

« Et encore une chose, chef. »

À présent, c'était Carl qui n'écoutait plus vraiment. Il pianotait sur le volant avec les pouces. S'ils allaient directement à la préfecture de police et s'ils suivaient toute la procédure, ils ne seraient pas de retour là-bas avant au moins deux heures.

Son portable se mit à sonner. Si c'était Vigga, il ne lui répondrait pas. Il fallait qu'elle cesse de considérer qu'il était jour et nuit à sa disposition. Mais c'était Lis.

« Marcus Jacobsen voudrait te voir dans son bureau, Carl. Où es-tu ?

– Il faut qu'il attende, Lis. Je suis en route pour une perquisition. Il s'agit de l'article du journal ?

– Je ne sais pas, mais ça se pourrait bien. Tu le connais. Il devient totalement muet quand quelqu'un publie des saletés sur nous.

– Alors, dis-lui qu'Oluf Lynggaard a été retrouvé sain et sauf. Et dis-lui qu'on travaille sur l'affaire.

– Quelle affaire ?

– Celle qui va obliger ces salauds de journalistes à nous faire des éloges à moi et au département V. »

Puis il effectua un virage en épingle à cheveu en se demandant s'il ne devrait pas allumer le gyrophare.

« Tu me disais quoi tout à l'heure, Assad ?

– Je pensais aux cigarettes.

– Comment ça ?

– Depuis combien de temps fumez-vous des cigarettes de la même marque, chef ? »

Il fronça le nez. Depuis combien de temps exactement existaient les Lucky Strike ?

« On ne change pas de marque comme ça, hein ? Elle avait dix paquets de Prince sur sa table, chef, des paquets tout neufs. Et elle avait des doigts tout jaunis, mais pas son fils.

– Qu'est-ce que tu en déduis ?

– Elle fumait des Prince avec filtre, et le fils ne fumait pas, j'en suis presque sûr.

– Bon, et alors ?

– Alors, pourquoi les mégots qu'il y avait dans le cendrier étaient-ils sans filtre ? »

C'est à ce moment-là que Carl alerta la brigade mobile.

37

Le même jour

Son travail lui prenait du temps, parce que le sol était lisse et qu'ils ne devaient surtout pas la voir bouger sur leurs écrans.

Elle avait passé la plus grande partie de la nuit assise, le dos aux caméras, à aiguiser le morceau le plus long d'une tige en nylon qu'elle avait coupée en deux la veille. Ironie du sort, la baleine en nylon de la capuche de son anorak allait l'aider à quitter le monde des vivants.

Elle posa les deux baguettes sur ses genoux et glissa les doigts dessus. La première serait bientôt comme une aiguille et la seconde avait la forme d'une lime à ongles tranchante. Elle se servirait sans doute de celle-là quand elle serait prête. Elle craignait que la baguette pointue ne soit pas assez grosse pour transpercer la veine de son poignet. Si la mort ne venait pas assez vite, elle risquerait d'être trahie par une flaque de sang. Elle ne doutait pas une seconde qu'à l'instant où ils le découvriraient, ils décompresseraient la pièce. Il fallait donc qu'elle se suicide vite et qu'elle ne se rate pas.

Elle ne voulait pas de la mort qu'ils avaient décidée pour elle.

Quand elle entendit les voix dans les haut-parleurs, elle fourra les baguettes dans la poche de sa veste et se pencha légèrement en avant, comme si elle s'était assoupie. Lasse l'avait souvent interpellée sans qu'elle réagisse quand elle était assise ainsi, cela n'avait donc rien d'extraordinaire.

Elle était là, les jambes en tailleur, à regarder l'ombre que son corps dessinait dans la lumière des projecteurs. Là-bas, sur le mur, était assise la vraie Merete. L'image nettement dessinée d'un être humain en pleine déchéance. Des cheveux en broussaille couvrant ses épaules, une veste usée qui ne contenait rien. Un vestige du passé qui disparaîtrait bientôt, lorsque la lumière s'éteindrait. Aujourd'hui, 4 avril 2007, il lui restait quarante et un jours à vivre, mais elle se suiciderait avant, le 10 mai. Ce jour-là, Oluf aurait trente-quatre ans et elle penserait à lui. Elle lui enverrait des pensées d'amour et de sincérité. Elle lui dirait combien la vie pouvait être belle pendant qu'elle se piquerait à mort. Le clair visage de son frère serait sa dernière étincelle de vie, Oluf, son frère bien-aimé.

« Nous devons faire vite maintenant », entendit-elle la femme crier dans les haut-parleurs, de l'autre côté des vitres. « Lasse sera là dans dix minutes et il faut que tout soit prêt. Alors remue-toi, mon petit. »

Sa voix était fébrile. Merete entendit un bruit de ferraille derrière les hublots et elle regarda du côté du sas. Mais les seaux n'arrivèrent pas. D'ailleurs, son horloge intérieure lui disait que c'était trop tôt.

« Oui mais, maman, cria le grand maigre, on aura besoin d'une deuxième batterie. Celle-là n'est pas chargée, il en faudra une autre pour déclencher l'explosion. Lasse me l'a dit il y a deux jours. »

L'explosion ? Elle se sentit envahie par un flux glacé. L'explosion était programmée pour aujourd'hui ?

Elle se jeta à genoux en essayant de penser à Oluf tout en frottant de toutes ses forces la baguette en forme de couteau sur le béton du sol lisse. Peut-être ne lui restait-il plus que dix minutes. Si sa coupure était assez profonde, peut-être que cinq minutes lui suffiraient pour perdre conscience. C'était son unique priorité désormais.

Elle haletait et gémissait mais la baguette de nylon se façonnait beaucoup trop lentement. Son fil n'était pas encore assez tranchant. Merete jeta un coup d'œil à la pince dont elle avait affûté les pointes en grattant son message sur le sol.

« Mon Dieu, murmurait-elle. Un jour de plus et j'étais prête. »

Elle essuya la sueur de son front et porta son poignet à sa bouche. Parviendrait-elle à trouver une veine et à l'arracher avec ses dents ? Elle mordit mais ses dents n'attrapaient que de la peau. Elle retourna son poignet et essaya de servir de ses canines, mais elle était devenue trop maigre et trop osseuse. Elle n'avait pas les dents assez pointues et les os du poignet l'empêchaient d'accéder à la veine.

« Qu'est-ce qu'elle fabrique, là-dedans ? » cria la sorcière d'une voix acide en collant sa figure sur la vitre. La femme avait les yeux écarquillés, c'était tout ce qu'on voyait d'elle, le reste de son corps restait dans l'ombre, caché par la lumière intense des spots.

« Ouvre tout grand le sas. Et TOUT DE SUITE », commanda-t-elle à son fils.

Merete regarda la lampe de poche qui attendait à côté du trou qu'elle avait creusé sous le clapet de la porte du sas. Elle laissa tomber la baguette de nylon et se rua vers le sas à quatre pattes tandis que le visage grimaçant de la femme, l'observait et que tout en elle gémissait et criait grâce.

Par les haut-parleurs, elle entendit le grand maigre qui tentait d'actionner la porte du sas. Avec une synchronisation parfaite elle saisit la lampe de poche et l'enfonça dans le trou.

Un cliquetis retentit et le mécanisme se mit en route. Le cœur battant, elle fixait la porte. Si la lampe de poche et le clapet ne résistaient pas, elle était perdue. La pression de son corps se détendrait comme une grenade, c'est ainsi qu'elle s'imaginait les choses.

« Ô Seigneur, Seigneur, épargne-moi », pleurait-elle en retournant chercher sa baguette de nylon pendant que le clapet, là-bas, cognait contre la lampe de poche. Elle se retourna et constata que la lampe n'avait presque pas bougé. Puis elle perçut un son qu'elle n'avait pas encore entendu jusqu'ici. On aurait dit le zoom d'un appareil photo. Le bourdonnement d'un mécanisme qui se déclenche sans problème, suivi d'un choc rapide contre la porte du sas. Si la porte extérieure était ouverte, toute la pression portait sur elle. Il ne restait donc plus que la lampe de poche entre elle et la mort la plus atroce qu'elle pût imaginer. Mais la lampe de poche ne bougeait plus. Peut-être que la porte intérieure du sas s'était ouverte d'un centième de millimètre, car le sifflement de l'air comprimé qui cherchait à sortir augmenta et finit par ressembler à une sorte de hurlement.

Elle le ressentit physiquement quelques secondes plus tard, quand le sang commença soudain à battre dans ses oreilles et qu'elle enregistra une légère pression dans ses sinus, comme un début de rhume.

« Elle a bloqué la porte, maman, cria le jeune homme.

– Alors, éteins et rallume, idiot », siffla la mère.

Un instant, le niveau du hurlement baissa. Puis elle entendit le mécanisme se remettre en marche et le hurlement reprit de l'ampleur.

Ils essayèrent plusieurs fois, vainement, d'ouvrir la porte intérieure du sas tandis qu'elle aiguisait sa baguette de nylon.

« Il faut qu'on la tue maintenant et qu'on la fasse disparaître, tu m'entends ? Va chercher la masse qui est derrière la maison. »

Merete fixa les vitres des yeux. Pendant ces deux dernières années, ces hublots avaient été à la fois les barreaux de sa cage et son unique protection contre ces monstres. S'ils les brisaient, elle imploserait instantanément. En une seconde, la pression chuterait. Peut-être n'aurait-elle même pas le temps de sentir quoi que ce soit avant de ne plus être de ce monde.

Elle mit ses mains sur ses genoux et poussa le canif de nylon contre son poignet gauche. Cette veine, qu'elle avait contemplée mille fois, était celle qu'elle allait piquer maintenant. Elle la voyait, si fine, si noire, si vulnérable sous la peau délicate.

Alors, elle ferma la main et appuya en fermant les yeux. Elle ne sentit pas si elle touchait la veine. Elle avait mal, mais la peau semblait résister. Elle regarda la marque laissée par la baguette de nylon, une longue marque qui semblait profonde, mais qui ne l'était pas. Ça ne saignait même pas. Le canif en nylon n'était pas assez tranchant.

Alors, elle se jeta sur le côté et saisit l'aiguille. Elle ouvrit largement les yeux pour viser exactement l'endroit où la peau, sur la veine, paraissait le plus mince. Puis elle appuya. Cela ne lui fit pas aussi mal qu'elle l'avait craint. Le sang rougit immédiatement la pointe et lui procura une sensation d'apaisement. L'âme en paix, elle le regarda couler.

« Tu t'es piquée, sale garce », cria la femme en tapant sur l'un des hublots, et l'écho de ses coups se répercuta dans la pièce. Mais Merete s'était refermée sur elle-même et ne sentait plus rien. Elle se coucha tranquillement par terre, rassembla ses longs cheveux derrière sa nuque et fixa des yeux le dernier tube de néon qui fonctionnait encore.

« Pardon, Oluf, je n'ai pas pu attendre », chuchota-t-elle.

Elle sourit à l'image de son frère qui flottait dans la pièce et il lui sourit en retour.

Le fracas du premier coup de masse pulvérisa cette vision. Elle regarda du côté de la vitre qui vibrait sous l'impact. La vitre devint opaque mais sans plus. Après chacun des coups que le garçon assenait, elle l'entendait haleter, épuisé. Il essaya de taper sur la vitre du second hublot, mais elle résista également. On sentait que ses bras maigres n'avaient pas l'habitude de manier un tel poids. Les intervalles entre les coups étaient de plus en plus longs.

Elle sourit et regarda son corps allongé sur le sol, si tranquille. C'est à cela que ressemblerait Merete Lynggaard, au moment de sa mort. Dans peu de temps, son corps serait déchiqueté, en bouillie, mais cette idée ne la gênait pas. À ce moment-là, son âme serait délivrée. Des temps nouveaux l'attendaient. Elle avait vécu l'enfer sur cette terre et connu le chagrin pendant la plus grande partie de son existence. Des gens avaient souffert à cause d'elle. Sa prochaine vie, s'il y en avait une, ne pourrait pas être pire. Et s'il n'y en avait pas, qu'avait-elle à craindre ?

Elle regarda sur le côté et s'aperçut que la tache de sang, par terre, devenue rouge-noir, n'était guère plus grande qu'une main. Alors, elle retourna son poignet et regarda sa piqûre. Le sang ne coulait pratiquement plus. Deux gouttes émergèrent, s'agglomérèrent comme si elles se cherchaient et séchèrent ensuite lentement.

Pendant ce temps, dehors, les coups s'arrêtaient. Elle n'entendait plus que l'air qui filtrait par la fente du sas et les battements de son pouls dans son oreille, plus forts qu'au début. Elle s'aperçut alors qu'elle commençait à avoir mal à la tête et que tout son corps ressentait le changement, comme au début d'une grippe.

Alors, elle reprit la baguette de nylon et l'enfonça profondément dans la blessure qui venait de se refermer. Elle la bougea d'avant en arrière, baissa et souleva l'instrument flexible de manière à agrandir le trou.

« Je suis là, maman », entendit-elle à travers les haut-parleurs. C'était Lasse.

Son frère semblait efffrayé quand il s'adressa à lui :

« Je voulais changer de batterie, Lasse, mais maman m'a dit d'aller chercher la masse. Je n'ai pas réussi à casser les vitres, j'ai fait ce que j'ai pu.

– On ne peut pas les casser comme ça, répondit Lasse. La masse ne suffit pas. J'espère que tu n'as pas abîmé les détonateurs ?

– Non, je n'ai pas tapé n'importe où. J'ai fait bien attention, Lasse. »

Merete retira la baguette de nylon et leva les yeux sur les vitres mates dont les fissures brillantes irradiaient dans tous les sens. Son poignet saignait davantage, mais pas suffisamment. Elle ne comprenait pas. Est-ce qu'elle avait transpercé une veine au lieu d'une artère ?

Alors, elle se piqua l'autre bras en enfonçant tout de suite l'aiguille fortement et profondément et il saigna davantage, oh, mon Dieu, merci !

« On n'a pas pu empêcher la police d'entrer dans la propriété », déclara soudain la sorcière, là-bas.

Merete retint sa respiration. Elle vit comment le sang trouvait son chemin et se mettait à couler plus vite. La police était venue ?

Elle se mordit la lèvre, elle avait mal à la tête et les battements de cœur ralentissaient.

« Ils savent que Hale était le propriétaire du terrain, poursuivit la femme. Un des deux a dit qu'il ignorait que Daniel Hale était mort près d'ici, mais il mentait, Lasse, je l'ai lu sur son visage. »

Elle sentit la pression monter dans ses oreilles, comme lorsqu'un avion se prépare à atterrir, mais en plus intense. Elle essaya de bâiller, sans résultat.

« Qu'est-ce qu'ils me voulaient ? C'était le flic dont on parle dans les journaux ? Celui qui dirige le nouveau département ? » demanda Lasse.

Les voix étaient plus lointaines à présent, à cause de ses oreilles bouchées, elle ne voulait pas qu'elles se bouchent, elle voulait tout entendre.

On aurait dit que la femme pleurait.

« Je ne sais pas, Lasse, répéta-t-elle plusieurs fois.

– Qu'est-ce qui te fait dire qu'ils vont revenir ? Tu leur as bien dit que j'étais en mer ?

– Oui, mais ils savent dans quelle compagnie de navigation tu travailles. Quelqu'un leur a parlé de la voiture qui vient de la compagnie, c'est le noiraud qui s'est trahi, et ça a visiblement ennuyé le flic danois. Ils savent sûrement déjà que tu n'es plus en mer depuis plusieurs mois. Que tu travailles à l'approvisionnement, maintenant. S'ils ne sont pas déjà au courant, ils vont vite le découvrir, Lasse. Et aussi que tu fais livrer les surplus de la cuisine ici plusieurs fois par semaine, par les voitures de la compagnie. Ils auront juste à passer un coup de fil, Lasse, tu ne pourras pas l'empêcher. Et ils reviendront. Je crois qu'ils sont simplement partis chercher un mandat de perquisition. Ils ont demandé s'ils pouvaient visiter les lieux. »

Merete retenait son souffle. La police allait revenir ? Avec un mandat de perquisition ? C'est ce qu'ils semblaient croire.

Elle regarda son poignet qui saignait et appuya fortement un doigt sur la blessure. Le sang suinta sous son pouce, coula dans les plis de son poignet et dégoutta lentement sur ses genoux. Elle ne le laisserait plus couler avant d'être convaincue que la bataille était perdue. Ils finiraient sans doute par avoir sa peau mais pour le moment, ils étaient coincés. Quel sentiment merveilleux !

« Pourquoi voulaient-ils voir la propriété ? » demanda Lasse.

Merete sentait la pression augmenter sur ses tympans, elle ne parvenait plus à la compenser. Elle se forçait à bâiller et tendait l'oreille pour entendre tout ce qui se disait à l'extérieur de sa cellule. Elle sentait aussi une pression dans sa hanche. Dans l'os de la hanche et dans ses dents.

« L'inspecteur danois a prétendu avoir un frère qui travaillait chez Novo et qu'il aimerait voir l'endroit où était née une grande entreprise comme Interlab.

– Quelle foutaise !

– C'est pour ça que je t'ai appelé.

– À quelle heure sont-ils venus exactement ?

– Il y a moins de vingt minutes.

– Ce qui veut dire qu'il nous reste moins d'une heure. Il faudrait qu'on ait le temps de sortir le cadavre et de s'en débarrasser, mais c'est trop court. On va devoir aussi faire le ménage et effacer toutes les traces. C'est infaisable, il va falloir remettre ça à plus tard. L'essentiel, maintenant, c'est qu'ils ne trouvent rien et qu'ils nous fichent la paix. »

Merete essaya de mettre à distance les mots « enlever le cadavre ». Était-ce vraiment d'elle que parlait Lasse ? Comment pouvait-on être aussi cruel et faire preuve d'un tel cynisme ?

« J'espère que vous ne leur échapperez pas. Que vous moisirez en prison comme les salauds que vous êtes. Je vous hais, vous comprenez ? Je vous hais tous. »

Elle se leva lentement, tandis que les ombres se fondaient dans les surfaces fendues des hublots.

Lasse lui cria d'une voix glacée :

« Alors, tu sais enfin ce que c'est que la haine, Merete. Tu comprends peut-être mieux, à présent ?

– Lasse, tu n'as pas décidé de faire sauter la maison maintenant ? » interrompit la femme.

Merete écoutait intensément.

Il y eut une pause. Il réfléchissait probablement. C'était de sa vie à elle qu'il s'agissait. Il était en train de se demander comment il allait la tuer sans se retrouver en prison. Elle n'était plus à leur merci, ils partageaient son sort à présent.

« Tu as raison, on ne peut rien entreprendre pour le moment. Il faut attendre. Ils ne doivent en aucun cas deviner qu'il y a quelque chose d'anormal. Si nous faisions tout sauter tout de suite, notre projet tomberait à l'eau. On n'aurait pas la prime de l'assurance, maman. On serait obligés de disparaître. Pour toujours.

– C'est au-dessus de mes forces, Lasse », dit la femme.

Alors, meurs avec moi, sale sorcière, pensa Merete.

« Je le sais, maman, je le sais », répondit Lasse, avec une douceur dans la voix qu'elle n'avait pas entendue depuis qu'elle l'avait regardé dans les yeux, lors de leur rendez-vous au Café Banqueråt. Il avait eu une voix presque humaine, l'espace d'un instant, avant de poser une question qui lui fit appuyer encore plus fort sur sa blessure :

« Tu dis qu'elle a bloqué le sas ?

– Oui, tu ne l'entends pas ? Le retour à l'équilibre de la pression se fait beaucoup trop lentement.

– Alors, je mets l'horloge en marche.

– L'horloge, Lasse ? Ça prend vingt minutes, avant que les vannes s'ouvrent, tu le sais. Il n'y a pas d'autre solution ? Elle s'est perforé une artère, Lasse. Tu ne peux pas arrêter la climatisation ? »

L'horloge ? Quelle horloge ? Est-ce qu'ils n'avaient pas dit qu'ils pouvaient augmenter ou diminuer la pression à leur guise ? Qu'elle n'aurait pas le temps de se suicider avant qu'ils n'ouvrent les vannes ? Avaient-ils menti ?

Elle se sentait gagnée par l'hystérie.

« Arrête ça, Merete, réagis ! Ne baisse pas les bras ! » se répétait-elle.

« Arrêter la ventilation ? Je ne vois pas l'intérêt ? On a changé l'air hier et il y en a pour au moins huit jours. Non, je mets l'horloge en route, répliqua-t-il d'une voix irritée.

– Vous avez des problèmes ? Vos techniques merdiques ne fonctionnent pas, Lasse ? » cria Merete.

Il fit semblant de se moquer d'elle, mais elle ne fut pas dupe. Son mépris le mettait hors de lui, c'était clair.

« Sois tranquille », rétorqua-t-il en se contrôlant. « C'est mon père qui a construit ça. C'était l'installation d'essais de compression la plus performante du monde. C'est ici qu'on fabriquait les meilleurs containers du marché et aussi les mieux testés. La plupart des fabricants les remplissent d'eau pour les soumettre à des pressions intérieures, mais dans l'entreprise de mon père, on les soumettait aussi à des pressions extérieures. Tout était fait avec la plus grande minutie. La température et l'hydrométrie étaient contrôlées par l'horloge, en tenant compte de tous les facteurs, pour que la pression ne se stabilise pas trop vite et pour éviter que les caissons se lézardent pendant le contrôle de qualité. C'est pour cela que ça prend du temps, Merete ! C'est uniquement pour cela ! »

Ils étaient complètement déments.

« Vous avez un gros problème. Vous êtes fous. Et vous êtes fichus, comme moi.

– Un problème ? Tu vas savoir ce que c'est qu'avoir un problème ! » hurla-t-il d'une voix hystérique. Elle entendit beaucoup de bruit et des pas rapides. Puis une ombre se dessina sur le côté de la vitre, et deux déflagrations assourdissantes se répercutèrent dans les haut-parleurs. L'une des vitres changea de couleur. Cette fois elle devint presque blanche.

« Il faudra que tu pulvérises totalement cette maison, Lasse, sinon j'ai laissé tant de cartes de visite que vous ne pourrez pas les effacer. Vous ne vous en tirerez pas et ce sera à cause de moi. Non, vous ne vous en tirerez pas », insista-t-elle en riant.

Pendant la minute qui suivit, elle entendit encore six déflagrations. Des coups de feu qui partaient par deux. Mais les deux vitres continuèrent à résister.

Elle sentit que la pression gagnait les articulations de ses épaules. La sensation n'était pas très forte, plutôt désagréable, ajoutée à celles du front, des sinus et des mâchoires. Si ces douleurs provenaient de la réduction minime de la pression causée par l'ouverture imperceptible et par le sifflement qu'elle engendrait, ce qui l'attendait quand ils décompresseraient d'un seul coup serait absolument insupportable.

« La police arrive. Je le sens ! » cria-t-elle.

Elle baissa la tête pour regarder son bras qui saignait. En réalité, elle savait bien que la police n'arriverait pas à temps. Bientôt, elle serait obligée de laisser son sang couler librement. Dans vingt minutes, les vannes s'ouvriraient.

Elle sentit un liquide chaud descendre sur son autre bras. Sa première blessure s'était donc rouverte d'elle-même. Les prévisions de Lasse s'accomplissaient. Lorsque la pression se modifierait en elle, son sang jaillirait, torrentiel.

Elle changea légèrement de position pour pouvoir serrer son poignet sanglant contre son genou et se mit à rire, l'espace d'une seconde. C'était comme un jeu d'enfant à une époque révolue.

« Je mets l'horloge en marche, Merete. Dans vingt minutes, les vannes s'ouvriront et décompresseront la pièce. Il faudra attendre encore une demi-heure avant que la pression retombe à une atmosphère. Tu auras le temps de te suicider avant, c'est vrai, je n'en doute pas. Mais je ne le verrai pas, Merete, tu comprends ? Étant donné que les vitres sont complètement opaques. Et si je ne peux pas le voir, personne d'autre ne le pourra. Nous allons murer la chambre de compression, Merete, on a un stock de plaques de plâtre, dehors. Meurs si tu veux pendant ce temps, à toi de choisir ta mort. »

Elle entendit que la femme riait.

« Viens, mon petit, viens m'aider », dit Lasse à son frère. Il avait une autre voix, à présent. Assurée.

Elle les entendit faire du bruit, de l'autre côté, et progressivement, la pièce devint plus sombre. Puis ils éteignirent les néons et continuèrent à entasser des plaques contre les vitres, jusqu'à ce que la nuit soit totale.

« Bonne nuit, Merete. Brûle en enfer d'un feu éternel ! »

Enfin, il débrancha les haut-parleurs et le silence se fit.

38

Même jour

Sur l'autoroute E 20, les bouchons étaient pires que d'habitude. Le rugissement de la sirène mettait Carl hors de lui, mais les autres automobilistes n'entendaient rien, perdus dans leurs pensées, collés à leur poste de radio au volume poussé au maximum ou rêvant qu'ils étaient à mille lieues de là.

D'énervement, Assad pianotait sur le tableau de bord. Avant de quitter l'autoroute, ils firent les derniers kilomètres sur la voie d'urgence, obligeant les voitures à se rabattre pour les laisser passer.

Quand ils furent enfin garés devant la ferme, Assad montra une voiture, de l'autre côté de la route :

« Elle était là, avant ? » demanda-t-il.

La voiture dont Assad parlait était cachée derrière des buissons, cent mètres plus loin environ, on voyait le nez du capot de ce qui devait être un 4×4 gris métallisé.

« Je n'en suis pas sûr », répondit Carl en essayant en vain d'ignorer le portable qui sonnait dans sa poche intérieure. Il l'en tira et vérifia d'où venait l'appel. C'était la préfecture de police.

Lis était contente.

« Ça y est, Carl. Tous les registres se sont remis à fonctionner. L'employée du ministère de l'Intérieur a indiqué quel antivirus il fallait utiliser pour réparer toutes les pannes que le virus avait occasionnées, et Mme Sørensen a déjà tapé toutes les combinaisons possibles des numéros d'immatriculation de Lars Henrik Jensen, comme Assad le lui avait demandé. Je crois que ça n'a pas été facile, vous lui devez un gros bouquet de fleurs, mais elle a trouvé votre homme. Ton assistant avait raison, deux des chiffres du numéro avaient été modifiés. Il est enregistré à Strøhusvej, à Greve », dit-elle en précisant le numéro de la rue.

Carl regarda les caractères en fer forgé fixés sur la façade de la ferme. C'était le même numéro.

« Merci, Lis. Remercie Mme Sørensen. C'est vraiment du bon travail », répliqua-t-il en tâchant de prendre un ton enthousiaste.

« Mais ce n'est pas tout, Carl. »

Carl respira profondément en voyant Assad examiner attentivement les lieux de ses yeux noirs Carl le sentait, lui aussi. Il y avait quelque chose de bizarre dans la façon dont ces gens vivaient. Ça n'avait absolument rien de normal.

Lis continuait son discours :

« Lars Henrik Jensen a un casier judiciaire vierge et il est maître d'hôtel. Il travaille pour la compagnie de navigation Merconi et il navigue surtout dans la Baltique. Je viens de parler avec son patron ; Lars Henrik Jensen est responsable de l'approvisionnement de plusieurs de leurs bateaux. C'est un bon employé, à ce qu'ils disent. Ils l'appellent tous Lasse, à propos. »

Carl cessa de regarder la cour de la ferme, devant lui.

« As-tu le numéro de son portable, Lis ?

– Je n'ai que le numéro d'un fixe. »

Elle le lui donna, mais il ne le nota pas. À quoi bon ? Il n'allait pas leur annoncer qu'ils seraient là dans deux minutes ?

« Pas de numéro de portable ?

– Rien que le nom de Hans Jensen à cette adresse. »

Probablement le grand maigre. Elle lui donna le numéro et il la remercia encore une fois.

« Qu'est-ce que c'était ? » lui demanda Assad.

Il haussa les épaules et sortit la carte grise de la boîte à gants.

« Rien qu'on ne sache déjà. On y va ? »

Le jeune garçon ouvrit la porte dès qu'ils eurent frappé. Il ne dit rien et se contenta de les faire entrer, presque comme si on les attendait.

Ils auraient voulu donner l'impression qu'ils avaient mangé tranquillement, lui et la femme, sur une toile cirée à fleurs, à dix mètres de la porte. Probablement des raviolis, dont ils venaient d'ouvrir une boîte. Carl et Assad auraient constaté qu'ils étaient froids, s'ils s'étaient donné la peine de vérifier. Cette mise en scène pour la galerie ne trompait personne.

« Nous avons un mandat de perquisition », annonça Carl en sortant la carte grise de sa poche et en l'agitant brièvement sous leurs yeux. Le jeune homme sursauta.

« On peut faire une petite visite ? » ajouta Carl en dépêchant Assad d'un geste vers les moniteurs.

« Vous n'attendez pas mon autorisation, je vois », répliqua la femme. Un verre d'eau à la main, elle avait l'air d'être sur des charbons ardents. Son regard n'était plus provocateur, mais elle ne paraissait pas effrayée non plus. Plutôt fataliste.

« Ces moniteurs, à quoi vous servent-ils ? » s'enquit Carl quand Assad eut fini d'inspecter les toilettes. Il montrait la lumière verte qui filtrait à travers le tissu.

« Oh, c'est Hans qui a acheté ça, répondit la femme. Nous vivons loin de tout, et on entend dire tellement de choses.

On voulait installer des caméras pour surveiller les alentours de la maison. »

Il vit Assad retirer l'étoffe et secouer la tête :

« Les écrans sont vides, Carl, tous les trois.

– Je peux te demander, Hans, pourquoi ces écrans sont allumés s'ils ne sont connectés à rien ? »

Le garçon regarda sa mère.

« Ils sont toujours allumés. Le courant arrive par le transformateur.

– Par le transformateur, voyez-vous ça ! Et où se trouve-t-il ce transformateur ?

– Je n'en sais rien, c'est Lasse qui s'en occupe. »

Elle le regarda triomphalement dans les yeux. Elle l'avait acculé au fond d'une impasse. Du moins le croyait-elle.

« Lasse n'est pas en mer en ce moment, d'après la compagnie de navigation. Où est-il ? »

Elle eut un petit sourire.

« Quand Lasse n'est pas en mer, il passe son temps avec des femmes. Il ne parle pas de ce genre de choses à sa mère, et c'est normal. »

Son sourire s'élargit. Ses dents jaunes étaient prêtes à mordre.

« Viens Assad. Nous n'avons plus rien à faire ici. Allons voir les autres bâtiments. »

Il lui jeta un dernier coup d'œil avant de prendre la porte. Elle tendait déjà la main vers le paquet de cigarettes. Elle ne souriait plus. Ils étaient sur la bonne piste.

« À partir de maintenant, on fait attention à tout ce qui se passe autour de nous, Assad. Commençons par ce bâtiment », dit Carl en désignant celui dont la voûte s'élevait très haut au-dessus des autres.

« Mets-toi là et observe ce qui se passe autour des autres constructions, d'accord ? »

Assad acquiesça.

En se retournant, Carl entendit un léger déclic tout à fait caractéristique. Il se retourna vers Assad et vit luire dans sa main un couteau à cran d'arrêt de dix centimètres de long. S'il savait s'en servir, son adversaire avait du souci à se faire mais, dans le cas contraire, tout le monde en prendrait pour son grade.

« Qu'est-ce que tu fais, Assad. D'où sors-tu ça ? »

Il haussa les épaules.

« C'est de la magie, Carl. Je vous promets qu'après, il disparaîtra.

– Je l'espère. »

Avec Assad, Carl allait de surprise en surprise. Une arme totalement illégale ! Comment pouvait-il avoir pris une initiative aussi insensée ?

« Nous sommes en service commandé, Assad, tu comprends ? Ce couteau n'est pas du tout réglementaire. Donne-le-moi. »

Carl trouva la dextérité avec laquelle Assad referma l'arme franchement alarmante.

Il soupesa le couteau avant de le fourrer dans la poche de sa veste, sous l'œil contrarié de son collaborateur. Même son bon vieux couteau de scout pesait moins lourd que ça.

Le grand hangar était bâti sur un sol en béton fendu par le gel et par la pluie qui s'infiltrait par la toiture. Les trous béants prévus pour les fenêtres étaient noirs et pourris sur les bords et les poutres en lamellé-collé qui soutenaient le toit avaient, elles aussi, souffert des intempéries. Mis à part un tas de déchets et quinze à vingt seaux semblables à ceux qu'il avait vus un peu partout alentour, l'immense espace était entièrement vide.

Il donna un coup de pied dans un seau qui tournoya sur lui-même en lui jetant en pleine figure un relent de pourriture. Quand le seau s'arrêta, il avait répandu autour de lui une traînée de fange. Carl l'examina. Des restes de papier hygiénique ? Il secoua la tête. Le seau était resté dehors par tous les temps et l'eau de pluie pouvait avoir stagné et être devenue saumâtre. N'importe quoi pouvait avoir cette odeur après avoir passé assez de temps dans cet endroit.

Il regarda le fond du seau et reconnut le logo de la compagnie Merconi imprimé dans le plastique. C'était sûrement dans ces seaux-là qu'il rapportait les surplus alimentaires des bateaux.

Carl prit un solide morceau de fer plat dans le tas de débris, sortit du hangar et emmena Assad en direction du dernier des trois bâtiments à l'arrière.

« Reste ici », dit-il en évaluant la solidité du cadenas dont Lasse était soi-disant le seul à avoir la clé.

« Viens me chercher si tu observes quoi que ce soit d'anormal », poursuivit-il en glissant le fer plat dans la boucle du cadenas. Dans son ancienne voiture de fonction, il avait toute une caisse d'outils qui auraient pu le forcer en deux coups de cuillère à pot. Aujourd'hui, il allait devoir serrer les dents et y mettre une bonne dose d'huile de coude.

Quand il se fut escrimé pendant trente secondes, Assad revint, et lui prit tranquillement le fer des mains.

Après tout si ça l'amuse…, se dit Carl.

Une demi-seconde plus tard, le cadenas tombait sur le gravier devant ses pieds.

Deux secondes plus tard, Carl pénétrait dans le bâtiment, partagé entre un état de vigilance extrême et le sentiment aigu de son incompétence.

La pièce ressemblait à celle dans laquelle vivait la mère, mais au lieu de meubles, elle contenait une série de bouteilles de soudure de différentes couleurs, ainsi qu'une centaine de mètres linéaires d'étagères vides, en acier. Dans le coin le plus éloigné, des plaques de métal inoxydables s'entassaient à côté d'une porte. Il n'y avait pas grand-chose d'autre. Il examina de plus près cette porte qui ne donnait pas sur l'extérieur, car il l'aurait remarquée.

Il essaya de l'ouvrir. La poignée de cuivre brillait et la porte était fermée à clé. Aux marques brillantes de la serrure, il vit qu'on l'avait ouverte récemment.

« Viens Assad. Apporte la barre de fer.

– Vous ne m'avez pas dit que je devais rester dehors ? » interrogea Assad en lui tendant le fer plat.

Carl lui désigna la porte :

« Montre-moi ce que tu sais faire. »

Quand ils entrèrent, une forte odeur d'eau de toilette les prit à la gorge. Un lit, une table, un ordinateur, un grand miroir, un tapis rouge Wiltax, un dressing ouvert contenant des costumes et deux ou trois uniformes bleus, un lavabo surmonté d'une étagère en verre et toute une série de flacons de lotion après-rasage. Le lit était fait, les papiers soigneusement empilés, rien ne suggérait la présence d'un déséquilibré.

« Pourquoi croyez-vous qu'il a fermé la porte à clé, chef ? » interrogea Assad en soulevant le sous-main pour regarder dessous. Puis il se mit à genoux pour regarder sous le lit.

Carl examina le reste. Non, Assad avait raison. À première vue, il n'y avait rien à cacher, alors, pourquoi fermer à clé ?

« Il y a forcément quelque chose, chef. Sinon, il n'y aurait pas ce cadenas, n'est-ce pas ? »

Carl approuva et entra dans le dressing, où la même odeur d'eau de toilette semblait imprégner les vêtements. Il tapa sur la paroi du fond sans rien découvrir de particulier. Pendant ce temps, Assad avait soulevé le tapis qui ne dissimulait aucune trappe.

Ils passèrent le plafond et les murs en revue et finirent en même temps par regarder le miroir, si seul sur ce mur mat d'un blanc crayeux.

Carl tapa sur le mur avec ses poings. Il semblait être massif.

Peut-être qu'on pourrait décrocher ce miroir ? pensa-t-il et il essaya. Mais le miroir était très solidement fixé. Assad colla la joue contre le mur pour regarder derrière.

« Je crois qu'il est fixé à un crochet de l'autre côté du mur. Là, il y a une sorte de serrure. »

Il glissa le doigt derrière le miroir et tira sur le loquet de la serrure. Puis il saisit le bord du miroir et l'amena vers lui. Toute la pièce se refléta dedans pendant qu'il glissait sur le côté, découvrant un trou noir comme de l'encre et de la taille d'un homme, aménagé dans le mur.

La prochaine fois que nous irons sur le terrain, je tâcherai d'être plus prévoyant, pensa Carl, pensant avec nostalgie à sa petite lampe de poche restée sur les piles de paperasses de son bureau. Il tendit la main, tâtonna pour trouver un interrupteur et regretta à nouveau l'absence de son arme. Brutalement, il se sentit oppressé.

Il respira profondément et écouta. Mais non, bon Dieu, il ne pouvait y avoir personne ici. Comment pourrait-on s'enfermer à l'intérieur d'une chambre avec un cadenas fermé à l'extérieur de la porte ? À moins que Lasse Jensen ait chargé son frère ou sa mère de l'enfermer dans sa cachette, si la police revenait traîner dans les parages ?

Il trouva l'interrupteur un peu plus loin sur le mur et appuya, prêt à sauter sur le côté au cas où quelqu'un les aurait attendus. Une seconde s'écoula et tout clignota devant eux pendant que les tubes au néon s'allumaient.

Dès cet instant-là, tout devint clair.

Ils avaient trouvé celui qu'ils cherchaient. Aucun doute n'était permis.

Il sentit qu'Assad retournait sans bruit dans la pièce qu'ils venaient de quitter, tandis que lui-même s'approchait des tableaux et des tables métalliques usagées placées le long du mur. Il fixa, incrédule, les innombrables portraits de Merete Lynggaard photographiée dans toutes les situations. Depuis sa première apparition comme porte-parole politique jusqu'à des scènes intimes, chez elle, sur la pelouse parsemée de feuilles mortes de Stevns. Des instants d'insouciance, captés par quelqu'un qui lui voulait du mal.

Son regard tomba sur une des tables en acier et il comprit immédiatement le système adopté par ce Lasse, alias Lars Henrik Jensen, pour atteindre son objectif.

La première pile comprenait tous les papiers de Godhavn. Il souleva un coin de la pile et vit divers documents concernant tous Lars Henrik Jensen ; ceux-là mêmes qui avaient disparu des années auparavant. Il s'était exercé maladroitement sur plusieurs feuillets à corriger les chiffres de son numéro d'immatriculation personnel. Peu à peu, il s'était amélioré et, sur la feuille du dessus, on voyait qu'il connaissait désormais son métier. Oui, les dossiers restés à Godhavn étaient des faux, ce qui avait permis à Lasse de gagner du temps.

Assad lui montra la pile suivante : une correspondance entre Lasse et Daniel Hale Apparemment, Interlab n'avait pas encore reçu le reliquat de la somme due autrefois par le père de Lasse pour l'achat des bâtiments. Au début de l'année 2002, Daniel Hale avait envoyé un fax à Lasse pour l'informer de son intention de lui envoyer un huissier. Il réclamait deux millions de couronnes, signant ainsi son arrêt de mort, mais comment eût-il pu connaître la détermination de son adversaire ? C'était peut-être cette assignation qui avait déclenché la réaction en chaîne.

Carl souleva un feuillet, une télécopie envoyée par Lasse le jour même où Hale avait été tué. Il s'agissait d'un message accompagné d'un contrat pas encore signé.

« Je me suis procuré l'argent. Nous pouvons si vous le souhaitez signer l'acte et mettre fin à notre contentieux dès aujourd'hui, chez moi. Mon avocat apportera tous les papiers nécessaires, apportez également ceux dont vous disposez. » Il avait pensé à tout. Si les papiers n'avaient pas brûlé dans la voiture, Lasse se serait chargé de les faire disparaître avant l'arrivée de la police et des ambulances. Carl nota la date et l'heure du rendez-vous, tout concordait parfaitement. Hale avait été attiré dans un guet-appens qui lui avait coûté la vie. Dennis Knudsen l'avait attendu au croisement de Kappelev Landevej, le pied sur l'accélérateur.

« Et regardez, chef », dit Assad en prenant le premier feuillet de la pile suivante. C'était une coupure du journal local de Frederiksborg dans laquelle on annonçait, tout en bas de la page, la mort de Dennis Knudsen.

« Mort d'une overdose », commentait-on laconiquement.

Dennis était rentré dans les statistiques.

Carl feuilleta la liasse de documents. Effectivement, Lasse Jensen avait offert une forte somme d'argent à Dennis Knudsen pour qu'il provoque cet accident de voiture. C'était très vraisemblablement le frère de Lasse, Hans, qui s'était avancé devant la voiture de Daniel Hale pour le contraindre à se déporter au milieu de la chaussée. Tout s'était passé comme prévu, sauf que Lasse n'avait jamais payé sa dette à Dennis, provoquant ainsi sa colère.

Une lettre étonnamment bien tournée de Dennis Knudsen lui présentait un ultimatum · ou Lasse lui versait ces trois cent mille couronnes ou Dennis le tuerait, quelque part sur la route, un jour où il ne s'y attendrait pas.

Carl pensa à la sœur de Dennis. C'était vraiment un gentil petit frère qu'elle pleurait.

Il regarda les tableaux sur le mur et eut une vue d'ensemble de la mauvaise période qui avait fait basculer la vie de Lasse. L'accident de voiture, la fin de non-recevoir de la compagnie d'assurances. Le refus de la Fondation Lynggaard. Les mobiles s'additionnaient et devenaient beaucoup plus évidents au fur et à mesure de ses découvertes.

« Vous croyez que tout ça l'a rendu vraiment fou ? » lui demanda Assad en lui tendant un objet.

Carl fronça les sourcils :

« Je n'ose pas y penser, Assad. »

Il examina l'objet de plus près. C'était un petit téléphone portable de marque Nokia. Rouge, neuf et brillant. Au dos du portable, on lisait le nom de « Sanne Jønsson », tracé en petites majuscules biscornues surmontées d'un cœur. Que dirait cette jeune fille quand elle apprendrait que son portable existait toujours ?

« On a tout ce qu'il nous faut », dit-il à Assad en hochant la tête devant les photos de la mère de Lasse pleurant sur un lit d'hôpital. Des photos des bâtiments de Godhavn et d'un homme sous la photo duquel on lisait : « Satan, mon père adoptif », écrits en grosses lettres. Des coupures de journaux très anciennes glorifiant HJ Industries et le père de Lasse

Jensen, un pionnier de l'industrie de la haute technologie danoise, pour son œuvre extraordinaire. Il y avait au moins vingt photos de détails concernant le ferry *Schleswig-Holstein*, des horaires de navigation, des mesures des distances et du nombre d'escaliers qui menaient au pont des voitures. Il découvrit également un plan minuté en deux exemplaires. Un pour Lasse et un pour son frère. Ils avaient donc été deux à kidnapper Merete Lynggaard.

« Qu'est-ce que ça signifie ? » demanda Assad en montrant les chiffres.

Carl n'en était pas sûr.

« Cela pourrait indiquer qu'ils l'ont enlevée puis tuée ailleurs. Je ne vois pas d'autre explication.

– Et ça, qu'est-ce que ça signifie, alors ? » poursuivit Assad en désignant du doigt la dernière table sur laquelle se trouvaient divers classeurs ainsi qu'une série de dessins techniques.

Carl prit le premier classeur, dont les pages étaient séparées par des feuillets intercalaires. Sur la page de garde on pouvait lire : « Manuel de plongée sous-marine. École militaire de la Marine, août 1985. » Il le feuilleta un instant en lisant les sous-titres : Physiologie du plongeur, Précis de ventilation, Tableaux de décompression de surface, Tableaux du traitement à l'oxygène, Loi de Boyles, Loi de Dalton.

De l'hébreu.

« Est-ce que les maîtres d'hôtel sont supposés connaître la plongée sous-marine, chef ? »

Carl secoua la tête.

« C'est peut-être son hobby. »

Il feuilleta une autre liasse de documents et découvrit un cahier rédigé d'une écriture soignée :

« Instructions pour les essais de compression des containers, par Henrik Jensen, HJ Industries, 10/11-1986. »

« Vous pouvez lire ça, Carl ? » demanda Assad, les yeux écarquillés. Lui non, à première vue.

Sur la première page, il vit des diagrammes et des généralités concernant l'adjonction d'une canalisation. Il s'agissait manifestement d'un projet de modification d'un réseau existant, sans doute celui que HJ Industries avait repris à Interlab lors de l'achat des bâtiments.

Il déchiffra tant bien que mal le manuscrit et s'arrêta subitement sur les mots : « chambre de compression » et « cellule ».

Il leva la tête et regarda une photo en gros plan de Merete Lynggaard, accrochée au-dessus de la table. Les mots « chambre de compression » déboulèrent de nouveau dans sa tête.

Une pensée le fit frémir. Était-ce possible ? L'idée était d'une rare atrocité. Il en transpirait presque.

« Qu'est-ce qu'il y a, chef ?

– Va surveiller la cour, Assad, vite. »

Son collaborateur allait répéter sa question mais Carl lui tournait déjà le dos pour se plonger à nouveau dans la dernière pile de documents.

« Dépêche-toi, Assad, et fais attention. Emporte ça. »

Il lui tendit le morceau de fer plat avec lequel ils avaient forcé la porte.

Il feuilleta rapidement les papiers, trouva de nombreux calculs, surtout de la main d'Henrik Jensen, mais aussi annotés par d'autres. Rien qui se rapporte à ce qu'il cherchait.

Une fois de plus, il contempla la photo si nette de Merete Lynggaard. Probablement prise au zoom, à son insu, car ses yeux ne regardaient pas l'objectif. Elle avait une expression particulière. Elle dégageait une énergie et un dynamisme contagieux. Carl était certain que ce n'était pas pour l'admirer que Lasse Jensen l'avait exposée là. Plutôt l'inverse. Une quantité de petits trous émaillaient les bords de la photo, qu'on avait probablement décrochée et raccrochée de nombreuses fois.

Il ôta l'une après l'autre les quatre punaises qui retenaient la photographie sur le tableau, il la prit et la retourna.

Ce qu'il lut au dos était l'œuvre d'un fou.

Il relut le texte plusieurs fois.

« Tes yeux hideux sortiront de leurs orbites. Ton sourire grotesque se noiera dans le sang. Tes cheveux se dessécheront et tes pensées tomberont en poussière. Tes dents pourriront. Personne ne se souviendra de toi pour autre chose que ce que tu es : une putain, une salope, une diablesse, une meurtrière infernale. Meurs comme telle, Merete Lynggaard. »

Et en dessous, en lettres majuscules, on avait ajouté :

6/7-2002 : 2 ATMOSPHÈRES
6/7-2003 : 3 ATMOSPHÈRES
6/7-2004 : 4 ATMOSPHÈRES
6/7-2005 : 5 ATMOSPHÈRES
6/7-2006 : 6 ATMOSPHÈRES
15/5-2007 : 1 ATMOSPHÈRE

Carl se retourna. Il eut l'impression que la pièce se rétrécissait autour de lui. La main sur le front, il réfléchit le plus vite possible. Ils détenaient Merete Lynggaard, il en était sûr. Elle était là, tout près. Il venait de lire que dans cinq semaines, le 15 mai, ils la tueraient, mais ils l'avaient peut-être déjà fait. En venant ici Assad et lui avaient accéléré le dénouement, il en avait le pressentiment. Et le cadavre de la jeune femme se trouvait là, quelque part. Il en était convaincu.

Que faire ? À qui demander de l'aide ? pensa-t-il en se creusant la mémoire.

Il prit son portable et tapa le numéro de Kurt Hansen, son ancien collègue, qui avait rejoint le Folketing dans les rangs de la droite.

Il piaffait d'impatience en écoutant se succéder les sonneries du téléphone. Le temps, quelque part, en ce moment même, se moquait d'eux tous, il le sentait.

Une seconde avant qu'il raccroche et renonce, Kurt Hansen répondit en se raclant la gorge, à sa façon caractéristique.

Carl le pria de se taire, d'écouter et de réfléchir rapidement. De ne poser aucune question et de se contenter de répondre.

« Tu me demandes ce qui se passe quand une personne a été soumise à une pression allant jusqu'à six atmosphères pendant cinq ans et qu'on décompresse d'un seul coup ? résuma Kurt. Quelle étrange question. C'est une situation très hypothétique, d'après moi.

– Contente-toi de répondre, Kurt. Tu es la seule personne que je connaisse qui sache quelque chose en la matière. Je ne connais personne d'autre qui ait un brevet de plongeur professionnel. Dis-moi ce qui se passe dans ce cas-là.

– Eh bien, cette personne meurt, évidemment.

– OK, cela prend combien de temps ?

– Je n'en ai aucune idée, mais c'est une mort horrible.

– Pourquoi ?

– C'est une implosion totale de l'organisme. Les alvéoles pulmonaires font éclater leur enveloppe. L'azote des os fait exploser les tissus. Tout ce que renferme le corps augmente de volume parce que l'organisme est entièrement rempli d'air. Des caillots de sang, des hémorragies cérébrales, des hémorragies massives, et même… »

Carl l'interrompit.

« Qui peut faire quelque chose dans cette situation ? »

Kurt Hansen se racla de nouveau la gorge. Peut-être qu'il l'ignorait.

« Tu me décris une situation réelle, Carl ?

– J'en ai sérieusement peur, oui.

– Alors, téléphone à la Marine. Ils ont une chambre de décompression mobile, un Duocom de Dräger. »

Il donna le numéro de téléphone à Carl qui le remercia.

Mettre les gens de la Marine au courant de la situation ne lui prit qu'un instant.

« Dépêchez-vous, c'est terriblement urgent, insista-t-il. Amenez des gens et une perceuse à air comprimé, des trucs dans ce genre-là. J'ignore quels obstacles vous allez rencontrer. Et prévenez la préfecture de police. J'ai besoin de renforts.

– D'accord, compris ! », lui répondit-on.

39

Ils s'approchèrent du dernier bâtiment en ne laissant rien au hasard, l'œil grand ouvert, examinant le terrain pour voir si quelque chose avait été enterré récemment. Ils fixèrent les seaux en plastique gluants abandonnés le long du mur comme s'ils pouvaient contenir une bombe.

La porte était également fermée par un cadenas qu'Assad força avec le morceau de fer plat. Il allait bientôt en faire une spécialité.

L'antichambre du hall dégageait une odeur douçâtre, un mélange composé de l'eau de Cologne de la chambre de Lasse Jensen et d'une odeur de viande avariée. Ou plutôt semblable aux remugles des cages de fauves, au zoo, par une chaude journée de printemps, quand les arbres sont en fleurs.

Par terre se trouvaient de nombreux containers, de différentes longueurs, en acier inoxydable brillant. Sur certains, les instruments de mesure étaient en cours de montage, d'autres étaient terminés. Des étagères sans fin, sur un mur, indiquaient que l'on comptait sur une production importante. Le destin en avait voulu autrement.

Carl fit signe à Assad de le suivre alors qu'il se dirigeait vers la porte suivante en posant le doigt sur ses lèvres. Assad acquiesça silencieusement en serrant si fort le morceau de fer que ses articulations blanchirent. Il se baissa légèrement, comme pour diminuer sa taille et réduire la cible qu'il pourrait constituer. Il semblait le faire par automatisme.

Carl ouvrit la porte suivante.

Il y avait de la lumière dans la pièce. Des lampes en verre armé éclairaient un corridor. D'un côté, plusieurs portes s'ouvraient sur des bureaux sans fenêtre. De l'autre, une porte unique donnait accès à un autre couloir. Carl fit signe à Assad d'examiner les bureaux et il entra lui-même dans le long couloir étroit.

C'était un lieu immonde. On eût dit qu'on avait projeté des excréments ou de l'eau fétide sur les murs et le sol. Qu'était devenu le rêve d'Henrik Jensen ? Où était l'esprit du fondateur de l'usine qu'il avait voulu créer ici ? Carl avait du mal à imaginer des ingénieurs en blouse blanche dans ce qu'il avait sous les yeux. Beaucoup de mal.

Au bout du couloir, Carl trouva encore une porte qu'il ouvrit prudemment en serrant le couteau à cran d'arrêt dans la poche de sa veste.

Il alluma la lumière et constata qu'il s'agissait d'un lieu de stockage contenant deux tables roulantes, une quantité de plaques de plâtre et diverses bouteilles d'hydrogène et d'oxygène. Il ouvrit instinctivement les narines. Ça sentait la poudre. Comme si quelqu'un s'était servi d'une arme récemment.

« Je n'ai rien trouvé dans les bureaux », lui dit Assad à voix basse.

Carl hocha la tête. Ici non plus, il n'y avait rien, à première vue. Rien, sinon la même impression de dégoût qu'il venait d'éprouver dans le corridor qui menait à cette pièce.

Assad entra et regarda autour de lui.

« Alors, il n'est pas là, chef.

– Ce n'est pas lui que nous cherchons en ce moment. »

Assad fronça les sourcils :

« Qui alors ?

– Chuuut, répliqua Carl. Tu n'entends pas ?

– Quoi ?

– Écoute. Un sifflement très, très faible.

– Un sifflement ? »

Carl leva la main pour qu'il se taise et il ferma les yeux. Était-ce un ventilateur, au loin ? Ou de l'eau qui coulait dans une tuyauterie ?

« C'est de l'air, ce bruit-là, chef. Comme quand quelque chose a crevé.

– Oui, mais d'où vient-il ? »

Carl fit lentement le tour de la pièce. Il était tout simplement impossible de localiser le son. La pièce ne faisait pas plus de trois mètres et demi de large et cinq à six mètres de long, et pourtant on aurait dit que le son venait de partout et de nulle part à la fois.

Il examina la pièce de nouveau. Sur la gauche, des plaques de plâtre dressées côte à côte, quatre plaques sur environ cinq d'épaisseur. Sur le mur du fond, une seule plaque, placée en diagonale. Le mur de droite était nu.

Carl regarda le plafond et vit quatre compartiments percés de petits trous et, entre les trous, des faisceaux de fils électriques et de tuyaux de cuivre venant du couloir qui se prolongeaient au-dessus des plaques de plâtre.

Assad le remarqua aussi.

« Il doit y avoir quelque chose derrière ces plaques, chef. »

Carl était de son avis. Peut-être un mur extérieur, peut-être autre chose.

Ils se mirent à déplacer les carreaux de plâtre et, au fur et à mesure qu'ils les posaient contre le mur opposé, le sifflement se rapprochait.

Finalement, ils se trouvèrent devant un mur nu sur lequel se trouvait une grosse boîte noire, placée assez haut, juste sous le plafond, ainsi que plusieurs interrupteurs, des instruments de mesure et des boutons. D'un côté de ce tableau de bord, était encastrée une porte incurvée divisée en deux battants et recouverte de plaques métalliques. De l'autre côté, deux hublots de verre armé, d'une blancheur laiteuse, sur lesquels on avait fixé avec du ruban adhésif des fils électriques, entre deux tiges qui pouvaient ressembler à des détonateurs. Sous chaque hublot, une caméra de surveillance était placée sur un support. On imaginait sans peine à quoi les caméras avaient servi et quelle était la fonction des détonateurs.

Sous les caméras, Carl repéra plusieurs petites boules noires. Il les ramassa et constata que c'étaient des plombs. Il palpa la surface du verre des vitres et recula d'un pas. Pas de doute, on avait tiré sur les vitres, sans parvenir à les briser. Peut-être y avait-il là enfin une chose que les habitants de cette ferme n'avaient pas pu maîtriser ?

Il colla son oreille sur le mur. Le sifflement venait de l'intérieur. Ni de la porte ni des vitres, mais de l'intérieur. Le son devait être extrêmement aigu pour traverser cette paroi massive.

« Il est à plus de quatre bars, Carl. »

Carl regarda le manomètre de pression sur lequel tapait Assad. C'était vrai. Et quatre bars correspondaient à cinq atmosphères. La pression de la pièce avait donc déjà baissé d'une atmosphère par rapport au calendrier qu'ils avaient vu tout à l'heure.

« Assad, je crois que Merete Lynggaard est là-dedans. »

Son collaborateur ne bougea pas d'un pouce et regarda la porte métallique incurvée.

« Vous croyez ? »

Carl hocha la tête.

« La pression continue à baisser, chef. »

C'était vrai. Le mouvement de l'aiguille était visible à l'œil nu.

Carl leva les yeux sur les câbles. Les extrémités isolées des minces fils électriques reliés aux détonateurs traînaient encore par terre. Ils avaient sans doute prévu de les brancher sur une batterie ou sur une charge d'explosifs quelconque. Était-ce ce qu'ils avaient eu l'intention de faire le 15 mai, après avoir réduit la pression à une atmosphère, comme il était écrit au dos de la photo de Merete Lynggaard ?

Il regarda autour de lui pour essayer de comprendre. Les tuyaux de cuivre entraient directement dans la pièce. Il y en avait au moins une dizaine, comment savoir lesquels baissaient la pression et lesquels l'augmentaient ? En les coupant, on prenait le risque de mettre encore plus en danger la personne qui se trouvait dans la chambre de compression. Même chose si on touchait aux fils électriques.

Il alla vers la porte du sas et examina les boîtes de relais placées à côté. Là, pas de doute, tout était écrit noir sur blanc à côté des six boutons : Battant du haut ouvert. Battant du haut fermé. Porte extérieure du sas ouverte. Porte extérieure du sas fermée. Porte intérieure du sas ouverte. Porte intérieure du sas fermée.

Les deux battants de la porte du sas étaient fermés et ils devaient le rester.

« À quoi sert celui-ci, à votre avis ? » demanda Assad, tout en semblant dangereusement prêt à faire basculer la manette d'un petit potentiomètre de OFF sur ON.

Si seulement Hardy avait été là pour les aider ! S'il y avait quelque chose que Hardy savait mieux que la plupart des gens, c'était analyser les circuits électriques.

« Cette prise de courant a été montée après tout le reste. Sinon, pourquoi les autres seraient-elles faites de cette matière marron alors que celle-là est en plastique ? » demanda Assad en désignant un boîtier carré en bakélite.

C'était vrai, il y avait des années de différence entre ces deux types de prises de courant.

Assad hocha la tête :

« Je crois que ce bouton à vis arrête le processus, ou alors qu'il ne sert à rien du tout. »

Une vérité de La Palice.

Carl respira profondément. Il y avait un peu moins de dix minutes qu'il avait contacté les gens de la Marine, et ils ne seraient pas là avant un bon moment. Si Merete Lynggaard était là-dedans, il fallait qu'il prenne une décision drastique.

« Tourne-le », dit-il à Assad en craignant le pire.

Instantanément, ils entendirent le sifflement déchirer l'espace de tout son volume. Carl sentit son cœur s'affoler, persuadé soudain qu'ils n'avaient fait qu'augmenter la pression.

Puis il leva les yeux et vit que les quatre panneaux troués du plafond étaient des haut-parleurs. C'étaient d'eux que provenait le sifflement venant de la pièce, un son perçant et exaspérant.

« Qu'est-ce qui se passe maintenant ? » cria Assad en se bouchant les oreilles. Difficile de lui répondre dans ces conditions.

« Je crois que tu as allumé une unité de conversation », répliqua-t-il en criant. Il tourna la tête vers les panneaux du plafond et cria trois ou quatre fois : « Merete, êtes-vous là ? » avant d'écouter intensément.

Il percevait nettement, à présent, que le sifflement provenait de l'air qui s'échappait à travers un passage étroit. Comme celui qui passe entre les dents avant que l'on siffle vraiment. Et ce son était constant.

Il regarda le manomètre avec inquiétude. Il était descendu à presque quatre virgule cinq atmosphères. La pression baissait vite.

Il cria de nouveau, cette fois aussi fort que possible, et Assad ôta les mains de ses oreilles pour crier avec lui. Leur double appel aurait pu réveiller les morts, pensa Carl en espérant sincèrement qu'ils n'en étaient pas encore là.

Alors, on entendit un coup venant de la boîte noire, sous le plafond, et un silence total se fit soudain dans la pièce.

C'est la boîte, là-haut, qui commande la compensation de pression, pensa-t-il, et il se demanda s'il devait courir dans l'autre pièce chercher un tabouret quelconque pour pouvoir l'ouvrir.

À cet instant, ils entendirent gémir, dans les haut-parleurs, un gémissement semblable à celui d'un animal blessé, ou d'un être humain dans un état de souffrance insupportable. Un long gémissement monotone.

« Merete, c'est vous ? » cria Carl.

Ils attendirent une seconde et entendirent un son qu'ils interprétèrent comme un oui.

Carl sentit sa gorge brûler. Merete Lynggaard était là-dedans. Prisonnière depuis plus de cinq ans dans cet endroit immonde, désolé. Elle était peut-être en train de mourir, et il n'avait aucune idée de ce qu'il fallait faire.

« Qu'est-ce qu'on peut faire, Merete ? » cria-t-il et, au même instant, il y eut une détonation assourdissante, venant de la plaque de plâtre du mur du fond. Quelqu'un avait tiré avec un fusil de chasse à travers la plaque, et les plombs s'étaient dispersés partout dans la pièce. Carl sentit qu'il était touché à plusieurs endroits et que du sang chaud dégoulinait lentement de son corps. Durant un dixième de seconde qui lui parut infiniment long, il resta paralysé, puis il se jeta en arrière avec Assad dont un bras saignait et dont l'expression correspondait à la situation.

Ils étaient couchés par terre lorsque la plaque de plâtre tomba, dévoilant le tireur. On le reconnaissait sans peine. Mis à part les sillons creusés par son existence difficile et son âme martyrisée pendant ces dernières années, la figure de Lasse Jensen était exactement la même que celle qu'ils avaient vue sur ses photos de jeunesse.

Lasse émergea de sa cachette avec sa carabine à plombs fumante et constata les dommages causés par son coup de feu, avec la même indifférence que s'il s'était agi d'une inondation dans un sous-sol.

« Comment m'avez-vous trouvé ? » demanda-t-il en pliant le canon du fusil pour y glisser des cartouches neuves. Il s'approcha d'eux à les toucher. Il tirerait quand cela lui conviendrait, à n'en pas douter.

« Il est encore temps de t'arrêter, Lasse », lui dit Carl en se redressant un peu de façon à libérer Assad, coincé sous lui. « Si tu t'arrêtes maintenant, tu n'écoperas que de quelques années de prison. Sinon, ce sera perpète pour assassinat. »

L'homme sourit. On comprenait sans difficulté qu'il ait du succès auprès des femmes. Un loup déguisé en agneau.

« Vous ignorez beaucoup de choses », répliqua-t-il en pointant le canon du fusil directement sur la tempe d'Assad.

C'est ce que tu crois, pensa Carl, sentant la main d'Assad se glisser dans la poche de sa veste.

« J'ai appelé des renforts. Mes collègues ne vont pas tarder. Donne-moi cette carabine, Lasse, et tout ira bien. »

Lasse secoua la tête. Il ne le croyait pas.

« Si tu ne me réponds pas, je bute ton collègue. Comment m'avez-vous trouvé ? »

Compte tenu de la pression à laquelle il était soumis, il se contrôlait beaucoup trop bien. Il était sûrement fou à lier.

« Grâce à Oluf, répondit Carl.

– À Oluf ? » Le type changea d'expression.

Cette information ne correspondait à rien dans l'univers où il avait décidé d'être le maître.

« À d'autres ! Oluf Lynggaard ne sait rien et il ne parle pas. J'ai lu les journaux ces derniers jours. Il n'a rien dit. Tu mens », poursuivit-il.

Cette fois, il sentit qu'Assad avait saisi le cran d'arrêt. Au diable les règlements et la loi sur les armes légales. Tout ce qu'il espérait, c'était qu'il ait le temps de s'en servir.

Ils entendirent un son dans les haut-parleurs, au-dessus d'eux, comme si la femme, dans la pièce, voulait dire quelque chose.

« Oluf Lynggaard t'a reconnu sur une photo, une photo où vous êtes tous les deux enfants, toi et Dennis Knudsen. Tu te souviens de cette photo, Atomos ? » poursuivit Carl.

Ce nom frappa Lasse Jensen comme une gifle. On put voir, littéralement, que, du fond de son âme, des années de souffrances remontaient à la surface.

Il fit une grimace et hocha la tête.

« Ah, ah, tu sais ça aussi. Alors vous savez tout. Vous comprendrez donc que je ne peux pas faire autrement que de vous obliger à accompagner Merete dans son dernier voyage.

– Tu n'en auras pas le temps, les renforts arrivent », dit Carl en se penchant un peu en avant pour permettre à Assad de sortir le couteau et de s'en servir.

Lasse aurait-il le temps d'appuyer sur la détente avant ? Là était la question. S'il tirait à bout portant avec les deux canons, Assad et lui étaient fichus.

Lasse sourit de nouveau. Il s'était déjà ressaisi. Rien ne l'atteignait, ce qui était typiquement une attitude de psychopathe.

« J'aurai le temps, crois-moi. »

La secousse, dans la veste de Carl, et le déclic qui suivit eurent lieu en même temps que le crissement de la chair qu'on transperce, le claquement des tendons sectionnés, le chuintement des muscles transpercés. Carl vit le sang couler sur la jambe de Lasse au moment ou Assad, de son bras gauche ensanglanté, relevait d'un coup sec le canon du fusil. Lasse tira par réflexe et Carl, assourdi par la détonation, le vit basculer en arrière en silence, Assad au-dessus de lui, le couteau levé pour frapper.

« Non », hurla Carl, entendant à peine sa propre voix. En essayant de se lever, il s'aperçut de la gravité du coup qu'il avait reçu. Il regarda par terre et vit que le sang formait des rigoles. Alors, il prit sa jambe entre ses mains et la serra en se relevant.

Assad, qui saignait aussi, était assis sur la poitrine de Lasse, le couteau sur sa gorge. Carl ne l'entendait pas, mais il voyait Assad parler à son adversaire et ce dernier lui cracher à la figure à chacune de ses phrases.

Carl recommença alors graduellement à entendre d'une oreille. Le relais, au-dessus d'eux, s'était remis à faire sortir l'air de la pièce ; le sifflement était plus fort qu'auparavant. À moins que ce ne soient ses oreilles qui lui jouent des tours ?

« Tu vas me dire comment on arrête cette merde ? Comment on ferme les soupapes ? » criait Assad pour la énième fois. Et Carl s'aperçut qu'à chaque crachat de Lasse, Assad appuyait un peu plus son couteau sur sa gorge. « J'ai égorgé des gens plus forts que toi », criait Assad en lui égratignant la peau pour faire suinter le sang.

« Même si je le savais, je ne vous dirais rien », sifflait Lasse, coincé sous lui. Carl regarda la jambe de Lasse, à l'endroit où Assad l'avait frappé. Le saignement n'était pas énorme. Rien à voir avec une section de l'artère fémorale, mais l'entaille semblait importante tout de même.

Il leva les yeux sur le manomètre. La pression baissait lentement, mais régulièrement. Pourquoi les secours n'arrivaient-ils pas ? Les gens de la Marine n'avaient-ils pas prévenu ses collègues, comme il l'avait demandé ? Carl s'appuya contre le mur, sortit son portable et tapa le numéro des services d'urgence de la police. On leur enverrait de l'aide en quelques minutes. Ses collègues et les ambulanciers allaient avoir du boulot.

Il ne sentit pas le coup sur son bras, constata simplement que son portable brisé tombait par terre et que son bras tombait sur le côté. Il se retourna et vit Hans Jensen taper sur la tempe d'Assad avec le fer plat qui leur avait servi à forcer les cadenas.

Assad s'écroula sans un cri.

Hans s'avança d'un pas et broya le portable sous son pied.

« Mon Dieu, tu es blessé, mon fils ? » fit une voix derrière lui. La femme arrivait dans son fauteuil roulant, la figure ravagée par tous les malheurs de sa pauvre existence. Sans s'inquiéter le moins du monde de l'homme inconscient qui gisait à terre, elle ne voyait que le sang qui coulait du pantalon de son fils.

Lasse se leva avec peine et fixa Carl, au comble de la fureur.

« Ce n'est rien, maman », la rassura-t-il. Il tira un mouchoir de la poche de son pantalon, ôta sa ceinture et se fit un garrot à la cuisse, aidé par son frère.

Elle fit rouler le fauteuil devant eux et regarda le manomètre.

« Comment vas-tu, misérable salope ? » cria-t-elle en direction de la vitre.

Il baissa les yeux. Assad gisait par terre et respirait faiblement. Peut-être qu'il survivrait. Carl regarda autour de lui dans l'espoir d'apercevoir le couteau. Était-il sous le corps d'Assad ? Peut-être le verrait-il quand le grand maigre se déplacerait.

On eût dit que ce garçon le sentait. Il se tourna vers lui avec une expression boudeuse, comme si Carl avait voulu lui voler un objet ou le frapper. Le regard qu'il lui lança contenait toutes les humiliations de son enfance solitaire, quand les autres enfants ne comprenaient pas combien quelqu'un comme lui pouvait être vulnérable et simple. Il leva le fer plat en visant le cou de Carl.

« Est-ce que je le tue, Lasse, je le tue ? Je peux le tuer.

– Tu ne fais rien du tout, gronda la femme en se rapprochant.

– Assieds-toi, salopard de flic », commanda Lasse en se dressant de toute sa taille. « Va chercher la batterie, Hans. On va faire sauter la maison. C'est la seule chose à faire à présent. Dépêche-toi. Dans dix minutes, on sera loin d'ici. »

Il arma son fusil de chasse en suivant Carl des yeux tandis que celui-ci se glissait le long du mur jusqu'à ce qu'il ait la porte du sas dans le dos.

Lasse arracha le chatterton collé sur les vitres et débrancha les détonateurs. Puis il les raccorda aux fils meurtriers, comme une écharpe, qu'il enroula autour du cou de Carl.

« Tu ne sentiras rien, n'aie pas peur. Pour elle, là-dedans, ce sera autre chose, mais il ne peut pas en être autrement », dit Lasse froidement en tirant les bouteilles de gaz contre le mur de la chambre de compression, derrière Carl.

Son frère revint, rapportant la batterie et un rouleau de fils électriques.

« Non, on ne va pas faire comme ça, Hans. On va poser la batterie dehors. Regarde », lui dit Lasse en lui montrant comment il branchait les détonateurs enroulés autour du cou de Carl d'abord sur les rallonges, puis sur la batterie. « Tu en laisses une bonne longueur pour que ça aille jusque dans la cour. »

Il se mit à rire et regarda directement Carl.

« Quand on mettra le courant, dehors, l'explosion coupera la tête de ce salaud-là et en même temps, ça fera sauter les bouteilles de gaz comprimé.

– D'accord, mais qu'est-ce qu'on va faire de lui en attendant que ça pète ? » demanda Hans en montrant Carl du doigt. « Il va défaire les fils électriques.

– Lui ? » Lasse sourit en reculant un peu la batterie pour l'éloigner de Carl. « C'est vrai, tu as tout à fait raison. Dans une minute, tu pourras l'assommer. » Puis il changea de ton et se tourna vers Carl, le visage grave : « Comment m'as-tu retrouvé ? Tu parles de Dennis Knudsen et d'Oluf. Je ne comprends pas. Comment as-tu fait le lien entre eux et moi ?

– Tu as commis mille erreurs, connard. Voilà pourquoi ! »

Lasse recula un peu dans la pièce, avec au fond des yeux tous les signes de la démence. Carl savait que, dans une seconde, il lui tirerait dessus. Il le viserait tranquillement et appuierait sur la détente. Adieu, Carl. Il savait maintenant qu'il ne pourrait plus les empêcher de tout faire sauter.

Il regarda tranquillement le frère de Lasse. Il s'embrouillait, les fils électriques ne lui obéissaient pas. Ils s'emmêlaient quand il les déroulait.

Au même instant, Carl sentit le bras blessé d'Assad vibrer contre sa jambe. Peut-être n'était-il pas si gravement touché, après tout ? Maigre consolation dans la situation actuelle, puisque dans un instant, ils seraient tous morts.

Carl ferma les yeux et tâcha de se souvenir de quelques moments essentiels de sa vie. Il les rouvrit après avoir constaté que sa tête était vide. Même cette consolation lui était refusée.

La vie lui avait-elle vraiment réservé si peu de moments mémorables ?

« Il faut que tu sortes d'ici, maman. Va dans la cour, éloigne-toi des murs extérieurs, on te suit dans une minute et on disparaît », dit Lasse à sa mère.

Elle acquiesça, puis regarda une dernière fois l'un des hublots et cracha sur la vitre.

En passant devant ses fils, elle jeta un coup d'œil méprisant à Carl et à celui qui gisait à côté de lui. Si elle avait pu leur donner un coup de pied elle l'aurait fait. Comme d'autres l'avaient fait avant eux, ils lui dérobaient sa vie. Elle vivait dans un état permanent d'amertume et de haine et rien d'étranger ne devait entrer dans sa bulle de verre.

Tu ne peux plus passer, espèce de sorcière, pensa Carl en remarquant la jambe d'Assad bizarrement tendue sur le côté.

Quand le fauteuil roulant s'approcha d'Assad, il rugit en se relevant d'un coup de reins et bondit entre la femme et la porte. Les deux hommes debout devant les vitres se retournèrent et Lasse leva son fusil de chasse tandis qu'Assad, le sang coulant de sa tempe, se baissait derrière le fauteuil roulant. Saisissant les genoux pointus de la femme, il se précipita sur eux en prenant le fauteuil pour bélier. Le bruit était infernal, les rugissements d'Assad se mêlaient aux cris de la femme, au sifflement de l'air comprimé et au fracas provoqué par le fauteuil quand il fit tomber les deux hommes.

La femme avait les deux jambes en l'air lorsque Assad lui sauta dessus pour se jeter en avant, sur le fusil que Lasse essayait de braquer sur lui. Le jeune homme se mit à rugir quand Assad attrapa le canon de l'arme d'une main tout en se servant de son autre main pour frapper frénétiquement à la gorge. Quelques secondes plus tard, c'était fini.

Assad recula, épaula le fusil, poussa le fauteuil roulant sur le côté et obligea Lasse, qui toussait, à se relever. Il resta un instant immobile à le regarder.

« Tu vas nous dire comment on arrête cette saleté », cria-t-il à nouveau pendant que Carl se mettait debout.

Il avait aperçu le couteau à cran d'arrêt au pied du mur, à l'autre bout de la pièce. Il se dégagea des fils électriques et des détonateurs et alla le ramasser pendant que Hans essayait de relever sa mère.

« Allez, parle ! » répéta Carl en approchant le couteau de la joue de Lasse.

Ils virent en même temps l'un et l'autre dans les yeux de Lasse qu'il se moquait de leurs menaces. Dans sa tête, désormais une seule chose comptait : que Merete Lynggaard meure dans sa cellule. Lentement, dans la solitude et la douleur, c'était son ultime objectif. Plus tard, il subirait sa punition. Qu'est-ce que ça pouvait lui faire ?

« On va le faire sauter avec sa petite famille, chef. De toute façon, Merete Lynggaard n'en a plus pour longtemps là-dedans. On ne peut plus rien faire pour elle », dit Assad en plissant les paupières et en montrant le manomètre dont l'aiguille se trouvait à présent assez bas, en dessous de quatre atmosphères. « On leur fait ce qu'ils voulaient nous faire, et on rend service à Merete. »

Carl le regarda dans les yeux. Derrière le regard chaleureux de son petit assistant, il vit le germe d'une franche haine qu'il valait mieux ne pas trop nourrir.

Carl secoua la tête :

« On ne peut pas faire ça, Assad.

– Mais si, chef », répondit Assad.

Il tira posément les fils électriques et les détonateurs que Carl avait lâchés et les enroula autour du cou de Lasse.

Tandis que Lasse regardait sa mère, qui semblait le supplier, et son frère, qui tremblait derrière le fauteuil roulant, Assad adressa à Carl un regard sans équivoque. Il fallait les pousser dans leurs retranchements jusqu'à ce que Lasse ne doute plus de leur détermination. Il ne se battrait pas pour sauver sa propre peau, mais il ferait tout pour sauver sa mère et son frère. Assad l'avait compris et il avait raison.

Carl souleva les bras de Lasse et rattacha les extrémités isolées au prolongateur, comme Lasse l'avait expliqué à son petit frère.

« Asseyez-vous dans le coin, et prends ta mère sur tes genoux », ordonna Carl à la femme et à son fils cadet.

Hans le regarda, de la peur dans les yeux. Il prit sa mère dans ses bras comme si elle ne pesait pas plus lourd qu'un fétu de paille et s'assit, le dos contre le mur du fond.

« On va vous faire sauter tous les trois avec Merete Lynggaard, si tu ne dis pas comment on arrête ta satanée machine », répéta Carl en enroulant un fil électrique à l'un des pôles de la batterie.

Lasse quitta sa mère du regard, se retourna vers Carl, les yeux brûlants de haine, et lui dit calmement .

« Je ne sais pas comment on l'arrête. Pas sans consulter les manuels. Mais c'est trop tard.

– Tu mens, tu cherches à gagner du temps », lui cria Carl en notant du coin de l'œil qu'Assad envisageait sérieusement de le frapper.

« Si vous voulez », répliqua Lasse en tournant la tête vers Assad avec un sourire.

Carl hocha la tête. Il était totalement froid, mais il ne mentait pas, la longue expérience de Carl le lui disait. Lasse ignorait réellement comment on arrêtait la machine sans consulter son manuel. C'était malheureusement vrai.

Il se tourna vers Assad :

« Ça va ? » lui demanda-t-il en mettant la main sur le canon du fusil, un instant avant qu'Assad ne défonce la figure de Lasse avec la crosse.

Assad hocha la tête, furieux. Les plombs n'avaient pas causé beaucoup de dommages à son bras, pas plus que le coup sur la tempe. Il était solide.

Carl lui retira prudemment le fusil des mains.

« Je ne peux pas aller jusque là-bas. Laisse-moi le fusil, Assad, et cours chercher le manuel. Tu l'as vu, celui qui est écrit à la main, dans la pièce du fond. Il est sur la pile de derrière. Juste dessus, je crois. Prends-le, Assad, et dépêche-toi. »

Dès qu'Assad fut sorti, Lasse sourit et Carl mit la bouche du canon sous son menton. Comme un gladiateur, Lasse soupesait les forces de ses adversaires, évaluant, entre les deux, celui qui lui donnerait le moins de fil à retordre. Il semblait évident que Lasse considérait Carl comme plus vulnérable qu'Assad. Et il semblait tout aussi évident à Carl que Lasse se trompait lourdement.

Lasse recula vers la porte :

« Tu n'oseras pas tirer, l'autre l'aurait fait. Je me casse, tu ne peux pas m'en empêcher

– Tu crois ça ! » Carl s'avança et lui serra la gorge.

La prochaine fois que Lasse bougerait, il le frapperait en pleine figure avec le canon du fusil.

Alors, ils entendirent au loin les sirènes de la police.

« Sauve-toi », cria le frère de Lasse derrière eux en se levant d'un bond, sa mère dans les bras, et d'un coup de pied, il lança le fauteuil roulant sur Carl.

En une seconde, Lasse était dehors. Carl aurait voulu le poursuivre, mais il en était incapable, il était plus mal en point que le fugitif, apparemment, puisque sa jambe ne lui obéissait plus.

Il pointa le fusil sur la femme et son fils et laissa le fauteuil roulant cogner contre le mur.

« Regardez », cria le grand maigre en montrant le long fil électrique que Lasse traînait derrière lui.

Et tous ceux qui étaient dans la pièce virent le fil se dérouler par terre tandis que Lasse essayait certainement d'arracher les détonateurs de son cou en courant dans le corridor. Le fil raccourcissait de plus en plus. Il arriva au bout, renversa la batterie et l'entraîna vers la porte. Quand elle arriva dans le coin, elle heurta le chambranle, l'un des fils libérés glissa dessous et vint taper sur le second pôle

De l'explosion, ils ne sentirent qu'un léger tremblement accompagné d'un bruit sourd, au loin.

Merete, couchée sur le dos, écoutait le sifflement en s'efforçant de trouver une position qui lui permette de presser fortement sur ses deux poignets à la fois.

Après un court moment, sa peau se mit à la gratter, mais rien d'autre ne se passa. Elle eut l'impression, un instant, que tout s'éclairerait par miracle, au-dessus d'elle, et elle cria en direction des vannes du plafond qu'ils ne la vaincraient jamais.

Elle comprit que le miracle ne se produirait pas lorsqu'elle sentit bouger le plombage d'une première dent. Durant les minutes qui suivirent, elle envisagea de relâcher la pression sur ses poignets. Son mal de tête augmentait, ainsi que les douleurs de ses articulations. La pression intérieure de tous ses organes se généralisait. Quand elle voulut relâcher le garrot de ses poignets, elle ne sentait même plus ses mains.

Il faut que je me retourne, pensa-t-elle en donnant l'ordre à son corps de glisser sur le côté, mais ses muscles n'avaient presque plus de forces. Elle sentit qu'elle perdait conscience, en même temps que la nausée déclenchait en elle des spasmes qui menaçaient de l'étouffer.

Dans cette immobilité forcée, ses crampes musculaires augmentèrent, d'abord dans ses fesses, puis au niveau de son diaphragme, et enfin de sa poitrine.

« C'est trop long ! » criait son organisme, tandis qu'elle essayait une fois de plus de relâcher ses poignets.

Quelques minutes plus tard, elle glissa dans une somnolence brumeuse, incapable de maintenir ses pensées sur Oluf, elle ne voyait que des flashes de couleur, des étincelles de lumière et des formes tournoyantes.

Quand ses premiers plombages sautèrent, elle poussa une longue plainte monotone, épuisant les dernières forces qui lui restaient. Mais elle ne s'entendit pas gémir, le sifflement de l'air qui filtrait à travers les vannes était trop fort.

Puis, d'un seul coup, l'air cessa de filtrer et le sifflement disparut. L'espace d'un instant, elle s'imagina qu'on allait la sauver. Elle entendit des voix, à l'extérieur. Ils l'appelaient et sa plainte diminua. La voix lui demanda si elle était Merete. Tout en elle répondit : « Oui, je suis là », peut-être même le dit-elle à haute voix Ils parlaient d'Oluf comme s'il était un garçon normal. Elle prononça son nom, mais cela sonnait faux. Puis il y eut une déflagration et la voix de Lasse revint briser son espoir. Elle respira profondément et sentit que ses doigts avaient cessé d'appuyer sur ses poignets. Elle ne savait pas s'ils saignaient toujours et ne ressentait ni douleur ni soulagement.

Le sifflement reprit.

Lorsque le sol trembla sous elle, tout devint froid et chaud à la fois. Elle se souvint de Dieu, un instant, et murmura son nom en pensée. Puis un éclair lui traversa la tête. Un éclair qui fut suivi d'un fracas assourdissant et d'une grande lumière qui pénétra dans sa prison.

Elle cessa de se battre.

ÉPILOGUE

2007

La presse couvrit massivement la nouvelle. Malgré leurs conséquences tragiques, l'investigation et l'élucidation de l'affaire Lynggaard remportèrent un immense succès médiatique. Pia Vestergård, du parti du Danemark, était ravie. Elle se glorifiait partout d'avoir exigé la création de ce nouveau département et profitait de l'occasion pour conspuer tous ceux qui ne partageaient pas sa politique.

Ce ne fut que l'une des raisons pour lesquelles Carl baissa pavillon.

Trois séjours à l'hôpital, l'extraction des plombs de sa jambe, un rendez-vous avec la psychologue Mona Ibsen, qu'il annula lui-même. Voilà ce que lui avait retiré de cette affaire.

Ils étaient de retour dans leur bureau du sous-sol. Ils avaient accroché au tableau deux petits sacs en plastique contenant des plombs, vingt-cinq dans celui de Carl, douze dans celui d'Assad. Dans le tiroir du bureau, un couteau à cran d'arrêt dont la lame mesurait dix centimètres. Au bout d'un certain temps, tout ça finirait probablement à la poubelle.

Ils prenaient soin l'un de l'autre, lui et Assad. Carl en le laissant aller et venir comme il l'entendait, Assad en apportant au bureau une douce atmosphère d'insouciance. Après trois semaines de calme avec ses clopes, le café et la musique exotique d'Assad en bruit de fond, Carl tendit enfin la main vers la pile de documents qui attendait au coin de son bureau et se mit à la feuilleter.

Il y avait largement de quoi s'occuper.

« Vous voulez qu'on aille à Fælledparken cet après-midi, chef ? » demanda Assad, posté sur le seuil de la porte.

Carl lui lança un regard éteint.

« Vous savez que c'est le 1er Mai. Les rues sont pleines de gens qui vont s'amuser et faire la bringue, c'est comme ça qu'on dit, non ? »

Carl hocha la tête.

« Plus tard peut-être, Assad, mais tu peux y aller si tu veux. » Il regarda sa montre. Il était midi. Autrefois, pour le 1er Mai, presque tout le monde avait droit à sa demi-journée de congé.

Mais Assad secoua la tête.

« Ça ne me dit rien, chef. Il y aura trop de gens que je n'ai pas envie de rencontrer. »

Carl acquiesça distraitement. Après tout, c'était son problème.

« Demain, on s'attaque à cette pile-là. D'accord, Assad ? » dit-il en tapant sur les documents.

Assad fit un grand sourire, à tel point que les rides autour de ses yeux menacèrent de détacher le pansement de sa tempe.

« Cool, chef », répliqua-t-il.

Puis le téléphone sonna. C'était Lis qui lui transmettait le message habituel : le patron l'attendait dans son bureau.

Carl ouvrit le tiroir du bas de sa table de travail et en sortit une mince chemise en plastique. Cette fois, il avait vraiment l'impression qu'il en aurait besoin.

« Ça va, Carl ? » C'était la troisième fois en une semaine que Marcus Jacobsen posait la question sans espoir de réponse.

Il haussa les épaules.

« De quelle affaire t'occupes-tu en ce moment ? »

Carl répondit par un haussement d'épaules, comme les autres fois.

Le chef de la criminelle ôta ses demi-lunes et les posa devant lui, sur les piles de documents qui jonchaient son bureau.

« Le procureur a conclu aujourd'hui un accord de conciliation avec le défenseur d'Ulla Jensen et de son fils.

– Ah ah.

– Huit ans pour la mère et trois ans pour le fils. »

Carl hocha la tête. Rien que de très prévisible.

« Ulla Jensen finira certainement sa vie en détention psychiatrique. »

Carl hocha de nouveau la tête. Son fils ne tarderait pas à la suivre. Comment ce pauvre type pourrait-il sortir indemne d'un séjour en prison ? Le chef de la criminelle baissa la tête.

« Du nouveau pour Merete Lynggaard ? »

Carl secoua la tête.

« Ils la maintiennent dans le coma, mais ils ne se prononcent pas. Le cerveau a probablement subi des lésions durables à cause des thromboses. »

Marcus Jacobsen soupira.

« Vous avez fait ce que vous pouviez Carl, vous et les experts en plongée sous-marine de la station de Holmen. »

Il lança à Carl un magazine intitulé *Dykking*[1].

Drôle d'orthographe, pensa Carl.

---

1. Plongée.

« C'est un périodique norvégien. Regarde à la page quatre. »

Carl y découvrit une ancienne photo de Merete Lynggaard, une photo de la chambre de compression que les plongeurs raccordaient au sas de façon à pouvoir sortir la femme de sa prison pour l'introduire dans leur caisson mobile. Au bas de la page, un bref commentaire décrivait l'intervention des sauveteurs, les aménagements du caisson mobile, les branchements et le système de la chambre de compression et la façon dont il fallait d'abord augmenter un peu la pression à l'intérieur du caisson, afin notamment d'arrêter les saignements des poignets de la femme. Ils avaient illustré l'article en dessinant un plan du bâtiment et une coupe du Dräger Duocom, avec l'assistant à l'intérieur en train de donner de l'oxygène à la patiente tout en lui prodiguant les premiers soins. Il y avait aussi des photos des médecins postés devant l'énorme chambre de compression de l'hôpital universitaire, ainsi que le portrait du sergent-chef Mikael Overgaard, qui avait transféré et soigné la patiente, mortellement atteinte par la maladie des plongeurs, à l'intérieur de la chambre de décompression. Et, pour finir, une photo pas très nette de Carl et d'Assad se dirigeant vers les ambulances.

« Une collaboration remarquable entre les experts en plongée de la marine nationale et le département récemment mis en place au sein de la police a finalement permis d'élucider le mystère lié à la disparition la plus controversée de la décennie dans notre pays. »

« Voilà », dit le chef de la criminelle en arborant son sourire le plus charmeur. « Dans ce contexte, la préfecture de police d'Oslo nous a contactés. Ils aimeraient en savoir davantage sur ton travail, Carl. Ils enverront une délégation ici cet automne et je te saurais gré de lui faire bon accueil. »

Carl ne put réprimer une grimace et protesta :

« Je n'aurai pas le temps de les recevoir. » Il n'avait aucune envie d'avoir des Norvégiens dans les jambes, dans les couloirs du sous-sol. « N'oublie pas que nous ne sommes que deux dans ce département, Marcus. Tu peux me rappeler le montant exact de notre budget, à propos ? »

Marcus Jacobsen esquiva la réponse.

« Maintenant que tu es remis et que tu as repris le travail, c'est le moment de signer ça, Carl. » Il lui tendait le même stupide formulaire d'inscription à la formation continue de qualification au poste de commissaire de police.

Carl n'y toucha pas.

« Je ne signerai pas, Marcus.

– Pourquoi est-ce que tu refuses, Carl ? Je ne comprends pas ? »

Je parie qu'il a autant envie d'une clope que moi, là, se dit Carl. Il répondit :

« Pour de nombreuses raisons. Pense à la réforme en cours. Bientôt, l'âge fixé pour la retraite sera de plus ou moins soixante-dix ans, en fonction de notre position hiérarchique. Je n'ai aucune envie de finir en vieux flic décati, pas plus que de faire le clown dans les bureaux. Ça ne me dit rien d'avoir un tas de subordonnés. Je suis trop vieux pour retourner sur les bancs de l'école et pour passer des examens. Je n'ai pas le courage de changer de carte de visite, bref, ça ne m'intéresse pas d'avoir encore une promotion. Voilà pourquoi, Marcus. »

Le chef de la criminelle semblait las.

« Tu parles de beaucoup de choses qui n'arriveront pas. Ce sont des suppositions, Carl. Si tu veux diriger le département V, tu dois t'inscrire à ce cours. »

Carl secoua la tête.

« Désolé Marcus, je n'ai aucune envie de me recycler. Aucune envie de reprendre des études. Je n'arrive déjà pas à faire réviser correctement ses maths à mon beau-fils, qui de toute façon se plantera à son examen. M'est avis que le département V continuera à être dirigé par un vice-commissaire de la PJ. Fin de l'histoire. Eh oui, je sais, ce titre-là aussi est tombé en désuétude. »

Carl brandit la chemise plastifiée qu'il avait apportée et en extirpa un document :

« Tu vois ça, Marcus ? C'est le budget de fonctionnement du département V exactement tel qu'il a été approuvé par le Folketing. »

Un profond soupir se fit entendre de l'autre côté du bureau.

Carl posa le doigt sur la dernière ligne. Le montant était de cinq millions par an.

« D'après ce que j'ai pu constater, et même en reprenant le calcul dans tous les sens, il y a une différence de près de quatre millions entre ce que le département V dépense et le chiffre qui est inscrit là. Je me trompe ? »

Le chef de la criminelle se gratta le front.

« Où veux-tu en venir, Carl ? » questionna-t-il, visiblement agacé.

« Tu aimerais que j'oublie ce document, et moi je voudrais que tu oublies tout à propos de cette demande d'inscription. »

L'expression du chef de la criminelle changea visiblement et il énonça, d'une voix excessivement contrôlée :

« Mais c'est du chantage, Carl. Ce n'est pas dans nos habitudes, ici.

– Précisément, patron », rétorqua Carl en sortant son briquet de sa poche et en mettant le feu à la photocopie du document du budget.

Les chiffres disparurent dans les flammes, l'un après l'autre. Puis il en fit tomber les cendres sur une publicité pour des sièges de bureau qui traînait devant Marcus Jacobsen et remit son briquet dans sa poche.

Quand il arriva au sous-sol, il trouva Assad à genoux sur son tapis de prière, à mille lieues de là spirituellement parlant. Carl lui écrivit un message qu'il laissa par terre, juste devant sa porte, et sur lequel on lisait : « À demain. »

En allant à Hornbæk, il se demanda ce qu'il dirait à Hardy concernant l'histoire d'Amager. Était-ce vraiment nécessaire de lui en parler ? Hardy n'avait pas été bien du tout ces dernières semaines. Sa sécrétion de salive avait diminué et il avait du mal à parler. Cet état ne serait pas permanent, disaient ses médecins, par contre, son dégoût de la vie l'était devenu.

C'est pourquoi ils l'avaient transféré dans une meilleure chambre où il était couché sur le côté, ce qui lui permettait vraisemblablement tout juste d'apercevoir, à l'horizon, les files des navires qui naviguaient dans l'Øresund.

Un an plus tôt, le même jour, ils déjeunaient ensemble à Bakken, Hardy et lui, dégustant du rôti de porc à la sauce persillée, et Carl se plaignait de Vigga. À présent, assis au bord du lit de Harry, Carl aurait été malvenu de se plaindre de quoi que ce fût.

« La police de Sorø a été obligée de laisser filer le type à la chemise, Hardy », lui annonça-t-il sans préambule.

« Qui ? » demanda Hardy d'une voix sourde sans remuer la tête d'un millimètre.

« Il a un alibi. Mais on est tous sûrs que c'est lui qui a tiré sur toi, sur moi et sur Anker, et qui a commis les crimes de Sorø. Et il a quand même fallu le remettre en liberté. Je suis désolé de te raconter ça, Hardy.

– Je m'en fous. »

Hardy toussa pendant un instant et se racla la gorge tandis que Carl allait de l'autre côté du lit mouiller une serviette en papier sous le robinet.

« Ça me servira à quoi qu'ils le coffrent ? » reprit Hardy, de la salive aux commissures des lèvres.

« On les coffrera, lui et les autres types qui ont fait ça, Hardy. Je sens que je vais bientôt être obligé de m'en mêler. Je te garantis qu'ils ne resteront pas dehors, ces salopards », dit Carl en lui séchant les lèvres et le menton.

« Bon courage », dit Hardy en avalant sa salive une seule fois, comme s'il fallait qu'il se fasse violence pour dire quelque chose. Cela finit par sortir : « La veuve d'Anker est venue ici hier. C'était l'horreur, Carl. »

Carl se souvenait du visage amer d'Elisabeth Høyer. Il ne lui avait pas parlé depuis la mort d'Anker. Même au moment des obsèques, elle ne lui avait pas dit un seul mot. Dès l'instant où on lui avait appris la nouvelle de la mort de son mari, tous ses reproches s'étaient dirigés contre Carl.

« Elle a dit quelque chose sur moi ? »

Hardy ne lui répondit pas. Il resta longtemps silencieux en clignant lentement des yeux. Comme si les navires, là-bas, l'avaient emporté très loin.

« Tu ne veux toujours pas m'aider à mourir, Carl ? » finit-il par lui demander.

Carl lui caressa la joue.

« Si seulement je le pouvais, Hardy. Mais je ne peux pas.

– Alors, au moins, aide-moi à rentrer à la maison, tu me le promets ? Je ne veux plus rester ici.

– Qu'en dit ta femme, Hardy ?

– Elle n'en sait rien, Carl. Je viens de le décider. »

Carl imagina Minna Henningsen. Hardy et elle s'étaient rencontrés tout jeunes. Leur fils avait quitté la maison à présent et elle paraissait toujours jeune. Étant donné la situation, elle avait sûrement de quoi s'occuper.

« Va la voir aujourd'hui et parle-lui, Carl, tu me rendras un service incroyable. »

Carl regarda les navires.

Les réalités de la vie feraient sans doute regretter cette prière à Hardy.

Dès les premières secondes, Carl sentit qu'il ne s'était pas trompé.

Minna Henningsen ouvrit la porte et il fut accueilli par une gaieté et des rires qui ne s'accorderaient jamais avec les espoirs de Hardy. Six femmes vêtues de couleurs vives et coiffées de bibis amusants élaboraient des projets extravagants pour le reste de la journée.

« C'est le 1er Mai, Carl. C'est comme ça que ça se fête, dans notre club. Tu ne t'en souviens pas ? »

Il fit un signe de tête à deux d'entre elles pendant que Minna l'attirait à la cuisine.

Il lui expliqua brièvement la situation et, dix minutes plus tard, il était de nouveau dans la rue. Elle lui avait pris la main en lui disant à quel point c'était dur pour elle et combien elle regrettait sa vie passée. Puis elle avait posé la tête sur son épaule et versé quelques larmes, tout en lui expliquant pourquoi elle n'avait pas la force de s'occuper de Hardy.

Après avoir séché ses pleurs, avec un sourire prudent et oblique, elle lui avait demandé s'il n'aurait pas envie de venir dîner avec elle, un soir, en ajoutant qu'elle avait besoin de quelqu'un à qui parler, mais ses intentions ne pouvaient être ni plus claires ni plus directes.

Revenu sur Strandboulevard, il entendit le bruit qui venait de Fælledparken. Il y avait de l'ambiance. Les Danois étaient peut-être enfin en train de se réveiller ?

Il envisagea d'aller passer un moment dans le parc et de se payer une bière pour se rappeler le bon vieux temps, mais il y renonça et retourna dans sa voiture.

Si je n'étais pas aussi intéressé par Mona Ibsen, cette idiote de psychologue, et si Minna n'était pas la femme de mon ami Hardy paralysé, j'accepterais son invitation, pensait-il quand son portable sonna.

C'était Assad, qui parlait d'une voix surexcitée.

« Écoute, ne parle pas si vite, Assad. Tu es toujours au travail ? Répète s'il te plaît, qu'est-ce que tu dis ?

– Ils ont appelé de l'hôpital universitaire pour informer le chef de la criminelle. Lis m'a tout de suite téléphoné pour me dire que Merete Lynggaard est sortie du coma. »

Carl évacua ses réflexions moroses.

« Ça date de quand ?

– De ce matin. Alors, j'ai pensé que vous aimeriez le savoir. »

Carl le remercia, éteignit le portable et contempla les arbres exubérants qui dressaient fièrement leurs branches reverdies vers le ciel. Il aurait dû se réjouir de tout son être, mais c'était impossible. Merete risquait de passer le reste de son existence comme un légume. Rien n'était simple en ce monde, même le printemps ne durait pas, et le plus triste était de le savoir et de le revivre chaque année. Oui, bientôt, la nuit recommencera à tomber tôt, pensa-t-il, et il se détesta pour ces idées noires.

Il regarda vers le parc à nouveau, puis vers l'immense immeuble gris de l'hôpital universitaire qui dressait ses dix étages à l'arrière-plan.

Pour la seconde fois, il mit son disque de parking à l'heure et prit le chemin de l'hôpital. Sur les banderoles s'étalait le slogan de la manifestation : « Relancez le Danemark. » Il aperçut ses concitoyens assis sur l'herbe, tandis que le discours d'adieux de Jytte Andersen, retransmis sur un écran géant, retentissait jusqu'à la loge des francs-maçons.

Voilà qui allait faire du bien à ce pays.

Quand ils étaient jeunes, ses amis et lui étaient assis en tailleur dans ce même parc avec leurs jambes de sauterelles et leurs bras maigres. Aujourd'hui, le nombre des obèses était multiplié par vingt. De nos jours, les protestataires transpiraient l'autosatisfaction. Le gouvernement leur avait fourni leur opium : des cigarettes bon marché, de l'alcool pas cher non plus et tout le reste. Si tous ces gens vautrés sur la pelouse n'étaient pas d'accord avec le gouvernement, ça ne durerait pas. L'espérance moyenne de vie dans le pays était en forte baisse. Bientôt, Radio Danemark ne les agacerait même plus en leur montrant des gens en meilleure santé qu'eux en train de faire du sport.

Le système avait la situation en main.

Les journalistes faisaient déjà le pied de grue dans le couloir quand il arriva dans le service où Merete avait été hospitalisée.

Dès qu'ils virent Carl sortir de l'ascenseur, ils se ruèrent sur lui dans le désordre pour poser chacun leurs questions avant les autres. Le premier lui cria :

« Carl Mørck, quel est l'avis des médecins sur le niveau des lésions cérébrales de Merete Lynggaard ? Vous le savez ?

– Êtes-vous déjà venu voir Merete Lynggaard, inspecteur ? demanda un autre.

– Salut, Mørck ! Comment trouvez-vous personnellement

que vous vous êtes tiré de ce boulot ? Vous êtes fier de vous ? » s'entendit-il apostropher.

Il se retourna et rencontra les yeux porcins injectés de sang de Pelle Hyttested, que les autres journalistes regardaient avec mépris, comme s'il était indigne de son métier.

Ils n'avaient pas tort.

Carl répondit à quelques questions puis il baissa les yeux en sentant que sa poitrine se serrait. Personne ne lui avait demandé pourquoi il était ici. Lui-même l'ignorait.

Il s'était peut-être attendu à trouver plus de visiteurs, mais à part l'infirmière en chef d'Egely, qui attendait sur une chaise à côté d'Oluf, il n'y avait personne. Merete Lynggaard était un bon sujet pour la presse, mais en tant qu'être humain, elle était juste une personne parmi tant d'autres, hormis le fait qu'elle venait de passer quinze jours aux urgences, soignée par les spécialistes de plongée sous-marine, dans une cabine de décompression, puis une semaine au service des grands traumatisés. Ensuite, elle était restée en soins intensifs au service de neurochirurgie et, pour finir, elle avait fait un séjour en neurologie.

La décision de la tirer de son coma artificiel était expérimentale, lui dit l'infirmière du service quand il lui posa la question. Elle savait qui il était : celui qui avait trouvé Merete Lynggaard. S'il avait été quelqu'un d'autre, elle l'aurait mis à la porte.

Carl avança lentement vers deux personnes qui étaient en train de boire de l'eau dans des gobelets en plastique. Oluf tenait le sien des deux mains.

Carl fit un signe de tête à l'infirmière en chef d'Egely sans s'attendre à ce qu'elle lui réponde, mais elle se leva et lui toucha la main. Elle paraissait émue, mais ne lui dit rien. Elle se contenta de se rasseoir et de fixer la porte de la chambre de la patiente, reposant sa main sur l'avant-bras d'Oluf.

La pièce débordait visiblement d'activité. Plusieurs médecins les saluèrent d'un signe de tête au cours de leur va-et-vient et, une heure plus tard, une infirmière leur demanda s'ils voulaient une tasse de café.

Carl n'était pas pressé. De toute façon, les barbecues de Morten se ressemblaient tous.

Il but un peu de café et contempla le profil d'Oluf, assis là, si tranquille, en train de regarder la porte. Quand les infirmières passaient, il la fixait derrière elles, ne la quittant pas des yeux une seule seconde.

Carl intercepta le regard de l'infirmière en chef et, en montrant Oluf, il lui demanda silencieusement, par gestes, comment il allait. Elle lui répondit par un sourire, en secouant la tête de la manière qui signifie d'ordinaire : ni trop mal ni trop bien.

Deux minutes s'écoulèrent, le café commença à faire son effet et, quand il revint des toilettes, les chaises du couloir étaient vides.

Alors il s'approcha de la porte de la chambre de Merete et l'entrouvrit.

Un silence complet régnait dans la pièce. Oluf était debout au pied du lit, la main de son accompagnatrice sur l'épaule, tandis qu'une infirmière notait les chiffres qu'elle lisait sur les instruments de mesure numériques.

On voyait à peine Merete Lynggaard sous son drap relevé jusqu'au menton et à cause des bandages qui lui entouraient la tête.

Elle paraissait paisible, les lèvres ouvertes, les paupières vibrant faiblement. Les épanchements de sang de son visage étaient apparemment en train de se résorber, cependant, l'impression générale restait inquiétante. Autant elle avait été saine et pleine de vitalité autrefois, autant elle paraissait frêle et vulnérable à présent. Blafarde, la peau fine comme du papier et des cernes noirs sous les yeux.

« Vous pouvez vous approcher d'elle, dit l'infirmière en glissant son stylo-bille dans sa poche de poitrine. Je vais la réveiller encore une fois. Je ne suis pas sûre qu'elle réagira. Pas uniquement à cause des lésions cervicales et de sa période de coma, mais pour de nombreuses autres raisons. Elle y voit toujours très mal des deux yeux, et elle souffre encore de paralysies dues à des thromboses et aussi, probablement, aux importantes lésions cérébrales. Mais elle peut s'en sortir, à en juger par son état actuel. Nous croyons qu'un jour elle sera capable de marcher seule, la question est de savoir dans quelle mesure elle pourra communiquer avec son entourage. Les embolies se sont résorbées, mais l'aphasie lui a sans doute ôté définitivement l'usage de la parole ; je crois que nous devons nous y préparer. Nous ne savons pas ce qui se passe dans sa tête, mais il ne faut pas perdre espoir », ajouta-t-elle d'un ton enjoué.

Elle fit un pas vers sa patiente et régla l'un des nombreux goutte-à-goutte suspendus au-dessus du lit.

« Voilà ! Je crois que dans un instant, elle sera avec nous. Si vous avez besoin de quelque chose, tirez sur ce cordon. »

Puis elle s'en alla dans un claquement de sabots, prête à s'attaquer à toutes les tâches qui l'attendaient encore.

Ils restèrent debout tous les trois, le regard braqué sur Merete. Oluf était totalement inexpressif et l'infirmière avait le visage marqué par la tristesse. Peut-être aurait-il mieux valu pour tous que Carl ne se soit jamais mêlé de cette affaire.

Une minute s'écoula et Merete ouvrit les yeux très lentement, visiblement gênée par la lumière extérieure. Même si le blanc de ses yeux était strié de rouge-brun Carl faillit avoir le souffle coupé en la voyant réveillée. Elle cligna des paupières plusieurs fois, comme si elle essayait de fixer son regard, apparemment sans succès. Elle referma les yeux.

« Viens, Oluf, dit l'infirmière en chef d'Egely. Viens t'asseoir près de ta sœur. »

Apparemment, il comprit, car il alla tout seul chercher la chaise et vint s'asseoir à côté du lit, le visage si proche de celui de Merete que la respiration de celle-ci faisait vibrer la frange de son frère.

Après être resté un moment sans bouger, à la regarder, il souleva un coin de son drap pour découvrir son bras. Puis il lui prit la main et il resta ainsi, à examiner le visage de sa sœur.

Carl fit deux pas en avant et vint se placer au pied du lit, à côté de l'infirmière en chef.

La scène était extrêmement touchante : Oluf tenait la main de Merete, le visage tout contre la joue de sa sœur. Il faisait penser à un chiot égaré qui retrouve la chaleur et la sécurité de sa portée après l'avoir longuement cherchée.

Ensuite, Oluf se recula légèrement. Il la contempla encore, avec attention, puis il mit ses lèvres sur sa joue et l'embrassa.

Carl vit que le corps de Merete vibrait un peu sous le drap et constata, à l'examen de l'électrocardiogramme, que son cœur battait un peu plus vite. Il regarda l'appareil de mesure d'à côté et vit que sa tension artérielle s'accélérait également. Puis elle poussa un profond soupir et rouvrit les yeux. Cette fois, le visage d'Oluf lui cachait la lumière et la première chose qu'elle aperçut fut son frère qui lui souriait.

Carl écarquilla les yeux quand il vit le regard de Merete revenir à la conscience. Ses lèvres s'ouvrirent et tremblèrent.

Mais entre le frère et la sœur il y avait une zone de haute tension qui rendait toute communication impossible pour l'instant. Cela se voyait clairement chez Oluf dont le visage s'assombrissait lentement, comme s'il retenait son souffle. Alors, il se mit à bouger d'avant en arrière, en même temps que des sons plaintifs sortaient de sa gorge. Il ouvrit la bouche et parut oppressé et désorienté. Il serra les paupières et lâcha la main de sa sœur pour prendre son cou dans ses mains. Les sons ne voulaient pas sortir, tout simplement, mais ils étaient dans sa tête, c'était évident.

Il expira fortement et retomba sur sa chaise comme s'il renonçait. Soudain un son sortit de sa gorge, plus modulé :

« MMmmmmmmm », fit-il en respirant péniblement tant l'effort était grand, « MMmmmee ». Merete regardait intensément son frère, à présent. Elle le reconnaissait. Ses yeux se mouillèrent.

Carl retenait son souffle. L'infirmière en chef, à côté de lui, avait porté les mains à sa bouche.

« MMmmmeerete », prononça enfin Oluf après un effort surhumain.

Oluf lui-même fut choqué d'entendre ce flux sonore. Il respirait vite et sa lèvre retomba un instant pendant que l'infirmière éclatait en sanglots et que sa main cherchait l'épaule de Carl.

Alors, Oluf releva de nouveau le drap et prit la main de Merete.

Il la serra, l'embrassa. Tout son torse tremblait, comme s'il venait d'être repêché d'un trou dans la glace.

Et d'un seul coup, Merete rejeta la tête en arrière, les yeux exorbités, raide de la tête aux pieds, tous les doigts de sa main libre serrés dans sa paume comme par une crampe. Même Oluf sentit que ce changement était de mauvais augure, et l'infirmière en chef se précipita pour tirer sur le cordon.

Merete émit un son lugubre et grave. Tout son corps se détendit. Ses yeux toujours ouverts captèrent le regard d'Oluf. Elle émit encore un son caverneux, comme si elle soufflait sur une vitre glacée. Elle souriait maintenant. Il semblait que ce bruit sorti du plus profond de son être l'avait stimulée.

Derrière eux, la porte s'ouvrit, une infirmière et un jeune médecin au regard en alerte entrèrent en trombe. Ils s'immobilisèrent devant le lit en découvrant Merete, détendue, qui tenait son frère par la main.

Ils consultèrent tous les appareils et ne trouvèrent apparemment rien d'alarmant, puis ils regardèrent Carl et l'accompagnatrice d'Oluf. Ils allaient les questionner lorsque le son sortit de nouveau de la bouche de Merete Lynggaard.

Oluf colla son oreille contre les lèvres de sa sœur, mais tous ceux qui étaient dans la pièce l'entendirent.

« Merci, Oluf », murmura-t-elle avant de tourner les yeux vers Carl.

Et Carl sentit le poids qui lui oppressait la poitrine se relâcher petit à petit.

Composition Nord Compo
Impression CPI Bussière en décembre 2011
à Saint-Amand-Montrond (Cher)
Éditions Albin Michel
22, rue Huyghens, 75014 Paris
www.albin-michel.fr

ISBN : 978-2-226-22993-9
N° d'édition : 19274/06. – N° d'impression : 113836/4.
Dépôt légal : octobre 2011.
Imprimé en France.